김옥순 문학비평집

이상 문학과 은유

이상 문학과 은유

1판 1쇄 발행 | 2009년 12월 30일
1판 2쇄 발행 | 2010년 09월 30일

지은이 | 김옥순
펴낸이 | 서채윤

펴낸곳 | 채륜
본문편집 | design O₂(ahha02@hanmail.net)
표지디자인 | 디자인창(66605700@hanmail.net)

등록 | 2007년 6월 25일(제25100-2007-000025호)
주소 | 서울특별시 광진구 군자동 229
대표전화 | 02-6080-8778 | 팩스 02-6080-0707
E-mail | chaeryunbook@naver.com
Homepage | www.chaeryun.com

ISBN 978-89-93799-03-3   93800

김옥순 문학비평집

이상 문학과 은유

채륜
CHAE RYUN

『은유로 보는 이상 문학』

은유적 사고는 모든 낯선 사물들 사이에서 공통점을 찾는 생각의 방식이다. 즉 서로 다른 이질적인 대상들 사이에 새로운 동질성을 찾는 것이다. 그렇다고 해서 서로 다른 것을 강제로 100% 같게 만들면 동어반복일 뿐이고 지루해진다. 문자적 문장에서는 한 겹 읽기의 논리적 맥락을 중요시한다면 은유적 세계는 읽는 주체에게 두 겹 읽기의 새로운 해석의 세계를 보여 준다. 그러므로 은유는 다른 것 속에서 공통점을 찾아 모래알처럼 흩어진 세상 사람을 하나로 묶고 서로 간에 공통 함수를 나누게 하는 사고방식이기도 하다.

> 늙은이는 다만 하나의 보잘것 없는 물건
> 막대기에 걸린 헐떨어진 옷…
> —W. B. 예이츠, 「비잔티움으로 배를 띄우며」 중에서

처음 『은유』(테렌스 호옥스 저, 심명호 역, 서울대학교출판부, 1978, 1986)라는 책에서 이 시 구절을 읽었을 때의 충격은 수십 년이 지난 지금도 생생하다. 그때는 그저 놀랍기만 하고 그 비유적 시구를 어떻게 이해하고 설명해

야 할지 막막했다. 지금도 새로운 시를 읽을 때마다 느끼는 당혹감은 마찬가지다. 그래도 은유라는 수사학 분야를 공부한 지금은 해석의 세계로 가는 실마리가 약간 열린다. 먼저, "늙은이는 막대기에 걸린 헐떨어진 옷이다."라는 문장은 문자상(literal)으로나 문법적 의미에도 맞지 않는다. 주어인 늙은이는 살아 있는 존재이므로 무생물인 옷을 서술어로 받을 수 없다. 그러나 비유적 표현이라는 관점에서 보면 두 겹 읽기가 가능하다. 즉 막대기에 걸린 헐떨어진 옷은 바로 가을 들판에서 흔히 보는 허수아비를 연상케 한다는 것이다. 여기서 허수아비와 늙은이의 비유적 대응 관계를 찾아볼 수 있다.

허수아비―비유되는 것	대응 관계	늙은이―비유하는 것
막대기에	-----------------------	노인의 뼈대에
걸린	-----------------------	걸린
헐떨어진 옷	--------------------	(주름지고 검버섯 낀 피부)

흔히 어린아이들이 그리는 사람의 형상을 생각해 보라. 세로로 그은 한 개의 막대기에다 선 네 개와 동그라미 하나면 족하다. 선은 팔과 다리이고 동그라미는 머리이다. 이렇듯 막대기에 걸린 옷이란 표현은 사람의 기본 형체를 정확히 표현한 것이다. 늙은 사람의 뼈대는 골다공증이나 관절염에 시달려 잘 걷지 못하게 되면 마치 막대기가 걷듯 거동이 불편해진다. 해맑던 피부도 주름과 검버섯이 돋고 얼굴 색깔도 변하여 옷에 비유하면 새 옷이 아니라 헐떨어진 옷에 해당된다. 그런 사실을 긴 설명 없이 비유라는 그림 언어로 표현하여 노인에 대한 인식을 충격적으로 보여준다.

이 예이츠의 시구처럼 은유로 읽어 보려는 이상(李箱)의 비유적 문장들은 언제나 충격적이다. 그의 시, 소설, 수필 어디에나 아포리즘에 빛나는 비유적 언어가 눈부시기 때문이다.

> 가을이 올 터인데 와도 좋으냐고 쏘근쏘근하지 않습니까. 조 이삭이 초례청 신부가 절할 때 나는 소리같이 부수수 구깁니다. 노회한 바람이 조잎새에게 난숙을 최촉하는 것입니다. 그러나 조의 마음은 푸르고 초조하고 어립니다.
>
> ―수필, 『산촌여정』

> 분총에 계신 백골까지가 내게 혈청의 원가상환을 강청하고 있다.
>
> ―시, 「문벌」

> 나는 내가 환갑을 지난 몇 해 후 내 무릎이 일어서는 날까지는 내 오크재로 만든 포도송이 같은 손자들을 거느리고 끽다점에 가고 싶다.
>
> ―소설, 『동해』

위의 예에서 첫 번째는 가을바람에 익어가는 조 이삭이 고개를 숙이는 모습을 초례청에서 신부가 절하면서 소녀에서 여인으로 성숙하는 결혼의 통과의례 과정으로 비유한다. 두 번째는 조상으로부터 문벌 후계자인 자신이 가문을 일으키라고 독촉 받는 모습이 마치 빚쟁이한테 빚 독촉을 받는 것 같다는 두 겹의 범주가 겹쳐 있다. 여기서 조상은 빚쟁이로 비유하고 문벌후계자인 자신은 빚 독촉에 시달리는 사람으로 비유하고 있다. 세 번째 예에서는 손자들을 오크재로 만든 포도송이로 비유하며 자손이 번창하기를 바라는 이미지를 보여 준다.

위에서 잠깐 예로 들었지만 이 책에는 이상(李箱)의 작품을 은유라는 수사학으로 분석한 세 편의 글을 싣고 있다. 오랜 시간 띄엄띄엄 쓴 글이다. 처음 「독서의 공간 은유」는 이상의 시 「화로」를 독서의 비유로 해석했다. 두 번째 글 「비유법으로 이상의 수필 『권태』 읽기」에서는 비유를 통해 죽음을 염두에 둔 사람의 독특한 심리 상태를 알아볼 수 있다. 이상의 지성에서 우러나온 패러독스와 아이러니를 느낄 수 있다. 세 번째 글은 이상의 전체 작품을 경제 은유, 기계 은유, 존재 사슬의 은유라는 큰 틀로 분류하여 해석해 보았다. 이 세 번째 글은 나의 학위논문을 수정 보완한 것이다.

이상의 작품 도처에서 번뜩이는 위트와 패러독스를 볼 때마다 아리스토텔레스의 말이 생각난다. "은유에 능한 것이 중요한데, 이 능력만은 타인으로부터 배울 수 없는 것이고 천재의 징표다."라는 말은 바로 이상에게 잘 어울리는 정의라고 볼 수 있다. 그런 점에서 이 책의 제목을 『이상 문학과 은유』로 정한 것은 은유에 대한 이상의 애정을 생각했음이다.

그러나 현대에 와서는 원 관념과 매개물 사이에 의미의 상호작용이 일어나 제3의 다른 관념이 생겨나는 것이 은유라는 I. A. 리차즈의 이론으로부터 시작하여 보통 사람들이 일상적으로 쓰는 일상화되고 굳어진 말들이 다 은유적 구조의 덩어리로 되어 있다는 조지 레이코프의 인지언어학적 이론에까지 은유 연구는 끝이 없다. 그래도 내가 이 글을 쓰면서 가장 도움을 많이 받았던 이론서는 폴 리쾨르의 『살아있는 은유』다. 이 책에서는 은유의 이론들을 집대성하여 정리·분류하였다. 리쾨르를 통해서 나는 은유가 단순한 단어의 대치나 닮음의 방식이 아니라 삶에 기반을 둔 지시체를 통한 새로운 범주의 재창조이자 인식이라는 생각을 하게 되었다. 그리고 은유의 형태적 도식에서는 앙리 모리엘의 책이 큰 도움이 되었다. 그는 일반인이 낯설어하는 은유를 형태화하여 아름다운 시들을 예로 들어 자상하게 설명하였다.

  이 모든 이론서는 나의 스승 이어령 선생님으로부터 전적으로 힘입은
바이다. 스승의 큰 그늘에 머리 숙여 감사드린다. 여기에서 튕겨져 나와
허우적대다가 이제 간신히 여러 선생님들의 도움으로 부끄러움을 무릅쓰
고 이 책을 내게 되었다. 꺼져 가려는 문학에의 뜻을 다시 일깨워 주신 김
열규 선생님과 정현기 선생님께도 머리 숙여 감사를 드린다. 이 책 출판에
선뜻 응해 주신 채륜에도 감사드린다.

2009년 8월

김 옥 순

1

독서의 공간 은유

李箱

독서의 공간 은유
이상 시 「화로」를 중심으로[*]

1. 은유란

   은유는 언어 철학과 수사학의 핵심적 문제로서 그리스 시대 이후 가장 많은 논의의 대상이 되었던 언어의 문제이다. 아리스토텔레스는 『시학』에서 "은유에 능한 것이 중요한데, 이 능력만은 타인으로부터 배울 수 없는 것이고 천재의 징표다. 왜냐하면 은유를 잘 한다는 것은 상이한 것 중에 상사성(相似性)을 보는 것이기 때문이다"라고 말하였다.[1] 그는 『시학』 제21장에서 은유를 네 가지로 정의하고 있다. "은유는 한 사물에 다른 것의 이

---

[*] 이 글은 「독서의 공간 은유」, 『삶과 기호』(「기호학 연구」 3, 문학과지성사, 1997)에 실렸던 글이다.
[1] 아리스토텔레스, 『시학』(박영문고 47), 손명현 역, 1986.

름을 부여하는 것인데, 이 때 그것은 유(類)에서 종(種)으로, 혹은 종(種)에서 유(類)로, 혹은 종(種)에서 종(種)으로, 혹은 유추(analogy)의 바탕에서 전이하는 존재다."라고 말했다. 아리스토텔레스가 은유학의 기초를 확립한 이 네 가지 정의는 현대 은유 이론에서 다양한 해석을 불러일으키는 바탕이 된다. 투르바인(Colin Murray Turbayne)은 아리스토텔레스가 말하는 첫 번째 은유와 두 번째 은유는 제유(synecdoche)이고 세 번째는 환유(Metonymy)로 보았다.[2] 그리고 폰타니에(Pierre Fontanier)에게는 이들이 다 비유(trope)이고 그가 은유라고 생각하는 것은 아리스토텔레스 도식에서 네 번째다.[3] 또한 에코(Umberto Eco)는 아리스토텔레스의 첫 번째와 두 번째 은유는 제유(synecdoche)이고 세 번째 은유는 $A-B=C-B$(봉우리의 날카로움은 이의 날카로움과 같다)와 같은 닮음(B)의 공통점을 특징으로 하는 현대의 은유라고 본다. 네 번째 유추의 은유는 $A-B=C-D$(인생에 대한 노년의 관계는 하루에 대한 석양의 관계와 같다.)인데, 이러한 명제적 공식에서 비유의 분명한 남유(catacrisis:전통적 수사법에서 주로 적절하지 않은 비유를 사용함으로써 야기된 말의 혼용을 뜻함)까지도 나타낸다고 말한다. 즉 $A-B=x-D$의 경우(테이블의 다리)까지도 나타내는 것을 허용한다는 의미에서다.[4]

위에서 아리스토텔레스가 말한 네 가지 정의를 정리하면 첫째, 은유는 명사에서 발생하는 어떤 것이라고 정리할 수 있다. 아리스토텔레스의 정의는 단어에 초점을 둔 비유의 이론이나 문채(figure)를 담고 있다. 두 번째로 주목되는 것은 전이(epiphora, movement)다. 전이는 일종의 치환(displacement)으

---

2 Colin Murray Turbayne(1962), *The Myth of Metaphor* (New Haven and London: Yale Univ.Press), pp. 11~12.

3 Pierre Fontanier(1830), Paul Ricoeur(1978), *The Rule of Metaphor*, p.56. 재인용.

4 Umberto Eco(1984), *Semiotics and the Philosophy of Language* (서우석·전지호 역, 청하), pp.148~154.

로 기술되는데 '~로부터 ~로의' 이동을 통해 빌려온 은유를 창조한다. 여기서 ① 은유는 빌려 오는 것이다. ② 빌려온 의미는 적절한 의미에 대립된다. ③ 빈 의미를 채우기 위해 은유에 의지한다. ④ 빌려 온 단어는 적절한 단어가 부재하는 곳에서 발생한다는 정의를 예상케 한다. 세 번째로 은유는 명칭의 치환(transposition)이다. 아리스토텔레스가 낯선(allotrios)[5]이라 부르는 것, 그것은 어떤 다른 것에 속한 명칭, 낯선 명칭이다. 이 용어는 일상적인 것에 대립된다. 따라서 은유는 일탈(deviation)의 용어로 정의된다. 단어 '낯선'은 빌려온다는 긍정적인 의미를 함축한다. 네 번째로 '낯선' 용법에 대한 언급에서 부수적으로 발전할 수 있는 것은 치환(substitution)의 개념으로 표상된다. 빌려 온 은유적 단어란 항상 부재하여 비은유적 단어를 대치하여 연결하는 것을 아리스토텔레스가 의미했다면 일탈은 항상 치환의 하나가 될 것이다.

이같이 치환의 개념은 확고하게 '빌려오기'에 깊이 관련된 것으로 나타난다. 예를 들어 아리스토텔레스의 네 번째 유추에 바탕을 둔 은유, 즉 비례적 은유(A－B=x－D)에서 아리스토텔레스는 은유의 기능 중의 하나가 의미론적 결함을 채우는 것이라고 지적하고 있다고 본다. 이 기능은 이후의 전통에서 장식의 기능으로 추가된다. 이 낯선 것에 대한 아리스토텔레스의 개념을 정리하면 다음 세 가지로 요약된다. ① 일상의 용법에서부터의 일탈의 개념 ② 원래 영역으로부터의 빌려오기의 개념 ③ 부재하는 것을 일상적으로 유용한 단어로 치환하는 개념이다. 이 정의에서 문제는 치환

---

5 아리스토텔레스, 『시학』 제22장 조사(lexis)에서 '낯선 말'은 '신기한 말'을 가리킨다. 신기한 말, 예컨대 "외래어, 은유, 수식어 및 기타 위에서 말한 것들은 조사(lexis)를 평범치 않고 비속치 않게 할 것이고, 일상어는 그것을 명석하게 할 것이다."(『시학』, 손명현 역, 박영사, 1986, 141쪽.)

의 개념이다. 은유적 용어가 정말로 치환된 용어라면, 그것은 아무런 새로운 정보를 전달하지 않는다. 부재하는 용어는 만약 존재한다면 되돌아올 수 있기 때문이다. 그리고 만약 여기에 아무런 정보도 전달되지 않는다면, 은유는 단지 장식이자 부차적 가치를 가질 뿐이다. 이 결과들을 은유의 정의라고 보기를 거절하는 것은 치환의 개념을 거절하는 데 따른 것이다. 이것은 전이나 명칭의 이동을 거절하는 것과 연결된다.

아리스토텔레스의 네 번째 은유인 유추에서 다시 시작하면, 네 번째 용어는 두 번째가 첫 번째와 관련된 것과 같은 방식으로 세 번째와 관련된다는 것인데, 관계 사이의 동일성과 유사성의 개념은 '닮음(resemblance)'의 개념을 말하는 것으로 볼 수 있다. 전이(epiphora)는 논리적인 축 사이에서 작용한다. 은유는 이미 류(genus)와 종(species)의 용어에서 구성된 질서로, 그리고 그 관계 규칙 ─ 종속 관계, 대등 관계, 비례 균형, 관계의 동등성 ─ 의 이미 주어진 질서에서 발생한다. 종의 명칭에 유의 명칭을 주므로, 두 번째 용어의 명칭에 비례적인 관계의 네 번째 용어를 주므로, 그리고 반대 경우 우리는 동시에 언어의 논리적 구조를 인식하고 위반한다.

여기서 다시 리쾨르가 말하는 은유의 새로운 가설을 생각할 수 있다. 첫 번째, 은유는 범주 실수(category mistake)[6]다. 만약 은유가 항상 실수를 포함한다면, 만약 그것이 일종의 계산된 실수에 의해서 한 가지를 다른 것으로 택하는 것이라면 은유는 본질적으로 종잡을 수 없는 현상이다. 여기서 범주 위반은 일탈 개념으로 볼 수 있다. 즉 논리적 일탈이다. 두 번째로, 은유는 분류 도식의 혼란이다. 은유가 존재하기 전의 논리 질서와 관련된 일

---

6 Ryle. Gilbert(1949), *The Concept of Mind* (London. Hutchinson. Harmondsworth. Penguin. 1963)의 범주 실수(Category Mistake)의 개념임.

탈을 말한다. 이 위반은 의미를 창조한다. 그러면 범주 실수는 단지 발견에 대한 논리의 보충일 뿐인가. 막스 블랙(Max Black)의 모델 은유 사상[7]에 제한을 둔다면 은유가 현실을 재기술(redescribe)하기 때문에 정보를 전달한다고 말해야만 한다. 이같이 범주적 실수는 기술과 재기술 사이를 해체하는 매개적인 국면이다. 세 번째로, 만약 은유가 발견적인 사유에 속한다면, 어떤 논리적 질서, 어떤 개념적 계승, 어떤 분류 도식을 혼란시키는 과정은 새로 분류하는 것과 같다고 상상할 수 없을까. 최초의 은유적 충동의 개념은 적절한 것과 비유적인 것, 일반적인 것과 낯선 것, 질서와 위반 사이의 대립을 파괴한다. 그것은 의미론적 분야 자체가 종과 류를 새로 제기하는 은유적 구성에서부터 질서 자체가 진행된다는 개념을 제시한다.[8]

1) 은유의 범위

앞에서도 언급했듯이 아리스토텔레스는 '은유'라는 말을 하나의 총칭적 개념으로 사용하였다. 그래서 제유, 환유, 직유 들이 모두 다 은유의 범위에 들어간다. 먼저 폰타니에는 환유를 상호관계 의식이나 상응(correspondence)으로, 제유는 연결(connection)관계로, 은유는 유사(resemblance) 관계로 설명한

---

7 Max Black의 비교 이론 : 어떤 단어들이 은유적으로 사용되는 반면에 나머지는 비은유적으로 사용된 한 문장이나 또 다른 표현 전체가 은유다. 이 정의는 은유적 단어를 그 문장의 나머지로부터 분리시키게 한다. 초점(focus)은 이 은유적으로 사용된 단어를 가리키고, 틀(frame)은 문장의 나머지를 지칭한다. 이 비교 이론은 단어들이 직접적으로 의미하는 환영으로 되돌아가지 않고 한 단어에 초점을 맞추는 현상을 표현한다. Black, Max(1962), Metaphors. *Model and Metaphors* (Ithaca : Cornell Univ. Press).

8 Paul Ricoeur(1978), *The Rule of Metaphor* (London and Henley: Routledge & Kegan Paul), pp.16~23.

다. 폰타니에는 은유를 로만 야콥슨(Roman Jakobson)이 환유의 기능으로 축소시킨 인접(contiguity)과는 아주 다른 어떤 것으로 이해한다. 환유는 그 안에서 '절대적으로 분리된 총체'를 구성하면서 각각의 두 대상을 함께 가져오는 관계라고 본다. 이것은 환유가 상응의 일반 조건을 만족시키는 다양한 관계 의식에 따라서 나누어지는 이유다. 즉 원인과 결과의 관계, 목적에 대한 도구, 내용물과 그릇, 그 위치와 사물의 관계, 기호작용과 기호의 관계, 도덕적인 것에 대한 물리적인 관계, 사물에 대한 모델의 관계 등이다.

폰타니에가 말하는 제유는 연결 관계로 설명된다. 두 대상은 종합적 효과를 형성하고 물리적이거나 형이상학적 총체를, 다른 편의 존재나 개념에 포함된 한 존재의 존재나 개념을 형성한다. 구체적으로 전체와 부분의 관계, 사물과 재료의 관계, 많은 것과 하나의 관계, 종에 대한 류의 관계, 추상에 대한 구체의 관계, 개별에 대한 류의 관계 등이다.

환유와 제유의 차이점과 공통점은 환유가 배제(exclusion)라면 제유는 함축(inclusion)이다. 환유가 절대적으로 분리된 총체라면 제유는 안에 포함된 총체다. 환유와 제유, 상응과 연결은 배제와 함축으로 구분하는 두 관계를 가리킨다. 이 두 관계는 대상을 연결하는 개념에 앞서서 연결된다. 두 경우에 배제나 포괄의 관계에 들어가는 것은 대상이다. 그러므로 명칭을 명명하는 관련성의 변경은 객관적인 관계의식을 따른다.

이 두 비유와 은유가 다소 다른 자리에 있는 것은 유사(resemblance)의 역할에서다. 유사 관계는 명칭이나 명사에 의하여 사물의 명칭을 바꾸는 것을 직접적으로 언급하지 않는다. 은유는 개념들 사이의 관계성만을 언급한다. 명사의 은유적 사용은 무엇인가? 화난 사람을 호랑이로 만들고, 위대한 작가를 백조로 만드는 것은 새로운 명칭으로 한 사물을 지칭하는 것과 다르다. 은유는 특성화하고 특질화하는 의미에서 '명명하기'가 아닌가? 앞의 제유와 환유는 두 개념이 아니라 두 단어와 관련된 한 문장 안에서만 기능한다. 즉 비은유적으로 택한 한 용어는 후원자로서 행위하고, 은유적인 다른 쪽은 특성화의 기능을 가진다는 폰타니에의 이 은유 개념은 리차즈(I. A. Richards)가 만든 취의(tenor)와 매개물(vehicle) 사이의 구별[9]에 가까워 간다.

은유의 의사(psudo) 술부적 성격은 은유의 정의를 명사와 명칭과 아무런 직접적인 지시성을 만들지 않을 뿐 아니라 대상과 관련시키지도 않는다. 은유는 더 충격적이거나 더 잘 알려진 또 다른 기호 속에서 한 개념을 표현하면서 이루어진다. 아리스토텔레스의 네 번째 은유인 유추는 개념들 사이에서 작용한다. 그리고 개념 자체는 '정신으로 보는 대상'의 시점에서가 아니라 '보고 있는 정신'의 시점에서 이해된다. 왜냐하면 이런 의미에서만 개념이 더 잘 알려지거나 더 충격적이라고 부를 수 있기 때문이다. 비록 우리가 유추를 뒷받침할 객관적인 관계를 발견할 때도 명칭은 '한 종(species) 중의 한 일원에서부터 또 다른 일원'으로 전이되는 것이 아니라 '한 종에서부터 또 다른 종'으로 이전되는 것이다. 그러나 공통의 의견이 그런 닮음을 인정하는 것이 중요하다.

그러므로 연결과 상응은 일차적으로 대상들 사이의 관계인 반면에 유사는 일반적으로 믿음을 유지하는 것 사이의 관계이고, 근본적으로 개념들 사이의 관계다. 명명하기(환유, 제유)와 구별해서, 특성화(은유)는 의견의 비교를 통해서 형성되고 그것은 판단의 영역 안에서 형성된다.[10]

---

9 리차즈(I. A. Richards)의 상호작용(interaction)의 이론: 문장의 의미는 단어 의미의 결과가 아니다. 오히려, 단어의 의미는 문장의 한 부분을 고립시키고, 문장을 부수므로 진행된다. 이런 언술의 상호 침투 이론에서 기저 개념을 취의(tenor)라고 부르고, 매개물(vehicle)을 처음 개념이 이해한 그 개념하에서 개념의 명칭으로 부르도록 제시한다. 은유는 매개물만이 아니라 취의의 두 관계가 반복적으로 이루어짐을 주장했다. Richards. I. A.(1936), *The Philosophy of Rhetoric* (London. Oxford. New York: Oxford Univ. Press. 1977).

그리고 직유가 은유에 종속되는 점은 직유와 비례하는 은유 사이의 특수한 친족 관계 때문이다. 성공적인 직유는 어떤 의미에서 은유적인데, 그것들은 항상 둘 사이의 관계를 비례적인 은유처럼 포함하기 때문이다. 비례적 은유가 두 번째 용어의 명칭에 네 번째 용어의 명칭을 주는데 사물 자체에서가 아니라 두 쌍의 사물들의 관계 사이를 다루는 복합적인 비례로부터의 생략으로 나타난다. 예를 들어 방패가 아레스의 술잔이고 활이 현이 없는 리라. 이런 식으로 유추에 의한 은유는 직유(eikôn)와 동일시되려는 경향이 있다. 같이, 처럼, 듯이, 등. 이와 같이 모든 은유는 비교나 직유를 함축한다. 시인이 노인을 '시들은 줄기'라고 부를 때 그는 새로운 개념(그는 지식을 만들었다), 새로운 사실을 '상실된 꽃'의 언급을 통해서 전달한다.[11]

2. 집∩사람의 비유 체계

① 방房거죽에극한極寒이와닿았다. ② 극한極寒이방房속을넘본다. ③ 방房안은견딘다. ④ 나는독서讀書의 뜻과함께힘이든다. ⑤ 화로火爐를꽉쥐고집의집중集中을잡아땡기면유리창窓이움푹해지면서극한極寒이혹처럼방房을누른다. ⑥ 참다못하여화로火爐는식고차겁기때문에나는적당適當스러운방房안에서쩔쩔맨다. ⑦ 어느바다에조수潮水가미나보다. ⑧ 잘다져진방房바닥에서어머니가생生기고어머니는내아픈데에서화로火爐를떼어가지고부엌으로나가신다. ⑨ 나는겨우폭동暴動을기억記憶하는데내게서는억지

---

10 Pierre Fontanier(1830), P.Ricoeur(1978) 재인용 pp.56~58.
11 Paul Ricoeur(1978), pp.24~28.

로가지가돋는다. ⑩ 두팔을벌리고유리창窓을가로막으면빨래방망이가내

등의더러운의상衣裳을뚜들긴다. ⑪ 극한極寒을걸커미는어머니─기적奇跡

이다. ⑫ 기침약藥처럼따끈따끈한화로火爐를한아름담아가지고내체온體溫

위에올라서면독서讀書는겁이나서곤두박질을친다.

─「화로火爐」, 『가톨릭청년靑年』, 1936.2

(번호는 저자가 매긴 것임)

시 「화로」에서는 겨울의 혹한에 대항하는 사람과 건축물들의 은유적 대응관계가 펼쳐진다. 사람과 집의 역동적인 공동체성과 더불어 집과 세계의 역동적인 적대성에 있어서 우리들에게 연상되는 것은 겨울 추위에 대항하는 집의 현실적인 보호 역할이다. 여기서는 공통의 애정뿐만 아니라, 그에 더하여 공통의 힘이, 두 용기의, 두 저항의 응집이 있다. 우리들의 집을 위안의 공간, 내밀함의 공간, 내밀함을 응축하고 지켜 줄 공간으로 여기자마자, 곧 인간적인 것으로 집의 전이는 이루어진다. 그렇게 되면 일체의 합리성을 넘어서는 꿈의 영역이 열리게 되는 것이다.[12]

이 시에서는 '동어반복(tautology)'의 기술을 통한 생략적 은유 형태와 주술관계의 불일치 현상을 통해 은유가 자리 잡고 있다. 동어반복은 첫째로, 같은 뜻을 지시하는 단어가 한 문장에 동시에 공존하는 형태로 나타난다. "화로를 꽉 쥐고 집의 집중을 잡아당기면"에서는 유사한 행위의 반복(꽉 쥐고 잡아당기는 행위)을 통해서 구체물인 '화로'와 추상인 '집의 집중'의 의미가 유사 관계임을 암시한다. "잘 다져진 방바닥에서 어머니가 생기고"에서는 방바닥과 어머니가 인접 관계인 것처럼 앞뒤 문장에서 반복 공존하여

---

12 가스통 바슐라르, 곽광수 역, 『공간의 시학』(민음사, 1990), 167~169쪽.

개념상 유사 관계의 암시를 띤다. 둘째로, 다른 문장이 계속 연이어져서 앞의 문장과 뒤의 문장이 의미상으로 동어반복임을 암시하는 경우 "방안은 견딘다. 나는 독서의 뜻과 함께 힘이 든다"의 두 문장은 견디고 힘 드는 공동의 자세가 나타난다. "어느 바다에 조수가 미나 보다. 잘 다져진 방 바닥에서 어머니가 생기고"도 역시 바다와 어머니의 대응 관계가 암시된다. 또한 주술 관계의 불일치 현상으로도 나타난다. "방안은 견딘다", "유리창이 움푹해지면서", "독서는 겁이 나서 곤두박질을 친다"에서는 방과 유리창과 독서의 무정물이 의인화되어 나타난다. 양태사는 한 번 나타나는데, "유리窓이움푹해지면서極寒이혹처럼房을누른다"의 문장에서다. 여기서 직유적 표현은 극한이 혹과 같다는 게 아니라 극한(추위)이 혹처럼 방을 누른다는, 즉 추위가 방을 위협한다는 설명에 있다. 즉 여기서의 직유는 은유적 성향보다는 양적인 비교에 가깝다.

이런 유사와 인접 관계를 추정하여 서로 다른 개념들의 범주를 설정할 수 있다. 먼저 건축물과 추위와의 대립 관계를 표현하는 문장들이 나타난다. "거죽에 극한이 와 닿았다", "극한이 방 속을 넘본다"이다. 이어서 연결되는 "방안은 견딘다"에서는 건축의 범주(category)와 사람의 범주가 동시에 겹쳐 있다. 여기서부터, 인간의 의식 범주가 나타난다. "나는 독서의 뜻과 함께 힘이 든다", "화로를 꽉 쥐고 집의 집중을 잡아당기면 유리창이 움푹해지면서 극한이 혹처럼 방을 누른다"가 그렇다. 이상에서 살펴본 은유적 대응 관계를 공간적 배치를 통해 도표로 나타내면 다음과 같다.

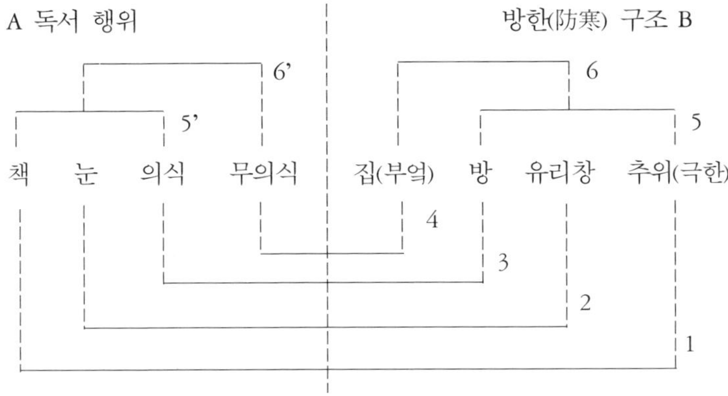

　이와 같이 독서와 의식과의 관계는 방과 극한과의 관계로 대응됨을 알수 있고 그 사이에 각각 눈과 유리창이 위치한다. 다시 말하면 {(독서⊃눈(육체)⊃의식)∩(극한⊃유리창(집)⊃방)}의 관계가 나타난다. 그리고 의식의 집중이 동어반복에 의해 화로임을 알 수 있고 화로는 곧 집의 중심임을 알 수 있다. 그러므로 극한이 방을 누르는 것은 독서가 의식을 누르는 것으로 은유적 대응을 이룬다.

　위의 비유적 대응 관계를 살펴보면 책이 지각 기관을 통해 의식에 들어오는 과정은 A. 독서 행위로서 B. 집이 추위에 대항하는 건축물의 방한 구조와 유추 관계를 맺고 있다. 즉 공간적 대응 관계를 띠면서 밖에서 안으로, 또는 안에서 밖으로 이동하는 공간의 유추 관계를 보여 준다. 독서 행위의 '책 → 눈 → 의식 활동'의 공간적 이동은 '추위 → 유리창 → 방 내부'의 공간적 이동 관계와 대응된다. 책 속에 들어 있는 새로운 정보와 지식이 눈을 통해서 내 의식 안으로 들어오려고 하는 것처럼, 겨울 추위도 방안으로 몰려 오려고 한다는 관계다. 1. 책∩추위(밖의 영향력), 2. 눈∩유리창(집과 바깥의 경계선), 3. '의식∩방'(안의 공간), 4. 무의식∩집(부엌)(숨은 공간)이다. 밖의 공간 → 밖과 안의 경계선 → 안의 공간 → 숨은 공간이 나타난다.

여기서 숨은 공간으로 나타나는 곳은 이상(李箱)이 살아 있을 당시, 1930년 대 한옥집의 낮게 들어간 부엌의 은밀한 공간임을 주목해야 한다. 1930년 대의 부엌은 불 때는 아궁이의 역할 때문에 땅이 낮게 움푹 들어간 내밀한 여자만의 공간이었다.

이런 비유적 대응 구조를 집∩사람의 비유에서부터 살펴보겠다. 추위에 대항하는 집과 그 안에 사는 사람의 관계는 '극한(겨울 추위) / 집의 대립 구조'로 나타난다. 이런 겨울 추위에 대한 집과 사람의 공동 대응적 관계는 바슐라르가 훌륭하게 묘사하고 있듯이 은유적 관계를 보인다.

> 거주지를 감싸 안아서, 가깝게 모인 사면 벽과 더불어 한 몸뚱이의 방이 되는 이 집이야말로 얼마나 훌륭한 존재의 응집의 이미지인가. 은신처가 수축된 것이다. 그래 한결 더 보호적으로 되어, 외부적으로 한결 더 강해진 것이다. 그것은 은신처였던 것이 보루로 된 것이다. 초가집이 그 안에서 두려움을 이겨내기를 배워야 하는 고독한 거주자에 게는 용기로 무장한 성곽이 된 것이다. …… 상상력에 의해 바로 태풍의 중심 자체가 된 집 안에서는, 단순히 모든 피난처에서 느껴지는 위안의 느낌을 넘어서야 한다. 투쟁하는 집에 의해 지탱되고 있는 우주적인 드라마에 참여해야 하는 것이다.[13]

집과 사람이 공동체를 이루면서 겨울 추위에 대립하는 우주적 드라마는 이상의 시에서 한 가지 더 첨가된 형태로 변형된다. 즉 겨울 추위에 대항하는 직접적인 공간 구조는 집의 범주가 맡고 있고, 그 안에서 독서하는 화자의 정신적 행위는 또 하나의 은유적 범주를 만들고 있다. '독서 행위'를 새

---

13 가스통 바슐라르(1990), 166쪽.

로운 지식과 화자의 기존 의식과의 대립으로 볼 때, '사람 / 책의 대립 구조'
가 나타난다. 이 대립 관계를 뒤집으면 '집∩사람', '극한∩독서'의 은유적
관계가 나타난다. 동시에 '추위 / 집'의 대립 구조는 '사람 / 책'의 대립 구조
와 서로 유추적 대응 관계를 맺는다(대립 구조는 ' / '로 표시한다). 시 「화로」의
전체 문장을 번호를 붙여 대립과 유추 관계로 나타내 볼 수 있다.

　여기서 집의 공간 구조는 수평적인 관계와 수직적인 관계로 나타난다.
부엌, 방거죽, 방속, 방안의 공간 관계는 방안에 앉아 있는 화자에게 수평
적이면서도 현실적인 의미 관계를 갖는다. 방바닥 위, 방바닥 밑, 구들장,
부엌 아궁이의 내부적으로 연결되는 관계는 수직적인 공간 구조를 이루면
서 화자에게 어머니(조상)란 숨어 있는 무의식의 관계로 나타난다.

1) 유리창 ∩ 눈

눈의 매개적 기능을 공간 관계로 보면 다음과 같은 대립을 이룬다.

방밖(외)	/	유리창	/	방안(내)
추위 노출	/	유리창	/	추위로부터 보호된 공간
추위의 공격	/	유리창	/	방과 사람의 물리적 방어

　유리창은 방밖과 방안을 나누고 연결하는 기능을 하며 그것은 추위에
노출된 공간과 추위로부터 방어된 공간을 나누는 것이며 추위의 공격에
대한 물리적 방어선이 된다. 한편으로 유리창에 비유되는 신체의 지각 기
관인 눈 역시 공간적으로 신체의 안과 밖을 연결하고 나누는 역할을 한다.

책 읽기	/	눈(신체 기관)	/	의식
낯선 지식	/	눈	/	기존 지식
새로운 지식	/	지각 작용	/	의식의 선별 기능
타자	/	눈	/	자아
외부	/	눈	/	내부
정신적인 공격	/	눈	/	사람의 의식적 방어

이와 같이 눈(지각 기관)의 책 읽기 행위는 낯선 지식과 기존 지식의 대립이면서, 타자의 외부적인 새로운 지식을 자아의 내부적 선별 과정을 거쳐서 의식화하는 정신적인 대결과 수용의 장(場)이 된다.

그런데 시 「화로」에서 눈의 기능은 독서 행위에서 끝까지 병행되지 못한다. 다시 말하면 눈의 활동이 끝나면서 유리창의 추위에 대한 방어 기능도 약화되어 새로운 국면에 접어들게 된다. 문장 ⑤, 문장 ⑩에서 보듯이 '눈을 뜨다 / 눈을 감다'의 행위항이 대립을 이루면서 독서 행위와 독해 행위를 구별하는 기준이 된다. 눈을 뜨고 책을 읽는 앞의 행위는 독서 행위이고, 눈을 감고 새로운 (의식의)가지가 안에서 움트는 과정은 외부의 지식이 내 의식 안에서 익는 독해 행위가 된다. 유리창의 경우에는 추위에 대항하는 X(유리창의 대응 존재)의 이차적인 방한 행위가 된다.

그러나 독서 행위와 독해 행위가 간단하게 갈라지고 구분되는 것은 아니다. (의식의)'폭동'이라는 힘든 경계선을 넘어야 한다. 즉 의식만으로는 전인적인 자아를 형성할 수도, 외부적 지식을 감당할 수도 없다는 의미가 내포되어 있다. 폭동을 통하여 나의 무의식의 도움을 입어 의식의 가지가 돋아나는 일, 즉 지적인 확장이 이상(李箱)이 생각하는 독해 행위이다. 공간적으로는 추위를 감당할 또 하나의 방어벽이 유리창을 가리운다. 독서 행위에서는 눈이 아파서 눈을 팔로 가리는 행위로 나타난다. 독서는 문자를 읽는 과정에서 읽은 문자에 담긴 의미를 의식이 소화시키고 명상한다는 점에서, 일 단계 독서와 다음 단계 독서가 표현되고 있다.

2) 화로 ∩ 의식의 핵

화로를 꽉 쥐거나 화로가 식는다는 것은 화로에 어울리는 술어가 되지만, 화로를 내 아픈 데에서 뗀다든가, 화로가 내 체온 위에 올라선다는 수수께끼적 표현은 이 문장들이 일상적 언술이 아니라 특수한 행위를 나타내는 비유적 언술임을 보여 준다.

화로는 문장 ⑤에서 보듯이 반복적인 순환 구조를 통해 '화로∩집의 집중(중심)'이고 의식의 핵심임이 나타난다. 추위의 공격이 심해지면서 문장 ⑥에서 화로는 찬 화로임이 드러난다. 즉 의식이 외부의 지식을 감당하지 못함을 비유한다. 그때 문장 ⑧에서는 어머니가 방바닥에서 초현실적으로 나타나 화로를 떼어 가지고 부엌으로 나가신다. 어머니가 방바닥에서 나타나는 것은 무의식의 출현임을 앞에서 말했지만 방바닥과 방고래와 부엌이 연결된 온돌방 구조[14]를 상상할 때 화로는 부엌의 아궁이 불과 함의 관계를 맺는다. 또 어머니가 부엌에서 활동하신다는 점을 고려하면 어머니와 부엌의 환유적인 상호 관계, 상응 관계가 나타난다.

---

14 온돌방이 아닐 수 있다. 그러나 '방바닥에서 어머니가 생기고'로 볼 때 방바닥을 난방으로 사용하는 방 구조는 곧 온돌일 것으로 추정된다.

화로　　　　⊂　　부엌(아궁이)

의식의 불　⊂　　무의식의 불

나　　　　　⊂　　어머니(아니마象)[15]

　여기서 변수로 작용하는 것은 화로다. 화로는 방의 공간에 속한 것이면서도 부엌의 공간에 속한다. 화로가 부엌의 큰 불에서 불덩이를 옮겨 들어와 방 안에서는 난로 역할을 하므로 찬 화로와 따끈한 화로의 구분이 가능하다. 이 화로를 지키는 역할은 집안의 불씨를 담당하는 여성의 역할로, 어머니상이다. 헌신적인 어머니상은 심리학에서 남성의 무의식 속에 있는 여성적 요소이므로 화로를 지배하는 어머니는 의식의 활동을 지배하는 무의식의 기능으로 유추해 볼 수 있다. 화로는 부분 난방 기구다. 방 전체를 덥히는 기능은 방바닥에 깔려 있는 방구들과 방고래를 통해 부엌에서 불을 지피는 온돌에서 하고 화로는 이동 가능하다는 이점이 있으나 쉽게 불이 식고 그러면 제 기능을 하지 못한다. 화로가 뜨거워서 방안에 있는 사람을 덥히는 제 기능을 하는 상태는 +, 제 기능을 못하는 상태는 −로 표시할 수 있다. 각 문장별로 그 대립을 살펴본다.

	화로 기능 (따끈한 상태)	추위 세력 (화로가 찬 상태)
⑤	+ (화로 기능함)	−
⑥	−	+ (식은 화로)
⑦	−	+ (바다 조수 출현)

---

15 아니마(Anima) : C. G. 융의 설에서 남성 속에 있는 여성적 요소.

⑧	− (어머니 출현)	+ (화로 작용 불능)
⑨	− (의식의 가지 출현)	+ (의식의 폭동)
⑩	+ (빨래방망이 등장)	−
⑪	+ (어머니 재등장)	−
⑫	+ (뜨거운 화로 등장)	− (기침)

추위의 세력이 문장 ⑤에서는 약했는데, ⑥~⑨까지는 추위가 강세를 띠고, ⑩~⑫에서 다시 약해진다. 반대로 화로의 기능은 ⑤에서 기능을 발휘하다가 ⑥~⑨에서 전혀 작동을 못하다가 ⑩~⑫에서 정상 복구된다. 여기서 (상징적) 어머니가 생겨 화로를 떼어 가지고 부엌으로 나가는 행위는 곧 의식의 폭동을 암시한다. 의식에서 화로를 뗀다는 행위가 의식 활동의 중단을 암시하기 때문이다. 의식은 상징적 어머니의 출현과 더불어 잠시 혼절한다. 화자의 의식은 사후에 폭동을 기억할 뿐이다. 여기서부터 독서 상태가 중단된다. 화자는 현 상태에서 화롯불을 쬐고 책을 읽는 일을 중단할 수밖에 없다. 두 팔로 눈을 가리고 유리창에는 (커튼을) 치고 (의식의 중심인) 화로는 (상징적) 어머니가 부엌(무의식의 저장소)으로 가지고 나가신다. 그리고 새로 생긴 의식의 가지가 활동하기 시작한다. 곧 독해 과정이다.

여기서 유리창에 커튼을 친다는 항목을 추가할 수 있는 것은 문장 "⑩ 두팔을벌리고유리窓을가로막으면빨래방망이가내등의더러운衣裳을뚜들긴다."에서다. 여기서 두 팔의 기능이 주목되는데, 두 팔로 가로막는 대상이 이 문장에서는 '유리창'이라고 바꾸어져 있다. 즉 두 팔로 가로막을 수 있는 신체의 대상은 다름 아닌 앞에서도 나온 '두 눈'이라고 유추할 수 있다. 그러므로 'A−X=C−D' 즉 '두 팔−X=눈−유리창'의 유추로 보면 두 팔로 눈을 가로막듯이 유리창을 가로막을 수 있는 것은 '커튼'일 가능성이 높다. 물론 이 생략 부분이 남유(catacrisis)가 될 가능성도 배제하지 못한다.[16] 그러나 전체 문맥상 두 팔로 눈을 가리고 독서를 중단한다는 의미가 시의 진행에 어울린다고 볼 때 생략 부분을 짚어낼 수 있다. 두 팔은 또 빨래 방망이를 가지고 내 등의 더러운 의상을 세탁하는 어머니의 상징적 역할로 이어진다.

다시 말하면 무의식의 상징적 어머니가 등장하여 두 가지 일을 한다. 찬 화롯불을 뜨거운 불로 바꾸는 일과 빨래 방망이로 화자 등의 더러운 의상을 세탁하는 일이다. 기존 의식을 (무의식의 존재인) 어머니가 세탁하는 의식의 전환 과정이 일어난다. 일상에서 어머니의 역할이 부엌불을 관장하며 빨래하는 일이므로 의식의 현 상태를 보강하는 작업은 두 가지가 병행된다. 화로 이미지에서는 부엌불이 등장하고, 유리창에는 커튼의 비유가 등장한다.

추위 쪽의 공격 이미지는 혹한의 배후 세력인 바다 조수가 밀려와 방안을 공격하면 화자는 감기가 들고 기침을 하게 된다. 추위가 심해지면 같은 난방을 해도 더 춥게 느껴진다. 즉 과도한 독서량을 의식이 감당하지 못하는 상태다. '기침약처럼 따끈따끈한 화로를'이라는 표현에서 나타나듯이 '화로=기침약'의 은유적 대응이 '같이'란 직유적 표현을 통해 드러난다. 기침약이란 기침을 막는 약이다. 즉 혹한이 몸에 침입하면 감기가 들어 기침을 하게 된다. 따라서 기침은 (바다 → 바다조수 → 혹한 → 기침)의 패러다임에 이어진다. 이와 반대되는 항은 추위를 막는 (부엌불 → 어머니 역할 → 화로 → 기침약)의 패러다임으로 형성된다. 이 두 패러다임은 열과 냉의 대립으로 나타난다. 그런데 이런 대립은 기존의 대립을 넘어서는 새로운 대립항으로 나타난다. 기존의 대립은 책 / 눈 / 의식의 대립이고 추위 /

유리창 / 방의 대립이다. 그런데 화로가 제 기능을 발휘 못하자 화로를 기존의 의식에서 떼어내어 무의식의 도움을 받게 한다. 즉 어머니가 나타나 화롯불을 부엌으로 가지고 나가는 행위다.

외부 공간	/	변화된 내부 공간
새로운 지식	/	의식의 가지
기침	/	화로(기침약)
새로운 지식	/	의식의 때(빨래방망이 기능)
냉(외적 에너지)	/	열(내적 에너지)
겨울바다 조수(냉기 생산지) /		부엌(불 생산지)
지식	/	무의식+의식
독서 행위	/	두뇌 활동

화로를 다시 방안으로 가져와 기침을 쫓듯이, 의식의 핵이 약해지자 무의식(어머니)이 나타나 더 큰 잠재의식의 도움을 받아 의식의 핵을 보강시키는 과정을 보여 준다.

3) 방바닥 ∩ 어머니

추운 방에서 화로를 껴안고 책을 열심히 들여다보는 행위를 상상하라. 추위의 위력과 독서의 위력이 점점 강력해져 ⑥바다 조수가 느껴진다. 그때 이런 외부의 압력에 대한 대응으로 방바닥이 열리고 거기서 어머니가 등장하는 초현실적인 세계가 열린다. 이와 같이 집∩독서의 공간 관계는 방바닥의 겉과 속, 의식과 무의식의 존재 출현이란 초현실적인 의식의 흐름으로 수직적으로 연결된다. 방바닥의 거죽에는 화자가 앉아 있지만 방바닥 밑의 공간(구들장)에는 나의 아니마상(像)이라고 할 수 있는 무의식의 존재인 어머니가 숨어 있다가 등장한다. 어머니 이미지는 어떤 어머니이든 간에 자식에게는 희생적이고 헌신적이며 영원히 아름다운 구원자(helper)의 역할을 한다.

화롯불이 방과 부엌으로 그리고 다시 방으로 어머니를 통해 이동하는 행위는 정신 작용으로 바꾸어 보면 중층적 자아 세계를 암시한다. 독서 행위는 눈을 통해 읽을 수는 있으나 글 속의 정수를 이해하여 자기의 것으로 만드는 독해 행위에는 못 미치는 정신의 허약한 상태가 나타난다. 바로 '찬 화로'의 비유다. 불 꺼진 화로는 방의 공기를 썰렁하게 만들고, 독서 범주로 바꾸어 보면 독해하는 정신 활동의 위기를 나타낸다. 그때 어머니가 나타난다. 내 자아 속의 어머니란 실제의 어머니가 아닌 상징적 어머니일 수밖에 없다.

방	∩	화자(話者)
방바닥	∩	어머니
방의 하부 구조	∩	나의 선조

심리학에서도 자아의 역할을 어머니의 역할로 비유한다. 즉 초자아와 자아의 양 극단을 조정하고 연결하는 기능[17]은 마치 가정에서 아버지와 아

---

17 이부영(1988), 『분석심리학』(일조각), 48쪽. "의식이 무의식에 비길 데 없이 적다고 해서 융이 마치 의식의 기능을 무시하고 그를 비평하는 사람들이 말하듯이 자아를 '충동의 종속물'처

이들 사이를 연결하고 조정하는 어머니의 역할과 같다는 이론이다. 가족을 돌보는 어머니의 역할처럼, 상징적 존재의 도움으로 약화된 의식이 무의식의 강한 에너지를 보충한다. 무의식에서 의식으로 나타난 어머니는 공간 범주로는 방바닥에서 출현하는 것으로 표현된다.

"무의식은 '샘물' 같은 것이다. 거기에는 무한한 가능성으로 향하는 에너지가 저장되어 있다. 그것은 떼어 버리거나 없애야 할 성질의 것이 아니라 생명의 원천이며 창조적 가능성을 지닌 것이다. 그것은 방어해야 할 위험한 충동이기보다 체험하여 의식의 것으로 동화해야 할 것들이다. 이런 입장에서 무의식을 보면 무의식에 대한 자아의 태도는 달라진다. 즉 무의식이 지닌 지향적인 의미를 찾고 그것을 이해하려는 태도를 가지게 된다. 내 마음속에 나도 모르게 존재하는 또 하나의 마음이 어떤 '뜻'을 가지고 있다고 보며 그 뜻을 찾아 나가게 되는 것이다.

무의식의 또 하나의 특징은 그 자율성이다. 우리가 잠잘 때 계속해서 기능을 발휘하는 식물성 신경 기능처럼 무의식은 의식 작용에 구애받음이 없이 그 스스로의 법칙에 따라서 움직여 가고 있다는 견해다. 그런 의미에서 무의식은 의식 작용보다도 더 항구적이며 때로는 그를 능가하는 특징을 가진다고 보는 것이 사실이다. 그러나 이 자율성은 하나의 창조적 자율성이다. 무의식은 의식을 그 자율적인 힘으로 구속하는 것이 아니라 의식에게 여러 가지 미래에의 가능성을 제시한다고 보는 것이 타당하다.

럼 생각한다고 믿는다면 그것은 잘못이다. 자아가 없으면 인간정신의 성숙도 불가능하고 융의 개성화도 불가능하다. 정신분열증에서처럼 자아가 분열되면 모든 가치 감각이 사라지고 능동적인 재생을 꾀하기 어려워진다. 또한 무의식은 자아의 무의식에 대한 태도 여하에 따라서 긍정적으로도 부정적으로도 반응하게 된다. 자아가 무의식의 내용을 파악하고 그것을 의식화하고자 하면 할수록 무의식은 그의 창조적인 암시를 더욱 활발히 내보내게 된다."

무의식의 의식에 대한 관계는 대상적(代償的)이다. 대상작용은 무의식의 중요한 기능이다. 다시 말해서 무의식은 의식에 결여된 것을 보충하는 역할을 하며 그럼으로써 그 개체의 정신적인 통합을 꾀한다"[18]고 할 때 이 시에서 등장하는 어머니의 상징적 기능을 알 수 있다.

3. 독서 행위와 독해 행위

책을 읽는 행위는 나의 자아와 책 속의 다른 자아가 대화하는 행위라고 정의를 내릴 수 있다. 나의 자아가 눈을 통해 의식을 집중시켜 책을 읽으면 책의 의미 체계와 만나게 되는데 먼저 책 속의 자아가 말하는 의미 체계를 받아들이는 '독서 행위'가 우선하고, 그 다음에는 책 속의 타인의 지식을 자기에게 맞게 소화해 내는 '독해 행위'로 나눌 수 있다.

집과 사람은 내부적인 관계를 이루면서 새 지식과 추위라는 외부적인 대상과 공간적으로 대립하고 있다. 여기서 흥미 있는 것은 독서하는 행위가 정신과 책 속의 지식 사이의 우호적인 관계라기보다는 적대적인 사이로 비유되고 있다는 사실이다. 즉 독서의 비유체인 추위(혹한)는 방과 유리창과 화로로 비유되는 사람의 정신을 공격하고 먼 바다에서 일어나는 겨울 추위는 나를 수호하는 무의식의 어머니가 가져다주는 정신 심층에(부엌) 있는 화로에 의해 물리쳐진다. 즉 독서의 대상인 책은 어떤 과정을 거쳐 내게서 분리되어야 할 적대적인 속성이 된다. 그러나 독서가 단순히 적대적인 것만은 아니므로 독해 행위는 다시 한번 재고된다. 여기서 추위와 새

---

18 이부영(1978), 53~54쪽.

로운 지식의 비유는 다음과 같이 확대될 수 있다. 그 관계는 환유적
(Metonymic)인 상호 관계라고 말할 수 있다.

추위   ⊂   먼 바다 : 물리적 기류의 이동
지식   ⊂   지식인 : 지식의 정신적 이동

추위와 그 추위를 몰고 오는 바다의 기류와 물결의 움직임이 하나의 범
주를 이루고, 책 속의 지식은 지식의 바다에서 가져 온 일부 지식이라는
또 다른 범주를 형성한다. 유사 관계로 살펴보면 다음과 같다.

극한   ―   책 속의 지식
(바다)조수   ―   지식의 일부
먼 바다   ―   지식의 원천
기류의 이동   ―   지식의 이동

위의 대응 구조는 {극한⊂(바다)조수⊂먼 바다}∩{책 속의 지식⊂지식
의 일부⊂지식의 보고}의 함의 관계로 이루어진 비유 관계를 맺는다. 그래
서 추위(극한)가 집을 뚫고 사람(화자)을 공격하는 우주적 드라마는 낯선 사
람의 정신적 수준을 내 것으로 받아들이는 지적인 드라마로 연결됨을 볼
수 있다.

이런 일 단계 대립 양상의 변화는 구원자의 등장으로 이루어진다. 외부
공격자인 겨울의 극한에 대항하여 무의식의 하위 이미지들이 대거 등장한
다. 상징적 어머니의 등장, 커튼 등장, 빨래 방망이 등장, 부엌불 등장 등
이 그것이다. 이들을 구원자라고 부를 수 있다. 기존의 의식으로 이루어지

는 독서를 단순한 독서 행위라고 부른다면, 무의식의 도움이 있어야만 이루어지는 독서 행위를 독해 행위라고 부를 수 있다. 즉 단순한 지식의 수용이 아니라 그것을 자신의 기존 지식, 기존 의식 수준과 결합하여 새로운 전인적 융합을 이루는 것을 독해 과정이라 부른다면 이상의 시 「화로」는 독서 과정―독해 과정이 잘 드러난 시라고 볼 수 있겠다. 그 과정을 1~4의 시간의 계기성으로 볼 수 있고, ㄱ~ㄷ의 은유적 대응 상태로 볼 수도 있다. 그래서 은유적으로 대응되는 행위들이 쌍을 이루면서 시간의 흐름에 따라 처음과 대립되는 상태로 끝나는 서사 구조를 띠고 있다.

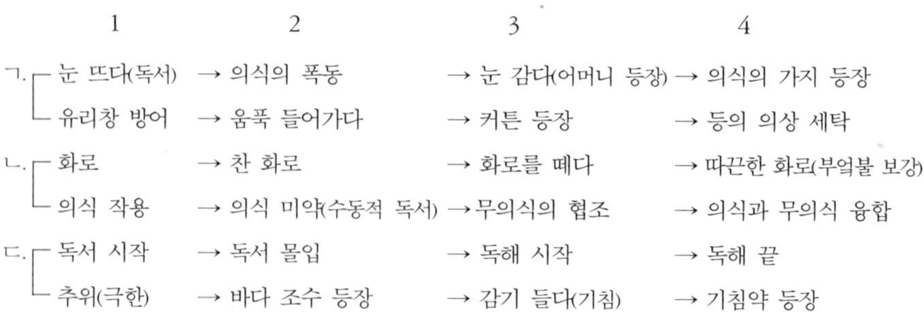

이상의 시 「화로」의 구조가 공간 은유적 대응 구조와 대립 구조로 잘 짜여진 공간적 닮음의 관계임을 알 수 있었다. 처음에 '겨울의 극한에 대항하는 집'의 대립 구조는 따끈한 화로가 등장하면서 극한의 패배로 끝난다. 그리고 독서와 새로운 지식의 팽팽한 대결은 책의 지식을 나의 의식이 소화시켜버렸으므로 독서는 끝이 나고 그 대립은 해체된다. 이와 같이 시 「화로」는 시가 갖는 순환 구조로서의 은유적 대응과 더불어 시작과 끝, 처음과 중간과 끝이라는 서사 구조도 갖고 있다. 이런 이상 시의 은유는 '단어 은유' 형태가 아닌 '언술 은유' 형태라고 부를 수 있다. 즉 단어와 단어의 대응과 교차라기보다 ·과 문장이 겹쳐지고 이어지면서 진행하는 술부 작용을 통한 언술 은유다.

시적 의미가 표현의 내포성(connotation)에 상당 부분 힘입고 있음을 생각할 때 다소의 유추적 확대 해석이라고 볼 수 있는 부분이 있을 수 있었다. 그것은 은유적 모호성 때문에 언제나 시 해석에서 부딪치게 되는 문제다. 커튼의 등장이라든가 빨래 방망이의 등장에 대한 해석이 그것이다. 아리스토텔레스가 은유란 기쁨의 수단일 뿐 아니라 무엇보다도 인식의 도구이기도 하다고 말했듯이, 은유가 장식이 아니라 명료함과 수수께끼의 원천이 되는 인지적 도구라는 사실을 다시 한번 이상(李箱)의 시 「화로」를 통해 깨닫게 된다.

2

비유법으로
이상의 수필
『권태』 읽기

李箱

<h1 style="text-align:center">비유법으로 이상의 수필 『권태』 읽기[*]</h1>

1. 이상 작품과 은유

이상(李箱, 1910~1937)은 은유 사용의 천재라고 할 정도로 그가 쓴 모든 장르(시, 소설, 수필)에서 은유라는 문체 방식이 드러나고 있다는 점에서 이상의 수필 『권태』를 은유적 언술기법으로 읽는 것이 중요하다고 생각한다. 여기서 은유란 무엇인지 먼저 개념 정의를 해 보면 다음과 같다. 은유는 비유의 일종으로, 서양 시론의 원조인 아리스토텔레스의 『시학』에서는 문학의 말씨를 다루는 곳에서 다음과 같이 언급한다. "가장 중요한 것은 비유를 마음대로 부리는 일이다. 그것이야말로 남에게서 배울 수 없는 것이

---

* 이 글은 「이상 리뷰(Yisang Review)」 제5호(이상문학회, 도서출판 역락, 2006)에 실렸던 글이다.

며 또한 천재의 표적이니, 좋은 비유는 다른 것들 속에서 같은 것을 직관적으로 파악함을 뜻하는 까닭이다.”[1] 라고 은유가 천재의 표지임을 말하고 있다.

또한 ‘메타포’라는 서양 용어의 뜻은 자리 바꾸어 넣음이라는 뜻이다. ‘어떤 사물에다 다른 것에 속하는 이름을 갖다 붙이는 것’이라고 아리스토텔레스는 말하고 있는데, 이렇게 ‘옮겨 넣는 일’은 유추를 근거로 하여 보편에서 특수, 특수에서 보편, 또는 특수에서 특수로 바뀜으로써 생긴다고 하였다. 그 목적은 장식, 선명감, 의미의 명확성 또는 호기심을 자극하는 수수께끼를 위해서라고 수사학자들은 말했다. 이런 목적 중에서 특히 선명한 시각적 인상이 강조되었다.[2] 라고 은유의 작용을 설명한다.

2. 수필 『권태』에 나타난 은유의 기능

이상의 수필은 시 같은 수필이고, 소설 같은 수필이라는 데 읽는 재미가 더하다고 말한다. 그의 수필에서는 시적인 비유가 횡행하고, 소설적인 스토리의 전개가 흥미진진하다. 그러나 그것은 이상만의 특성이 아니고 수필 장르 일반의 특징에 그 바탕을 둔다.

헤르나디(Paul Hernadi, 1936~)가 말하는 장르적 특성을 보면 수필과 시에서는 공통적으로 이야기가 1인칭 독백으로 이루어진다는 것이다. 수필, 시와 반대로 소설과 희곡에서는 1인칭 독백이 아니라 여러 인물이 등장하여

---

1 이상섭(2001), 「은유」, 『문학비평용어사전』(민음사), 261쪽.
2 앞 글, 262쪽.

대화로 이야기가 진행된다. 다른 한편으로 수필과 소설의 공통적인 장르적 특성을 살펴보면, 말하는 이(narrater)가 있어 전체 이야기를 이끌어 나간다는 것이다. 이와 달리 시와 희곡 장르에서는 말하는 이의 역할이 없다. 이렇게 볼 때 수필의 장르는 1인칭 독백으로 이루어지면서 말하는 이의 문화적 배경에 대한 통찰력이나 사색이 이야기를 이끌어 나가는 핵심이기 때문에 수필은 에고(ego)의 문학이라고도 하고 철학적인 문학이라고도 한다. 이런 면에서 이상의 수필 『권태』[3]는 당시의 첨단적인 도시인의 예리한 안목이 어떠한 상상력의 형태를 띠고 나타나는가 하는 점을 살펴볼 수 있겠다. 그리고 일인칭 독백, 즉 '에고(ego)의 문학'이라는 명칭에 걸맞게 '나'라는 인물의 깊은 자기 성찰과 개인적인 고뇌가 어떻게 심도 있게 드러나고 있느냐는 점을 중점적으로 살펴보겠다.[4]

수필 『권태』의 내용은 경성(지금의 서울)의 지식인인 이상이 더운 여름철에 요양차 시골에 와 있는 상태에서 기술한 글이다. 여기서 몇 가지 서지적인 점을 주목해야 하는데, 이 글은 이상이 죽은 뒤인 1937년 5월 4일부터 5월 11일까지 '조선일보'에 게재된 글이다. 이 글 말미에는 "十二月 十九日 未明, 東京서"라고 적혀 있다. 그가 동경에 머물던 때는 1936년부터이고 그는 1937년 4월 17일 새벽 4시경 일본 동경제대 부속병원에서 숨을 거두었다. 그렇게 볼 때 수필 『권태』는 1936년 12월에 일본에서 쓴 것으로 추정된다.

구체적으로 그가 언제 서울을 떠나 어디로 요양을 갔는지 살펴보겠다.

---

3 문학사상자료연구실 편, 이어녕 교주(1977), 『이상수필전작집』(갑인출판사, 168~187쪽).
4 김옥순, 「상상력의 비유어로 꽃피운 이상과 현실」, 특집 / 이상 수필 연구, 『문학사상』 1993. 9, 221~222쪽.

그의 전기를 살펴보면, 1933년 3월 이상은 심한 각혈로 총독부 내무국 기수직을 그만두고 이 해 초여름에 황해도 배천(白川) 온천으로 요양을 떠났다. 요양에서 돌아온 그는 통인동 집을 처분하여 7월 14일에 종로1가 현 신신백화점 뒷골목 한일관 옆에서 다방 '제비'를 개업했다. 2차 여행은 그 후 1935년 12월경에 다방의 실패와 폐병으로 지친 몸을 이끌고 인천과 평안남도 성천(成川) 등지를 여행한 것이다. 성천에서는 동창인 원용석이 그를 맞았는데 열흘쯤 머문 다음 서울로 돌아왔다[5]고 한다.

수필 『산촌여정』을 보면 부제로 '成川紀行의 몇 節'이라고 적혀 있는 것으로 보아 『산촌여정』이 평안남도 성천에서의 경험을 수필로 쓴 것임을 알 수 있다. 그 내용에는 『권태』와 마찬가지로 팔봉산이 등장하고 계절도 여름철에서 초가을이 배경이다. 이런 정황으로 보면 수필 『권태』의 배경은 평안남도 성천일 것인데 이 글을 쓴 시기가 이상이 죽기 직전인 일본에서의 원고라는 점이 별스럽게 보인다. 그렇게 볼 때 이 글은 한국의 평안남도 성천에서 요양을 하면서 보고 들은 내용이지만 그 당시의 경험을 곧장 조선일보에 기고한 것도 아닐뿐더러 요양 당시의 경험을 금방 글로 작성한 것도 아님을 알 수 있다. 즉 이상이 예전 요양하던 시골에서의 경험을 일본 동경에서 재구성하였다고 생각할 수 있다.

그러나 이 점은 좀 더 면밀한 서지적인 조사가 필요하다. 이런 점을 감안하면서, 이 논문에서는 수필 『권태』에 나타난 이상의 문장들이 비유적 문장으로 이루어져 있음에 주목하여 비유의 대상들이 어떤 성향의 이미지 군을 이루고 있는지를 살펴보고 그것을 통한 작가 인식을 살펴보려 한다.

이 글의 시간을 먼저 알아보면 시간은 한여름이고 관찰 장소는 농촌 마

---

5 이명자(1977), 「이상 생애」, 『이상소설전작집 1』, 갑인출판사, 303~323쪽.

을이고 관찰하는 주인공은 이상 자신이다. 이상은 병으로 시골 마을에 요양 와 있다. 건강이 안 좋아 일을 할 수도 없을뿐더러 땡볕 아래에서 논밭에 나가 하루종일 김매는 농부의 일은 도회지 태생인 이상에게는 어울리지 않는다. 그래서 그는 마을을 돌아다니며 관찰하는 일을 하고 있다. 자신이 아픈 사람이라 일을 할 수 있는 상황이 아닌데다가 시골은 여름이 가장 바쁜 철이라서 같이 이야기할 사람이 없다. 농부들은 김매기로 일손이 한창 달리는데 이상도 무엇인가 할 일을 찾아야 된다는 강박 관념을 보여주면서, 그런 강박 관념이 이 수필을 쓸 동기가 됨을 알 수 있다.

> 무작정^{無作定} 널따란 백지^{白紙} 같은 "오늘"이라는 것이 내 앞에 펼쳐져 있으면서 무슨 기사^{記事}라도 좋으니 강요^{強要}한다.
>
> —『권태』: 169

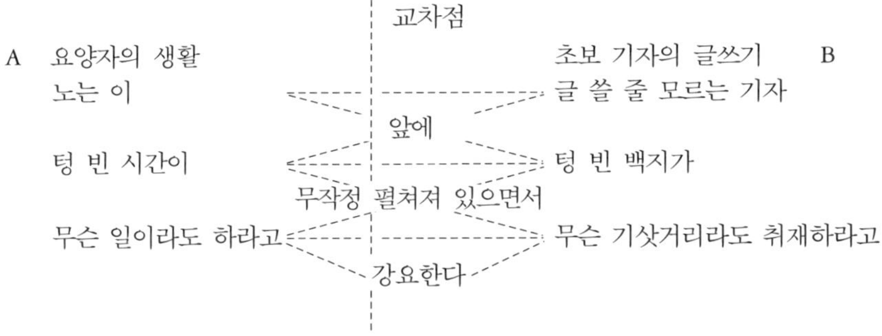

시간이 내 앞에 펼쳐져 있는 것은 바로 내 삶이고, 백지가 내 앞에 펼쳐 있는 것은 기자의 글쓰기이다. 일 없이 노는 백수(요양 온 사람) 앞에 시간이 길게 펼쳐 있는 것은 글 쓸 줄 모르는 기자 앞에 백지가 펼쳐져 있으면서 기삿거리를 찾으라고 강요하는 것과 같다고 비유한다. 이렇게 농촌의 따분한 휴양생활이 갑자기 기자의 기삿거리로 돌변하면서 농촌 배경은 기사를 쓸 줄 모르는 초보기자의 지역 사회에 대한 엉뚱하고 흥미진진한 통찰력이 만들어 내는 지성(intellection)의 시험장으로 돌변한다.

시원한 그늘도 없이 땡볕이 쏟아지는 시골 마을에서 심심하게 보내는 이상은 여러 가지 점에서 장소에 어울리지 않는다. 그는 더더욱 농촌 마을에 어울리지 않는 도회지 사람다운 발상법으로 농촌 마을을 비관적으로 바라본다. 하루종일 일하고 밤이면 고단해서 멍석 위에 쓰러져 자는 농부들과 달리 이상은 미술과 건축과 현대적 지식으로 무장되었으며 예리한 지성을 지닌 현대인이다. 그리고 몸을 움직이는 일과는 상관없는 정신노동자로서 사물의 본질을 꿰뚫어 보는 훈련을 해 온 지식인이다. 사물의 본질을 꿰뚫는다는 것은 자신을 비롯하여 자신을 둘러싼 모든 사물을 실존적이고 비판적으로 볼 줄 아는 비판적 정신의 소유자라는 뜻을 함축하고 있다. 마치 장 폴 사르트르의 소설 『구토』에서 주인공 로캉텡이 도서관에서 할 일 없이 역사적 인물을 연구하면서 도서관의 사서와 매일 도서관에 출근하는 인물들을 관찰하면서 실존적인 사유를 전개해 나가는 것과 유사한 상황을 보여주고 있다.

3. '존재 이유' 없음의 은유
―존재의 사라짐에 대하여

이상은 항상 자신의 존재 이유(raison d'être)에 대하여 관심을 가지고 있었음이 그의 모든 글에 잘 나타난다. 수필 『권태』에서도 사물의 본질을 그 사물이 세상에 존재할 이유가 있느냐 없느냐, 존재할 가치가 있느냐 없느냐에 주목하여 판단하고 있음을 알 수 있다. 그중에서도 특히 존재 이유가 사라진 것들에 비유법을 사용하고 있음이 주목된다.

> 소의 뿔은 벌써 소의 무기^{武器}는 아니다. 소의 뿔은 오직 안경^{眼鏡}의 재료^{材料}일 따름이다. 소는 사람에게 얻어맞기로 위주^{爲主}니까 소에게는 무기^{武器}가 필요없다. 소의 뿔은 오직 동물학자^{動物學者}를 위한 표식^{表識}이다. 야우시대^{野牛時代}에는 이것으로 적을 돌격^{突擊}한 일도 있읍니다—하는 마치 폐병^{廢兵}의 가슴에 달린 훈장^{勳章}처럼 그 추억성^{追憶性}이 애상적^{哀傷的}이다.
>
> —『권태』: 181

소의 뿔이 이미 현대에는 무기로서의 효용성이 없어졌다는 점에 착안하여 전쟁터에서 용맹을 뽐내던 군인이 평화시에는 쓸모가 없어져서 민간인에게 별 도움이 안 되는 훈장을 가슴에 달고 다니는 것 같다는 진술이다. 소의 뿔이 지닌 무용성과 자신의 남성성의 무용성 내지 요양자의 할 일 없음도 함께 함축되고 있다.

A 소	접합점	군인 B
소의 뿔이		군인의 무기는
들소 시대에		전쟁터에서
	적을 공격하는 위력을 지닌	
무기였으나		도구이지만
사람이 지배하는 현대에는		평화시에는
	쓸모 없이	
소 머리에 달린		민간인의 가슴에 달린
안경의 재료이자 동물 표지일 뿐이다		훈장에 지나지 않는다

이와 같이 유용성 있던 존재들이 쓸모없는 존재로 바뀌는 상태는 아래의 언술에서도 나타난다.

> 암소의 뿔은 숫소의 그것보다도 더 한층 겸허謙虛하다. 이 애상적哀傷的인 뿔이 나를 받을 이理 없으니 ……
>
> —『권태』: 181

"암소의─뿔이─작다"와 "(사람의)─(자존심이)─겸허하다" 이 두 대응적 언술은 겸허한 자존심을 작은 뿔로 비유하면서, 성격의 드러남 없음과 같이 자존심의 존재가 없음을 구체화시키고 있다. 여기서의 접합점은 잘 드러나지 않는 뿔과 자존심의 대응관계이다. 곧 무능력함은 겸손함과 통한다는 견해다.

> 함석대야는 그 본연本然의 빛을 일찌기 잃어버리고 그들의 피부색皮膚色과 같이 붉고 검다. 아마 이 집 주인主人아주머니가 시집올 때 가지고 온 것이리라.
>
> —『권태』: 178

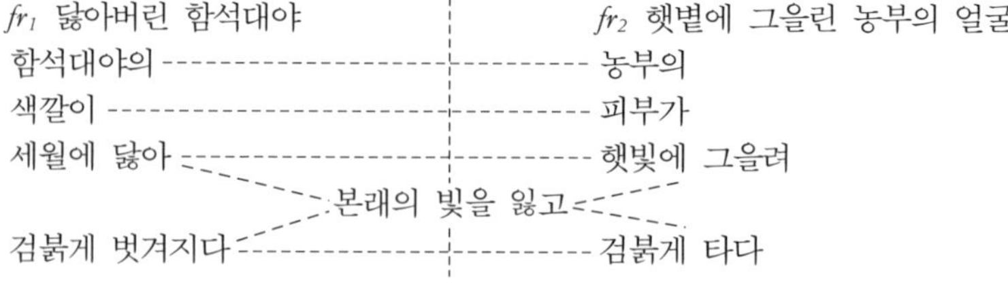

농부의 일용품인 대야를 농부의 그을린 피부 색깔로 비유하고 있는데 여기서도 본래의 함석대야 빛이 사라진 것에 주목하고 있다. 농부의 그을

린 피부나 함석대야의 벗겨진 색깔이나 다 본래의 모습이 사라졌다는 데서 색의 공통 요소를 찾은 것이다. 말하는 이의 시선은 함석 대야나 농부의 피부색에서나 사라짐에 주목하고 있음을 볼 수 있다.

> 이윽고 밤이 오면 또 거대^{巨大}한 구렁이처럼 빛을 잃어버리고 소리도 없이 잔다. 이 무슨 거대^{巨大}한 겸손^{謙遜}이냐.
>
> —『권태』: 172

팔봉산(fr_1)	구렁이(fr_2)	사람(fr_3)
팔봉산이 ---------- 구렁이가 ---------- 겸손한 사람(道人) / 죽은 이가		
빛을 ------------- (형태를) ---------- (모습을)		
감추고 ----------- (숨기고) ----------- (숨기고 / 감추고)		
밤에 ------------- (겨울에) ---------- (세상에서)		
(보이지 않는다) ----- (소리없이 잔다) ---- (은둔한다 / 떠난다)		

이 은유적 언술은 단순히 밤과 낮이란 지구의 자전 현상을 의인화한 것에서 그치지 않고 이 자전 현상을 뱀의 동면하는 속성에 비유하고 겸손한 사람이 스스로 몸을 감추는 처신(道人 또는 죽은 사람)으로까지 발전시켜 비유한다. 밤은 거대한 구렁이의 동면으로 그리고 높은 지위를 마다하고 몸을 숨기는 도인으로 비유되고 있다. 겸손한 사람 혹은 도인의 처신술이란 더욱 지성적인 범주에 속하므로 구렁이의 동물적 범주와 지구의 물질적 범주가 지성의 범주로 이동하게 된다. 이와 같이 {인간⊂동물⊂식물⊂물질적 대상⊂에너지原⊂우주⊂존재}[6]의 범주계층에서 은유적 언술을 통해

---

6 Ronald F Lunsford(1980), "Byron's spatial metaphor: a phycholinguistic approach", *Linguistic Perspectives on Literature*, Marvin K.Ching, Michael C.Haley, Ronald F Lunsford(ed.), Routledge & Kegan Paul ltd. 1980.

우주적 범주, 형태의 범주, 식물의 범주, 그리고 동물의 범주에서부터 지성화되는 범주 이동을 보여준다. 게다가 도인에서 그치지 않고 이 세상을 떠나는 사람이라는 확대 해석이 가능하므로 여기서 "자는 것(동면)은 사라지는 것이다"란 등식이 생기는데 마찬가지로 "죽는 것은 사라지는 것이다"란 등식도 드러나게 된다.

> 다시는 날이 새이지 않은 것 같기도 한 밤 저쪽에 또 내일來日이라는 놈이 한 개個 버티고 서 있다. 마치 흉맹兇猛한 형리刑吏처럼―나는 그 형리刑吏를 피避할 수 없다.
>
> ―『권태』: 186

"밤 저쪽"이라는 표현에서 시간이 공간의 위치 개념으로 표현되고 있다. 원래 날이 새면 밤이 온다는 자연스런 법칙이 공간적 표현으로 전이되면서 특정한 종말의 시간은 공간적 위치의 저쪽에 위치한 형리로 나타난다. 그리고 "흉맹한 형리처럼"의 표현에서는 생명을 열심히 연소시키고 가꾸어 나가는지 아닌지를 감시하는 자신의 초자아적 감시 기능을 죄수와 저승으로 잡아갈 형리의 비유 관계로 나타낸 것으로 보인다.

fr_1	fr_2	fr_3
한밤이 -----------	벽의 -------------------	감옥의
지나면 -----------	저쪽 공간에 -----------	바깥공간에
내일이 -----------	한 놈이 ---------------	형리가
기다리고 있다 -----	버티고 서 있다 -------	감시하고 있다

시간의 순차적 흐름(fr_1)은 공간상의 구획(fr_2)으로 바뀐다. 즉 오늘(fr_1)은 한쪽 벽의 존재(fr_2)이고 내일은 또 다른 쪽 벽의 존재로 칸막이 져서 구체

화된다. 이렇게 시간이 칸막이로 전개됨으로써 감옥에 갇힌 죄수의 바깥쪽에 형리(fr_3)가 버티고 있는 것이 연상된다. 한 칸 한 칸씩 전개되는 시간의 흐름을 의식하고 살다가 자신이 사라져야 한다는 것을 깨닫는 사람에게는 삶이 최후의 순간을 기다리는 사형수의 심장처럼, 또는 가시방석 위를 걸어가는 것처럼 고통스럽게 여겨짐을 나타낸 은유적 언술이다.

다만 어디까지 가야 끝이 날지 모르는 내일來日. 그것이 또 창窓밖에 등대等待하고 있는 것을 느끼면서 오들오들 떨고 있을 뿐이다.

—『권태』: 187

A 죽음을 예감하는 나	사형집행을 기다리는 죄수 B
밤	집
저쪽에	밖에
내일이	형리가
기다리고 있다	기다리고 있다
내일의 끝은	감옥살이의 끝은
언제인가	언제인가
두렵다	두렵다
사망일	사형집행일

내일의 끝에는 희망적인 새날이 아니라 죽음이 기다리고 있음을 알고 있고, 감방 생활의 끝은 감방에서 풀려나는 것이 아니라 사형 집행인이 기다리고 있어 감옥살이가 끝난다. 나와 죄수의 공통점은 내일이 없다는 사실이다. 삶이 끝날 것을 두려워하는 병든 나와 사형 집행을 기다리며 감방을 벗어나길 두려워하는 죄수의 심정이 일치점을 얻고 있다.

여기서 생명의 형체 있는 상태를 건축물로, 생명의 끝을 집 밖으로 공간화하여 비유하고 있다. 건축물 안은 생명의 흐름이 지속되는 구조물로, 그리고 건축물 밖은 생명의 흐름이 흩어지는 공간으로 구별하며 이승과 저승을 구분한다.

> 불나비가 달려들어 불을 끈다. 불나비는 죽었든지 화상火傷을 입었으리라. 그러나 불나비라는 놈은 사는 방법方法을 아는 놈이다. 불을 보면 뛰어들 줄을 알고……
>
> —『권태』: 187

fr_1 불나비	*fr_2 생명체*
불나비가 --------------------	생명체가
죽음의 본능을 가지고 --------	정열을 갖고
불에 -------------------------	죽음(불가능, 종말)을 향해
뛰어들다 --------------------	도전하다

불나비를 의인화하여 사는 방법을 아는 놈이라고 표현하고 있다. 불은 태울 수 있는 모든 것을 태운다. 그래서 타오르는 불길을 인생에 비유하면 에너지를 태우고 살아 움직이는 삶을 나타낸다고 볼 수 있다. 말하는 이는 내일의 끝을 불안스럽게 기다린다. 그런데 불나비는 죽음을 두려워하며 죽음을 기다리지 않고 죽음을 향해 뛰어든다. 죽음이 다가오기를 수동적으로 기다리지 않고 죽음을 향해 뛰어듦으로써 내일을 향해 뛰어들고 싶어한다. 한편 인간이 살면서 부딪치는 절망의 끝은 죽음일 수 있다. 동시에 죽으면 절망도 없으니까 삶의 끝은 죽음이고, 내일의 끝은 내일 없음이므로 내일을 향해 절망에 함락당하지 않고 적극적으로 도전하는 불나비를 찬양하는 시선을 보여준다. 사는 방법을 아는 놈이란 진술은 곧 죽는 방법을 아는 놈이란 의미로도 볼 수 있다.

그것은 다만 향기^{香氣}도 촉감^{觸感}도 없는 절대권태^{絶對倦怠}의 도달^{到達}할
수 없는 영원^{永遠}한 피안^{彼岸}이다.

—『권태』: 185~6

별	/	지구
향기 없다	/	향기 있다
촉감 없다	/	촉감 있다
내가 도달할 수 없다	/	내가 다닐 수 있다
영원한 피안	/	살아 있으나 끝이 보임
절대 권태	/	살기 바쁘다
영원의 세계	/	한계가 있는 삶의 세계

서툰 기자인 이상의 취재 기록에 의하면 별은 피안을 은유적으로 지칭한 것이다. 왜냐하면 별은 인간의 감각(오관)을 벗어나고 인간의 한계로는 설명할 수 없는 절대적인 대상이라는 점에서 생사의 경계를 넘어서고, 쓸모 있음이라는 범위를 벗어난다. 이와 같은 절대적인 별의 경지, 피안의 상태는 존재의 사라짐의 귀결이다. 앞에서 이상은 농촌 마을에 있는 대상을 관찰하면서 그 대상이 '존재 이유 없음'에 주목하여 비유 체계를 전개하고 있음을 살펴보았다. 그 존재 이유 없음은 곧바로 사라짐과 연결되면서 자기 자신을 응시하는 에고(ego)의 시선임을 알 수 있다.

4. 존재 이유의 은유
—지성과 고독에 대하여

한편으로 이상은 자신의 존재 이유를 찾기 위해서 농촌에서 보는 관찰물들을 일부러 비판하면서 자신의 지성을 내세우는 비유 체계를 구사하고

있는 것을 볼 수 있다. 현대 미술과 현대 건축과 현대 문명의 세례를 받은 지성인인 이상 자신과 비교할 때 시골의 모든 대상물은 비판의 대상이 될 수 있다. 그런데 한편으로 주변 대상물을 비판하면 할수록 자신은 그들과 동떨어진 존재로 느껴지므로 고독을 느낄 수밖에 없다.

> 먹고 잘 줄 아는 시체屍體

—『권태』: 186

모순어법(oxymoron)으로 나타난 이 은유적 언술은 먹고 잘 줄만 알고 존재근거가 희박한 쓸모없는 존재라는 의미에서 살아있는 사람을 시체라고 표현하였다. 수필『권태』에서 쓸모없는 것의 기준은 생각할 줄 아느냐 모르느냐의 정신적 가치이다. 피곤해 쓰러져 자는 농부를 지칭하고 있는 이 은유는 이상의 주관적인 감정 이입의 투사라고 할 수 있다. 즉 농부를 객관적으로 논평한 것이라기보다는 자기 자신의 주관적인 심리상태를 대상에다 감정 이입시킨 표현이다. 그러므로 객관적인 입장에서 옳다거나 그르다고 말할 수 있는 표현이 아니라 이상 자신의 존재 근거에 대한 가치 판단에서 나타난 비유로서 이해할 수 있다. 즉 농부들이 자신을 돌아볼 겨를 없이 심하게 일을 하고, 자고, 일하는 생활에 대한 회의로서 문제 제기를 한 것 같다.

> 나는 소 앞에 누워 내 세균細菌같이 사소些少한 고독孤獨을 겸손謙遜하면
> 서 나도 사색思索의 반추反芻는 가능可能할는지 불가능不可能 할는지 몰래
> 좀 생각해 본다.

—『권태』: 182

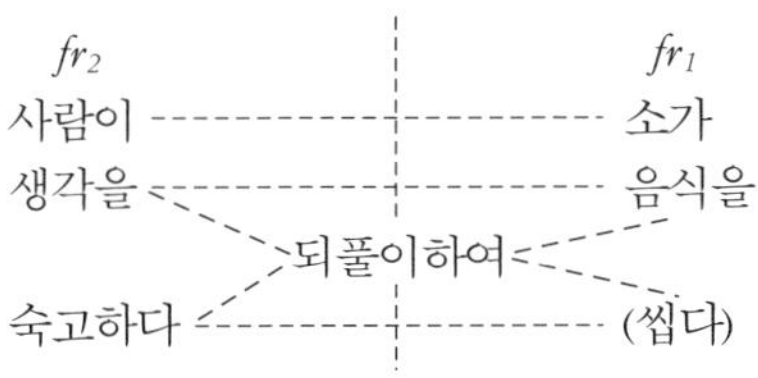

소가 되씹는 생래의 소화작용을 인간의 반복적인 사색으로 비유하고 있다. 따라서 동물의 생기(Animation) 범주는 인간의 지성(Intellection) 범주로 이동하게 되고 또한 인간의 지성은 소의 반추에서 배우므로 지성에서 생기로의 범주 이동이 나타난다. 여기서 "세균같이 사소한 고독"이란 직유의 비유법이 나타나는데 세균의 형태가 작은 것을 나의 고독이 작은 것에 비유한 것이다. 무엇에 비유해서 작다는 것일까? 인체에 서식하는 세균이 작은 것처럼 우주에 서식하는 인간의 고독도 작은 것이 된다. 여기서 인간을 우주의 세균으로 생각하는 병리학적인 은유도 가능하다. 한편, 세균을 고독하다고는 볼 수는 없으므로 "세균같이 사소한"은 고독을 꾸며 주는, 고독의 형태적 은유로 생각해야 할 것 같다.

A 나 자신   암소와 송사리 B
  내 폐의 세균----------------- 웅덩이의 송사리
  내 사색의 반추 ------------- 소의 반추
  사소한 내 고독 ------------- 겸손한 암소 뿔
  고독과 병듦에서 나온 사색---- 들소 시대의 전성기가 지난 한가한 암소

세수를 해 본다. 물조차가 미지근하다. 물조차가 이 무지한 더위에는 견딜수 없었나 보다. 그러나 세수의 관례慣例대로 세수를 마친다.

—『권태』: 178

"무지한 더위에는 견딜 수 없었나보다"란 은유적 언술로 빛의 운동

(Motion) 범주와 물의 중력(Gravitation) 범주가 합하여 인간의 범주로 이동하고 있다.

$$fr_1 \qquad\qquad\qquad\qquad\qquad fr_2$$

무지한 더위 ----------------- 무식한 사람
적당한 더위 ----------------- 교양 있는 사람

더위와 물의 관계를 사람과 사람 사이의 사회생활로 유추 전이시키고 있다. 지구의 물질 중 하나인 물이 사람 사이의 관계에서 미묘한 심리적 갈등과 지성적 소산인 인내로, 즉 지성적 범주로 이동하고 있다. 펌프의 물은 차야 한다. 물의 범주를 사람에 확대하면 냉정하고, 외부의 영향을 잘 받지 않는다는 특성이 있다. 그런데 이곳에서의 물이 미지근하다는 것은 외부의 영향을 잘 받는 주관이 약한 존재로 나타난다.

무식한 이	/	지성 있는 이
이해력이 떨어진다	/	이해력이 높다
본능에 의지한다	/	이성적 판단에 의지한다.
외부의 영향을 잘 받는다	/	외부의 영향을 잘 받지 않는다
주관이 약하다	/	주관이 강하다
상황에 맞게 조절이 잘 안 된다	/	상황 조절이 잘 된다

밥상에는 마늘장아찌와 날된장과 풋고추조림이 관성慣性의 법칙法則처럼 놓여 있다.

—『권태』: 185

위의 언술은 현대 자연과학을 공부한 지성인인 이상이 밥상을 관찰한 재미있는 비유이다. 자연과학에서 '관성의 법칙'이란 원리는 밖으로부터의 작용이 없으면 물체의 운동상태는 변하지 않는다는 법칙이다. 늘 똑같은

반찬이 계속 밥상에 나타나는 현상을 자연과학의 법칙에다 전이시켜 표현한 것이다.

> 어쩔 작정作定으로 저렇게 퍼러냐. 하루 왼종일終日 저 푸른 빛은 아무
> 짓도 하지 않는다. 오직 그 푸른 것에 백치白痴와 같이 만족滿足하면서
> 푸른 채로 있다.
>
> ―『권태』: 172

"백치와 같이"란 직유 형태의 언술에서는 푸른 식물로 이루어진 자연 상태가 성장의 원리 중 미성숙한 단계를 나타낸 것에 착안한 비유 체계임을 알 수 있다. 푸른 여름 들판(fr_1)이 백치(fr_2)와 비교되고 있다. 백치가 일정한 정신 연령에서 더 이상 성장하지 못하는 성질을 가졌고, 일반인과 달리 그 상태에 만족하여 미성숙한 데에 머무른다는 것에서 여름(시간)과 넓은 들판(공간)을 인간의 범주로 전이하여 말한다. 즉 푸른 들판, 푸른 여름을 성장 중지된 지능을 가진 사람이라고 비유한 것이다.

> 지구표면적地球表面積의 백분百分의 구십구九十九가 이 공포恐怖의 초록색
> 草綠色이리라. 그렇다면 지구地球야말로 너무나 단조무미單調無味한 채색彩色
> 이다. 도회都會에는 초록草綠이 드물다. 나는 처음 여기 표착漂着하였을 때
> 이 신선新鮮한 초록草綠빛에 놀랐고 사랑하였다. 그러나 닷새가 못 되어
> 서 이 일망무제一望無際의 초록색草綠色은 조물주造物主의 몰취미沒趣味와 신
> 경神經의 조잡성粗雜性으로 말미암은 무미건조無味乾燥한 지구地球의 여백餘白
> 인 것을 발견發見하고 다시금 놀라지 않을 수 없었다.
>
> ―『권태』: 171~2

　이 은유적 진술에서는 곡식을 가꾸는 농경생활과 조물주가 지구를 가꾸는 조물주의 창조와 비유된다. 이상은 식물의 최고의 덕성인 초록빛을 공포의 초록색이라고 말하고 있다. 다소 정신병리학적으로 생각해 볼 여지가 있는 발언이다. 비유 체계로 보면 다음과 같다.

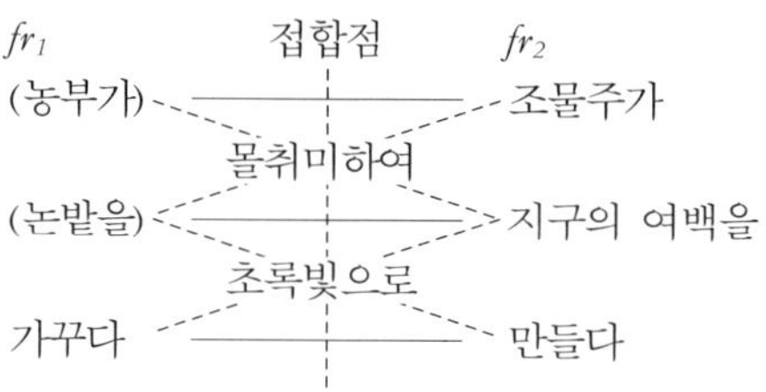

　농부의 인간 범주(fr_1)에서 조물주(fr_1)의 존재 일반을 아우르는 우주적 창조로 전이된다. 보이지 않는 농부의 손길이 닿는 작품인 초록빛의 풍경과 지구 전체의 생성을 주관하는 조물주의 손길로 만들어진 자연을 유추관계로 놓은 것이다. 농부가 곡식을 푸르게 가꾸는 것이 자연의 법칙인 것처럼 지구의 여백이 식물계에 속한다면 의례 초록빛이어야 하는 것은 당연하다. 이상이 상당히 냉소적인 어조로 기술하고 있지만 사실 식물의 성장 법칙이 푸른 엽록소에서 생장된다는 것을 모를 리는 없을 것이다. 여기서 이상은 식물의 성장 원리를 자신이 공부한 미술의 색채학의 관점에서 생각하여 원시적이고 조잡하게 느끼고 있다.

도시적 세련미	VS.	농촌의 투박한 신경의 조잡성
다양성	VS.	단일성
여러 색깔	VS.	초록빛
문화 생활	VS.	자연적(원시적)인 생활

5. 맺으면서

　이상의 수필 『권태』에서는 유용했던 존재들이 이제는 쓸모없는 존재로 바뀌어버린 비유 체계들을 보여준다. 소의 뿔이 들소 시대에나 무기로서 가치가 있었지 인간 위주의 시대에는 별 쓸모가 없다든가, 함석대야가 본래 빛을 잃었다든가, 팔봉산은 밤이 오면 사라진다든가, 구렁이가 겨울에 형태를 숨기고 잔다든가 하는 쓸모 없어지면서 사라지는 원리를 나타내거나, 밤 저쪽에 사형 집행을 하려고 형리로 비유된 아침이 기다리고 있다는 감옥의 비유, 불을 향해 돌진하는 불나비의 불에 뛰어듦을 찬양하는 비유들은 모두 사라짐에 관한 비유 체계로 이루어짐을 보여준다.

　이와 반대로 이상은 자신의 존재 이유를 찾기 위해서 소의 되색임을 사색의 반추로 비유하여 소를 지성적인 존재로 비유한다든가, 더위나 미지근한 여름의 펌프 물을 교양이 없이 무식한 존재로 비유한다든가, 논의 푸른 빛이 성장이 멈추어 미성숙한 존재로 본다든가, 조물주나 농부가 몰취미하여 세상을 온통 푸른 빛으로 만들었다고 하는 기발한 독설들을 비유 체계로 나타내고 있다. 이런 상식을 넘어선 지나친 독설 위주의 비유 체계들은 현실적으로 "존재 이유"가 있는지 없는지의 판단에서, 쓸모없는 존재, 즉 존재할 이유가 희박한 채 지성적인 성향으로 기울어지고 있는데 극단적인 자기 우월의 존재 인식에서 나온 발상이다. '쓸모없는 상태'와 쓸모 있는 상태를 지나치게 의식하여 존재 이유를 찾으려는 시선에서 나타난 표현이다.

　인간 존재가 우주 만물 속의 한 존재로서, 겸허하게 본성을 잃지 않고 존재 그 자체로 살아가는 것이라고 할 때, 인간을 포함한 "동물⊂식물⊂지상적 물체들⊂에너지원⊂우주적인 것⊂추상적 진리"의 모든 존재의 망

에 걸려 있는 것들이 정신적이고 지성화되는 은유적 양상에 도달하게
된다.

이상의 언어
―은유(隱喩)

李箱

I. 서론

1. 문제 제기

은유(Metaphor, 隱喩)는 좁은 의미에서 보면 직유, 환유, 제유와 구별되는 비유(tropology)의 일종이고, 넓은 의미에서 보면 이들 문채(文彩)를 다 포괄하는 개념이다. 먼저 은유와 가장 가까운 직유와 비교해서 그 개념을 정의하면 직유(Simile, 直喩)에서는 'A는 B와 같다'처럼 비교 형식에 의하는데, 은유는 직접 'A는 B이다'로 표현함으로써 B가 나타나는 의미 내용을 A에 덧붙이는 표현 양식이다.

은유는 서구의 옛날 수사학의 체계에서 수사학의 한 계열 중의 일부를 구성하고 있었던 표현 중 정확성, 타당성 등과 함께 문채의 하나로 취급되었다. 그 후 변론술로서의 수사학의 쇠퇴에도 불구하고 은유는 계속해서 문채 가운데 중심적인 위치를 유지해 왔다. 19세기에 들어와서 수사학은 잊혀져 버리고 말았지만 은유 자체는 문예비평의 영역에 있어 중심 개념으로서 그 명맥을 이어왔다. 그러다가 은유 연구의 활성화에 눈을 뜨기 시작한 것은 20세기 후반부터이다.[1] 은유에 대한 연구는 아리스토텔레스의 『시학(Poetics)』까지 거슬러 올라간다. 아리스토텔레스에게서 출발한 은유의 이론과 유형은 다양한 변화와 발전을 거듭해 왔다.

이 글에서는 기본적으로 단어 중심의 은유가 아닌 맥락으로서의 언술 은유의 이론적 입장을 따르면서 이상의 전 작품(詩, 隨筆, 小說)[2]을 대상으로 언술 은유의 이론을 적용 검증해 보려 한다. 언술 은유의 구조적 파악은 단어-은유(word-metaphor)가 아닌 진술 은유(statement-metaphor)로 은유를 간주하여 구조화된 사고 체계[3]의 덩어리를 찾는 작업이다.

지금까지 등장한 은유에 대한 이론들을 실제 작품을 통해 현장 검증함으로써, 은유가 '비유하는 것'과 '비유되는 것' 사이의 접합점(intersection)[4]의 특징으로서만 아니라 구조적 언술을 통해 구조적 체계를 나타냄을 밝힐 수 있다. 이와 같은 방향으로 李箱의 비유를 단독적인 어휘 분석이나 일탈(deviation), 과장(hyperbole), 삭감(suppression), 첨가(addition)[5]의 기호로 파악

---

1 유성덕(1990), 「Metaphor」, 『영어학사전』, 신아사, 718쪽.
2 김상태, 「否定의 美學—李箱의 文體論」, 『文學思想』(1974.4)에서는 李箱文體의 특이성을 언급하면서, 李箱이 기존의 장르를 거의 무시하는 듯한 문체를 쓰고 있음을 지적한다. 적어도 문장 그 자체만으로는 그것이 詩인지 小說인지 혹은 隨筆인지 분간이 가지 않아서, 임종국 씨가 편찬한 『李箱全集』에서도 소설과 수필과 시가 혼동되어 있는 경우도 있었음을 지적하고 있다. 둘째로, 그의 소설이 거의 독백체로 되어 있어서 사건은 내부 의식을 표현하는 소도구 내지 장식품으로 밖에 취급되어 있지 않으며 플롯이 없는 소설임을 지적하고 있다. 세 번째로, 李箱의 소설에 나타나는 내적 독백의 특성이 미분화 상태인 채, 들을 사람이 없는 상태로 하는 말이라는 점을 들어 李箱의 문체가 장르를 초월한 특수성을 띠고 있음을 지적하고 있다.
3 George Lakoff and Mark Johnson(1980), *Metaphors We Live By* (Chicago: The Univ. of Chicago Press).
4 Henri Morier(1961), *Dictionaire De Poetique* (Presses Univ. De France).

하지 아니하고 작품 전체가 성군(星群)처럼 무수한 비유군(比喩群)으로 나누
어지고 그것들끼리 미세한 인력 관계로 조직되었다는 것을 살펴보려 한다.
은유를 단어 차원에서가 아니라 작품 구조 차원에서 살펴볼 때 종래의 이
상 연구가 미처 밝히지 못했던 이상의 총체적인 텍스트의 의미망이 이상
문학의 기본적인 구조로 떠오를 것으로 보인다. 이 글에서는 '단어 은유'
가 아닌 '언술 은유'의 이론적 배경과 형태론의 소개에 이어 실제 이상 작
품에서 다음의 세 가지 총체적인 구조적 의미망을 드러내려 한다.

> Ⅲ. 화폐 경제의 은유 : 사람은 화폐다.
> Ⅳ. 기계 문명의 은유 : 사람은 사물이다.
> Ⅴ. 존재 사슬의 은유 : 사람은 먹이 사슬의 한 고리다.

2. 연구 방향

이 연구에서는 폴 리쾨르(Paul Ricoeur)의 "살아 있는 은유(La Métaphore
Vive)"[6]에서 주장하는 언술(discourse)로서의 은유 입장이다. 살아 있는 은유
의 입장은 테렌스 호옥스(Terence hawkes)가 "隱喩"[7]를 문어(文語)가 아닌 구
어(口語)로서, 갓 생성된 상상력의 표현으로 보는 관점과 같은 맥락이다.
언술로서의 은유는 기호(sign)의 차원에서 떠난 언술의 차원으로 의미의

---

5 Group μ(1971), *General Rhetorics* (Baltimore: The Johns Hopkins Univ. Press, 1981).
6 Paul Ricoeur(1975), *La Métaphore Vive*. trans. Robert Czerny with Kathleen McLaughlin and John
　Costelo, sj, (London and Henley: Routledge & Kegan Paul), 1977.
7 Terence Hawkes(1970), 『隱喩』, 심명호 역, 서울대출판부, 1978.

기본 단위를 정하는 의미론(Semantics)의 입장이다. 그것은 벤베니스트(Emile Benveniste)의 이론[8]에 의거한다.

기호학(semiotics)에서는 기호표현(signifier)과 기호의미(signified)를 음소(phoneme), 형태소(morpheme)와 등가적 가치를 지닌 변별적 특질(distinctive feature)에 한정시키고 단어 차원의 기호를 최고의 기본 단위로 삼고 있다. 따라서 은유를 기호(sign)라는 단어적 층위에서 정의할 수밖에 없다. 이런 점에서 은유는 언어 질서를 어지럽히는 혼란스러운 어휘의 일탈(deviation)이나 대치(substitution)로 나타난다. 이와 같이 본래의 자리를 벗어나거나 본래의 의미를 대신하여 나타내는 성격으로 은유를 보면, 그 단어 본래의 의미를 되찾게 되자 은유의 역할이 끝나고, 은유는 새로운 의미 생성의 역할이 아닌 장식적 성격에 떨어지게 된다.

여기에서 더 확대하여 은유의 개념을 음소, 형태소를 넘어서 언어−외적 대상을 지시하는 의미론(semantics)으로, 즉 언술의 층위에서 문장을 은유의 기본 단위로 삼는다. 이 언술의 층위에서는 범주 위반(category mistake)[9] 이라는 논리적 일탈과 의미의 생산성 사이의 관계가 나타난다. 이것은 분류 도식의 혼란이지만 그것이 의미를 창조하기 때문에 발견에 대한 논리의 보충이자, 은유를 어떤 단순한 장식으로 환원하는 데에 대립된다.[10] 이런 의미에서 리쾨르는 리차즈(I. A. Richards)의 맥락의 상호작용(interaction)이론과 막스 블랙(Max Black)의 단어와 문장의 상호작용 이론[11]을 받아들이고

---

8 Emile Benveniste(1966), *Problems in General Linguistics*, trans. Mary Elizabeth Meek(Florida: Univ. of Miami Press, 1971).

9 Gilbert Ryle(1949), *The Concept of Mind*(London: Hutchinson, harmondsworth Penguin, 1963), p.16.

10 Paul Ricoeur(1977), p.22.

11 Max Black(1962), "Metaphor", *Models and Metaphors*(Itacha: cornell Univ.Press), pp.26~46.

비어즐리(Monroe C. Beardsley)의 의미 있는 자기 모순적 속성을 지닌 내포적 의미(connotation)의 이론[12]을 수용하여 은유의 언술 이론을 체계화하였다. 이러한 리쾨르의 언술 은유에 호응하는 이론가들이 그 뒤를 이어서 나타나고 있다.

레이코프(George Lakoff)와 마크 존슨(Mark Johnson)은 리차즈의 견해를 이어 은유가 천재만의 능력이 아니라 보편적으로 편재하는 언어의 힘이라는 것을 주장하며 단순히 언어뿐만 아니라 우리가 생각하고 행동하는 은유 개념의 체계성(The Systematicity of Metaphorical Concept)[13] 자체가 본질적으로 은유적임을 밝힌다. 또한 후루쇼프스키(Benjamin Hrushovski)는 리쾨르의 '지시(reference)의 이론'과 막스 블랙의 '초점-틀' 이론을 발전시켜 은유가 지시의 틀(frames of reference) 간의 상호작용[14]이라는 견해를 제시하였다.

이들이 주장하는 은유의 공통성은 아리스토텔레스 이래 은유가 명사의 범주에 속하는 단어의 대치(substitution)와 빌려오기(epiphora), 그리고 일탈(deviation)이라는 이론에 반대하는 입장이다. 즉 은유를 닮음(resemblance)과 유추(analogy)만으로 국한시키는 데 반대한다.

그래서 I. A. 리차즈는 닮음의 능력은 천재의 능력이 아니라 모든 사람이 살아가는데 기본적으로 필요한 능력[15]임을 역설하고 닮음의 교차점이 없는 데서도 은유가 성립된다고 본다. 즉 이질적이고 유사성이 드러나지

---

12 Monroe C. Beardsley(1962), "The Metaphorical Twist", *Philosophical Perspectives on Metaphor*, (ed.) Mark Johnson, (Minneapolis: Univ. of Minnesota Press, 1981), pp.105~122.

13 G. Lakoff & M. Johnson(1980), pp.7~9.

14 Benjamin Hrushovski, Poetic Metaphor and Frames of Reference With Examples from Eliot, Rilke, Mayakovsky, Mandelshtam, Pound, Creeley, Amichai, and the New York Times, *Poetics Today*, vol.5. No.1. 1984, pp.5~43.

15 I.A. Richards(1979), P.89.

않는 곳에서 은유의 바탕[16]을 보는 것은 생각들 사이의 교류를 보는 힘이라고 정의한다. 다시 말하자면 비교하는 것은 항상 사물을 연결시키는 것이고, 정신은 연결하는 기관이고, 그것은 단지 연결하므로 작용하며 무수히 많은 다른 방법을 통해 어떤 두 사물을 연결할 수 있다[17]는 '비교 이론'을 제시한다. 그래서 은유 작용은 취의(tenor)와 이 개념을 구체화시키는 매개물(vehicle) 사이의 상호 작용이라고 주장한다.

I. A. 리차즈의 '취의−매개물'의 다소 모호한 추상성을 좀 더 발전시킨 이가 막스 블랙이다. 막스 블랙은 한 언술 내에서 은유 작용의 핵심이 되는 단어를 초점(focus)으로, 일상적 진술로 표현된 나머지 진술을 틀(frame)로서 그 상호작용의 이론을 발전시킨다. 블랙은 또한 '비교 이론'을 '대치 이론'에 귀속시킴으로써 닮음의 공통된 바탕마저도 부정하고 있다. 즉 은유란 닮음도 유추도, 비교도 아닌 맥락 사이에서 이루어지는 초점과 틀을 통해 걸러지고(filtered) 체질하는(screened) 것이라고 주장한다. 주된 주체(principle subject)가 부수적 주체(subsidiary subject)에 의해 선택되고 걸러져서 부수적 주체를 통해 새로운 정보가 제공되고 주된 주체에 대한 새로운 견해를 형성한다[18]는 것이다. 그러므로 '대치 이론'에 따르는 은유의 비정보적 본성과는 대조적으로 은유의 인식적 기능이 가능함을 제시한다.

또한 몬로 비어즐리는 우리로 하여금 일차적 의미의 평면에서 떠나도록 요구하고, 내포적 의미망(framework of connotation) 속에서 의미 있는 속성을 제시할 수 있는 것은 논리적 불합리성이라고 주장한다.

---

16 앞 글, p.117.
17 앞 글, p.125.
18 Max Black(1962), p.39.

이들 견해를 발전시켜 죠지 레이코프는 일상 언어 속에 은유적 체계가 깔려 있으며, 은유는 언어뿐 아니라 행동과 사고 체계를 지배하는 구조적인 덩어리[19]라고 생각한다.

또한 벤자민 후루쇼프스키는 은유가 언어 외적 현실을 지시하는 점에서 지시의 틀(fs : frames of reference)의 형태로 은유를 생각하고 언술뿐 아니라 텍스트 전체를 지배하는 지시의 틀(FR : Field of Reference)[20]까지 은유 이론을 발전시켰다.

이와 같이 현대 은유 연구사는 기호학을 포용하는 기호의 의미론이란 문학비평의 이론사와 맥을 같이한다. 은유의 언술적 성격은 소쉬르(Fernand de Saussure)의 랑그(langue)가 아닌 파롤(parole)적 측면이며, 야콥슨(Roman Jakobson)의 약호(code)가 아닌 전언(message)의 측면이므로 언어 운용론의 연구와도 맥을 같이한다.

국내 은유 연구로는 1950년대에 비유법의 수사학적 배경과 이론 소개 및 분석[21]이 있었다. 뒤를 이어 1960년대에 한국 현대시 전반을 다룬 은유 연구[22]가 시도된 바 있다. 1970년대에는 카시러(Ernst Cassirer)의 이론을 통한 원형적 성격을 은유에 붙여 시도한 연구[23]가 있다. 1980년대에는 다양한 외국 이론과 연구들이 발표되었다.[24] 그리고 80년대 말에 리쾨르와 후

---

19 G.Lakoff & M.Johnson(1980), p.3.

20 B. Hrushovski(1984), p.11.

21 李御寧, 「비유법논고」, 『문학예술』, 1956.11.12.

22 金賢子(1968), 「한국 현대시의 Metaphor 연구―1930년대 시를 중심으로」, 이화여대 대학원 국문과 석사논문.

23 尹弘老(1974), 「한국 문학의 은유 구조」, 『東洋學』 4집, 단국대 동양학연구소

24 김인중, 「사설시조에 나타난 은유의 의미작용 연구」, 『관악어문연구』 5집, 1980; 김태욱, 「현대시의 언어·기호학적 고찰」, 『어학연구』 16권 1호, 1980.6; 노드롭 푸라이, 『문학의 구조와 상상력』, 이상우 역, 집문당, 1987; 오세영(1988), 『문학연구방법론』, 이우출판사; 張基柱(1982), 「은유의 의미론과 해석―김광균 시를 중심으로」, 서강대학교 대학원 국문과 석사논문.

루쇼프스키의 이론을 적용한 은유 연구[25]가 있다.

현대에 와서 은유 이론은 문학 분야뿐 아니라 이미지, 영상 언어와 접맥 확대되어 광고와 영화 분야에서도 중요한 역할을 하기 시작하였다. 2000년대에 와서는 인지언어학 분야[26]의미론에서 은유에 대한 번역과 저서가 쏟아져 나오고 있고 문학[27]쪽에서도 은유 이론에 대한 소개서가 나오면서 은유에 대한 관심이 높아지고 있다.

---

25 李御寧, 「언술로서의 은유」, 『문학사상』, 1989.2.
26 G. 레이코프, M. 존슨 지음, 노양진, 나익주 역, 『삶으로서의 은유』(서광사), 1995; 수정판(박이정), 2006; 정원용(1996), 『은유와 환유』, 신지서원; 박영순(2000), 『한국어 은유 연구』, 고대출판사; Zoltan Kovecses(2002), 이정화·우수정·손수진·이진희 공역(2003), 『은유』, 한국문화사; 김종도(2004). 『인지 언어학적 원근법에서 본 은유의 세계』, 한국문화사; 한국어의미학회, 「은유 연구의 회고와 전망」, 『제18차 전국 학술발표대회 발표요지집』, 2006.2.24; M. Sandra Peña, 『은유와 영상도식』, 임지룡·김동환 역, 한국문화사, 2006.
27 김욱동(1999), 『은유와 환유』, 민음사; 한국기호학회 편(1999), 「은유와 환유」, 『기호학 연구 제5집』, 문학과지성사.

II. 은유의 언술 이론

고전 수사학의 비유론(tropology)에서 문채(figure)의 의미작용 가운데 은유(metaphor)에 할당된 자리는 닮음(resemblance)의 관계로서 처음 개념이 새로운 개념으로 전이(transference)하는 역할이라고 정의할 수 있다. 은유는 뛰어난 닮음의 비유(trope)이다. 닮음의 주제는 빌려오기(borrowing), 일탈(deviation), 치환(substitution), 그리고 완전한 말바꾸기(paraphrase)의 주제와 밀접하게 연결된다. 즉 닮음은 무엇보다 빌려오기의 동기가 되며, 닮음이 은유의 긍정적인 면이라면 일탈은 부정적인 면이며, 닮음은 치환 축 안에서의 내적인 연결이다. 그리고 닮음은 본래의 의미를 회복시켜서 비유를 무효로 만드는 말바꿔서 설명하기로 이끈다.

언술 은유는 이 은유의 바탕이 되는 닮음의 추론을 단어 수준의 전이 작용에서부터 언술의 작용으로 보려는 이론이다. 이 언술 이론은 닮음과 인접성으로 주장된 은유와 환유의 극단적 단순성에 대해 의문을 제기하고, 은유를 단어 수준의 치환으로 간주하는 기호의미의 개념에서 벗어나 문장 수준의 언술로 이해하려는 방향이다.

1. 언술 은유의 이론적 배경

1) 소쉬르적 이분법과 은유의 관계

은유는 소쉬르가 말하는 언어(language) − 말(speech) 약호(code) − 전언(message)의 엄격한 이분법의 어느 쪽에도 속할 수 없는 특성을 지닌다. 즉 은유란 약호와 전언 사이의 교체에서 이루어지며, 언어(language)가 현실적으로 사용되는 말(speech) 속에 있으며, 또한 의미 교환의 변화 속에 있다.

약호의 특성에서 보면 은유는 다의성(polysemy)에 달려 있다. 이런 다의성은 은유가 개혁을 중단하고 언어에 흡수되어 관용구(cliche)가 될 때 증대된다. 그러므로 언어 − 말의 순환에서 다의성은 언어(language)와 동등하고, 살아 있는 은유는 말(speech)과 동등하며, 공통으로 사용하는 은유는 언어를 향해 가는 말을 대표한다. 그리고 그 뒤에 생기는 다의성은 언어와 동등하다. 따라서 이 순환은 소쉬르의 언어 − 말의 이분법으로는 지킬 수 없다.

소쉬르의 공시 − 통시 이분법은 언어적 사실을 시간의 두 가지 구분 관계(동시성[simultaneity]과 계속성[succession])로 분해하고 발전(evolution)을 넘어선 체계(system)에 우선권을 부여한다.

그런데 은유 같은 현상은 어느 정도 체계적 측면과 어느 정도 역사적 측면이 있다. 개혁으로서의 은유는 의미 변화 가운데도 있고, 통사적 사실 가운데도 놓여 있다. 그러나 받아들여진 일탈(deviation)로서의 은유는 다의성과 나란히 정렬되고 공시적 영역에 속한다. 그러므로 은유의 입장에서는 지나친 공시―통시의 관점을 벗어나 한쪽의 구조적 측면과 다른 쪽의 역사적 측면을 상호 관련시키는 것이 필요하다. 단어는 사실 두 질서를 고려할 교차점에 서 있으며 새로운 의미를 획득하기 위한, 그리고 옛 의미를 잃지 않고 지닐 수 있는 두 겹의 성격을 지닌다. 소쉬르의 기술(description)과 역사를 분할하려는 모든 노력에도 불구하고, 다의성은 통시적 성격의 가능성이 있다. 즉 다의성은 먼젓번의 의미가 사라지지 않은 채 새로운 의미를 덧붙이는 열려진 구조, 탄력성, 유동성을 지닌다. 이것은 바로 의미 변화의 현상이다. 다른 편으로 역사적 관점에서 생긴 의미 변화도 그것이 공시적 영역에서 사용되고 다의성의 다양함이 나타날 때까지는 완전히 밝혀질 수 없다. 다의성의 언급에서 울만(Ullmann)[28]은 외국인이 두려워하고 논리학자가 비판하고 일상 언어에서 싸움꺼리가 되는 문체론적 애매성은 때로 작가가 추구하는 것이라고 본다. 애매한 문장에서 문체화함으로써, 또는 두 가지 해석의 가능성이 남아 있으므로, 단어는 새로운 가치를 얻는다. 그러므로 은유의 속성은 공시―통시의 양면이자, 구조적 측면과 역사적 측면을 상호 관련시키길 요구한다.

소쉬르의 기호(sign)는 사물(thing)과 명칭(name)을 결합하지 않고 개념과 시각적 이미지(accoustic image)를 결합한다. 그래서 그 이후부터 사물은 의미에 내포된 요인으로부터 배제되어 왔다. 또한 소쉬르적 기호 의미는 기호

---

28 Stephen Ullmann(1965), *Précis de Sémantique Française*, Berne A Franke, pp.216, P. Ricoeur(1977), *The Rule of Metaphor* (London: Routledge & Kegan Paul Ltd), p.123. 재인용.

표현의 상대편에 지나지 않게 되어 외적 현실과 동떨어진 언어만의 자율적인 세계 속에 분리되어진다.

그러나 외연적인 의미(denotation)는 기호-사물의 관계로서 언어외적 현실과의 관련성에 의해 언술을 정의한다. 이같이 영어 철학자의 의미론은 언술의 의미론이며, 그것이 단어를 논의하고 있을 때조차도 외연적 의미의 영역에서 출발함을 발견할 수 있다.

울만의 의미론이 언어외적 현실로의 허용을 내포하지 않음은 사실이나, 어휘적 의미에서 순전히 가상적 특성인 다의성은 언술에서 가로막힌다는 사실을 지적한다. 문맥적인 기제만이 언어의 다의적인 애매한 말을 분리시키는 역할을 하고 새로운 의미 발생을 결정한다는 것이다. 즉 일탈을 가능하게 하고 특수하게 수용하여 사용하는 것은 구어적이건 비구어적이건, '맥락'이라는 것을 울만은 지적한다.[29] 이 말은 한 단어의 다의적인 변이가 일단 문맥상의 의미로 제한되면, 외연적 의미가 필수적으로 기호 의미를 간섭할 수밖에 없다는 사실이다. 그러므로 문맥적인 형용은 언술을 재도입하고, 언술과 함께 언어의 외연적인 의미의 의도를 재도입한다.[30]

2) 야콥슨적 이분법과 은유의 관계

로만 야콥슨이 수사학적 이원성을 문채 사용에서가 아니라 언어 기능에서의 근본적인 양극성으로 연결시킨 것[31]은 천재적인 일이다. 그 후 은유

---

29 앞 글, p.243. Ricoeur(1977), p.12 재인용.
30 P. Ricoeur(1977), pp.122~124.
31 Roman Jakobson(1971), *Selected Writing II*: word and language(Paris, The Hague: Mouton).

와 환유는 단순히 문채(figure)나 비유(tropes)를 뜻하지 않고, 언어의 일반적 과정을 정의하게 되었다. 이런 은유와 환유 사이의 구분은 비유론(tropology)을 훨씬 넘어서서 일반화시킴으로써 그리고 단어 의미를 바꿈으로써 대치(substitution)와 닮음(resemblance)이 두 개의 분리된 개념이라는 생각을 강화시켰다.

이와 같이 야콥슨의 견해에서 기호는 선택(selection)과 결합(combination)으로 배열된다. 야콥슨에 따르면 소쉬르는 기호 표현이 순수한 선조적인 성격을 가진 것으로 보는 낡은 편견으로 선택의 면을 희생시켰다고 보았다. 그럼에도 불구하고 그 이론의 핵은 소쉬르의 것으로 남아 있다. 배열의 양상은 가상적인 기억의 계열체란 '부재하는' 용어 중에서 선택하여 '존재하는' 것으로 통합한다. 그러므로 이것은 약호에서 연합된 것이고 주어진 전언에서 연합된 것은 아니다. 이와 달리, 결합의 경우에 본체들은 실제 전언에서 혹은 양쪽 장소에서 연합된다. 이 점에서 볼 때 용어 사이의 선택이 있는 곳은 하나를 다른 것으로 대치하는 가능성이 있다. 선택과 대치의 이 용어는 한 면에서는 같지만 또 다른 면에서는 다른 것들로서 결국 한 가지 작용의 두 면들이다.

만약 환유가 인접(contiguity)에 의지하고 은유가 닮음(resemblance)에 의지하는 것이 인정된다면 결합 그 자체를 환유적 축이라고 부를 수 있고 선택을 언어학적 적용의 은유적 축이라고 부를 수 있다. 여기서 결합은 기호 표현의 선조성에 일치하게 된다.

비유적 구분을 이런 방식으로 하는 야콥슨의 분석은 벤베니스트가 도입한 기호학과 의미론, 기호와 문장 사이의 구분을 무시한다. 야콥슨의 기호의 일원론은 순수하게 언어학적 특성이다. 이 선택과 결합의 성격은 음소, 단어, 표현 그리고 문장, 텍스트에 이르기까지 모든 기호들이 변별적 특질에서 공통성을 갖고 있다. 이 언어학적 단위의 결합은 상승하는 만큼의 자유를 표현한다. 그러나 그것은 벤베니스트가 기호의 질서와 언술의 질서 사이에서 보는 것 같은 종류의 불연속성을 담고 있지 않다. 기호학에서, 약호화되어야 하는 언어 가운데 단어가 최고의 단위이며, 문장은 단어들보다 더 자유롭게 구성된다. 그러므로 맥락의 개념은 형태소의 음소에 대한 관계 그리고 문장이 형태소에 대한 관계와 동등하게 지칭될 수 있다. 결과적으로 은유는 일반적인 기호학의 과정을 특징지을 것이고 언술과 기호 사이의 구분이 필수 요건인 사람에게는 기여하지 못하게 된다. 의미를 언어학적 분야로부터 배제하려는 언어학자에 대항해서 의미론자들은 기호학적 질서로부터 그 정당성을 받아들임과 동시에 양극적인 도식으로 연합해 왔다.

기호학에다가 의미론이 새로운 연결 고리를 덧붙임으로 결합−선택의 쌍에다가 통사론(syntax)−의미론(Semantics)의 쌍을 겹치는 것이 가능하게 되었다. 한 전언 내부의 결합의 사실들이 통사의 사실들이거나 통합적 사실(syntagmatic facts)이 되었다. 통사론을 단어 구성이나 음소적 연속에 포함시키지 않기 위해서 문맥의 결합과 통합적 결합이 겹치게 된다. 한편으로 선택과 의미론 사이의 결합은 마찬가지로 긴밀하다. 통사론은 연결의 축으로 언급되고, 의미론은 대치의 축으로 언급된다. 의미론과 선택 사이의 이 연결은 이미 소쉬르에 의해 지각되었다. 전언 구성에서, 한 단어는 유사성(similarity)에 기반을 둔 패러다임을 구성하는 한 집단 내에서 다른 유사한 단어 가운데 선택된다. 그래서 소쉬르의 통합적이고 계열적인 쌍을 통사론과 의미론으로 대치하는 게 가능하고, 이것을 결합과 선택의 축으로 배열하는 것이 가능하다. 야콥슨의 일반 언어 기능에서의 은유−환유의 이분법을 정리하면 다음과 같다.

은유(metaphor) —— 환유(metonymy)

계열체(paradigma) —— 통합체(syntagma)

유사(similarity) —— 인접(contiguity)

의미론(Semantics) —— 통사론(Syntax)

초언어(metalanguage) —— 말(speech)

대치(substitution) —— 연결(connection)

선택(selection) —— 결합(combination)

먼저 수사학 영역에서의 은유－환유가 단순히 유사－인접으로 대립될 수 있는가의 문제가 제기된다. 두 번째로 인접성이 곧 통사론이라고 볼 수 있을까의 의문이 생긴다. 세 번째로 초언어가 선택을 한다고 해서 곧 은유와 동일하게 볼 수 있는가의 의문이 생긴다. 네 번째로 결합의 축이 통사론이고 대치의 축이 의미론의 축이라고 볼 수 있는가의 의문이 생긴다. 다섯 번째로 이런 기호학의 일원론에서는 은유를 언어의 현상인 남유(catachresis)와 어떻게 구분될 수 있는가의 문제점이 생긴다.

다시 말하자면 첫째, 유사－인접으로서 수사학의 영역을 은유－환유만으로 한정하는 것이 과연 타당한가 하는 의문이다. 여기에 제유(synecdoche)의 문제가 언급되지 않으면 안 되기 때문이다. 야콥슨이 제유를 언급하기는 하지만 인접성에 속하는 것으로서 때로는 환유와 병행시켜서(환유적 치환과 제유적 압축으로 프로이트에게 나타남) 때로는 환유의 種(species)으로서 취급한다. 그러나 환유, 제유, 은유의 삼각 도식에서 볼 때는 야콥슨의 견해와 달리 닮음은 인접성이 아니라 포괄(제유)과 배제(환유) 관계에 의해 형성된 것들에 대립된다.

두 번째는 인접성이 곧 통사론인가의 의문이다. 즉 술부 작용의 통사론을 지배하는 논리적 작용과 진술의 대등성과 종속성으로 된 통사론을 지배하는 논리적인 작용이 같은 종류에서 생겼는가 하는 의문이다. 통사론은 필요성의 질서를 대표하고, 완전히 공식적인 법칙에 의해 지배된다. 그런데 인접성은 불확정의 질서에 머무르며, 더 나아가 대상 자체의 층위에서 부수적인 질서에 머무르며, 그 속에서 매 사물은 완전히 독립적인 전체를 형성한다. 그래서 환유적인 인접성은 통사적 연결(liason)과 아주 다른 것으로 나타난다는 점이다.

세 번째로 초언어를 은유와 동일하게 볼 수 있는가의 문제이다. 초언어는 약호 안에 새겨진 가상적 닮음을 이용하고 전언에서 그것을 응용한다. 이와 달리 은유의 등가적 정의는 예를 들어 약호에 대해서만 말한다. 그러므로 언술에서의 '닮음'의 사용과 층위들 간의 계층을 요구하는 전적으로 다른 작용의 사용이 같은 집단에 놓일 수 있는가의 의문이 생긴다. 은유적 전개 과정에서 볼 때 만약 '선택-대치'의 궤도가 '상호 작용'의 현상을 위한 아무런 장소가 없다고 한다면, 특히 은유적 진술 현상을 위한 장소가 없다면 은유 작용이란 너무 좁기조차 하다.

네 번째로 대치의 축이 의미론의 축이라고 볼 수 있는가가 의문이다. 야콥슨적인 의미에서 유사성은 한 은유적 용어를 그것이 대치된 용어와 연결한다. 그런데 대치로 언어의 의미론적 측면을 축소시키는 것이 합법적인가의 의문이 생긴다. 퍼스(Peirce)가 영감을 느꼈고 야콥슨이 선언한 것처럼 "한 기호의 의미는 그것이 기호를 대치하여 …… 번역할 수 있는 기호이다"고 했다. 그것은 치환의 영역에서와 마찬가지로 결합의 영역에서도 추구되어야 하지 않은가의 의문이 남아 있다.

다섯 번째로 의미론의 현상인 은유를 기호학의 일원론에서 언어의 현상인 남유(catacheresis)와 어떻게 구분할 수 있는가의 문제점이 생긴다. 기호학적 일원론에서는 새롭게 발명된 은유와 상식적으로 사용된 은유 사이의 차이에 대한 근본적인 문제가 은유의 술부적 성격의 생략과 더불어 소멸되어 버린다. 일반적으로 볼 때 남유를 사용하는 것은 억제된다. 그러나 은유를 사용하거나 사용하지 않는 것은 자유이다. 만약 언어 현상과 언술 현상을 대조할 수 없다면 궁극적으로 명명화(denomination) 작용의 확대이고, 그 덕택으로 언어 현상인 남유와 은유의 언술 현상 사이의 차이는 구별할 수 없게 된다. 은유 그리고 무엇보다도 새롭게 발명된 은유는 언술의 현상이자 일상적이지 않은 속성이다. 야콥슨의 일반화된 모델은 이 차이를 완전히 제거할 수 없다. 야콥슨에게 결합은 전언이나 약호에서 발생하지만, 선택은 약호에서만 작용한다. 그런데 그 선택 자체가 자유롭기 위해서는 선택이 맥락에 의해서 창조된 독창적인 결합에 기인해야만 하고 따라서 약호 안의 맥락이 형성되기 이전의 결합과는 구별된다. 다시 말하자면 추구되어야 할 은유의 비밀은 일상적이지 않은 새롭고 순수하게 맥락적인 결합의 영역에서와 통합적인 연결의 영역에서 이루어진다.[32]

여기서 연합성(association)이 불어 넣은 제한된 수사학에서 문채(figure)를 심리학적으로 해석하는 것은 은유와 환유 사이의 거짓된 균제에 책임이 있다고 보게 된다. 이 균제는 매우 속임수적이다. 단지 환유만이 한 단어가 또 다른 단어의 자리에 있는 명명(denomination) 현상으로 취급될 수 있다. 그런 의미에서 환유만이 홀로 대치 이론(substitution theory)을 만족시킨다. 왜냐하면 환유만이 홀로 명칭화의 제한 속에 위치하기 때문이다.

은유는 그것이 술부 측면에서 발생하기 때문에 명칭화의 측면에서 발생한다. 이것은 영어권의 작가들이 인식했던 것으로서, 단어는 언술이 술부적 단계에서 불일치(inconsistency)의 위협에 직면하기 때문에 의미를 변화시

---

32 P. Ricoeur(1977), pp.174~180.

킨다. 그리고 그것은 단어 의미론의 윤곽 안에서 의미의 개혁으로 보이는 대가를 지불해서 그 이해를 재확립할 수 있다. 환유의 이론은 언술과 단어 사이의 그러한 교환력이 없다. 이것은 환유의 역할이 없는 언술에서 은유의 역할이 의미 있는 이유이다. 즉 은유는 환유가 소홀히 하는 술부의 운용을 움직이기 때문에 환유보다 우세하다.

두 번째로 문채의 심리적인 해석은 문채 구성에 있어 단어와 문장 사이의 상호 교체를 완전히 인식하는데 방해가 되는 더 심각한 결점이 있다. 연합의 분야에서는 은유와 환유가 명명화의 영역에 계속 존재하게 했다. 그리고 이것은 인접이나 유사에 의한 연합의 심리학적 기제에 기초를 두므로 대치 이론을 강화하도록 돕는다는 점이다.[33] 그러나 대치 이론은 이미 언급된 바와 같이 은유를 단어의 층위에 묶음으로써, 외적 현실을 지시할 수 있는 언술의 술부 운용을 배제하게 한다. 또한 은유를 대치로 본다면 결국 본래 의미의 환원이 요구되므로, 새로운 의미 창조 현상이 아닌 장식적 현상에 떨어지게 된다.

2. 언술 은유의 근거

1) 사건(event)으로서의 언술

언술은 사건으로서 항상 발생하지만, 의미로서 이해되는 것이다. 언술의 사건적인 성격을 이해하기 위하여 벤베니스트는 언술이란 언어(language)가

---

[33] 앞 글, p.133.

발화자의 말로 활성화된 별개이면서 항상 독특한 행위[34]라는 것을 말하고 있다. 언술(discourse)과 언어(language) 사이의 대조를 보면[35] 언어학적 체계는 그것이 공시적(synchronic)이기 때문에 시간의 이동 속에서 가상적으로 존재한다. 그래서 언어는 실제로 발화자가 언어를 그의 소유로 택하고 활성화할 때만 존재한다. 그러나 언술의 사건은 변천하고 연속되므로, 그것은 '동질성(sameness)'으로서 동일화되고 재동일화될 수 있다. 이같이 주어진 광범위한 점에서 언술의 단위를 동일화할 가능성을 지닌다. 의미의 동질성이 있기 때문에 의미가 있다. 모든 개별적 본체가 동일시할 수 있는 것은 역시 재동일시할 수 있다고 스트로슨(P.F.Strawson)이 언급한 것은 사실이다. 그러면 그것은 현저하게 반복할 수 있는 사건인 언술의 예가 된다. 바로 이 특질이 언어 요소에 대해 실수할 수 있는 이유다. 그러나 여기서 말하는 것은 한 사건의 반복성이지 체계의 한 요소가 아니다.

폴 그리스(Paul Grice)의 구분을 덧붙이자면 그의 의미론은 발화 의미(utterance meaning), 발화하고 있는 의미(meaning of the uttering), 발화자의 의미(utterer's meaning)를 차이화하는 것이다. 이 구분에 따르는 것은 언술의 본질에 속한다. 그 바탕은 벤베니스트에서 발견되는데, 한편으로는 언술의 예에서 그리고 다른 편으로는 '의도된' 언술을 말한다. 이것은 분리된 기호(sign)의 의미와는 완전히 다른 것이다. 소쉬르의 기호 의미는 언어체계 안에서의 단순한 차이로서 기호표현의 상대편일 뿐이다. 이와 달리 의도나 의도된 것(the intended)은 발화자가 말하기 원하는 것이다.[36] 기호 의미의 의

---

34 E. Benveniste(1966), p.217, P. Ricoeur(1977), p.70 재인용.
35 P. Ricoeur(1977), pp.70~76.
36 E. Benveniste(1967), p.36, P. Ricoeur(1977), p.72 재인용.

미(signified meaning)는 기호학적 질서에 속하고, 의도(intention)는 의미론에 속한다.

2) 동일화 기능과 술부적 기능

언술에는 동일화 기능과 술부적 기능이 구분된다. 스트로슨에 의하면, 모든 명제(proposition)는 개인(individual)을 나타낸다. 개인은 여기서 하나의 고유한 논리적 주어를 의미한다. 언어는 단수적 동일화를 허용하기 위해 구성되었다. 의미가 언어를 사용하는 가운데 네 가지가 나타나는데 고유명사(proper noun), 지시사(demonstrative), 대명사(pronoun), 그리고 한정사(the definite article)이다. 한 가지 사물, 그리고 하나를 특수화한다는 것 ― 그것은 동일화하는 표현의 기능이고, 그 논리적 주어는 궁극적으로 생략될 수 있다. 술부와 연합된 것은 성질 형용사(커다란, 좋은)이고 그 실사(거대함, 善)의 상대물이며, 개인이 속하는 계층들(광물, 동물들), 관계들(X는 Y 옆에 있다), 그리고 행위들(브루투스는 시저를 죽였다)이다. 성질, 계층, 관계, 그리고 행위의 공통점은 그것들이 보편화될 수 있다는 것이다.(예를 들어 한 가지 행위의 유형인 '달리는 것'은 아킬레스와 거북 양쪽을 말할 수 있다) 이것은 언어의 근본적인 양극성을 만드는데, 한편으로는 명칭이 있는 개인에 뿌리를 두었고, 다른 편으로는 원리상으로 보편성 있는 성질, 계층, 관계, 그리고 행위를 서술한다. 언어는 이 두 기능들 사이의 비대칭을 기반으로 한다. 동일화하는 기능(the identifying function)은 항상 존재하는 본체를 가리킨다.

내가 어떤 것을 말할 때, 원리상으로 나는 존재하는 어떤 것을 말한다. 존재의 개념은 언어의 단수형의 기능에 연결된다. 고유한 논리적 주어는 잠재적으로 존재하는 것이다. 이것이 언어가 사물에 '매달려 있는' 지점이다. 대조적으로 보편적 관점을 택하면서 술부의 기능(the predicative function)은 비존재성(nonexistent)을 언급한다. '술부'와 나란히 있는 '주어'의 존재는 필수불가결한 것은 아니다. 진술의 술부적 용어는 그것이 정말로 '주어'를 결정하기 때문에 그 자체로도 충분하다[37]고 말하면서 벤베니스트는 술부가 언술의 기준인 것으로 충분하다고 말한다. 그리고 그것은 스트로슨의 분석에 대립하려고 한다. 아마도 이 명백한 불일치는 논리학자의 관점과 언어학자의 관점 간의 차이에서 나온 결과인 것 같다.

언어학자는 주어 없이 술부를 지적할 수 있다. 이와 달리 논리학자는 주어의 한정이라는 술부의 임무가 항상 단수화된 동일성의 상대편이라고 주장할 수 있다. 스트로슨적인 구분은 실제로 기호학과 의미론 사이의 구분에서 정당성뿐만 아니라 등가성을 갖는다. 결과적으로 기호학은 총체적이거나 보편적 기능을 갖고 있고, 의미론은 단수로 조망한다. 즉 '기호의 가치'는 항상 일반적이고 개념적이다. 그러므로 그것은 어떤 특별하거나 부수적인 기호의미와 아무 관련도 없고, 개인적인 어떤 것은 배제된다. 상황에 의한 요인들은 부적절한 것으로 간주되어진다. 이 상황에 의한 요인들은 '언술의 예'의 개념에서부터 진행된다. 사용하고 행동하므로, 환경을 설명할 수 있고 특별한 적용을 할 수 있는 것은 언술이다. 벤베니스트는 더 나아가 "의미론에 속하는 표현인 문장은 단지 특별한 것만 언급한다"[38]고 한다. 이같이 다시 스트로슨의 분석으로 돌아간다. 왜냐하면 언술 안에서만 일반적인 용어는 단수적 기능을 취하기 때문이다. 지금 술어는 그 자

---

37 E. Benveniste (1966), p.109, P. Ricoeur (1977), p.71 재인용.
38 앞 글, 36면, P. Ricoeur(1977), p.71 재인용.

체 내에서 보편화하는 기능이 있고, 단지 술어가 한 고유한 논리적 주어를 결정하는 한에서 상황적 성격이 있다.

만약 술부 자체가 문장을 특징짓는다고 제의한다면 스트로슨의 분석과 벤베니스트의 분석 사이에는 중요한 차이가 남아 있다. 스트로슨의 분석에서 술부는 그것이 계층, 속성, 관계, 혹은 행위의 범주를 가리키는 일반적인 가치를 갖기 때문이다. 이 남아 있는 모순을 해결하기 위하여 두 가지 점을 분명히 하는 것이 필요하다. 첫째는 술부가 일반적인 때조차도 그것에 특별한 적용을 전달하는 것은 언술로 의도했던 총체적인 문장이다. 즉 문장은 항상 여기와 지금에 구체화된다. 숙어(idiom)가 무엇일 수 있든지 간에 예외 없이 언어 형성은 특별한 현재에다 항상 환경과 독특하게 결합한다. 언어는 개별적으로 형태론으로 언급된다.[39] 두 번째로 다음에 언급하겠지만, 이 전체로서의 문장 자체는 어떤 의미와 지시성을 갖는다. "프랑스 왕은 대머리다."는 어떤 상황과 동떨어진 의미를 갖는다. 그리고 주어진 환경에서의 지시성은 그것을 때로 진실이게 하고 때로는 거짓이게 한다.

3) 언술 행위의 구조

언술 행위는 각각 언표 내용(locution) 측면과 언표의 행위(illocution)의 측면에 관련시켜 고려될 수 있다. 오스틴이 도입한 이 구분은 벤베니스트의 언술의 이론을 더욱 발전시키며 재배치한다. 우리는 무엇을 하는가, 결과

---

[39] 앞 글, 37면, P. Ricoeur (1977), p.72 재인용.

적으로 우리는 언제 말하는가? 우리는 몇 개의 층위에서 몇 가지 일을 하고 있다. 무엇보다도 여기에는 말하는 행위나 언표 내용상의 행위가 있다. 이것은 술부와 동일화하는 기능을 함께 가져올 때 할 수 있는 것이다. 그러나 주어 '문'과 행위 '닫는다'를 결합하는 같은 행위는 명령이나 바람, 후회를 나타내는 진술로 달성될 수 있다. 이들 다양한 양상은 명제적 행위 자체와는 관련이 없지만, 우리가 말하는 중에 하는 그 '세력'과는 관련이 있다. 말하는 가운데 나는 약속하고, 질서를 부여하고, 진술에 복종한다. 이런 종류의 분석의 창시자인 오스틴(J. L. Austin)이 처음 흥미를 가진 것은 또 다른 차이에 관해서다. 즉 서술적인 것(constative)과 약속이란 수행적(performative) 존재의 모델 사이의 차이다. 약속하면서 나는 말로 약속한 바로 그 일을 한다. 즉 말에 따라 나는 스스로 저지르고, 스스로에게 행동의 의무를 지운다. 수행은 현재 지적되는 일인칭 단수 진술이고 그것은 그 사람이 저지르는 데 따른 그 행동을 언급한다. 발화행위(speech act)의 이론은 수행적인 것이 특별히 어떤 것을 하는 것이 아님을 주목할 때 더 발전된다. 서술적 발화(constative)에서 나는 약속하는 것과 차이나는 방식으로 스스로 저지른다. 나는 내가 말하는 것을 믿는다. 만약 내가 "고양이가 깔개 위에 있지만, 나는 그것을 믿지 않는다."고 말한다면 그 모순은 명제의 차원에서가 아니라 첫 번 명제 속에 함축된 자기ー참여와 그것을 따르는 외현적인 부정 사이에 존재한다. 따라서, 언술 행위의 복합적인 구도를 표현하는 것이 바로 수행적인 것은 아니다. 발화 내용 사이의(locutionary) 행위가 우리로 하여금 심리적인 것으로 생각된 믿음, 욕망, 감정 등 정신적 행위에 상응하는 언어 요소에 자리잡도록 한다는 것을 주목할 수 있다.

4) 의미와 지시체

이 용어들은 프레게(Gottlob Frege)에 의한, "의미와 지시체(Über Sinn und Bedeutung)"에서 유도된다. 의미와 지시체의 구별을 가능하게 만드는 것은 바로 문장이다. 총체로서 택해진 문장의 차원에서만 말해진 것은 우리가 말하는 것과 구분될 수 있다. 이 차이는 A와 B가 다른 의미를 갖는, A=B 란 단순한 등가적 개념에 이미 내포되었다. 그러나 우리가 한 쪽이 다른 쪽과 동등하다고 말한다면, 우리는 동시에 그것이 같은 사물을 언급한다고 말한다. 우리는 분명히 한 지시체에 두 개의 의미가 있는 경우(알렉산더의 스승이나 플라톤의 학생)와 어떤 지시물도 경험적으로 합당할 수 없는(지상에서 가장 먼 것) 경우를 찾으므로 의미와 지시체 사이의 차이를 제시할 수 있다.

의미와 지시체 사이의 차이는 필요하고 광범위한 언술의 특성이고, 언어의 내재성의 원리와 정면으로 충돌한다. 언어(language)에는 아무런 지시체의 문제가 없다. 즉 기호는 같은 체계 안에서 다른 기호를 언급한다. 문장의 현상 속에서 언어는 그 문장 바깥으로 통과한다. 지시체는 언어의 자기 초월적인 표시이다. 다른 것보다 더욱 이 특질은 의미론과 기호학 사이의 근본적인 차이를 표시한다. 기호학은 내적(intra) 언어학의 관계만을 인식하고 이와 달리 의미론은 기호와 외현적 의미를 지닌 사물 사이의 관계를 택한다. 그것은 궁극적으로, 언어와 세계 사이의 관계이다. 따라서 기호표현-기호의미 관계에 의한 기호의 개념과 사물과의 관계에 의한 기호의 개념은 서로 대립되지 않는다.

지시체의 문제를 기호의미의 언급보다 좀 더 일찍 구별했던 의도된 것(the intended)의 개념과 연결시키는 것은 가능하다. 언어 밖에까지 도달하는 것은 기호의미가 아니라 의도된 것이다. 즉 기호에서 우리는 언어 내적 현실에 도달했고, 반면에 문장에서는 언어 밖의 사물과 연결한다. 그리고 기호의 구성적인 대응물이 기호의미로서 기호에 내재하는 것인 반면에, 문장의 의미는 언술 상황과 발화자의 태도에 대한 지시성을 함축한다.[40]

5) 지시성과 발화자의 지시 현실

지시성(reference)은 그 자체가 변증법적인 현상이다. 언술이 상황을, 경험을, 현실을, 세계를, 언어외적인 모든 것을 언급하는 만큼, 역시 언술에는 본질적이지만 언어에는 그렇지 않은 과정의 수단에 의해서 발화 자체를 언급한다. 이 과정의 첫 단계에서 우리는 인칭 대명사를 발견한다. 즉 단어 '나'는 그 자체는 아무 의미 작용도 없지만, 말하고 있는 사람에게 언술의 지시성을 지시해 주는 자이다. '나'는 말하고 있는 존재인 그 사람으로서 한 문장 속에서 그 스스로에게 '나'라는 단어를 적용할 수 있는 사람을 의미한다. 이같이 인칭 대명사는 본질적으로 언술의 기능이고, 누군가가 '나'라고 말할 때만 의미를 갖고 '나'라고 말하므로 그 스스로를 지칭한다. 인칭 대명사에는 동사의 시제가 덧붙여질 수 있다. 이것은 매우 다른 문법적 체계를 구성하지만 그것들은 현재에 자리잡고 있다. 인칭 대명사같이, 현재는 자동으로 명명된(auto-designed) 것이기 때문이다. 현재는 언술이 말해진 존재가 있는 그 순간이다. 이것은 언술의 현재성이다. 현재의 수단에 의해서 언술 자체는 시간적으로 그 자체의 성격을 규정한다. 부사들(여기, 지금 등)에 의해 같은 것이 말해지고, 그것 모두는 언술의 예와 연결된다.

---

40 앞 글, p.36. P. Ricoeur (1977), p.74 재인용.

'이것'과 '저것'의 지시사(demonstrative)들도 역시, 그의 대립은 발화자의 관계로 결정된다. 자기 지시적인 만큼 넓게, 언술은 절대적인 이것-여기-지금(this-here-now)을 확립한다. 이 자동 지시적 성격은 언술의 예에 대한 언급에 내포된다. 그리고 그것은 발화 행위 이론과 연결될 수 있다. '단언적, 의문적, 그리고 명령적'인 문장이 할 수 있는 발상은 서술부에 의존하는 점에서는 비슷하나 발화자가 요구하는 언술 표현은 다양하다.

6) 계열축과 통합축의 재분배

계열적 관계(paradigmatic relation)는 체계 안에서의 기호에 관한 것이고 기호학적 질서에 속한다. 야콥슨과 구조주의자들이 소중히 여기는 '이항대립'(binary opposition)의 법칙은 그것에 적합한 것으로 통한다. 한편 '통합체'는 문장의 의미가 성취된 특수한 형식에 주어진 명칭이다. 이런 특성이 중요한 이유는 만약 계열체가 기호학이고 통합체가 의미론이라면, 계열적 법칙(paradigmatic law)인 대치(substitution law)는 기호학의 측면에 속한다. 따라서 언술로 취급된 은유 — 은유적 언술 — 는 통합체의 일종이라고 말할 필요가 있을 것이다. 이에 따라 은유적 과정을 계열적 측면에 놓고, 환유적 과정을 통합적 측면에 더 이상 놓을 수 없다. 이것은 은유를 대치(substitution)를 통해 단어에 영향을 주는 의미 현상으로 분류하는 것을 방해하지는 않는다. 그러나 뒤집어 보면 이 기호학적 분류는 의미론의 연구를 은유로 실현된 언술(따라서 통합체의 형태)로 형태화함을 방해하지 않는다. 정말로 의미 효과가 문장 속에 있는 단어들의 어떤 상호 작용에서 생기는 것이 사실이라면 은유적 진술이 고려해야만 하는 것은 통합체로서이다. 벤베니스트가 은유에 부여한 자리는 다음과 같다. 즉 "은유는 단어 자체가 지닌 특질이 아니라서, 다른 방법으로는 단어의 특질이 모순될 수 있으며, 단어들의 존재를 한 자리에 함께 설정한 결과, 단어들은 단어 자체가 지니지 못했던 특성을 드러낸다."

3. 은유의 형태론

은유는 생략된 비유로서 간주된다. 광의의 은유 범위를 설정하자면 은유를 비롯하여 '처럼', '듯이', '같이', '~의 비슷한', '~인 것 같은'으로 나타나는 직유(simile), 비교(comparison), 그리고 대비(parallels)를 들 수 있다.

훨씬 더 제한된 정의로 보면 은유란 명확하게 비교를 나타내는 어떠한 기호도 사용하지 않고 문제가 되고 있는 대상인 비교되는 것(A), 또 다른 대상인 비교하는 것(B)을 대조하는 문체의 방법이다. 그 비교되는 것(A)과 비교하는 것(B)이 동격(A+B나 B+A)으로 나타나기도 하고, 병렬과 마찬가지로 직접적으로 말해진 병치(AB나 BA)로 나타나거나, 어떤 것을 다른 것에다 동일시하는 방법(A는 B이다)으로, 또는 '비교하는 것'에 의한 '비교되는 것'의 수식(B의 A)이나, '비교하는 것'의 상징적인 힘을 '비교되는 것'에 부여하는 것이나(A의 B) 또는 '비교되는 것'의 생략에 의해서 비유적 표현이 풍부한 실체를 표상하고 그것이 표상하는 것을 알아맞히도록 하는(B) 작용이다.

이같이 은유는 다양한 관계의 스케치를 통해 정신적인 실체를 연구하여 심미적이고 지적이며 도덕적인 가치의 반향을 일으킴으로써 '비교되는 것'과 '비교하는 것'에다 공통된 요소를 명백하게 설명한다.[41]

은유의 작용은 먼저 부분적인 일치를 통해 기능한다. 만약 A=B로 절대적인 일치를 나타낸다면, 그것은 더이상 비유가 되지 못 한다. 결국 A=B라면 그것은 B=A이기 때문이다. 이렇게 말하면 사람들은 A=A 외에는 아무것도 단정하지 않을 것이다. 결국 실제로 비유된 대상들 사이에서 유사성과 차이점이 동시에 존재하기를 강요한다.

그러므로 은유가 이루어지는 장소는 두 개의 합이 하나 또는 여러 가지 점에서 일치하는 곳이다. 만남은 오늘날의 수학자가 교집합(intersection, ∩)이라고 부르는 것을 구성한다. 이런 교차의 장소를 또한 매듭(noeud, nexus), 혹은 은유의 중심(coeur=ɤ)이라고 부른다. 이런 관계를 아래의 도식으로 표현할 수 있다.

$$A \cap B = ɤ \text{[42]}$$

모리엘[43]과 李御寧[44]은 메타포를 구성하는 '비유하는 것'(comparant=Ct), 비유되는 것(comparé=Ce), 그리고 두 집합의 접합점(intersection=ɤ)의 세 부분으로 은유 기능의 분류 기준을 잡고 있다. 이와 달리 쥬네트(Gerard Gunette)[45]는 접합점 대신에 동기(motif)라는 용어를 사용하고 비교를 덧붙여 양태화시키는 말(modalisateur)[46]로 나타낸다. 여기서 쥬네트가 덧붙인 직

---

[41] H. Morier(1981), p.671.
[42] 앞 글, 675쪽.
[43] H. Morier(1981), pp.679~742.
[44] 李御寧, 「旗빨의 수직적 초월 공간」, 『문학사상』, 1988.10.
[45] 제라르 쥬네트(1972), 「줄어드는 수사학」, 『수사학』, 김정란 역, 김현 편(문학과지성사, 1987), 129쪽.
[46] 양태화시키는 말(modalisateur)은 '화자가 자신의 언술에 대해 생각하는 방식을 나타내는 수단'이다. J.뒤브와 외, 『언어학사전』, 라루스, 19.

유의 용법을 감안하여 공통된 유형을 찾을 수 있다. 모리엘, 이어령, 쥬네트의 공통 유형을 찾아 전체적인 은유 분류표를 만들어 보면 다음과 같다.

모리엘	이어령	쥬네트
1. 명백한 은유 ① 실제적 매듭 ② 힘없는 매듭 ③ 갖춘 축 은유	·구성 요소가 표면에 드러나 있는 경우(그녀의 앵도 같은 붉은 입술)	·有緣的 동일시(내 사랑은 이글거리는 불꽃) ·有緣的 비교(내 사랑은 불꽃처럼 탄다)
2. 접합점 생략 은유 ① 공유에 의한(B의 A) ② 분명한 포괄에 의한(A의 B) ③ 병치 또는 병렬(AB, BA) ④ 보조가 되고 분리할 수 있는 동격(A, B) ⑤ 현 용어 안의 은유적 병치	·접합점이 결락된 경우(그녀의 앵도 같은 입술)	·무연적 비교(내 사랑은 불꽃을 닮았다) ·무연적 동일시(내 사랑은 불꽃)
3. 비유되는 것의 생략	·비유되는 것만 생략되어 있는 경우(그녀의 붉은 앵도를) ·접합점과 비유되는 것이 생략되어 있는 경우(그녀의 앵도를)	·비교되는 것이 없는 유연적 비교(불꽃처럼 타는) ·비교되는 것이 없는 무연적 비교(~불꽃처럼) ·비교되는 것이 없는 무연적 동일시(은유)(나의 불꽃)
4. 비유하는 것의 생략 ① 비유하는 것이 완전히 접합점으로 축소된 경우 ② 비유하는 것을 이루는 중요한 하위 의미가 생략되어 있는 경우		·비교하는 것이 없는 유연적 비교(내 사랑은 ~처럼 탄다) ·비교하는 것이 없는 무연적 비교(내 사랑은 ~을 닮았다)
	5. 비유되는 것과 비유하는 것이 모두 생략되어 있고 오직 그 접합점만이 겉으로 드러나 있는 경우(그녀의 동그랗고 붉은 것을)	

1) 이상 작품에 나타난 은유(隱喩)의 형태적 유형

위에서 예시한 도표를 중심으로 간략하게 은유의 기본 유형을 李箱의 작품을 통해 설명하겠다.

(1) 명시적 은유

① 옥수수밭은 일대관병식一大觀兵式입니다. ② 바람이 불면 갑주甲冑부 딪치는 소리가 우수수 납니다. ③ "카―마인"빛 꼭꾸마가 뒤로 휘면서 너울거립니다.

―『산촌여정』, 『매일신보』, 1935.9.2~10.11[47]

이 비유는 비유하는 것(C^t), 비유되는 것(C^e), 그리고 접합점(intersection)이 다 드러나 있는 경우이다. 세 문장으로 된 위의 은유적 언술은 모두 다 주부(主部)와 술부(述部)관계의 불일치(inconsistency)를 낳는 내포적 의미망을 보여 준다. ①의 문장에서 제시된 옥수수밭의 식물 범주와 사람의 범주에서의 군대 사열식이 범주 위반(category mistake)의 양상을 띠면서 함께 서술되고 있다. 이에 따라 문장 ②와 문장 ③에서는 '갑주'와 '꼭꾸마'란 은유적 초점을 통해 나머지 진술 '우수수 납니다, 너울거립니다'의 옥수수밭의 풍경을 군대 사열식의 풍경으로 전이시키고 있다.

C^e 군대 사열식　연병장　X ―― X ―― X 옥수수밭　가을날 옥수수밭의 풍경 C^t
넓은 공간

갑주와 X ―― X ―― X (구령에 따라)

무기 부딪는 소리　일제히 소리내다　옥수숫대에 부는 바람 소리

군인 벙거지의 털 X ―― X ―― X 일제히 소리를 내다

붉다

---

47 앞으로 『산촌 여정』은 文學思想資料研究室 편, 『李箱隨筆全作集』(李御寧 校註, 甲寅出版社, 1977)에 의거한 쪽만 병기하겠음.

군인 ─ 구령 소리 ─ 갑주 ─ 붉은 털
옥수수 ─ 바람 부딪치는 소리 ─ 잎사귀 ─ 붉은 옥수수술

과 같은 은유적 연쇄를 보여 준다. 연병장에서 군대가 명령 한 마디로 일제히 같은 동작을 취하는 사열 의식과 바람이 불어서 일제히 잎사귀와 붉은 술이 같은 방향으로 날리는 옥수수의 움직임에서 시각적이고 청각적인 시원함과 아름다움을 느낄 수 있다. 즉 옥수수의 계층 관계(바람과 식물)와 군대의 계층 관계(지휘관과 병사들)의 유추를 파악함으로써 사물 상호 간의 인식의 확대가 이루어진다. 여기서는 비유되는 것은 군대 사열식이고 비유하는 것은 옥수수가 줄지어서 바람에 휘날리는 모습인데, 접합점으로 넓은 공간이 있고 일제히 소리를 내고 한 방향으로 휘날린다든가 붉은색의 벙거지를 썼다든가 하는 공통점을 명시적으로 보이는 비유 체계다.

(2) 접합점의 생략 은유

박제剝製가 되어 버린 천재天才를 아시오

　　　　　　　　　　　　—『날개』, 『조광朝光』, 1936.9[48]

문장 1 "박제가 되어 버린 새를 아시오.", 문장 2 "폐인이 되어 버린 천재를 아시오."의 두 문장을 뒤섞여 버림으로써 범주 위반을 통해 문장 3

---

[48] 앞으로 『날개』는 문학사상자료연구실 편, 『이상수필전작집』(이어령 교주, 갑인출판사, 1977)에 있는 쪽만 병기하겠음.

"박제가 되어 버린 천재를 아시오."가 생겼다. 이 비유적 문장 3은 '천재가 박제가 되다'(A가 B가 되다)인데, 새의 범주에서 문장을 논리적으로 맞게 쓰면 '새가 박제로 되다.' 이고, 사람의 범주에서 논리적 문장으로 쓰면 '천재가 폐인이 되다.'이다. '박제'를 뜻풀이하면 '동물의 내장을 발라내고 안에 솜이나 대팻밥 등을 넣어 살아 있을 때와 같은 모양으로 만드는 일 또는 그렇게 만든 물건'이다. 이렇게 볼 때 박제와 폐인의 공통점 그리고 새와 천재의 공통점이 생략된 채로 드러난다. 야생의 동물(작품 제목 '날개'를 생각하면 새)의 특성을 찾으면 '하늘을 난다', '항상 움직인다', '지상을 굽어본다'. 그리고 천재의 특성을 생각하면 '보통 사람을 뛰어 넘는 비범한 데가 있다', '사회에 공헌할 큰 능력이 있다', 등을 들 수 있다. 여기서 생략된 접합점이 드러난다. 새의 나는 능력을 천재와 비교함으로써 천재와 폐인의 대립으로 나타낼 수도 있고 문장의 대립으로 표현할 수도 있다.

천재(새)		박제(폐인)
날다	/	정지
위에서 전체를 굽어보다	/	자율성 상실
능력이 빠르고 크다	/	무능력

하늘을	/	벽에	∩	방에	/	사회에서
나는	/	걸린	∩	누운	/	능력 발휘하는
새를	/	새를	∩	천재를	/	천재를
아시오	/	아시오	∩	아시오	/	아시오

    이와 같이 맥락상의 언술에서 천재가 지시하는 의미가 명확히 드러나게 된다. 보통 사람은 걷는데 천재는 새처럼 날 수 있는 능력이 있고 보통 사

람은 지상에서 바라보는데 천재는 새처럼 공중에서 전체를 조망할 수 있는 존재의 전이가 나타난다. 즉 '벽에-걸린-새'는 '방에-누운-천재'로서 '움직이지 않는다'란 접합점의 생략이고 뒤집으면 지상을 조망하는 새의 능력과 남보다 앞서는 천재의 접합점이 생략되어 표현된 것이다. 이런 접합점의 생략으로는 "오감도烏瞰圖 십삼호十三號"나 "정희貞熙의 입상立像은 제정로서아帝政露西亞쩍 우표郵票딱지처럼 적잖이 슬프다"(『終生記』, 『朝光』, 1937.5) 등이 있다.

(3) 비유되는 것(Cᵉ)의 생략 은유

> 역사를하노라고 땅을파다가 커다란돌을하나 ㄸ집어 내어놓고 보니 도무지어디서인가 본듯한생각이들게 모양이생겼는데 목도들이 그것을 메고나가더니 어디다갖다버리고온 모양이길래 쫓아나가보니 위험危險하기짝이없는 큰길가더라
>
> 그날 밤에 한 소나기 하였으니 필시必是그돌이깨끗이씻겼을터인데 그 이튿날가보니까 변괴變怪로다 간데온데없더라. 어떤돌이와서 그돌을업어 갔을까 나는참이런처량凄凉한생각에서아래와같은작문을 지었도다…….
>
> —「이런 시詩」, 『가톨릭청년靑年』, 1933.7

땅을 파다가 나타난 돌이 행방불명된 수수께끼를 제시하는 이 시는 '돌'이 어떤 숨겨진 의미를 비유하는 것이라면 돌은 '비유하는 것'이 되고 '비유되는 것'이 겉으로 생략됐다고 보인다.

이 시를 풀 수 있는 매듭은 '역사'라는 단어의 다의성(polysemy)에서 나타

난다. "도무지 어디서인가 본 듯한 생각이 들게 모양이 생겼는데", "어떤 돌이 와서 그 돌을 업어 갔을까"의 비유적 언술과 전체 문맥이 지닌 역사(役事)란 토목 공사의 흐름은 '비유되는 것'(C^c)이 숨겨져 있어서 문면에 드러나지 않음을 알 수 있다. 즉 '비유하는 것'(C^t)이 토목공사의 역사이고 '비유되는 것'(C^c)은 국가와 관련된 역사(歷史)인데, 문면에 생략되어 있다. 동음이의(homonymy)의 역사들이 동일한 접합점을 통해 전개된다는 데에서 다음과 같은 은유적 구조를 찾을 수 있다.

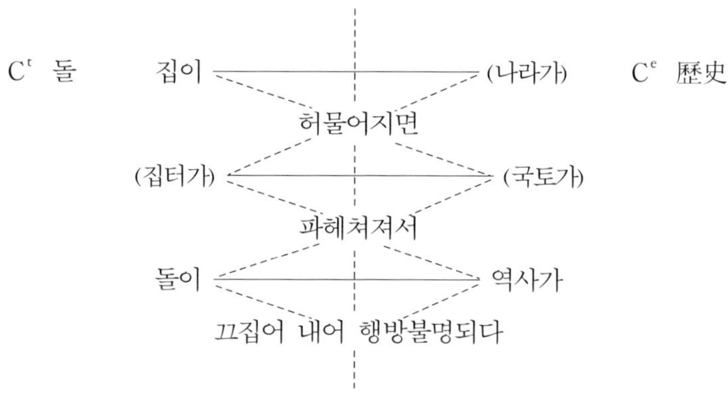

역사(役事)하는 데에서 파내진 '돌'과 역사(歷史)의 접합점은 원래 겉으로 드러나는 부분이 아니라는 것이다. 집을 지을 때 든든한 받침대가 되는 게 돌이고 나라가 존재하는데 본보기가 되는 것이 역사라면 그것들이 파내져서 나중에는 사라졌다면 역사(役事)의 범주에서는 집을 부순 것이요 국가의 범주에서는 나라가 망했다는 은유적 암시가 도출된다. 집의 돌(초석)은 나라의 역사(歷史)에 해당된다는 비유 관계도 자연스럽게 드러난다. '돌'의 행방불명이라는 비유의 논리적 범주 위반을 통해 '역사'의 행방불명이라는 인식의 전환을 가져오는 엄청난 결과가 새롭게 전개된다.

이와 같은 '비유되는 것'을 생략시켜서 작가의 숨은 의도를 감추는 기법은 "正式"이나 "街外街傳" 등에서도 나타난다.

(4) 비유하는 것(C')의 생략 은유

십구세기^{十九世紀}는 될 수 있거든 봉쇄^{封鎖}하여 버리오. 도스토옙스키

정신^{精神}이란 자칫하면 낭비^{浪費}인 것 같소.

—『날개』: 15

이 언술에서 봉쇄하여 버려야 할 존재, 낭비적인 존재로 지탄 받는 것은
19세기와 도스토옙스키의 정신이다. 그런데 19세기와 도스토옙스키 정신
이란 의미의 표면으로 드러날 표현체는 무엇인가? 그것은 생략되었다고
밖에 볼 수가 없다. 그래서 19세기와 도스토옙스키 정신이 비유되는 것(C')
이라면 비유하는 것은 생략되었다. '비유하는 것'이 전적으로 교차
(intersection)로 축소되었다면 그것은 술어 '낭비인 것 같소'로 나타난다. 이
경우 은유의 장소는 명백한 접합점 속에 있다. 축을 이루는 은유, 비례 표
시(A ~ B
A'   B' 좌우 대칭은 생략된 생각들을 재확립하도록 해 준다.

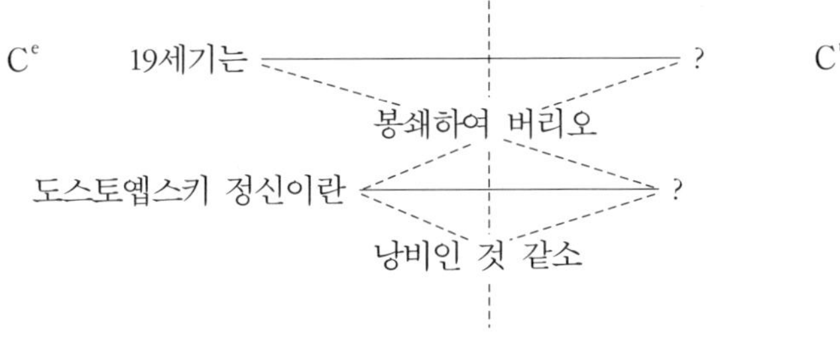

먼저 도스토옙스키의 널리 알려진 소설 『죄와 벌』을 생각하면 니체의 '초인 의식'과 '공산주의의 평등 원리'에 사로잡혀 살인을 저지른 한 대학생을 사랑으로 회개시키는 양심의 문제가 주제로 다루어진다.[49] '죄와 벌'을 논하는 것은 필자의 독단이 아니라 이상 자신도 『죄와 벌』에 나타난 초인 의식을 "초인법률초월론超人法律超越論"[50]이라는 명칭으로 언급하며, 과연 이 사회에서 암적인 존재(불치의 난병자, 광인, 주정중독자, 걸인)를 모종의 권력으로 깨끗이 소탕해야 하느냐, 아니면 이들도 이 사회에서 살 권리가 있느냐를 심사숙고하고 있다. 또한 19세기는 20세기의 물질문명이 극단화되기 이전의 시대라고 말할 수 있다.

이와 같은 맥락에서 양심이나 도덕관 같은 정신적인 고뇌는 경제 원리에 입각한 현실관에는 거추장스러운 낭비가 될 수 있다. 이와 같이 다소 복합적인 양상을 띠고 있으므로 19세기와 도스토옙스키 정신의 은유적 대응은 전단사적 대응이라기보다 일대다(一對多)의 전사적(全射的) 비교로 볼 수 있다. 그러므로 19세기의 은유적 대응으로는 체면, 도덕관, 정조 관념과 같은 돈 쓸 이유에 해당하는 정신적 가치의 모든 것이 될 수 있다. 도스토옙스키 정신의 대응은 체면 유지에 해당하는 양심의 관리 문제, 곧 윤리관에 관련된 것들이 될 수 있다. 이런 '비유하는 것'(C')의 생략 형태로는 '그러나 나는 나의 메소이스트 병瓶마개를 아직 뽑지는 않습니다.'(『산촌

---

49 '죄와 벌'은 가난한 대학생 라스콜니코프가 돈 많고 사회에 아무 도움이 되지 않는 노인을 자신이 살해함으로써 사회에 도움이 될 것이라는 초인의식과 재산의 분배 의식을 신념으로 살인한다. 그러나 그 결과는 양심의 고통에 빠진다. 그것을 일깨운 존재가 소냐라는 아름다운 영혼을 가진 처녀다. 결국 기독교의 사랑의 정신으로 회개한다는 문제의식을 다룬 작품이다.

50 李箱, 「차생윤회(此生輪廻)」, 『조춘점묘(早春點描)』, 『이상수필전작집』(문학사상자료연구실 편, 이어령 교주, 갑인출판사), 39쪽.

여정』: 28)라든가 「오감도 1, 2, 3호」를 들 수 있다.

(5) 축대칭 은유

위에서 열거한 4가지 기본 유형에 공통으로 나타나는 형태 중에서는 '축대칭 은유(Les métaphores axiales)'[51]를 들 수 있다. 먼저 축대칭은 아리스토텔레스가 든 4번째 유형에 해당하는 것으로 비례적 은유로 나타난다.

위고를 불란서^{佛蘭西}의 빵 한조각이라고

—『날개』: 15

위고(Hugo, Victor Marie)와 빵 한 조각은 아무런 접합점이 있을 수 없으나 밥 먹는 서양의 식탁에서 빵 한 조각은 주식(主食)이 된다. 따라서 빵은 식탁의 비중 있는 존재를 가리키므로 위고는 불란서를 대표할 만한 중요한 존재임을 유추 관계로 파악할 수 있다. A, B의 관계로 A', B'의 관계를 미루어 짐작할 수 있을 뿐 아니라 드러나지 않은 A'도 파악할 수 있다.

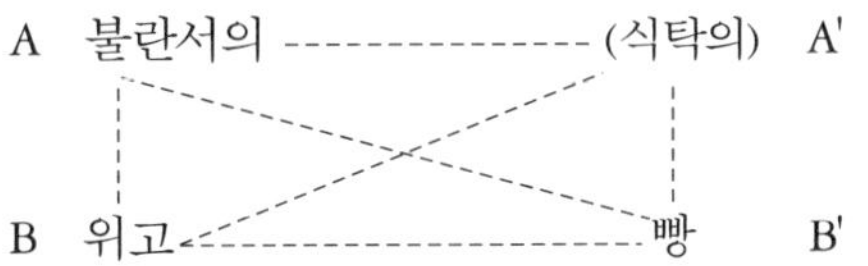

---

51 Henri Morier(1981), p.1004.

이것을 더 뒤집으면 빵을 '식탁의 위고'라든지 불란서는 '위고의 식탁'
이라는 은유도 가능하다. 그런데 이런 아리스토텔레스의 4번째 유형인 유
추(혹은 비례)는 리쾨르가 주목했던 것처럼 '분류의 전이'라는 개념 사이의
전이 관계로 발전된다. 즉 전이가 논리적인 축(軸) 사이에서 작용한다는 사
실이다. 은유는 이미 류(類)와 종(種)의 용어에서 구성된 질서로, 그리고 그
관계 규칙 ― 종속관계, 대등관계, 비례균형, 혹은 관계의 동등성 ― 의 게
임에서 동시에 언어의 논리적 구조를 인식하고 위반한다. 한 단어에서 다
른 단어로의 대치가 아니라 어휘적 빈곤을 구성하는 것과 관련되지 않은
경우에서 뒤범벅된 분류에 적용된다.[52] 이상의 언술 은유가 고도의 논리성
과 동시에 그 논리의 위반이 가져오는 새로운 논리의 생성이라는 것이 축
(軸)은유의 예들에서 나타나고 있다. 축은유는 모리엘에 의하면 명시적 은
유에서는 '다 갖춘 축은유'로 나타나고 생략은유에서는 '축을 형성하는 생
략'으로 그리고 '비유하는 것'의 생략에서는 '비유하는 것이 접합점으로
축소되는 것'으로 나타나고 있다. 또한 축비유의 특성은 그 연쇄되는 은유
관계가 얼마든지 계속될 수 있다는 사실을 주목할 수 있다.

$$\frac{A}{A'} \sim \frac{B}{B'} \sim \frac{C}{C'} \quad \text{-----------}$$

---

52 P.Ricoeur(1977), pp.120~201.

(6) 직유 형태 은유

이상의 은유적 언술에서는 직유에서 많이 나타나는 전단사(全單射, La Bijection, 일대일 대응의 비교)[53]가 주로 나타난다. 전단사란 filée 또는 연속음(continuée)이라고 불리우는 비교이다. 이때 두 집합에서는 몇 단어가 공통되며 그 결과로 비교축(軸) 위에 모양을 그리게 된다. 이 집합들의 각 점들은 관계쌍을 만들면서 하나씩 대응한다. 여기서 관계의 방법은 은유적이다.

두 번째로 대상이 목표를 향해 나아가는 행위 과정으로 축(軸)대칭을 나타내는 경우가 많다는 것이다. 이러한 전단사를 사용함으로써 얻을 수 있는 효과는 이 집합들의 일관성에서 나오게 된다. 이 일관성은 명시적이지 않았던 비교하는 것의 가치를 비교되는 것 속에서 대칭적으로 결정하게 해 준다.

세 번째로, 통합체(syntagma)로 이루어진 언술이 전개될 때 대상은 이야기를 만들기 위해서 발생하고 대립하고 결합하는 동작의 연쇄를 주시하게 된다. 그것은 호메로스의 작품에서 발견할 수 있는 서사적 전단사(bijection épique)로 거기에서 "호메로스적 비교"라는 명칭이 나왔다. 동작의 연쇄는 하나의 합성된 전체를 만드는 것으로 전개 과정과 유려한 문체를 만들어 준다.[54]

---

53 全單射 : f : →B가 全射이자 單射일 경우, f를 全單射(bijection)라고 한다. 寫像f : A→B에서, f(A):B일 때, f를 A에서 B 위로의 寫像(ontomapping) 또는 全射(surjection)라 한다. 또한 f의 値域의 元 b에 대해 f(a)=b가 되는 A의 元 a가 단 1개 존재할 때, f를 1-1(1對1)寫像(one-to-one mapping) 또는 單射(injection)라고 한다. 『數學大辭典』(創元社, 1975), 714~715쪽.

54 H. Morier(1981), p.998~1000.

여기서 비교와 은유 사이의 구분이 필요한데, Le Guern의 견해에 의하면, 비교는 질적인 의미에서 similitude나 직유(~같은)로 택해지고 양적인 비교(comparatio[더욱, 덜, 그만큼])로서는 아니다. 은유는 생략된 직유가 아닌데, 표면 구조의 공식적 분석은 우리를 그렇게 믿게 인도할 수 있다. 직유는 양적인 비교보다는 오히려 은유와 관련되는데, 왜냐하면 둘 다 맥락의 동위태(isotopy)를 붕괴시키기 때문이다. 그러나 직유와 은유는 같은 방식으로 그 동위태를 회복시키지 않는다. 직유로서의 비교의 경우에는 어떤 의미의 전이도 발생하지 않는다. 모든 단어는 그들의 의미를 보유하고 있고 그들 스스로의 표상이 뚜렷이 남아 있고 꽤 동등성이 강하게 공존한다. 이것은 왜 "어떤 의미적인 양립불가능성도 검출될 수 없는지"의 이유이다.[55]

또한 리쾨르가 몇 가지 항목으로 직유와 은유의 공통된 특성을 정의한 것에 의하면 첫째는 직유 영역이 나누어진다는 사실이다. 한쪽은 parabole 이라 불리운 것으로 증명(proof)의 이론에 연결되고, 『수사학』 1권에서 나타난다. 이것은 역사적이거나 소설적인 예에 나타난 묘사들이다. 다른 쪽은 eikon이란 제목으로서, 차사(lexis)의 이론에 부착되고 은유의 특별한 영역 속에 들어온다. 은유의 분야 안에서 직유의 위치를 보증하는 것은 직유와 비례하는 은유 사이의 특수한 친족 관계라는 것을 주목하게 된다. 성공적인 직유는 어떤 의미에서 은유적인데, 그것들은 항상 두 가지 관계를 비례적인 은유처럼 포함하기 때문이다. 방패는 '아레스의 술잔'이고 활은 '현이 없는 리라'이다.[56] 정말로 비례적인 은유는 두 번째 용어의 명칭에 네

---

55 Michel Le Guern(1973), Sémantique de la métaphore et de la métonymie, (Paris:Larousse), p.56, P. Ricoeur(1977), p.186 재인용.
56 아리스토텔리스, 『시학』, 손명현 역(박영사, 1986), 138쪽.

번째 용어의 명칭을 주는데 사물 자체 사이에서가 아니라 두 쌍의 사물들의 관계 사이를 다루고 있는 복합적 비례로부터의 생략으로 나타난다. 이런 의미에서 비례적 은유는 예를 들어서 우리가 아킬레스를 사자라고 부를 때, 나타날 수 있는 만큼 단순하지는 않다. 따라서 네 개의 용어 사이의 비례와 대조할 때, 직유의 단순성은 한 단어의 단순성이 아니라 두 용어 사이의 관계의 단순성이다. 사실 바로 이 관계, 그 비례적인 은유에서 결과적으로 나온 것은 "방패는 아레스의 술잔이다"이다. 이런 식으로 유추에 의한 은유는 비교(eikon)와 동일시되려는 경향이 있다.

다음으로 직유의 문법적인 분석은 일반적으로 은유와 관련하여 그 의존적인 지위를 확실히 한다. 그들은 비교의 특수한 용어가 존재하거나 혹은 부재하는 것에서만 차이가 난다. 아리스토텔레스의 시선에서 은유에 어떤 비교 용어가 부재한다는 것은 퀸틸리안 이후부터 주장된, 은유가 단축된 직유라는 것을 내포하지 않는다. 보다 더, 직유는 더욱 발전된 은유이다. 직유가 발전된 은유인 만큼, 바로 비례적인 은유가 아니라, 모든 은유는 비교나 직유를 함축한다.

결론적으로 은유와 직유의 밀접한 병치는 다시 택해야 할 전이(epiphora)의 문제를 생각하게 한다. 먼저, 직유로서 전이자(transfer)는 두 용어들 사이에서 발생한다. 그것은 명칭을 부여하는 사실의 존재이기 이전에 언술의 사실이다. 우리는 또한 그것이 두 사물이나 용어를 내포할 어떤 것으로서의 전이(epiphora)라고 말할 수 있다. 더욱이 전이자는 직유가 비교라는 특징의 용어로서 뚜렷하게 만드는 지각된 닮음을 통해 자리 잡는다. 은유에서 함축적으로 작용하는 유사의 순간을 직유가 외연적으로 드러낸다고 말할 것이다.[57] 이와 같이 직유는 논리적 축 사이의 전이를 잘 드러내는 비교(eikon)이다.

가을이 올 터인데 와도 좋으냐고 쏘근쏘근하지 않습니까. 조이삭이 초례初禮청 신부新婦가 절할 때 나는 소리같이 부수수 구깁니다. 노회老獪한 바람이 조잎새에게 난숙爛熟을 최촉催促하는 것입니다. 그러나 조의 마음은 푸르고 초조焦燥하고 어립니다.

—『산촌여정』: 23

계절의 가을은 조이삭의 성숙으로, 인간의 가을은 결혼식의 통과제의(rites of passage)로 나타나고 있다. 이 언술에서 '소리같이'와 형용어구 '노회한 바람'이 겉으로 드러나는 직유적 표현으로 은유가 나타난다.

C^e 곡식			
가을날 ----------	---------- 결혼식날		C^t 여자(新婦)
바람이 ----------	---------- 노회한 어른이		
푸른 ----------	---------- 초조하고 어린		
조이삭을 ----------	---------- 신부에게		
부수수 구기며 ----	---------- 절을 시키며		
성숙시킨다 -------	---------- 혼례를 치른다		

양쪽의 양상이 전혀 생략되지 않고 다 설명되는 직유의 특징이 드러나는 구절이다. 이 언술에서 바람   조이삭   분다
        노회한 어른   신부   절을 시킨다의 연쇄로 앞에서도 나타난 계층적 질서가 다시 표현되고 있다. 바람과 어른은 연령적인 상층(上)으로 어린 조이삭과 신부는 연령상의 아래(下)인 미성년으로 나타난

---

57 P. Ricoeur(1977), pp.25~27.

다. 바람의 시련을 통과하는 조이삭의 성숙 시간은 혼례란 통과의례를 거치는 인간의 성숙으로 유추된다.

(7) 두 겹 세 겹의 은유

이상의 작품에서 나타나는 축(軸)대칭 은유의 특성은 두 겹 세 겹의 축대칭이 빈번하게 겹쳐 있다는 사실이다. 일반적인 은유의 현상은 비유하는 것과 비유되는 것의 두 논리적 범주가 접합점을 가지고 서로 범주 위반을 하면서 새로운 인식을 도출한다. 그런데 가끔씩은 두 개의 범주가 아닌 세 개, 네 개의 범주가 겹쳐질 때가 있다. 여기서는 단지 하나만의 접합점을 논할 수가 없게 된다.

> 족보^{族譜}를 찢어버린 것과 같은 흰나비가 두어마리 백묵^{白墨}내음새나는 화단^{花壇}위에서 번복^{飜覆}이 무상^{無常}합니다. 또 연식^{軟式}「테니스」공의 마개뽑는 소리가 음향^{音響}의 흔적^{痕迹}이 되어서는 등고선^{等高線}의 각점^{各點} 모양으로 남아있는 것 같습니다.
>
> —『산촌여정』: 25

fr_1	fr_2	fr_3	fr_4
흰나비가 --------	족보를찢어버린후손이---	연식테니스공이---	테니스공의마개뽑는소리가
화단에서 --------	인생길에서-----------	(테니스장에서)---	(악보에서)
왔다갔다하며 -----	왔다갔다하며----------	왔다갔다하며----	반복되면서
선을이루고있다 ---	마음의 갈등을 --------	선을 이룬다 -----	음표를 이룬다
	겪고 있다		

이와 같이 흰나비와 족보를 찢어버린 후손과 테니스공과 테니스공 마개 뽑는 소리의 4중으로 된 축대칭 은유에서는 비유하는 것과 비유되는 것을 추정하기가 어렵다. 그래서 후루쇼프스키(Benjamin Hrushovski)[58]의 지시의 틀(frames of reference) 이론을 사용하려 한다. 이런 이중 삼중의 축대칭 은유를 통해 은유의 전이 현상으로 나타나는 상상력의 확대 양상을 볼 수 있다. 나비를 보면서 이상은 자신의 가문의 위치를 고민하고 동시에 흰 테니스공을 치는 테니스장을 생각하고 공의 마개 뽑는 소리가 만드는 악보의 음표를 연상하고 있다. 마치 영화의 장면을 연상시키는 이 구절은 흰나비의 작은 움직임에서 자신의 가문과 테니스장의 율동과 음악의 순수한 율동의 세계로 동심원을 그면서 확대된다. 구체에서 점점 추상화되는 율동의 연상 작용이다. 이와 같이 나비의 지시의 틀이 내포적 의미 방향으로 발전되는 것은 두 개 세 개 네 개의 독립된 틀이 은유적 상호작용을 형성하기 때문이다.

(8) 아이러니 : 상승 은유와 하강 은유

은유는 똑같은 수준에서의 (A~B) 가치 관계만을 확립하는 것이 아니라, 상이한 크기 사이의 관계를 확립한다. '비유하는 것'이 '비유되는 것'을 우아하게 하는 것은 바로 과장된 은유의 경우이다(A≤B). 또한 사물에다 가치

---

58 B. Hrushovski(1984), pp.8~9에서 지시의 틀(frames of reference)을 frs로 줄여 쓴 것을 본고에서 차용하여 사용한다. 이어령, 「언술로서의 은유」, 『문학사상』(1989.2), 159쪽에서는 이것을 "틀짜기 이론"이라 부른다.

를 두는 정신적 판단 속에서 은유는 내적인 공통점을 분명히 하고, 조롱하
는 의미의 '비유하는 것'을 통해 '비유되는 것'을 깎아 내릴 수 있다. 이것
이 하강 은유나 익살스러운 은유에 해당한다.[59]

> 기독^{基督}은남루^{襤褸}한행색^{行色}으로 설교^{說教}를시작했다.
> 아아르·카아보네는감람산^{橄欖山}을산^山채로납촬^{拉撮}해갔다.
>
> 1930년^{一九三○年}이후^{以後}의일—.
> 네온싸인으로장식^{裝飾}된어느교회입구^{教會入口}에서는뚱뚱보카아보네가
> 볼의상흔^{傷痕}을신축^{伸縮}시켜가면서입장권^{入場券}을팔고있었다.
>
> —「二人……一」, 「鳥瞰圖」, 『朝鮮과 建築』, 1931.8.11

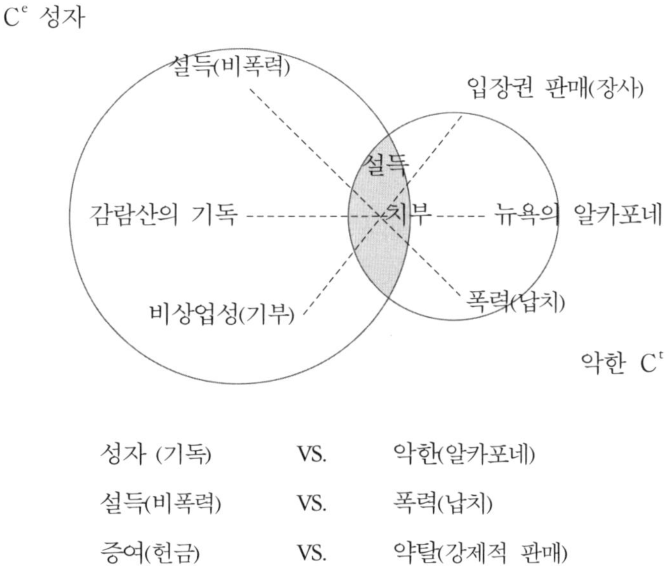

성자 (기독)	VS.	악한(알카포네)
설득(비폭력)	VS.	폭력(납치)
증여(헌금)	VS.	약탈(강제적 판매)

---

59 H. Morier(1981), p.710.

위의 대립항은 <아이러니 : 하강 은유>의 양상을 보여준다. 양쪽의 접합점은 설득과 치부다. 비폭력적인 설교를 통한 설득 그리고 폭력적인 납치가 일종의 자발적이거나 강제적인 설득이라는 점이다. 또한 교회에서 기부로 받는 헌금과 입장권을 강제로 판매하는 장사가 그 공통항으로 돈을 받는다는 사실에 있음이 암시된다.

이와 같이 설득의 방법이 마음의 평화에 있는 기독교의 비상업성을, 폭력으로 설득하는 깽단의 상업성으로 전이시킨다. 정신적인 가치의 기독교 교회의 경제 원리와 물질적인 대가를 위해서는 수단과 방법을 가리지 않는 악한의 집단의 경제 원리로 하강시켜 비유하고 있다. 시 「二人…二」와 「肉親」에서는 상승 은유로, 그리고 『산촌여정』의 송덕비의 언술에서는 하강은유로 나타난다.

2) 분석 모델로서의 시 「꽃나무」

> 벌판한복판에꽃나무하나가있소. 근처近處에는꽃나무가하나도없소. 꽃나무는제가생각하는꽃나무를열심熱心으로생각하는것처럼열심熱心으로꽃을피워가지고섰소. 꽃나무는제가생각하는꽃나무에게갈수없소. 나는막달아났소. 한꽃나무를위爲하여그러는것처럼나는참그런이상스러운흉내를내었소
>
> —「꽃나무」, 『가톨릭청년靑年』, 1933.7

‘처럼’이란 양태사(modalisateur)와 죽은 은유 ‘섰소’로 드러난 시 “꽃나무”의 은유적 언술은 식물의 틀(fr_1)과 사람의 틀(fr_2)로서, 서 있는 나무를 존재의 기본 바탕으로 전이시켜 인간의 존재 의미(지성)로까지 확대시킨다. 즉 생명체(life)에서 지성(intellection)으로, 지성에서 생명체로의 범주 이동이 나타난다. 먼저 꽃나무가 서 있다는 점에서 사람의 다리로의 비유가 나타난다. 일반적으로 그것은 죽은 은유라고 부른다. 그러나 그것은 매우 천천히 생명이 돌아온다. 지금 그것이 평이하거나 문자적인 단어 사용인, ‘사람의 다리’와 어떻게 다른지 말할 수 있다. 명백한 차이는 꽃나무의 서 있는 다리가 사람의 다리의 어떤 특성만을 갖는다는 점이다. 꽃나무는 그 다리로 걷지 못한다. 그것은 단지 유지할 뿐이다. 그런 경우에 공통 특성을 은유의 바탕이라고 부를 수 있다. 이 시에서는 쉽게 그 바탕을 발견할 수 있다.[60] 즉 꽃나무를 유지하는 둥치의 서 있음은 사람의 범주에서는 존재 그 자체를 말한다. 그런데 꽃나무의 존재와 사람의 존재의 차이는 꽃나무의 부동성(不動性)에 있다. 그것은 꽃나무와 다른 꽃나무의 거리다. 꽃나무와 다른 꽃나무가 거리를 가진 만큼 ‘나무-사람’의 은유적 대응 관계는 내가 스스로 생각하는 존재에게 다가가지 않고 막 달아나므로 꽃나무와 닮음의 관계를 이룩한다.

그런데 시 「꽃나무」의 독립적인 두 틀은 어느 쪽이 비교되는 것(C^e)이고 어느 쪽이 비교하는 것(C^t)이라고 구별할 수 없는 상호작용의 연계성을 빚어낸다. 꽃나무는 ‘열심으로 생각하는 것’처럼 ‘열심으로 꽃을 피워 가지고’ 있으므로 식물의 범주에서 정신적인 이해력을 지닌 인간의 범주로 뛰어 올라 온다. ‘처럼’이란 양태사의 직유 형태는 ‘한 꽃나무를 위하여 그러

---

60 I. A. Richards(1979), p.117.

는 것처럼'에서 다시 한 번 나타난다. 그것은 꽃나무가 제가 생각하는 다른 꽃나무에게 다가갈 수 없는 식물의 제약을 향해서, 즉 사람이 식물의 범주로 다가서는 기능이다. 나무가 다른 나무에게 갈 수 없다는 사실은 숙명이자 운명이지만 사람이 제가 열심으로 생각하는 사람에게서 달아나는 것은 선택이다. 이같이 열심으로 생각하는 것처럼 열심으로 꽃을 피우는 '비유되는 것'(C⁵), 식물과 '비유하는 것'(C¹), 사람의 관계는 '한 꽃나무를 위하여 그러는 것처럼'에서는 '비유되는 것', 사람(Ce), 비유하는 것, 식물(Ct)로 뒤집혀진 관계로 나타난다. 앞에서는 꽃나무가 정신적인 이해력을 지닌('생각한다') 인간의 범주로 전이되고 있다면, 뒤에서는 인간이 식물의 범주로 다가섭으로('제가 생각하는 꽃나무에게 갈 수 없는 한 꽃나무를 위하여 막 달아나다') 식물의 '운명'을 인간의 '선택'으로 전이시키는 은유적 등가 관계를 형성한다. 이것을 도식화하면 다음과 같다.

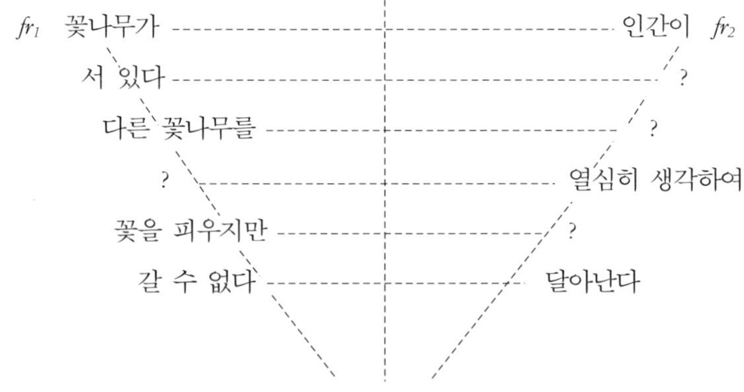

이 도식에서 드러나지 않는 '다른 꽃나무'는 사람의 범주에서는 어떤 존재인가? '사람의 꽃피움'은 사람의 어떤 행위에 비유될까? 나무의 범주와 대응되는 사람의 범주의 두 항목은 서로 연결된 질문으로 이어진다. 예를 들어 꽃이 '봄에 피는 꽃'이라면 사람의 범주에서 연인을 향해 핀 꽃이 될 수도 있고('본능적 산물'), '생각의 산물인 꽃'이라면, 정신적인 작업의 성취('지적 산물')가 될 수도 있다.

그런데 왜 꽃나무에게 걸어가는 다리가 필요한가? 다른 꽃나무에게 가려고. 왜 다른 꽃나무에게 가려 할까? 가서 자기가 피운 꽃을 보여 주려고. 왜 다른 꽃나무에게 가서 굳이 자기가 피운 꽃을 보여주려고 애쓰나? 이번 질문의 대답만은 시의 문면에 나타나고 있지 않다. 식물의 서 있음은 식물의 존재를 드러내는 언술이다. 그리고 식물의 꽃피움은 식물이 모름지기 지녀야 할 본질이 된다. 이런 사고의 동질성에 기반을 둔 비유 체계로서, 이상은 시 「꽃나무」에서 다른 속성은 배제한 채 꽃나무의 비유를 통해서 존재 당위와 본질에 대한 추구라는 인간의 핵심적인 문제로 독자의 관심의 폭을 제한시키고 아울러 깊이 있는 사고력으로 독자를 이끌어 간다. 곧 데카르트의 "나는 생각한다. 고로 존재한다."란 명제에 대비될 수 있는 인간의 정신 작용을 생각케 함이다.

다시 이상의 다른 글을 통해서 앞의 질문에 대한 대답을 발견할 수 있다. "왜 다른 꽃나무에게 가서 굳이 자신이 피운 꽃을 보여 주려고 애쓰나?" 그것은 자신의 존재 이유를 증명하기 위해서일 것이다. 이상은 수필 『早春點描』의 『此生輪廻』(매일신보, 1936.3.3~3.26)에서 "레이전 데틀"이란 말을 하고 있다. 바로 프랑스어의 'raison d'être'(존재 이유)이다. 시에서의 상호작용을 통해서 이상은 나무의 숙명적인 존재 이유를 생각하며(움직일 수 없음) 막 달아났고, 나무는 지성적 시인인 이상의 존재 이유를 생각하며 열심으로 꽃을 피운 것이 된다. 꽃나무의 지성과 인간 이상의 꽃피움은 이 시 속에서 상호작용을 통해 계속 새로운 내포적 의미망을 향해 열려 있다. 도식화하면 다음과 같다.

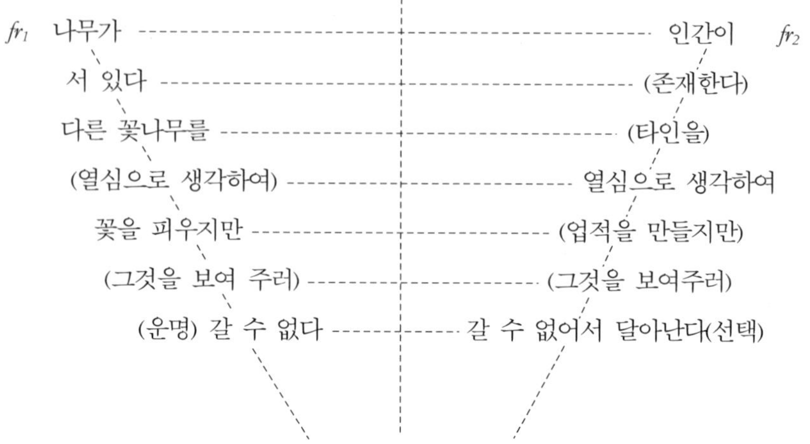

여기서 "다른 꽃나무"는 사람(나)에게는 타인으로 드러난다. "타인에 의한 자기 발견"이 맥락 속에서 이루어지는 것이다. 타인에게 인정받고 사랑받고 싶은 모든 존재하는 것의 본질적인 염원은 시 「꽃나무」에서 희망에 찬 꽃피움으로 비유되고 있다. 꽃나무를 비롯한 이상의 전 작품의 서술자가 '나'로 단일화되어 나타나고 있듯이 특히 이상은 자신의 존재 이유에 대한 인식을 은유적 사고 체계로 표출하고 있다는 점에서 시 「꽃나무」의 은유적 진술을 기본 모델로 제시한다.

III. 도구적 사고로서의 은유 체계 1

화폐 경제의 은유

이상의 서시격(序詩格)이라고 생각될 수 있는 시 「一九三三. 六.一」은 그의 근대 자본주의적인 경제관을 보여주는 글이다. 근대 자본주의 경제관이란 자유 경제 체제로 양산되고 판매되는 화폐 경제에 근거를 두고 있다. 자유 경제 체제는 근대 기계 문명에 힘입은 대기업가의 판매 경쟁을 위주로 한 사회 구조이며, 서구 근대 자본주의는 기계 문명과 화폐 경제의 두 축을 근간으로 한다.

화폐경제에 근거한 인간관은 사람들에게 인간을 화폐 가치로 환산하여 바라보거나, 물체 또는 기계로 간주하는 기계주의 인간관을 갖도록 암암리에 유도한다. 이상은 1930년 당대에 벌써 이와 같은 도구적 관점에서 사회 구조를 파악하고 그것을 은유적 언어로 표현하고 있다.

천평^{天坪}위에서 삼십년^{三十年}동안이나 살아온사람(어떤 과학자^{科學者}) 삼
십만개^{三十萬個}나넘는 별을 다헤어놓고만 사람(역시^{亦是}) 인간칠십^{人間七十}
아니 이십사년^{二十四年}동안이나 뻔뻔히살아온 사람(나) 나는 그날 나의
자서전^{自敍傳}에 자필^{自筆}의 부고^{訃告}를 삽입^{揷入}하였다. 이후^{以後} 나의 육신^{肉身}은 그런 고향^{故鄕}에는있지않았다. 나는 자신^{自身}나의 시^詩가 차압당^{差押當}하는꼴을 목도^{目睹}하기는차마 어려웠기 때문에.

—「一九三三.六.一」

이 시에서 먼저 눈에 띄는 것은 서로 다른 언어의 규칙이 한 문장에서 공존하고 있다는 사실이다. 언어의 규칙은 어떤 표현이 은유로 계산되어야만 하는가를 결정한다.[61] 이 언술에서 찾아낼 수 있는 단어는 '차압당할 것이다'와 그것이 수반한 남아 있는 단어들 사이의 대조다. 이것은 '차압당할 것이다'가 여기서 은유적 의미를 갖는 반면에 다른 단어들은 문자적 의미를 갖는다고 표현할 수 있을 것이다.[62] 물론 전체 진술이 은유를 구성하지만, 은유적 진술을 염두에 두면서 그 바탕을 만드는 존재인 특별한 단어에 관심이 집중된다.

진술과 단어 사이의 의미 균형은 그 특질을 이루는 조건으로, 은유적으로 택해진 한 단어와 은유가 아닌 다른 단어 사이의 진술 속에서 대조를 이룬다.[63] 이 시에서 '차압당할 것이다'란 단어와 같은 경우를 막스 블랙은 은유의 '초점'이라 하고, 틀은 문장의 나머지를 지칭한다고 말한다. 명백히 해야할 개념은 은유의 '초점'에 대한 '은유적 사용'이다. 다른 단어들

---

61 Max Black(1962), P.29.
62 P. Ricoeur(1977), p.8.
63 앞 글, p.84.

가운데, 어떻게 한 '틀'의 존재는 은유적 사용의 보충적 단어일 수 있고, 같은 단어가 다른 '틀'에서는 은유가 아닐 수 있는가를 이해하는 것이 중요하다.[64] 이 용어의 이점은 그것이 직접적으로 단어들이 의미하는 심상으로 되돌아가지 않고, 한 단어에 초점을 맞추는 현상을 표현한다. 초점에 대한 은유적 사용은 초점과 틀 사이의 관계로부터 유래된다. I. A. 리차즈가 말했던 것처럼 은유는 취의와 매개물의 행위를 결합하는 데서 시작한다. 블랙의 더 정확한 어휘로는 진술의 '틀'과 단어의 '초점'이 주어진 의미 사이에서 발생하는 상호작용에 있다.

"나는 자신 나의 시가 차압당하는 꼴을 목도하기는 차마 어려웠기 때문에"는 위에서 언급한 바와 같이 두 개의 언술의 범주가 논리적으로 불합리하게 통합체를 이루고 있다. 비어즐리의 견해에 따르면 이차적인 의미를 자유롭게 하는 수단으로서, 일차적 의미 단계에서 논리적 불합리함이 발생하는 것이다. 은유는 말해진 것보다는 다른 어떤 것을 암시하는 것이다. 그런 기법의 또 다른 것이 아이러니인데, 우리가 아이러니를 말하자마자 우리의 진술은 뒤로 물러나게 하면서 우리가 말한 것과 반대되는 것을 두 번째 단계의 의미를 가리키는 지시자로 부여한다. 시에서 이런 결과를 빚는 기법은 주로 '논리적 불합리함'의 기법이다. 여기서 주목할 것은 논리적으로 비어 있는 속성의 개념과 양립할 수 없는 것, 즉 스스로 무효로 하는 자기-모순의 능력이다.[65] 결과적으로 양립할 수 없음(incompatibility)은 의미의 일차적 층위에서 지칭 사이의 갈등이다. 그것은 내포적 의미의 완벽한 맥락으로부터 독자에게 자기모순적인 진술에서 '의미 있는 자기모

---

64 Max Black(1962), p.27.
65 M.Beardsley(1958), pp.138~140, P. Ricoeur(1977), p.94 재인용.

순적 속성'을 만들 수 있는 이차적인 의미를 뽑아내도록 강요한다. 그러므로 문장의 한 부분의 속성이 간접적으로 자기모순일 때는 언제나 속성은 은유적 속성이거나 은유이다.[66] 시 「一九三三.六.一」의 주부(主部)에 나타난 채권 채무 관계의 경제적 개념은 이와 같이 서로 상충되는 자기 모순적인 진술을 통해 이차적인 새로운 의미 연관을 발생케 한다.

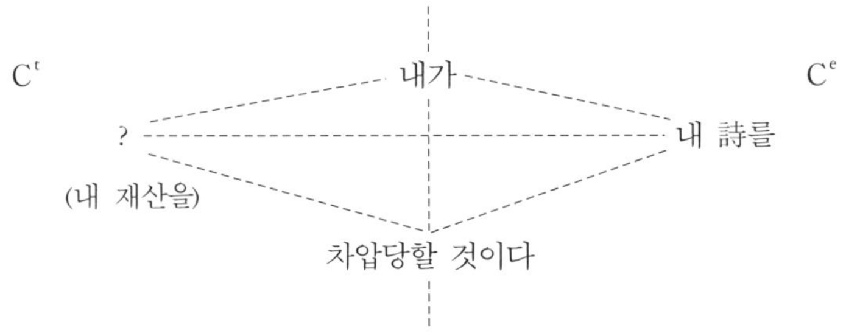

여기서 확실하게 나타난 대응은 하나의 비교되는 요소 '내 詩'와 하나의 비교하는 요소 '차압당할 것이다'뿐이다. 비교하는 요소인 '차압당할 것이다'의 주부(主部)가 생략되어 있기 때문에, 차압의 개념이 내포하고 있는 언술 체계를 생각해 볼 수 있다. 차압이란 채무자가 채권자에게 진 빚을 변제할 능력이 없을 때 법원의 고시를 통해 집달리가 채무자의 남아 있는 재산을 압수할 때 쓰는 말이다. 이 시에 나타나 있는 나머지 부분의 의미로 짐작할 때 다음과 같은 비교의 모양을 재구축할 수 있다.

---

66 앞 글, p.141, P. Ricoeur(1977), p.95 재인용.

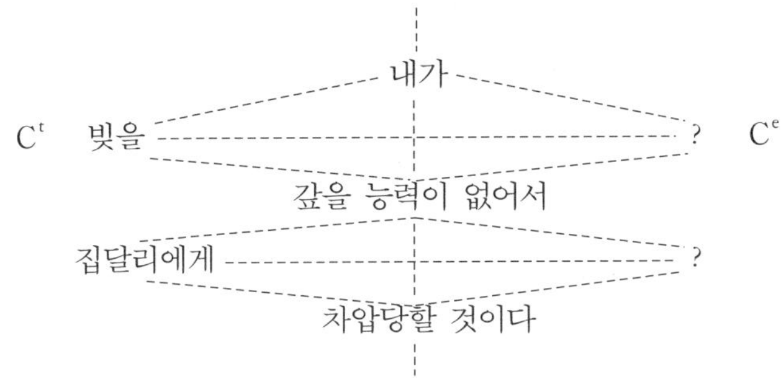

이 시에 나타난 전단사의 명시적 특성은 이원적(二元的)인 설명을 필요로 한다. 이 설명으로 차례차례 비교하는 것과 비교되는 것이 드러난다. 그런데 이상의 작품에 나타난 전단사는 서사적 전단사처럼 비교하는 합성어를 나타내는 '처럼', '듯이', '같이'와 같은 양태사로 시작될 경우도 있지만 이런 양태사가 나타나지 않는 은유의 언술에서도 전단사가 나타난다. 이 시에서는 이상이 논리적 순서를 따라가지 않았다는 것이 주목된다. 논리적 순서를 따라갔다면 이 시는 교과서적인 평행관계가 되었을 것이다. 이 시에서 '내 시'와 '내 재산'이 축(軸)에 교차되어 있고 그것들이 정신적인 재산이건 물질적인 재산이건 현재 남아 있는 유일한 재산이라는 내포적 개념을 끌어낼 수 있다. 그런데 '채권자'와 대응될 수 있는 전단사(Bijection : 일대 일 대응의 비교)를 끌어내기는 좀 어렵다. 차라리 이 비교는 전사(Surjection : 일 대 다 대응의 비교)적이다.[67] 법원에서 보낸 실질적인 집달리와 비교될 수 있는 대상을 '후세에 이상의 시를 읽는 독자들'이라 본다면, 여기서는 예술가로서의 빚이 남는다. 그리고 부모, 가족, 조상과 같은 혈통의 전수자들이라면 생명의 빚이 남게 된다. 생명의 빚과 예술가로서의 빚이라면 한 마

---

67 H. Morier(1981), pp.1000~4.

디로 존재와 본질을 통합하는 총체적인 집을 의미할 수 있을 것이다. 여기서 다음과 같은 은유의 형태를 완성할 수 있다.

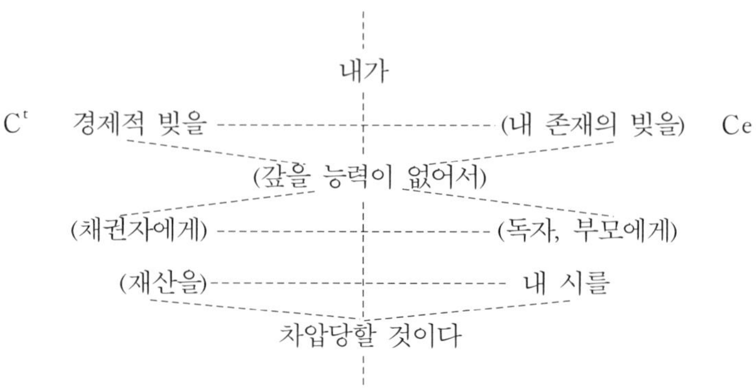

　　이런 언술의 도식을 끌어낸다면 이 시는 결국 이상이 말했듯이 자필의 부고요 유언장이 될 수 있다. 자필의 부고는 "내 시를 차압당할 것이다."와 반대 행위가 된다. 그의 시가 자신의 존재의 빚을 갚을 수 있는 자산(資産)으로 평가 받을 수 있느냐 없느냐의 사활이 걸린 대상이라고 이상은 생각했던 것일까? 여기서 우리는 이상의 시가 그의 인생을 건 한판 승부의 자산이자 상품이 되는 것임을 깨닫게 된다. 자본주의의 물질만능의 사회에서는 모든 것이 화폐로 환산된다. 이런 자본주의의 자유 경쟁의 원리에 의해 {(존재의 빚⊃시) ∩ (빚⊃재산)}[68]일 경우 이상은 집달리에게 차압되는 금치산자의 블랙리스트에 오르게 될 것이며, {(존재의 빚⊂李箱의 詩) ∩ (빚⊂재산)}이 될 경우 이상은 후세에 길이 남을 시인이 될 것이다. 그

---

68 집합 A, B에서 A의 元이 모두 B에 속할 경우, A는 B의 부분 집합(subset)이라고 하며, 또 A는 B에 포함된다. 또는 B는 A를 포함한다. 이 때 기호 A⊂B, B⊃A를 사용한다. A 또는 B에 속하는 元으로 이루어진 집합은 합집함이라 하며 A∪B로 표시한다. 또 A 및 B에 속하는 元으로 이루어진 집합을 A, B의 공통 부분(intersection)또는 교집합(product)이라고 하며 A∩B로 표시한다. 『수학대사전』(1975), 714쪽에 의거한 H. Morier(1977)의 표기법을 원용하여 사용한다.

의 자산이 바로 시뿐이며, 시로서 자기가 표출되고, 시로서 부채를 갚을 수밖에 없는 시인이란 숙명적인 존재임을 자각하는 데서 이 시의 은유적 언술이 창조되었다고 볼 수 있다.

이 시의 경제 언어 '빚'에서 나타나듯이 도구적 사고로서의 은유 체계 1은 파산 은유와 교환 은유의 덩어리가 기본 구조로 떠오른다. 먼저 파산 은유는 재산을 차압당한 '사회인으로서의 파산'과 '문벌 후계자의 파산', 그리고 '가정의 파산'으로 나눌 수 있다. 또한 교환 은유는 수요와 공급의 자본주의적 유통 경제를 가리킨다. 재산 축적의 가정 경제에서는 '수입과 지출의 원리'가, 장사의 전략은 '판매 전략의 원리'가, 사랑의 대상을 바꾸는 것은 '여왕봉의 원리'가 구조적 체계를 이룬다.

1. 파산의 은유

1) 사회인의 파산

박제^{剝製}가 되어버린 천재^{天才}를 아시오?

—『날개』, 『조광^{朝光}』, 1936.9

이 문장을 바꾸어 보면 "천재가 박제로 된 것을 아시오"가 된다. 여기서 천재로서의 인간을 박제로서의 새라고 부르는 효과는 상식과 관련된 새의 체계를 연상시킨다. 막스 블랙의 용어로 볼 때 새(박제)의 부수적 주체 (subsidiary subject)로 인간(천재)의 주된 주체(principal subject)가 걸러지는 것 (filtered)이 된다. 즉 인간 범주의 다른 기능은 다 걸러지고 새의 범주에서 공중을 나르는 기능만 드러날 수 있다. 그러므로 결과가 되는 진술의 집합체는 새의 범주와 연합된 체계라고 부르는 것에 가까울 것이다. 그 사람(천재)이 새라면 다른 사람들이 걷고 있을 때 나르고, 수평적으로 바라볼 때 수직적으로 바라볼 수 있는 능력을 기본 조건으로 지녀야 할 것이다. 그런데 새의 문자적 사용은 통사적이고 의미론적 규칙에 의해 지배되며, 무의미나 자기모순을 낳는 위반이다. 단어의 연상된 공통점의 체계는 그 화면 위에 줄친 조직망에 따라 언술의 은유적 대응 체계를 이룰 수 있는데, 부수적 주체의 장(場, field)에 주된 주체가 투사된 것이 바로 은유가 지니는 거르는(screen) 성질이다. 이 진술에서 이상은 새를 선택했을 뿐만 아니라, 또 다른 매개물을 통해서는 전혀 볼 수 없는 새의 범주의 진행 측면을 가져온다.[69]

이 진술에 나타난 박제란 집안의 벽에 걸린(또는 책장 위에 놓인) 이미 날수 있는 기능을 상실한 장식품으로서의 새다. 이 박제와 천재의 은유적 대응체는 다음과 같이 대립된 언술의 대응체를 보여 준다.

(하늘을 / 벽에)　　∩　　(방에 / 사회에서)
(나르는 / 걸린)　　∩　　(누운 / 실력발휘할)
(새를－새를)　　∩　　(천재를－천재를)
(아시오－아시오)　∩　　(아시오－아시오)

그러므로 "박제가 된 천재를 아시오"의 은유적 진술은 두 집합의 교차점으로 볼 때 다음의 도식으로 나타난다.

---

69 Max Black(1962), pp.41~2.

```
A'    벽에  ----------------------------- (방에)          A
B'    걸린  ----------------------------- (누운)          B
C     새가  ----------------------------- 천재가          C
D'    (날지 못 한다) ------------------ (실력 발휘를 못 한다) D
```

이 집합들의 각 점들은 관계의 쌍을 만들면서 하나씩 대응하고 있다. 이렇게 '벽'과 '방'은 축에 교차되어, 막힌 공간의 개념을 공통으로 가진다.

방에 ≃ (누운) ≃ 천재가 ≃ (실력 발휘를 못 한다)
─────   ──────────────
벽에   걸린   새가   날지 못한다   의 은유적 연쇄를 통해 '사장되어 버린 존재'라는 내포적 개념을 끌어낼 수 있다. 교차점이 부동성으로 나타나므로 천재를 박제로 전이한 범주 이탈 현상은 "방에─누운─천재"라는 의미가 함축되어 있는 것이고 새처럼 자유롭게 날 수 있는 천재가 박제가 되어 제 기능을 발휘하지 못함을 나타낸다.

소설 『날개』의 전체 모티브가 이 은유적 진술 하나로 압축될 수 있다고 보아도 좋을 것 같다. 소설 『날개』의 '눕다 → 걷다 → 올라가다 → 날다'란 서사적 진행[70]은 결국 '눕다 / 날다'의 대립적 행위항으로 축약된다. 그런데 이런 대립적 행위항이 대립으로 느껴지지 않고 모순으로 느껴지는 것은 행위항의 동위태에서 범주상 논리적인 모순이 생겼기 때문이다. 하늘을 날던 새가 벽에 걸린 새로 바뀐 상태의 원리적 주체를 천재라고 본다면 이 천재는 방에 누운 천재가 된다. 여기서 '눕다'의 행위항이 나타나게 된다. 이런 상태에서 '사회에서─실력발휘하는─천재'에의 야심과 꿈은 새의 범주에서 '나르는' 상태를 희망하는 것이 된다. 그러므로

---

70 황도경(1987), 「李箱 小說의 空間性 硏究」, 이대대학원 석사논문, 11~13쪽.

제 기능을 발휘하다	/	제 기능을 발휘 못 하다
(걸려 있다)	/	날다
(들어 눕다)	/	일하다
금치산자가 되다	/	사회인으로 실력발휘하다

위와 같은 패러다임을 보여 주는 대립의 쌍이 성립될 수 있다. 이와 같이 '드러눕다'의 대립항은 문자적 의미로 보면 '일하다'이지만 은유적 의미로 보면 '날다'가 된다. 그래서 결말 부분에 주인공의 환상은 다음과 같은 근대 자본주의의 문명사회를 꿈꾸게 된다.

> 이때 뚜우하고 정오 사이렌이 울렸다. 사람들은 모두 네 활개를 펴고 닭처럼 푸드덕거리는 것 같고 온갖 유리와 강철과 대리석과 지폐와 잉크가 부글부글 끓고 수선을 떨고 하는 것 같은 찰나, 그야말로 현란을 극한 정오다.
>
> ―『날개』: 51

'처럼'과 '같은'의 양태사(modalisateur)의 등장은 이 언술이 직유 형태의 비유임을 알려 준다. 이 은유적 언술에서 근대 자본주의 사회의 핵심적 속성이 되는 대상들이 모두 열거되고 있다. '유리와 강철과 대리석'에서는 발전된 물질문명이 묘사되고 있다. '지폐와 잉크'에서는 화폐경제의 양상이 '은행, 주식시장' 등을 연상시킨다. 여기서 은유 체계를 찾아보면 다음과 같다.

$$fr_1 \qquad\qquad\qquad\qquad\qquad\qquad\qquad fr_2$$

유리, 강철, 지폐의 근대문명으로 무장된 ----------------- 새 날을 알리는

　　도시인들이 --- 닭이

　　바쁘게 --- 활개치며

　　돌아가는 -- (울어대는)

　　정오 -- (새벽)

근대문명으로 무장된 ∼ 도시인들이 ∼ 바쁘게 ∼ 돌아가는 ∼ 정오

새 날을 알리는　　　　닭이　　　활개치며 울어대는　　새벽의 은유

적 연쇄를 찾을 수 있겠는데, 근대 도시 문명 속에서 인간의 본성을 잃어버

릴 정도로 바쁘게 돌아가는 사회인의 모습을 닭의 활개치는 모습에 비유하

고 있다. 그 능력을 상실한 천재는 날 수 있는 기능이 상실된 새에 비유될

수 있다.

　　　① 나는 불현듯이 겨드랑이 가렵다. 아하, 그것은 내 인공의 날개가

　　돋았던 자국이다. ② 오늘은 없는 이 날개, 머릿속에서는 희망과 야심

　　의 말소된 페이지가 딕셔너리 넘어가듯 번뜩였다.

―『날개』: 52

이 언술에서 앞에서의 박제가 된 천재와 같은 맥락으로 날자는 바람을

해석할 수 있다. 즉 '사회활동하는―천재'가 되므로 날 수 있는 새와 같은

맥락을 나타내는데, 그것은 뒤집어서, 방에 누운 새가 아닌 날 수 있는 새

의 상태를 지향함을 말한다. 이 언술에서도 역시 '넘어가듯'의 '듯이'란 양

태로서 추상적 꿈의 흐름은 사전의 페이지의 전개로 비유된다. 여기에 언

술 ①을 더하면 다음과 같은 맥락의 은유적 대응이 전개된다.

	fr_1	fr_2	fr_3
머릿속에서는 ——— 사전에서는 ——— 내 겨드랑이에서는
희망과 야심의 ——— (과거의 시간으로) ——— (과거에 있었다가)
말소된 ——— 지나간 ——— 말소된
꿈이 ——— 페이지가 ——— 인공의 날개가
생각났다 ——— 번득였다 ——— 가렵다

머릿속에 있던 꿈(fr_1)은 사전의 페이지(fr_2)로, 그리고 겨드랑이에 돋았던 인공의 날개(fr_3)로 이중의 비유가 형성되고 있다. 이와 같이 소설 『날개』의 맨 처음에 서술된 에피그람 "박제가 된 천재를 아시오"는 소설의 결미 부분에 와서 그 생략된 은유 체계가 드러남을 알 수 있다.

> 나는 거기 아무데나 주저앉아서 내 자라온 스물여섯 해를 회고하여 보았다. 몽롱한 기억 속에서는 이렇다는 아무 제목도 불그러져 나오지 않았다.
>
> ―『날개』: 50

이 구절에서는 세 개의 언술 체계가 복합되어 있음을 알 수 있다.

	fr_1	fr_2	fr_3
스물여섯 해의 기억속에는 ——— (피부에) ——— (그 동안 쓴 글 속에서)
아무런 특기할 사실도 ——— 혹이 ——— 아무 제목도
(생각나지 않았다) ——— 불그러져 나오지 않았다 ——— 나타나지 않았다

스물여섯 해란 한 사람의 평생(fr_1)은 피부 면적(fr_2)으로, 글의 내용(fr_3)으로 비유된다. 이와 같이 이중적 은유는 이상의 은유에 잘 나타나는 특성인

데, 그의 인생에 대한 파산 의식은 피부의 혹(fr_2)과 글 속의 제목(fr_3)으로 연상 작용을 띠고 발전된다. 망쳐 버린 인생에 대한 특기할 만한 사실이 없다는 개념(fr_1)은 피부의 혹이 없는 이미지를 낳고, 피부의 혹은 글 제목의 이미지가 된다.[71] 망쳐버린 인생에 대한 깊은 사색은 다음의 시 「內部」에서도 나타난다.

> 입안에짠맛이돈다.혈관(血管)으로임리(淋漓)한묵흔(墨痕)이몰려들어왔나보다. 참회(懺悔)로벗어놓은내구긴피부(皮膚)는백지(白紙)로도로오고 붓지나간자리에피가아롱져맺혔다. 방대(尨大)한묵흔(墨痕)의 분류(奔流)는온갖합음(合音)이리니분간(分揀)할길이없고다물은입안에그득찬 서언(序言)이캄캄하다. 생각하는무력(無力)이이윽고입을뼈겨젖히지못하니심판(審判)받으려야진술(陳述)할길이없고익애(溺愛)에잠기면버언져멸형(減刑)하여버린전고(典故)만이죄업(罪業)이되어이생리(生理)속에영원(永遠)히기절(氣絶)하려나보다
>
> ― 「내부(內部)」, 『조선일보(朝鮮日報)』, 1936.10

시 "내부(內部)"의 서로 뒤엉킨 언술은 "붓자국 → 묵흔의 쏟아짐 → 번진 전고 → 다시 마련한 백지"의 붓글씨의 체계(fr_2)가 먼저 드러난다. 이것에 착안하여 볼 때 붓글씨를 쓰는데 먹물을 잘 조절하지 못하면 화선지를 망치기 때문에 항상 적당한 먹물량, 붓에 실린 힘의 적당량이 문제된다. 이와 반대로 묵흔의 쏟아짐은 종이와 글씨를 망치게 되며 새로운 종이가 필요하다. 그것이 신체의 범주에서는 "피부를 벗어 놓다"가 되고 정신의 범주에서는 "참회"가 된다. 이와 같은 개념의 체계들을 찾아갈 때 세 개의

---

71 H. Morier(1961), p.681.

언술 체계가 드러난다.

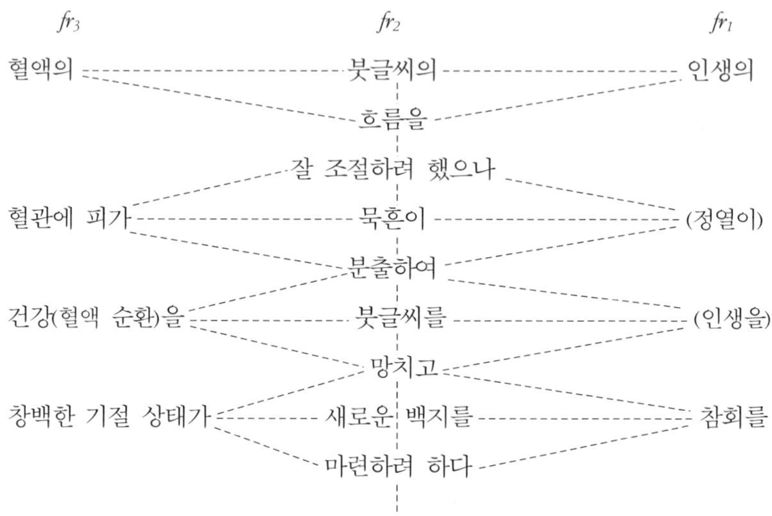

여기서 {(혈액의 순환⊃혈액의 피) ∩ (붓글씨⊃묵흔) ∩ (인생길⊃정열)}
이란 세 쌍의 은유적 집합이 생긴다. 일 순간의 정열(fr_1)은 묵흔(fr_2)이요, 갑
자기 몰려든 혈관의 피(fr_3)라는 인식이다. 그리고 인생길(fr_1)은 붓글씨의 흐
름(fr_2)이요, 또한 혈액의 전체 순환(fr_3)이라는 세 개의 체계가 은유를 통해
대응되고 있다. 이상은 아마 은유의 언어를 통해 할 수만 있다면 지나온
인생을 백지로 돌리고, 창백한 기절 상태에서 새로 태어나고 싶었을 것이
다.[72]

　(혈액의 순환⊃ 혈관의 피)의 제유적 함의 관계에서 혈관의 피가 쏟아지
면 인체 전반의 혈관을 망칠 수 있고 한 개 혈관의 피가 잘 조절되면 인체

---

[72] 金烈圭, 「언어적 구제와 이상문학」(『지성』, 1972.2)에서 이상이 언어를 통하여 구제받고자
한다는 지적은 이 글에서도 마찬가지로 적용된다. 즉 은유의 언어를 통해 이상이 구제받고
자 한다는 입장에서 그렇다.

전부의 혈관이 건강을 유지할 수 있다는 논리를 파악하게 된다. "쏟아지다 / 잘 조절하다"의 술부항에 의해서 주부의 인체 혈관이나 붓글씨의 흐름, 그리고 인생길이 유추관계에 의해 동일한 맥락을 보인다. 이렇게 혈액의 조절 문제를 붓글씨의 개념으로 범주를 바꾸어 보거나 인생의 문제로 개념 범주를 바꾸어 볼 때 단어 은유로는 파악되지 않던 언술로서의 은유가 발생하는 의미가 드러난다. 이 세 개념의 중앙을 잇는 언술의 체계가 바로 은유적 언술의 문법이 된다. 즉 "흐름을—잘 조절하려 했으나—분출하여—망치고—새로 마련하다"이다. 파산은유는 다음에 금치산자의 생활로 비유된다.

내 몸과 마음에 옷처럼 잘 맞는 방 속에서 뒹굴면서 축 처져 있는 것은 행복이니 불행이니 하는 그런 세속적인 계산을 떠난 가장 편리하고 안일한 말하자면 절대적인 상태인 것이다.

—『날개』: 19

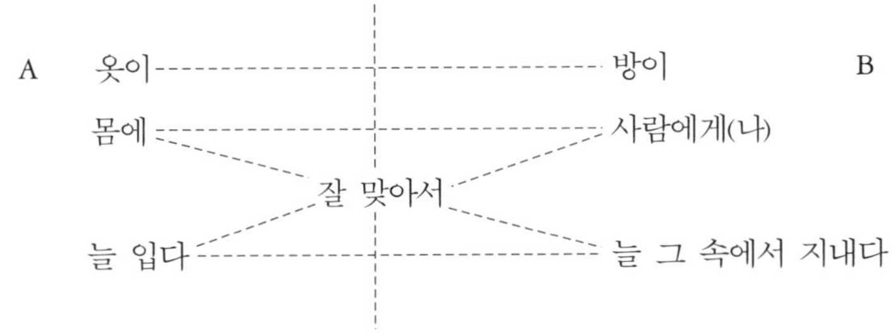

여기서 양태사 '처럼'의 직유 형태로 몸 ∼ 사람(나) 옷   방 의 체계가 드러난다. 결국 이 관계는 세상과는 담을 쌓고 사는 유폐된 생활이며 세속적인 계산을 할 능력을 상실한 금치산자의 생활로 밝혀진다. 이런 육체적인 금치산 상태는 정신적인 영역마저 침범하는 단계로 발전한다.

> ① 시도 많이 지었다. 그러나 그것들은 내가 잠이 드는 것과 동시에 내 방에 담겨서 철철 넘치는 그 흐늑흐늑한 공기에 다—비누처럼 풀어져서 온 데 간 데가 없고 ② 한잠 자고 깨인 나는 속이 무명 헝겊이나 메밀껍질로 뗑뗑 찬 한 덩어리 베개와도 같은 ③ 한 벌 신경神經이었을 뿐이고 뿐이고 하였다.

—『날개』: 22

이 부분의 언술에는 세 개의 은유 형태가 분리되어 나타나고 있지만 결국 유사한 의미를 반복적으로 강조한다. 언술 ①의 '비누처럼'에 나타난 직유 형태의 체계는 다음과 같다.

$$\frac{\text{수도관} \sim \text{수돗물} \sim \text{비누가} \sim \text{풀어져서 없다}}{\text{방} \quad \text{공기} \quad \text{시가} \quad \text{날라가고 없다}}$$ 의 연쇄 고리를 이루는 이 두 은유적 대응 체계는 물에 비누가 녹아버리듯 생각의 덩어리가 흩어지는 정신적 금치산자의 생활이다.

②의 언술은 몸이 베개로 비유되고 있다. 한 잠 자고 난 멍한 머리속 상

태는 배개와 환유적 대응을 갖고 직유의 '같은'으로 연결되어 있다. '머리
에—신경이—가득한 것'(fr_1)이 '무명 헝겊에—메밀 껍질이—가득한 것'(fr_2)
과 비교되고 있다. 이런 비유 체계는 이상의 작품에 자주 등장하는데 무명
헝겊(fr_2)에 해당하는 인체(fr_1)의 지시물은 머리일 수도 피부일 수도 있다.
그리고 메밀 껍질에 해당하는 인체의 지시물도 피 또는 신경 등 인체 내부
조직의 어떤 것일 수 있다. 그렇게 볼 때 {(인체⊃피부(머리)⊃피(신경)}∩
(베개⊃무명⊃메밀 껍질)}의 은유적 대응이 성립된다. ③의 언술은 이중
은유의 형태로 나타난다.

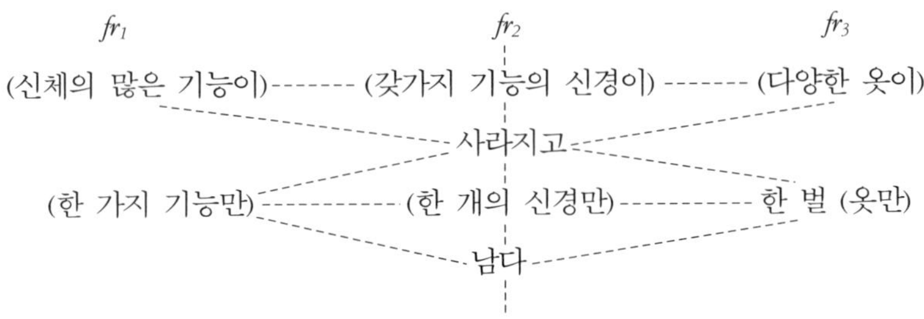

{(신체 기능⊃갖가지 신경) ∩ 다양한 옷} ⊃ {(한 가지 신체 기능⊃한
개의 신경) 한 벌 옷}}의 공식으로 나타난다. 한 단락의 언술에서 나타나
는 세 가지 형태의 은유 양상은 각기 직유와 은유로 나타나지만 풀어지고
사라지는 기능의 상실면에서는 같은 금치산자의 은유적 사고 구조가 드러
난다. 이런 금치산자의 생활은 점점 극단화된다.

　　내 마음은 버얼써 내 마음 최후(最後)의 재산(財産)이던 기사(記事)들까지도
몰래 다 내다 버렸읍니다. 약(藥) 한 봉지와 물 한 보시기가 남아 있읍니
다. 어느 날이고 밤 깊이 너희들이 잠든 틈을 타서 살짝 망(亡)하리라 그
생각이 하나 적혀 있을 뿐입니다. 우리 어머니 아버지께는 고(告)하지 않

고 우리 친구들께는 전화電話걸지 않고―기아棄兒하듯이 망亡하렵니다.

―『슬픈 이야기』, 『이상수필전작집』 : 70

fr_1	fr_2	fr_3
자살자가	파산 선고 받은 자가	(기자가)
마음을	재산을	기사를
다 버리고	다 버리고	다 버리고
홀로	홀로	하나만
망하려 하다	죽으려 하다	적어 놓다

이 은유적 언술은 비유되는 것(C')인 자살자의 심경이 비유하는 것(C')인 경제적 파산자와 기사 작성자의 이중적 비유로 나타나고 있다. 여기서 마음을 재산으로 범주 이동시킬 수 있는 것은 생에 대한 집착의 마음을 버리고 죽을 수 있는 심리 상태에 도달함을 암시하는데, 그것은 재산을 다 날려 버리고 파산 선고 받은 자의 거리낄 것 없는 상태로 전이한 것이고 또한 글자 한 자만 남겨 놓은 기자로 전이된 것이다. 자살자의 마음(fr_1)은 파산자의 잃은 재산(fr_2)으로 유추되고 기자의 기사(fr_3)로 유추된다.

이와 같이 파산의 은유에서는 사회에서 활동하던 희망과 야심의 시절이 돋혔던 날개, 아침을 알리는 닭의 울음소리, 사전의 말소된 페이지로 비유됨을 살펴보았다. 파산 상태는 막힌 방 속의 금치산자의 생활로서 베개와 비누, 붓글씨, 혈액의 쏟아짐으로 비유되고, 파산의 종말은 파산 선고 받은 이와 기자에 비유됨을 살펴보았다.

2) 문벌 후계자의 파산

> 분총^{墳塚}에계신백골^{白骨}까지가내게혈청^{血清}의원가상환^{原價償還}을강청^{强請}
> 하고있다. 천하^{天下}에달이밝아서나는오들오들떨면서도처^{到處}에서들킨다.
> 당신의인감^{印鑑}이이미실효^{失效}된지오랜줄은꿈에도생각하지않으시나요
> — 하고나는의젓이대꾸를해야겠는데나는이렇게싫은결산^{決算}의함수^{函數}
> 를내몸에지닌내도장^{圖章}처럼쉽사리끌러버릴수가참없다.
>
> ——「문벌^{門閥}」, 『조선일보^{朝鮮日報}』, 1936.10.4~9

이 시는 조상과 후손의 문벌 관계를 채권자와 채무자의 거래관계로 유추시키고 있다. 채권자가 원금 상환을 요청하여 채무자의 재산을 차압하려 한다. 혈청의 원가상환 요청은 시 「一九三三.六.一」에서의 "시를 차압 당할 것이다"와 같은 패러다임으로 시인의 존재에 대한 위협이 나타나고 있다. 문벌 후계자의 존재는 문벌의 결산 보고서의 표상으로 드러나고, 따라서 문벌 후계자의 몸의 혈청은 결산 보고서에 붉은 인감 도장이 찍힌 자국으로 표현되면서, 문벌에 대한 채무가 확인되는 순간이다. 그러니 피할래야 피할 도리가 없게 된다.

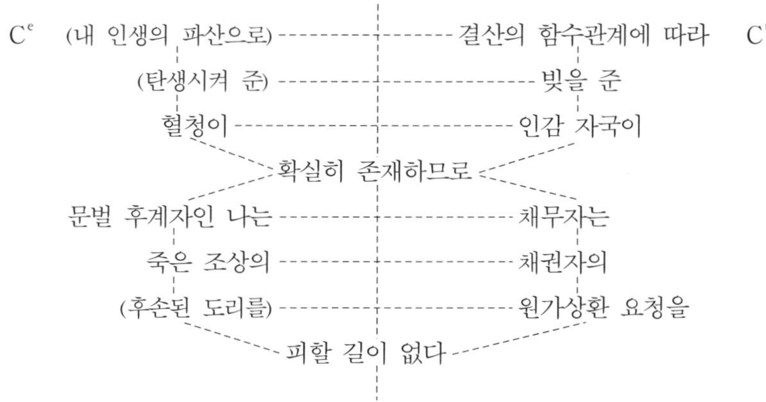

파산 ≃ 탄생 ≃ 혈청 ≃ 문벌 후계자 ≃ 조상 ≃ 후손의 도리
결산　　빛　　인감자국　　채무자　　채권자　　원가 상환의 은유적

연쇄가 나타난다. 이상이 느낀 문벌에 대한 갈등과 괴로움은 수필 『산촌여
정』에서는 족보에 대한 강박증세로 나타난다.

> 족보族譜를 찢어버린 것과 같은 흰 나비가 두어마리 백묵白墨내음새
> 나는 화단花壇 위에서 번복飜覆이 무상無常합니다.
>
> —『산촌여정』 : 25

Cᵉ　흰나비가 ------------- × 흰조각 ---------- 족보를 찢어버린 후손이　Cᵗ
백묵내음새 나는 화단위에서-------------------- (인생길에서)
왔다갔다하며 날고 있다 ----× 번복하다 --------마음의 갈등을 겪고 있다

이 은유적 언술을 통해서 이상은 자신의 현 상태를 정확하게 묘사하고
있다. 즉 흰나비(Cᵗ)를 자신(Cˢ)과 닮음의 관계로 인식하면서 현재 자신이
취하고 있는 행동들이 자신의 문벌에 대한 도리가 아님을 괴로워하고 있
는 것이 나타난다. 자신의 삶이 족보를 찢어버린 파산자의 행동과 같음을
강박 관념처럼 비유에 투영시킨다. 이와 같은 문벌에 대한 파산 의식은 아
이러니의 상승 은유로도 비유된다.

> 크리스트에혹사酷似한한남루襤褸한사나이가있으니이이는그의종생終生
> 과운명殞命까지도내게떠맡기려는사나운마음씨다. 내시시각각時時刻刻에
> 늘어서서한시대時代나눌변訥辯인트집으로나를위협威脅한다. 은애恩愛—나
> 의착실着實한경영經營이늘새파랗게질린다. 나는이육중한크리스트의별신
> 別身을암살暗殺하지않고는내문벌門閥과내음모陰謀를약탈掠奪당할까참걱정이

다. 그러나내신선^{新鮮}한도망^{逃亡}이그끈적끈적한청각^{聽覺}을벗어버릴수가없

다.

―「육친^{肉親}」, 『조선일보^{朝鮮日報}』, 1936.10.4~9

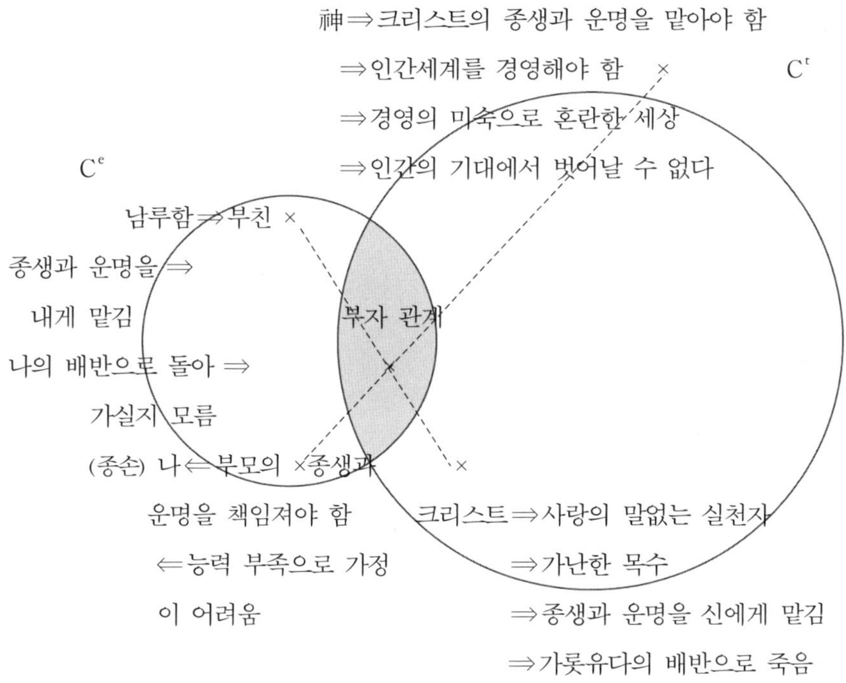

神⇒크리스트의 종생과 운명을 맡아야 함
⇒인간세계를 경영해야 함
⇒경영의 미숙으로 혼란한 세상
⇒인간의 기대에서 벗어날 수 없다

C^e

남루함⇒부친
종생과 운명을⇒
내게 맡김
나의 배반으로 돌아⇒
가실지 모름
(종손) 나⇐부모의 종생과
운명을 책임져야 함
⇐능력 부족으로 가정
이 어려움

C^t

부자 관계

크리스트⇒사랑의 말없는 실천자
⇒가난한 목수
⇒종생과 운명을 신에게 맡김
⇒가롯유다의 배반으로 죽음

아이러니 구조는 겉으로 드러난 문맥적 의미와 반대의 문맥을 지닐 때
발생한다.

외현적 의미		내포적 의미
사나운 마음씨의 부친	VS.	착한 마음씨의 부친
나의 착실한 경영	VS.	나의 착실치 못한 경영
내 문벌을 약탈 당할까 걱정	VS.	내 문벌과 그에 따른

육중한 크리스트의 별신을 　　　　VS. 　　부담을 약탈해 갔으면 좋겠다
암살하지 않고는 　　　　　　　　　　　아버지가 돌아가실까봐 걱정이다

이 시의 아이러니 구조는 이와 같이 {(크리스트∩아버지)⊂(신∩문벌 후계자)}의 관계로 뒤집혀 있다. 문벌의 부자 관계는 기독교 신의 부자 관계와 유사성을 띠면서 의미의 비약이란 상승 은유의 효과로 나타난다. 장손으로서 금치산자적인 의식은 가족 관계에서도 유사한 기독교 모티브로 사용되고 있다.

신간잡지新刊雜誌의 표지表紙와 같이 신선新鮮한 여인女人들―넥타이와 동갑同甲인 신사紳士들 그리고 창백蒼白한 여러 동무들―나를 기다리지 않는 고향故鄕―도회都會에 ① 내 나체裸體의 말씀을 번안飜案하여 보내주고 싶습니다. ② 잠―성경聖經을 채자採字하다가 엎질러버린 인쇄식자공印刷植字工이 아무렇게나 주워담은 지리멸렬支離滅裂한 활자活字의 꿈 나도 갈갈이 찢어진 사도使徒가 되어서 세 번 아니라 열번이라도 굶는 가족家族을 모른다고 그립니다.

―『산촌여정』: 28

이 단락에서 나타나는 ① 내 나체의 말씀은 다음과 같이 비유될 수 있다. 나체란 "옷을―벗은 상태"이듯이 "장손의 도리를―벗어 던진 상태"라는 점에서 "벗다"란 공통된 축 위에 놓여 있다. 옷을 벗듯이 인류 도덕을 벗어 버린 나체의 말씀이란 무엇인가? 다음의 언술 대응에서 나타난다. 인쇄공과 나와의 연계성은 병렬법(parallelism)으로 유사성이 감지되고 있고 "나도―사도가―되어서"에서 나타나듯이 나와 사도의 유사성의 인식은 연

계사(copula) "되어서"로 맺어지고 있다. 수필『산촌여정』의 결론 부분에 해당되는 이 "나체의 말씀"은 마치 성경 "사도행전"에서 베드로가 존재와 믿음 사이에서 자신을 회개하는 말씀인 것처럼 고뇌의 토로가 비유되고 있다. 이 이중의 은유에 나타난 유추관계는 "빗나간 꿈"이라고 볼 수 있다. 성경을 잘 인쇄하고 싶었는데 뜻대로 안 된 인쇄공(fr_2)과 좋은 장손이 되고 싶었는데 빗나가 버린 장손의 꿈(fr_1) 그리고 예수님의 기대에 어긋나지 않는 제자가 되고 싶었는데 세 번 스승을 부인하게 된 베드로의 꿈(fr_3)은 비극적인 자기파산의 인식에서 생성된 언어들이다.

> 그리다가 어느 도회^{都會}에 남겨두고 온 가난한 식구^{食口}들을 꿈에 봅니다. 그들은 포로^{蒲蘆}들의 사진^{寫眞}처럼 나란히 늘어섭니다
>
> ―『산촌여정』: 16

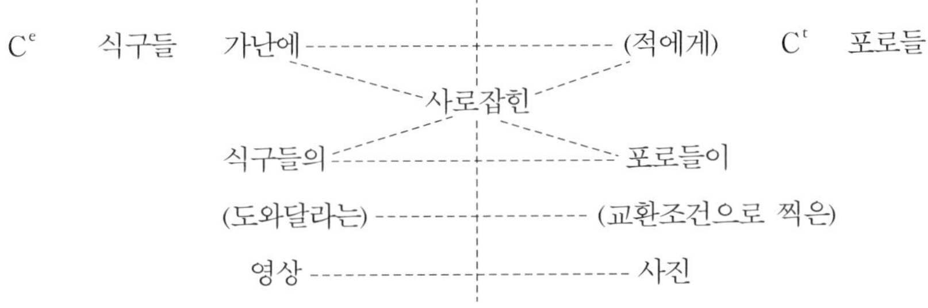

이 언술의 접합점은 사로잡혀 꼼짝 못하는 상태이다. 식구는 포로들로 유추되고 가난은 적으로 유추된다. 포로들이 아군의 포로 교환을 바라고 사진을 찍듯이 식구들이 가난에 매어서 꼼짝 못한 채, 장손에게 도와 달라는 구조 요청을 하는 영상은 포로들의 사진으로 비유된다. 이와 같이 혈통에 대한 자기 파산 선고와 거기에 따른 죄의식은 거의 무의식적인 강박적 영상으로 이상을 옭아매고 있음을 알 수 있다. 견디지 못한 이상은 은유

작업을 통해 이런 근심에서 벗어날 생각을 한다.

> 내일^{來日}은 진종일^{盡終日} 화초^{花草}만 보고 놀리라. 탈지면^{脫脂綿}에다 알콜을 묻혀서 온갖 근심을 문지르리라. 이런 생각을 먹습니다.
>
> —『산촌여정』: 17

C' 소독   (탈지면에다) ------┼------ 화초만   Cᵉ 망각 작용
알콜을 묻혀서 ------┼------ 바라보고
(병균을) ------┼------ 근심을
소독하다 ------┼------ (잊으리라)

앞 뒤 문장 연결의 병치를 통한 은유적 동어반복을 통해

화초만 ~ 바라보고 ~ 근심을 ~ 잊으리라

탈지면에 알콜로   병균을   소독하리라 의 연쇄적인 은유의 언술을 만들고 있다. 여기서의 유추적인 공통 요소는 '지우다'이다. 근심이 육신을 하도 괴롭혀서 균처럼 느껴지는 귀절이다. 이와 같이 근심에 대한 은유는 다음의 단락에서 두 가지 형태를 띠고 표현되고 있다.

> 근심이 나를 제^除한 세상^{世上}보다 큽니다. ① 내가 갑문^{閘門}을 열면 폐허^{廢墟}가 된 이 육신^{肉身}으로 근심의 조수^{潮水}가 스며들어 옵니다. ② 그러나 나는 나의 "메소이스트" 병^瓶마개를 아직 뽑지는 않습니다. 근심은 나를 싸고 돌며 그리는 동안에 이 육신^{肉身}은 풍마우세^{風磨雨洗}로 저절로 다 말라없어지고 말 것입니다.
>
> —『산촌여정』: 28

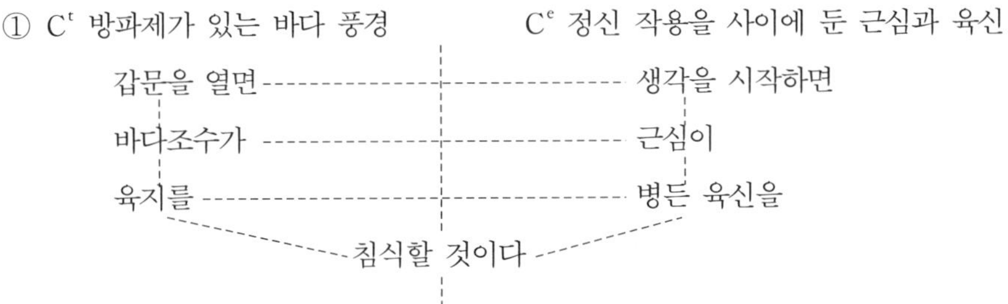

근심에 대한 은유는 위와 같은 연쇄적 양상을 띠고 나타난다. (갑문을 열다∩근심을 시작하다) / (갑문 닫다∩근심을 끊다)로 갑문이 바다와 육지를 끊고 연결해 주듯이 생각이 근심과 육신을 끊고 연결한다고 착안한다.

생각 ≃ 근심 ≃ 육신 ≃ 병들게 하다
갑문　바다조수　육지　스며들다　와 같은 전체의 은유적 연쇄를 보여준다. "폐허가 된 이 육신"이라는 구절은 또 하나의 비유 체계를 지니고 있다.

마음에 ──── 육신이 ──── 집이
근심이 들다 ─ 병들다 ──── 폐허가 되다 와 같은 (마음∩육신∩집)의 작은 비례적 은유가 숨어 있다.

그리고 ②의 은유 체계에서는 아라비안나이트에 나오는 한 일화가 인유된 것 같다. 아라비안나이트에서 어부가 그물로 건진 병의 마개를 따자 그곳에서 수천 년을 갇혀 지내던 거인이 튀어나온다는 일화다. 이 진술에서의 은유적 대응 관계는 이 진술 처음에서부터 준비되었다. "근심이 나를 제한 세상보다 큽니다"의 진술을 연결시켜 보면, "근심⊃세상"의 관계가 된다. 다시 아라비안나이트의 일화를 함의 관계로 연결시켜 보면 "병 속의 거인⊂메소이스트 병⊂병마개⊂바닷물"이다. 이것은 "나⊂세상⊂생각⊂

근심"의 함의 관계와 각각 은유적 대응관계를 이룬다. 즉

병속의 거인	∩	나(장손)
메소이스트병	∩	세상
병마개	∩	생각
바닷물	∩	근심

C^{t} 메소이스트병 속의 거인   C^{e} 문벌 후계자인 나

병 속의 거인이 ------------------------- 내가
메소이스트병 속에서 ------------------- 세상을 살면서
병마개를 한 채------------------------ 생각의 방어막을 한 채
바닷물을 몰아내고 있다 ------------- 근심을 몰아내고 있다.

이 전체 단락에서 ②의 은유는 ①의 은유가 발전된 양상을 보여준다. 이 은유의 난해성은 "그러나 나는 나의 메소이스트병마개를 아직 뽑지는 않습니다"에서 지시하는 비유하는 것(C^{t})의 구체물의 생략이다. 내가 세상을 사는 것은 거인이 메소이스트병 속에 사는 것과 유사한 공간 속의 삶이다. 또 한 가지의 유사성은 생각을 몰아내고 세상을 사는 것과 병마개를 하고 바닷속에서 지내는 것과의 유추 관계이다. 아라비안나이트의 일화와 이상의 차이점은 그가 병 속에 든 거인이면서 동시에 바닷가의 병을 건진 어부도 된다는 사실이다. 1인 2역이라고나 할까. 이것은 시 「烏瞰圖」에서 다시 언급될 것이다. 또 한 가지 차이점은 바닷속의 병 속에서 수백 수천 년을 견딜 수 있었던 거인과 달리, 나는 근심에 대해 병마개를 하고 세상을 살아 근심에 대해 방어막이 있으나, 세상 풍파란 병에 싸여 있다는 점이다. 그래서 근심을 피하려다가 도리어 바깥세상의 풍마우세에 견디지 못하고

다 말라 없어질 것이라는 뜻이 언급된다. 이 전체 단락을 통합하여 하나의 도식으로 생각해 볼 수 있다. {(바다⊃갑문⊃육지) ∩ (바다⊃병마개⊃병⊃병 속의 거인) ∩ (근심⊃생각⊃세상⊃나)}이다. 이와 같이 문벌 후계자로서의 파산 의식이 이상의 생각과 행동과 언어를 지배하고 있음을 은유 구조를 통해 알 수 있었다. 채권자인 문벌은 분총 속의 백골에서부터, 족보 속의 조상으로, 산 조상인 부친과 가족들로 이동한다. 이들은 하나님에 매어달리는 크리스트처럼, 또는 베드로에게 구원을 요청하는 예수처럼 힘든 이상을 힘든 상황으로 몰아간다. 가족에 대한 근심을 마음에서 몰아내기 위해 근심을 병균이라고, 바다 조수라고 생각하려 한다. 이 문벌의 파산 체계에서 최후의 금치산자의 상태는 "메소이스트 병마개 속에 든 거인"의 비유다. 문벌의 중흥을 위해 사회적으로 제대로 역할을 하지 못하는 종손은 바닷속의 병 속에 갇혀 있는 거인의 비유로서 나타내고 있다.

3) 가정의 파산

가정생활의 위기를 경제의 파산으로 비유한 대표적인 시 중의 하나로 시 「가정」을 꼽을 수 있다.

문^門을암만잡아다녀도안열리는것은안에생활^{生活}이모자라는까닭이다. 밤이사나운꾸지람으로나를졸른다. 나는우리집내문패^{門牌}앞에서여간성 가신게아니다. 나는밤속에들어서서제웅처럼자꾸만감^減해간다. 식구^{食口} 야봉^封한 창호^{窓戶}어데라도한구석터놓아다고내가수입^{收入}되어들어가야하 지않나. 지붕에서리가내리고뾰족한데는 촉^鏃처럼월광^{月光}이묻었다. 우리

집이없나보다 그러고누가힘에겨운도장을찍나보다. 수명壽命을헐어서전
당典當잡히나보다. 나는그냥문門고리에쇠사슬늘어지듯매어달렸다. 문門을
열려고안열리는문門을열려고.

— 「가정家庭」, 『가톨릭청년靑年』, 1936.2

C^e 남편 역할의 위기 C^t 적자 경제

집안에 부재하는 남편 ---------- (+) ---------------수입의 부재

 문밖의 남편-------------------(−)-------------- 지출의 과다

힘겨운 남편 역할 ----------------------------빚증서에 도장 찍다

남편 노릇하기에 수명 단축 ----------------------전당 잡히다

자신의 부부관계를 적자인 가정경제로 비유하고 있다.

수입의 부재 ≃   지출의 과다 ≃ 빚증서의 도장찍기 ≃ 전당잡히기
집안에 부재하는 남편 문밖의 남편   힘겨운 남편역할   수명단축

　이와 같은 은유적 연쇄에서 축(軸)대칭으로 유추되는 것은 "적자"이다.
뒤의 교환 은유에서도 역시 나타나겠지만 가정경제는 수입과 지출의 균형
이 맞아야 유지되며 더욱이 저축을 하려면 지출보다 수입이 커야 함은 물
론이다. 수입의 부재와 지출의 과다는 가정 경제의 파산을 예고하게 된다.
이와 같이 부부 생활의 파산이 가계부의 적자로 예고되고 있다. 집안에 내
가 받아들여지는 것은 가계부의 범주로는 수입란이 채워지는 것으로, 문
밖에서 수입되지 못하고 밤새 떨고 있는 것은 가계부의 수입란이 비어 있
는 것이 된다. 이 시가 단순히 대치 관계로 이루어진 단어 은유라면 문맥
에 상관없이 남편이 곧 수입을 은유화하고 있다고 보겠으나, 문맥 속의 남
편이 위치하고 있는 공간에 따라 남편인 나는 수입을 나타낼 수도 있고 지

출을 나타낼 수도 있다. 이같이 가정의 파산에 대한 은유는 소설 "날개"에서 두 개의 태양으로 비유된다.

> 나는 또 여인女人과 생활生活을 설계設計하오 연애기법戀愛技法에마저 서먹서먹해진, 지성知性의 극치極致를 흘깃 좀 들여다 본 일이 있는 말하자면 일종一種의 정신분일자精神奔逸者 말이오. 이런 여인女人의 半半 ─ 그것은 온갖 것의 반半이오 ─ 만을 영수領受하는 생활生活을 설계設計한다는 말이오 그런 생활生活 속에 한 발만 들여놓고 흡사洽似 두 개의 태양太陽처럼 마주 쳐다 보면서 낄낄거리는 것이오
>
> ─『날개』: 14

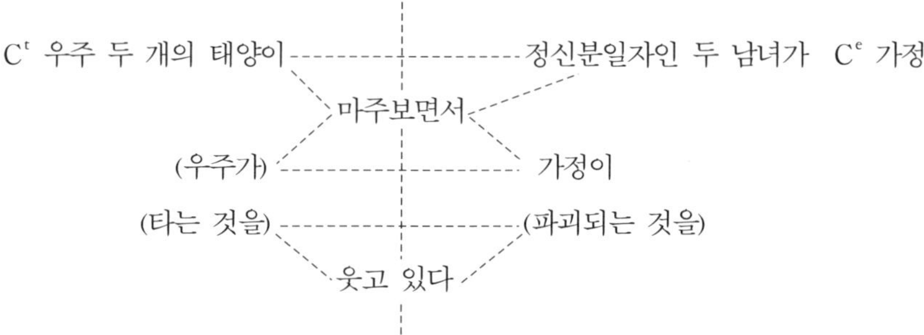

두 개의 태양은 서로의 위성을 필요로 한다. 그런데 서로 위성이 아닌 각자의 태양이 될 때 상대방을 태워 버리는 자멸 행위를 하게 된다. 이와 같이 가정의 파산은 서로가 태양으로 군림할 때 이루어진다는 인식이 이 비유에 깔려 있다. 여기서 축 대칭은 "마주보면서─자멸을─웃고 있다"이다. 이상의 가정에 대한 파산 의식은 연작시 "지비"에 잘 나타나고 있다.

> 내키는커서다리는길고왼다리아프고안해키는작아서다리는짧고바른다리가아프니내바른다리와안해왼다리와성한다리끼리한사람처럼걸어

가면아아이부부^{夫婦}는부축할수없는절름발이가되어버린다무사^{無事}한세상^{世上}이병원^{病院}이고꼭치료^{治療}를기다리는무병^{無病}이끝끝내있다.

—「지비^{紙碑}」, 『조선중앙일보^{朝鮮中央日報}』, 1935.9.15

C^c 위기의 가정 C^t 불구자치료요망

맞지않는 부부가 — — — — — — — — — 절름발이가

세상의 — — — — — — — — — 병원의

치료를 기다린다

$$\frac{절름발이}{부부} \simeq 병원$$

세상 의 은유적 연쇄가 이루어질 때 이 위기의 가정은 곧 불구자가 병원의 치료를 기다리는 것처럼 수술이 필요함을 알 수 있다. "치료를 기다리는 무병"의 구절은 모순어법(oxymoron)으로 나타난다. 이 모순어법은 자기모순의 가장 단순한 종류이다. 보통 은유라 부르는 영역 안에서는 모순이 더 간접적이 된다. 그 속성이 간접적으로 자기모순일 때는 언제나, 그리고 변용요인(modifier)이 주어에 기여할 수 있는 내포적 의미를 가질 때는 언제나, 속성은 은유적 속성이거나 은유이다.[73] '무병'을 통해 신체적인 아픔이 아님을 암시하면서도 치료를 기다린다는 점에서는 환자이므로 보다 중층적인 아픔의 의미가 다가온다. 이와 같이 모순어법은 직접적인 모순의 극단적인 경우이다. 모순어법은 대부분의 경우에 일상적 지칭에 대한 전제를 공통으로 담고 있다. 그러므로 단어의 모순은 전체의

---

[73] M. Beardsley(1958), p.141, Ricoeur(1977), p.95 재인용.

맥락에서 보면 은유의 언술을 형성하는 한 부분에 불과하게 된다. 이 시와 같은 내용의 은유가 『날개』에서도 발견된다.

> 우리 부부는 숙명적으로 발이 맞지않는 절름발이인 것이다. 내가 아내나 제 거동에 로직을 붙일 필요는 없다. 변해 할 필요도 없다. 사실은 사실대로 오해는 오해대로 그저 끝없이 발을 절뚝거리면서 세상을 걸어가면 되는 것이다. 그렇지 않을까?
>
> —『날개』: 51~2

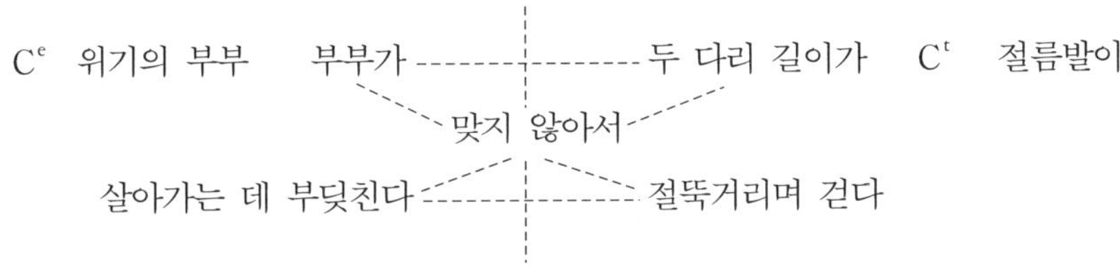

이 구절은 앞의 "지비"와 달리 체념한 상태로 나타나지만, 이 귀절 내에서의 절름발이는 위기의 부부를 보다 확실하게 보여준다. 이런 위기상태는 「紙碑—」을 비롯한 여러 편의 시에서 재기술되고 있다.

> 안해는 아침이면 외출外出한다 그날에 해당該當한 한남자男子를 속이려가는것이다 순서順序야 바꿔어도 하루에 한 남자이상男子以上은 대우待遇하지않는다고 안해는말한다 오늘이야말로 정말 돌아오지않으려나보다하고 내가 완전完全히 절망絶望하고나면 화장化粧은있고 인상人相은없는얼굴로 안해는 형용形容처럼 간단簡單히 돌아온다 나는 물어보면 안해는 모두 솔직率直히 이야기한다 나는 안해의일기日記에 만일萬一 안해가나를 속이려들었을때 함직한속기速記를 남편男便된자격姿格밖에서 민첩敏捷하게 대서代書한다.

— 「지비1^{紙碑一}」, 『중앙^{中央}』, 1936.1

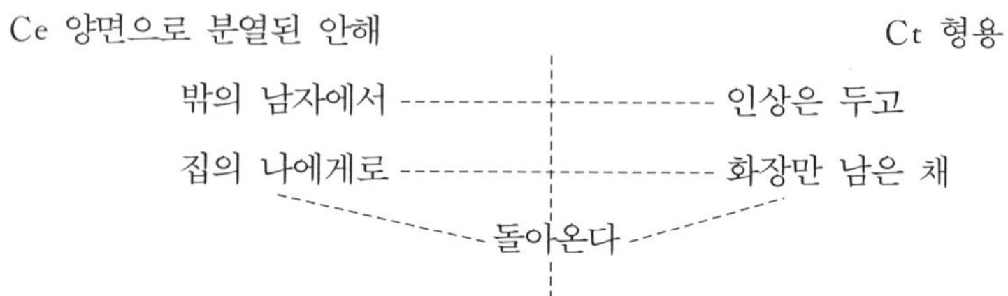

안해[74]의 외출이 그 중요한 모티브로 등장한다. 안해의 빈번한 외출은 그 종말을 아슬아슬하게 예견케 하는 위기감을 준다. 따라서 안해의 궁극적인 부재는 가정의 붕괴다. 위기 자체는 안해가 "외출했다 / 돌아왔다"의 대립적 행으로 반복되고 있다. 안해의 인상은 밖에서 만나는 남자의 몫이고 화장만 남은 지친 아내의 얼굴은 집에 있는 남편의 몫이 되는 비유 체계는 마음은 밖에 두고 형태(껍질)만 집으로 돌아온 상태를 단적으로 드러낸 것이다.

일단 돌아왔다는 사실은 어느 정도 남편에게 비중이 있음을 나타내어 솔직하게 이야기한다. 여기서 솔직하게 이야기한다는 것은 귀가와 같은 맥락에 속한다. 안해는 양면적으로 분열된(ambivalent) 마음을 지니고 결혼 생활을 유지하고 있다. 그런 상태가 인상은 없고 화장만 남았다는 형용의 비유 체계로 확인된다.

---

74 오세영(1975), 「한국현대시의 두 세계―이상과 김소월의 이미지 비교」, 『국문학논문선 9』, (민중서관, 1977, 325~57쪽)에서 李箱 언어에 나타난 이미저리의 빈도수를 살펴본 바에 의하면, "여자, 안해, 어머니"의 이미저리가 모두 107이나 된다. 이것을 소위 여성 콤플렉스(female complex)의 시적 표현이라 지적하고 있다. 여자를 어머니이면서 동시에 성적 대상으로 본 이상의 심리적 갈등은 필연적으로 죄의식을 수반하게 되며, 이러한 죄의식은 결과적으로 이상을 자의식, 자아분열의 세계로 퇴행하게 만들었다고 지적한다.

왕복엽서-없어진 반-눈을 감고 아내의 살에서 허다한 지문내음새
를 맡았다.

―『지주회시』: 157

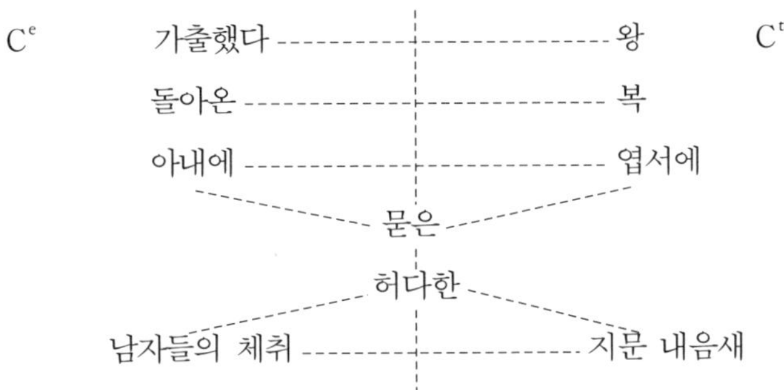

가출했다 돌아온 아내가 왕복엽서에 비유되고 있다. 이번에는 궤도이탈
의 전차로 비유된다.

선행先行하는 분망奔忙을 싣고 전차電車의 앞 창窓은
내 투사透思를 막는데
출분出奔한 안해의 귀가歸家를 알리는 <페리오드>의 대단원大團圓이었다.

너는 어찌하여 네 소행素行을 지도地圖에 없는 지리地理에 두고 화판花瓣
떨어진 줄거리 모양으로 향료香料와 암호暗號만을 휴대携帶하고 돌아왔음
이냐.

시계時計를 보면 아무리 하여도 일치一致하는 시일時日을 유인誘引할 수
없고
내것 아닌 지문指紋이 그득한 네 육체肉體가 무슨 조문條文을 내게 구
형求刑하겠느냐

그러나 이곳에 출구^{出口}와 입구^{入口}가 늘 개방^{開放}된 네 사사^{私私}로운 휴게실^{休憩室}이 있으니 내가 분망중^{奔忙中}에라도 네 거짓말을 적은 편지^{片紙}를 <데스크> 위에 놓아라

— 「이유이전^{以由以前}, 또는 무제^{無題}」, 『유고집^{遺稿集}』, 1933

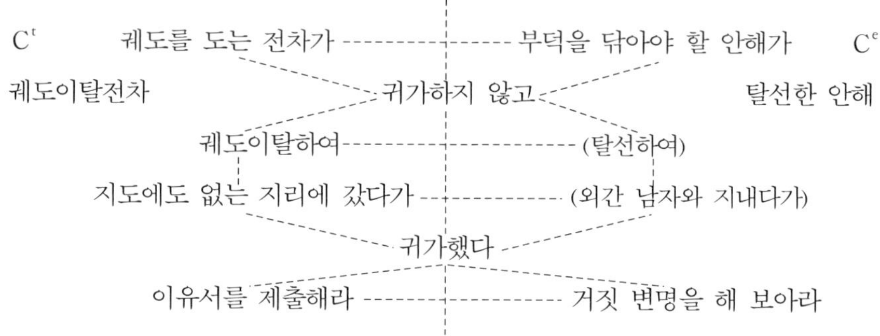

한 가정의 울타리에서 공존해야 하는 부부관계가 "궤도를 따라 도는 전차"로 비유되고 있다. 궤도를 이탈했다는 것은 부부윤리를 벗어난 것으로 '지도에 없는 지리'라는 모순어법에서 잘 드러난다. 즉 인상은 밖에 두고 화장만 돌아오던 안해의 하루만의 외출이 장기간의 외출로 발전된 것이다. 이런 안해의 분열된 심리 상태를 의식의 허위로 고발하고 더 나아가 그 사태를 방관할 수밖에 없는 자신을 심층적으로 비판한 시가 있다.

① 안해를즐겁게할조건^{條件}들이틈입^{闖入}하지못하도록나는창호^{窓戶}를닫고밤낮으로꿈자리가사나와서가위를눌린다. 어둠속에서무슨내음새의꼬리를체포^{逮捕}하여단서^{端緖}로내집내미답^{未踏}의흔적^{痕迹}을추구^{追求}한다. ② 안해는외출^{外出}에서돌아오면방^房에들어서기전에세수^{洗手}를한다. 닮아온여러벌표정^{表情}을벗어버리는추행^{醜行}이다. 나는드디어한조각독^毒한비누를발견^{發見}하고그것을내허위^{虛僞}뒤에다살짝감춰버렸다. 그리고이번꿈자리를예기^{豫期}한다.

— 「추구^{追求}」, 『조선일보』, 1936.10.4~9

②의 언술을 은유 체계로 도식화하면 다음과 같다.

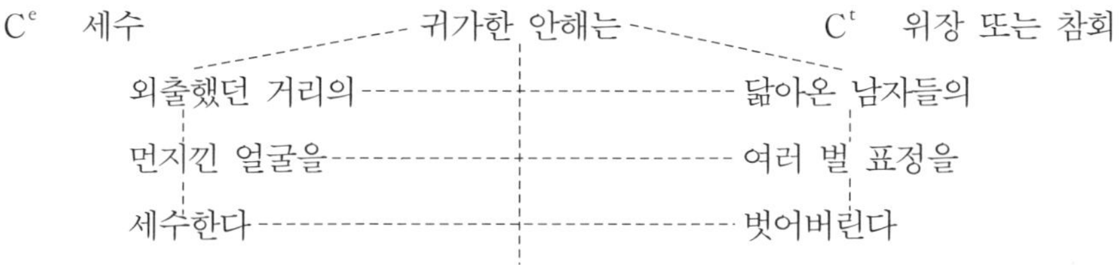

귀가한 안해는 방에 들어서기 전에 먼지 낀 얼굴을 세수한다. 당연한 일상 행위다. 그것에서 이상은 안해가 간음한 행위를 위장 또는 참회하는 또 하나의 탈을 쓰는 것으로 의미 부여한다. 간음의 사실은 세수만으로 그렇게 간단히 씻어지는 게 아니기 때문이다. 그렇다면 그것은 허위이다. 이상은 이런 허위를 소극적으로 방관하면서 아내가 허위를 닦아내지 못하도록 꿈속에서 독한 비누를 감추어 버리는 행위를 통해 자신의 남편으로서의 무능을 보상하려 한다. 소극적인 의미의 선택에 해당하는 침묵도 결국은 긍정이기 때문이다. 따라서 집 밖에서 저지르는 안해의 행동으로 저지르는 허위와 마찬가지로 속에서 마음속으로 저지르는 자신의 허위도 세수의 은유적 대응이 필요하다고 본 것이다. ①의 은유 체계를 살펴보자.

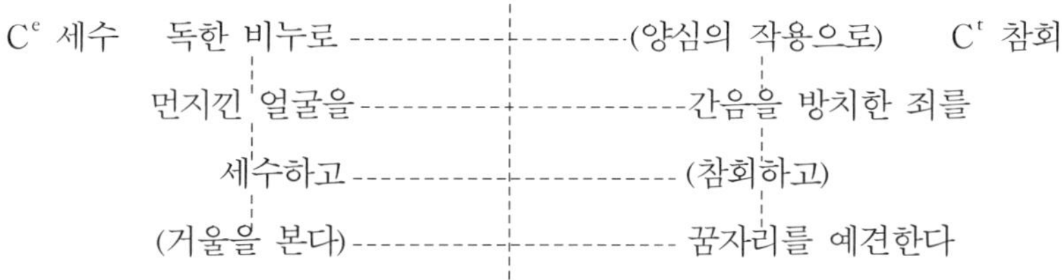

안해의 허위를 내가 바라보고 있듯이 나의 허위를 내 꿈자리가 바라보고 있는 것이다. "거리⊃집안⊃방안⊃꿈속"의 공간적인 함의관계는 외적인 공간에서 점차 내적인 공간, 무의식의 공간으로 좁혀 들어간다.

안해는 거리와 집안을 왕래하며 부부 윤리에 대한 탈선 행위를 저지르고, 남편인 사람은 방안과 꿈속을 왕래하며 심리적인 위선을 저지른다.

양심의 작용 ≃ 방치한 죄 ≃ 참회 ≃ 꿈자리를 예견
독한 비누　　　먼지 낀 얼굴　세수　　(거울을 본다)의 은유적 연쇄를 띤다. 여기서 비유되는 것인 꿈자리가 내 양심의 무의식을 대표한다면 거울은 그 비유하는 것이 된다. 꿈자리가 이와 같은 기능을 하는 것은 시 「詩第 一五號」에서도 나타난다.[75] 이런 허위의 생활도 종말을 맞게 되는데 그것이 「紙碑二」에 나타난다.

안해는 정말 조류鳥類였던가보다 안해가 그렇게 수척瘦瘠하고 거벼워졌는데도 날으지못한것은 그손까락에 낑기웠던 반지때문이다. 오후午後에는 늘 분粉을바를때 벽壁한겹걸러서 나는 조롱鳥籠을느낀다. 얼마안가서 없어질때까지 그 파르스레한주둥이로 한번도 쌀알을 쪼으려들지 않았다. 또 가끔 미닫이를 열고 창공蒼空을 쳐다보면서도 고운목소리로 지저귀려들지않았다 안해는 날을줄과 죽을줄이나 알았지 지상地上에 발자국을 남기지않았다 비밀秘密한발을 늘버선신고 남에게 안보이다가 어느날 정말 안해는 없어졌다 그제아 처음방房안에 조분鳥糞내음새가 풍기고 날개퍼덕이던 상처傷處가 도배위에 은근하다 헤뜨러진 깃부시러기를 쓸어모으면서 나는 세상世上에도 이상스러운것을얻었다 산탄散彈 아아안

<hr>

75 거울에 대한 기존 연구들이 본래적 자아에 대한 연구로 진행되어 온 것도 이런 맥락에서 볼 수 있다. 김승희(1980), 「접촉과 부재의 시학」, 서강대 석사학위 논문; 이승훈(1987), 「오감도 제15호의 분석」, 『이상시 연구』, 고려원.

해는 조류^{鳥類}이면서 염체 닫과같은쇠를 삼켰더라그리고 주저앉았었더
라 산탄^{散彈}은 녹슬었고 솜털내음새도 나고 천근^{天斤}무게더라 아아

—「지비2^{紙碑二}」, 中央, 1936.1

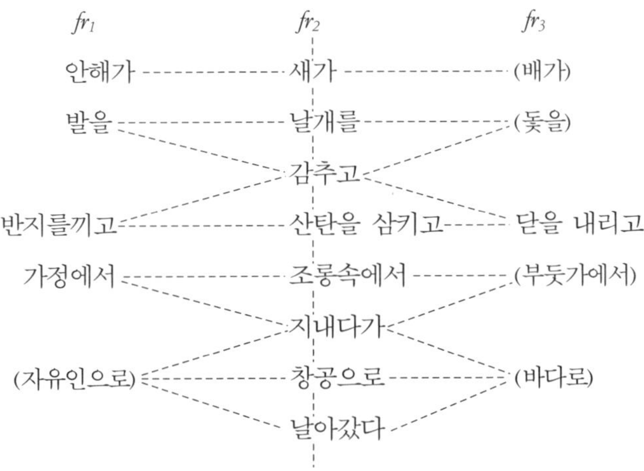

대칭축의 공통항은 "감추고—지내다가—날아갔다"의 서사적 연쇄를 보
여준다. 이 시는 다음과 같은 도식으로도 나타날 수 있다.

{자유인⊃가정⊃안해⊃발} ∩ {창공⊃조롱⊃새⊃날개} ∩ {바다⊃부둣가
⊃배⊃돛}. 이런 유사 체계는 괄호 안의 제유적 함의 관계가 합쳐져서 전
체의 은유적 언술을 만들고 있다. 결국 결혼이란 인생의 굴레(fr_1)는 새의
조롱(fr_2)이고 배의 닫(fr_3)일뿐 아내가 갈망하는 자유(fr_1)나 새가 날아다닐 창
공(fr_2)이나 배가 항해할 바다(fr_2)가 될 수 없다는 깨달음이 이 시에 깔려 있
다. 가정생활의 파산은 이와 같이 안해를 "나의 안해"라는 관계성의 인식
에서부터 이상을 해방시켜, 안해도 독자적인 하나의 자유로운 존재여야
한다는 존재론적인 깨달음으로 이끌어감을 느낄 수 있다. 단순히 안해의
외출을 의심하는 못난 남편이거나 안해의 출분을 분하게 여기는 소유 의

식에 가득 찬 남권 의식이 아니라 안해라는 존재를 하나의 독립된 개체로
서 인정하고 그녀의 허위보다 나의 보이지 않는 허위가 더 큰 죄라는 것을
깊이 깨닫고 있음을 나타낸다.

—「지비삼^{紙碑三}」, 中央, 1936.1

결혼생활의 에필로그에 해당되는 부분이다. 헤어진 부부는 빈 방으로
은유화되고 있다.

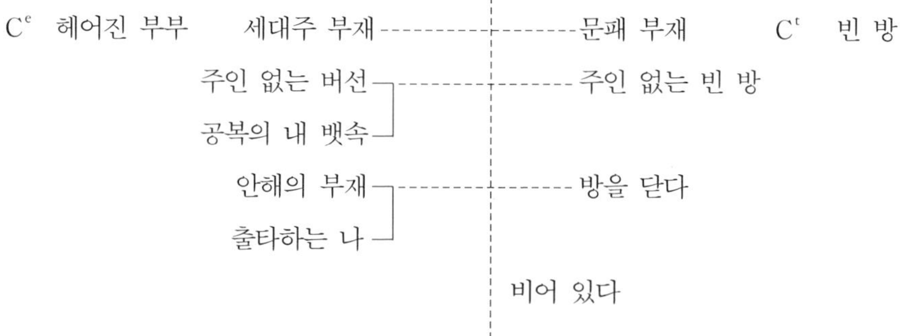

여기서 유추의 축은 "비어 있다"이다. 모든 것이 비어 있다. 문패가 비
었는데 그것은 결혼이란 형식의 와해를 나타내고, 빈 방은 부부의 생활이
부재하며, 닫힌 방은 부부의 실생활이 종말을 고했다는 것을 매개물을 통
해 드러낸다. 개가 짖는 것은 그 자체로 떼어서 생각하기보다 희랍비극의
코러스의 역할처럼 주인공의 종말이 있은 후에 작품 전체에 대한 종국적

목소리로 해석될 수 있을 것 같다. 시 제목 「紙碑」는 '石碑'에 대한 일탈
(deviation)형태로 결혼 생활의 종말을 기념하는 비문임을 나타낸다.[76]

가정의 파산 상태는 적자 가계부로, 절름발이 부부로, 두 개의 태양으로
비유되고 있다. 아내의 마음이 가정을 떠나 있다는 징표로서 화장만 있고
인상이 없는 얼굴, 왕복 엽서의 지문 냄새, 궤도를 이탈한 전차, 표정을 감
추려고 세수하는 아내, 조롱을 떠난 새로 비유되고 있다.

2. 교환의 은유

이상은 자본주의 경제의 가장 기본이 수요 공급의 교환 원리라는 것을
파악하고 있었다. 물건이 적으면 수요가 늘고 화폐 교환의 값어치가 오르
며, 공급량이 많으면 수요가 둔화되고 값이 내린다. 따라서 수요와 공급의
상관관계에 밝아야 자본주의 사회의 사회인임을 인식하고 있었다.

> 감정感情은 어떤 포우즈(그 포우즈의 원소元素만을 지적指摘하는 것이 아
> 닌지나 모르겠소) 그 포우즈가 부동자세不動姿勢에까지 고도화高度化할 때
> 감정感情은 딱 공급供給을 정지停止합네다
>
> —『날개』: 15

소설 『날개』의 서두의 에피그람에 속하는 부분의 하나이다. 감정과 포
즈의 접합점은 시간의 흐름에 따라 변한다는 데 있다. 그런데 감정과 포즈

---

76 문학사상자료실 편, 『이상시전작집』, 이어령 교주(갑인출판사, 1978), 60쪽.

를 지나치게 공급하면 부동자세가 되거나, 무감각해지게 되고, 감정도, 포즈도 사라지는 결과가 된다. 즉 유연성이 그 묘미인데 그 유연성이 사라진다는 것이다. 이것을 은유의 도식으로 나타낼 수 있겠다.

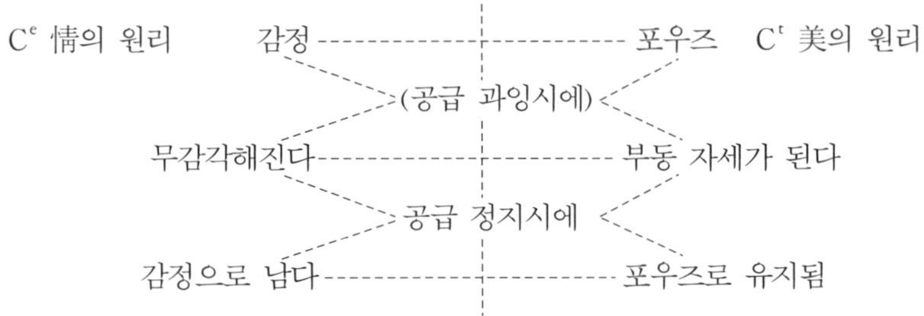

감정∩포우즈=χ(유연성)이다. 감정과 포우즈를 연결하는 이 유연성이란 경제 원리는 바로 수요와 공급의 경제 원리로서 "상품수요가―공급의 포화 상태에 달하면―상품 공급을 정지해야 한다"는 원리이다. 감정 표시도 지나치게 과장되면 포즈로 굳어지고, 굳어진 포즈는 더 이상 감정을 유발시키지 못하고 무감각해진다. 그러므로 절제하고 아껴야 감정의 맛도 살아남고, 포즈도 멋있는 채로 남아 있게 된다는 원리이다. 즉 수요와 공급의 상호 조절이다. 이상은 경제 원리의 두 가지 방향을 생각하고 있었다. 그 첫째는 가정 경제이고 두 번째는 장사의 경제 원리이다. 다시 말하자면 축적의 원리와 판매의 원리이다. 가정 경제는 축적의 원리로 나타나므로 수요와 공급이라기보다 수입과 지출의 원리에 의해 운영된다.

1) 수입과 지출의 원리

> 육신[肉身]이 흐느적흐느적하도록 피로[疲勞]했을 때만 정신[精神]이 은화[銀貨]
> 처럼 맑소
>
> —『날개』: 14

추상적인 정신이 물질인 은화로 범주 이탈하고 있다. 직유의 양태사 "처
럼"이 있고 접합점은 "맑다"이다. 이 비유 체계가 단순히 정신의 맑음만을
나타낸 것이라면 별로 주목할 꺼리도 못되는 장식적 은유에 지나지 않게
된다. 그런데 "은화"에서 암시된 경제 체계를 통해 새로운 비유 체계가 나
타난다.

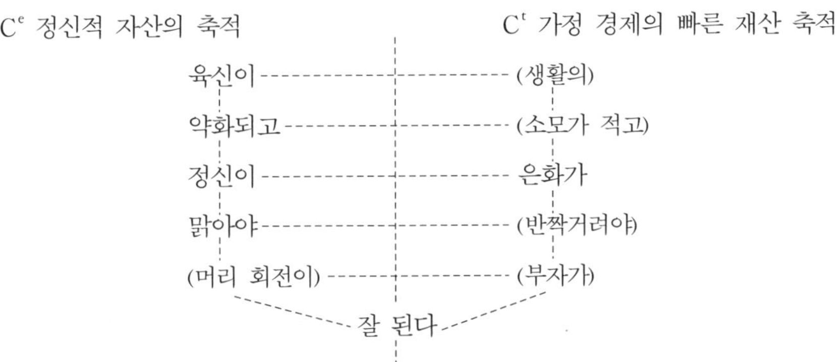

머리 회전의 빈도수는 수입과 지출의 원활한 회전으로 가정 경제를 일
으키는 능력과 비례하게 된다. 즉 지출을 억제하고 수입을 증대시켜야 가
정이 부유해진다는 원리이다.

생활 ≈ 소모가 적고 ≈ 은화가 ≈ 반짝거려야 ≈ 부자가 잘 된다
육신　　약화되고　　　정신이　　맑아야　　머리회전이 된다.

육신과 정신의 균형 원리는 비유하는 것이 경제의 원리에 의해 새로운 인식에 도달하게 되는데 육체적 욕구와 정신적 욕구 사이의 균형 감각이다. 소비를 줄여야 수입을 많이 남기듯이 육체적인 욕구를 줄여야 정신적인 욕구의 여지가 많아진다는 인식이다.

위고를 불란서의 빵 한조각이라고

—『날개』: 15

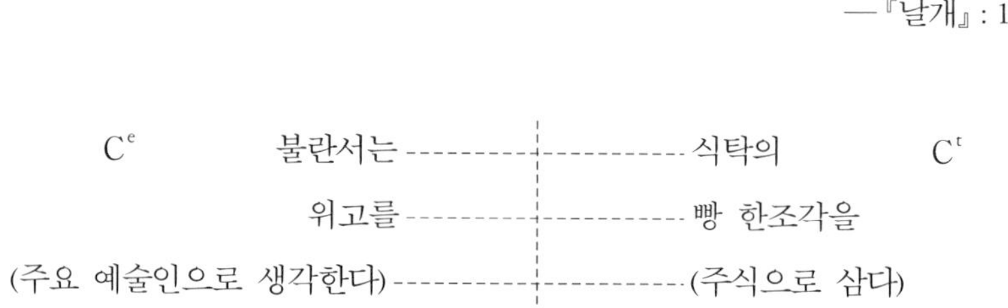

불란서의 문호 위고를 식탁의 주식인 빵에 유추로 비유한 언술이다. 위고의 예술적인 업적이 불란서에서 중요하게 여겨지듯이 식탁에서 빵이 중요하다는 유추 관계로 축대칭을 보여 주고 있다. 아리스토텔레스의 4번째 유형인 유추(혹은 비례)는 리쾨르가 주목했던 것처럼 분류의 전이라는 개념 사이의 전이 관계로 발전된다. 이것을 뒤집으면 빵을 "식탁의 위고"라든지, 불란서는 "위고의 식탁"이라는 은유가 가능하다. 정신적인 범주가 식탁의 음식의 범주로 전이되어 중심을 이룬다는 점에서 유추 작용이 이루어지고 있다. 이와 유사한 수전노의 패러다임이 수필 『19세기식』의 다음 에피그람에서 다소 다른 방향으로 전개된다.

비밀秘密이 없다는 것은 재산財産이 없는 것처럼 가난할 뿐만 아니라 더 불쌍하다. 치정세계痴情世界의 비밀秘密 — 내가 남에게 간음한 비밀秘密,

남을 내게 간음시킨 비밀秘密, 즉 불의不義의 양면兩面―이것을 나는 만금萬金과 오히려 바꾸리라. 주머니에 푼전錢이 없을망정 나는 천하天下를 놀려먹을 수 있는 실력實力을 가진 큰 부자富者일 수 있다.

―「비밀秘密」, 「십구세기식十九世紀式」, 『삼사문학三四文學』, 1937.4

이 진술에서 비밀이 재산 축적과 연결되는 것은 "쌓아 놓는다"는 공통 항이다. 재산을 쓰면 없어지니까 안 써야 저축이 된다는 원리에서 남에게 발설하면 사라지니까 비밀을 발설 안 하고 지키면 쌓인다. 이와 똑같은 은유적 언술이 소설 『失花』(66쪽)에도 나타나 그 소설의 모티브로 등장하고 있다.

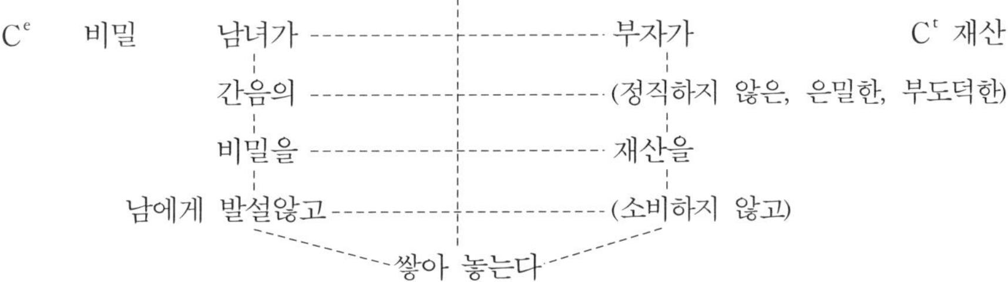

간음의 비밀을 감추고 있는 것을 재산을 쌓는 자본주의 사회의 자본 축적으로 전이하여 비유하고 있다. 그러나 이런 입장은 긍정적이기보다 비판적인 자세를 느끼게 한다. 이와 같은 에피그람은 『날개』에서도 유사하게 나타나고 있다.

십구세기十九世紀는 될 수 있거든 봉쇄封鎖하여 버리오. 도스토옙스키 정신精神이란 자칫하면 낭비浪費인 것 같소.

―『날개』: 15

이 귀절에서 19세기와 도스토옙스키 정신이 구체적으로 어떤 것인지는 드러나고 있지 않지만, 낭비를 봉쇄하라는 명령형의 언술은 경제 원리에 입각한 것임에 틀림없다. 여기서 C'의 생략이 나타난다. 이것을 도표로 그려 보면 아래와 같다.

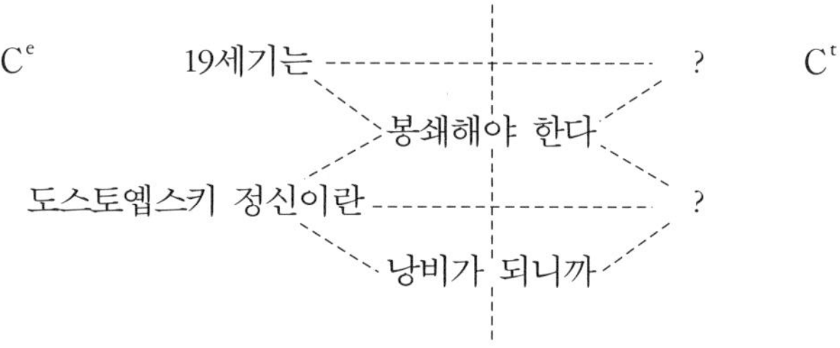

경제 범주로 생각해 보면 일상사에서 "돈 쓸 이유"는 봉쇄해야 한다. 그런데 돈 쓸 이유란 사회인의 한 사람으로서 도리를 지키느라고 쓰는 비용이 많다. 그러므로 돈 쓸 이유는 사회 질서를 유지시키는 도덕관 정조 관념 등과 유사해지고 낭비가 되는 것은 체면 유지와 같은 양심을 지키고 사는 것이 된다. 이와 같은 사고는 도스토옙스키가 소설 『죄와 벌』에서 다루었듯이, 희랍정교의 기독교 정신과 더불어 공산주의의 평등 원리나 니체의 초인 의식에 따라 고리대금업을 하는 쓸모 없는 노파를 살해한 대학생을 회개시키는 양심의 문제를 다룬다는 점에서, 도스토옙스키는 곧 양심의 대명사로 비유된 것임을 짐작할 수 있다.

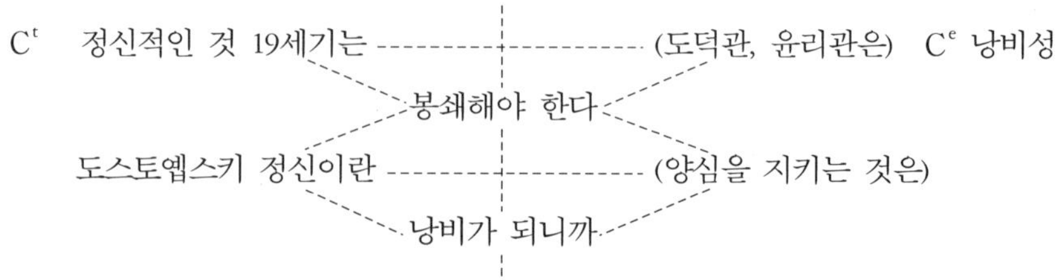

$$\{19세기 \cap 돈 \; 쓸 \; 이유 \cap 도덕관(윤리관)\} = \chi(낭비)$$

$$\{도스토옙스키 \; 정신 \cap 체면 \; 유지 \cap 양심을 \; 지키는 \; 것\} = \chi(낭비)$$

흥부전에서 놀부가 물질만능의 경제관에 따라 형제의 인륜을 저버렸듯이 경제관념에 따라 도덕관, 윤리관, 정조관, 양심과 같은 윤리 의식을 저버리는 현대인의 비양심적이고 무절조한 윤리관을 고발하고 있다. 즉 수입이 많고 지출이 적어야 하는 계산에서 이루어지는 경제 원리가 사회 질서를 해치고 사회를 붕괴시키며 윤리 의식의 해체를 일으킬 수 있음을 인식하고 있다. 자신에게 이익이 되지 않으면 취하지 않는다는 자본주의적 발상은 한 개인의 문제가 아니라 사회 전체의 인간관계의 불신과 인류의 붕괴를 조장시키는 윤리 의식의 부재가 될 수 있다. 이와 같이 이상은 자본주의 경제 원리가 정신적 가치를 마멸시키는 독소로서 작용할 수도 있음을 꿰뚫어 보고 있다.

> 등잔燈盞 심지를 돋우고 불을 켠 다음 비망록備忘錄에 철鐵필로 군청群靑빛 "모"를 심어갑니다. 불행不幸한 인구人口가 그 위에 하나하나 탄생誕生합니다. 조밀稠密한 인구人口가 ….
>
> ─『산촌여정』: 17

fr_1	fr_2	fr_3
비망록에	(시골의 논에)	(도시에)
철필로	(농부의 손으로)	(도시인이)
군청빛	군청빛	(어린)
글씨를	모를	(아이가)
	(줄줄이)	

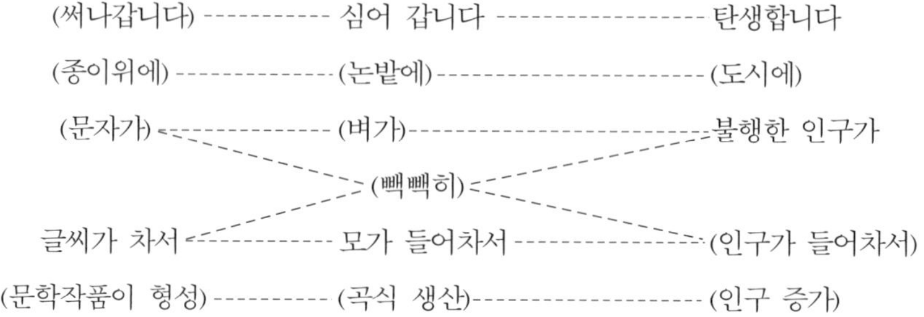

비망록에 글씨를 쓰는 "정신적 작업"은 논에 모를 심는 농업에 비유되고 지구에 불행한 인구가 탄생되는 인구 증가의 사회 문제로 발전된다. 여기서 접합점은 "생산하다"이다. 그런데 글쓰기를 모심기에 비유할 때는 긍정적인 어조인데 글쓰기를 인구 증가에 비유할 때는 "불행한"이라는 단서가 붙는다. 그 이유는 인구의 증가는 재산 축적의 경제 원리에 반대되는 소비 성향에 해당하기 때문이다. 사람의 탄생이 축복할만한 사건이었던 예전의 문화권이 아닌 근대 자본주의 문화권임을 실감하게 된다.

이와 같이 가정경제 원리는 축적과 소비 금지임을 아는 이상은 정신적인 두뇌 회전의 빠르기를 은화가 쌓이는 것에 비유하는 점에서는 긍정적인 시선을 보여 주지만, 간음의 비밀을 쌓는 부덕(婦德)에서 벗어나는 행위를 재산 쌓는 것에 비유할 때, 그리고 정신적 가치관을 낭비에 비유하고, 사람의 탄생을 소비의 증가로 보는 점에서 수전노의 경제 원리를 회의, 비판하는 시선을 보여 준다. 이 절에서 정신적이고 예술적인 가치들이 물질적인 경제 원리로 비유됨을 살펴보았고 또한 그 가치가 물질적 가치에 눌려 하락되는 사회 현상을 고발하고 있음도 아울러 살펴보았다.

2) 판매 전략의 원리

경제 원리 중의 하나는 수요자를 많이 유치해야 판매량이 늘어난다는 것이다. 자본주의의 이러한 점에서 볼 때 도회지를 중심으로 발달된 장사꾼 근성이 다음 구절에서 인식되고 있다.

버레가 무도회^{舞蹈會}의 창^窓문을 열어 놓은 것처럼 와짝 요란스럽습니다. 아지 못하는 노방^{路傍}의 인^人을 사모^{思慕}하는 도회인적^{都會人的}인 향수^{鄕愁}가 있습니다

—『산촌여정』: 28

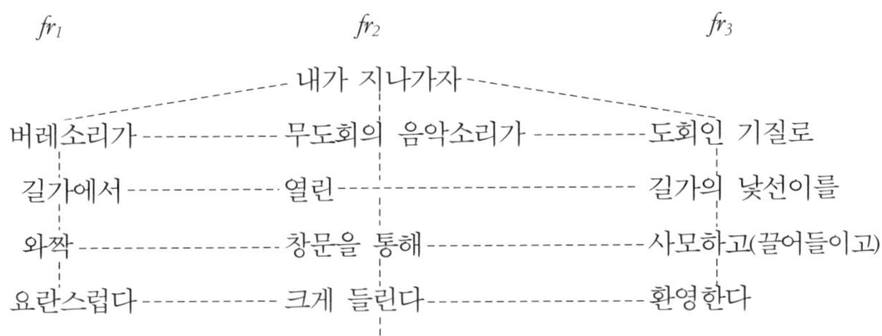

내가 지나가자 벌레소리가 갑자기 커지는 데서(fr₁) 창문을 열어놓자 갑자기 크게 들리는 무도회의 음악소리(fr₂)가 연상되고 길가에 지나가는 사람을 사모하는 도회인 기질(fr₃)이 비유되고 있다. 그것은 "처럼"의 양태사와 은유적 진술(알지 못하는 사람을 벌레가 사모하다)로 형태화되고 있다.

그런데 왜 노방(路傍)의 사람을 도회인이 사모하나? 에트랑제에 대한 낭만적인 환상 때문일까? 사람에 대한 그리움보다는 거기에 깔려 있는 상업적인 의도를 생각할 수 있다. 즉 길가의 낯선 이를 끌어들이므로 지나가는

이의 구매 욕구를 자극하여 상품을 판매하려는 계산이 잠재되어 있음을 알 수 있다.

도회지는 공장 생산과 판매의 필연적인 유통 관계로 생겨난 공간이다. 그래서 고객을 많이 유치해야 판매량이 늘어나기 때문에 도회지 사람의 기질은 이런 성격을 띠고 형성되게 마련이다. 이런 낯선 사람에 대한 장사 속의 친절은 벌레의 자연스럽지 않은 소리의 굴곡에서도 인식되고 있는 것이다. 이와 같은 상업주의적 발상은 종교에 대한 비판에서도 인식되고 있다.

> 기독基督은남루襤褸한행색行色으로설교說敎를시작했다.
> 알카포네는감람산橄欖山을산山채로납치拉致해갔다.
>
> 일구삼십년이후一九三十年以後의 일─.
> 네온싸인으로장식裝飾된어느교회입구敎會入口에서는뚱뚱보카아보네가
> 볼의상흔傷痕을신축伸縮시켜가면서입장권入場券을팔고있었다
> ─「이인二人…일─」, 「오감도鳥瞰圖」, 『조선朝鮮과 건축建築』, 1931.8.11

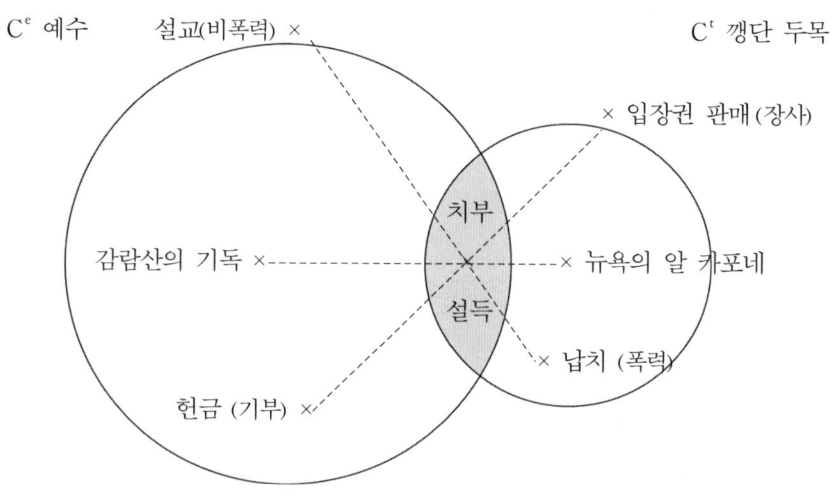

이 시는   설득   VS.   폭력

증여(기부)   VS.   수탈(장사)

기독(성자)   VS.   알 카포네(악한)

비상업성   VS.   상업성   의 대립항으로서

비교되고 있는 아이러니 : 하강은유를 보여준다. 양쪽의 접합점은 설득과
치부가 된다. 비폭력적인 설교를 통한 설득이나 폭력을 통한 납치가 일종
의 설득이라는 점이다. 또한 교회에서 헌금을 기부 형식으로 받는 것이나
입장권을 판매하는 장사속이나 그 공통항은 돈을 번다는 사실에 있다. 설
득의 방법이 마음의 평화에 있는 기독교와 폭력적으로 설득하는 깽단의 방
법이 대비되고 있다. 아이러니가 반대되는 두 가치를 병치시키면서 과장하
거나 깎아내리는 은유의 일종이라 볼 때, 정신적인 가치를 중시하는 교회
의 비상업성을, 물질적인 댓가를 위해서 수단과 방법을 가리지 않는 깽단
의 상업성에 익살스럽게 비유한다. 이와 유사한 계열의 시가 「二人…二」
이다.

알 카포네의화폐貨幣는참으로광光이나고메달로하여도좋을만하나기독
基督의화폐貨幣는보기숭할지경으로빈약貧弱하고해서아뭏든돈이라는자격資
格에서는일보一步도벗어나지못하고있다

카포네가프렛상이래서보내어준프록코오트를기독基督은최후最後까지거
절拒絶하고말았다는것은유명有名한이야기거니와의당宜當한일이아니겠는
가.
    —「이인二人…二」, 「오감도烏瞰圖」, 『조선朝鮮과 건축建築』, 1931.8

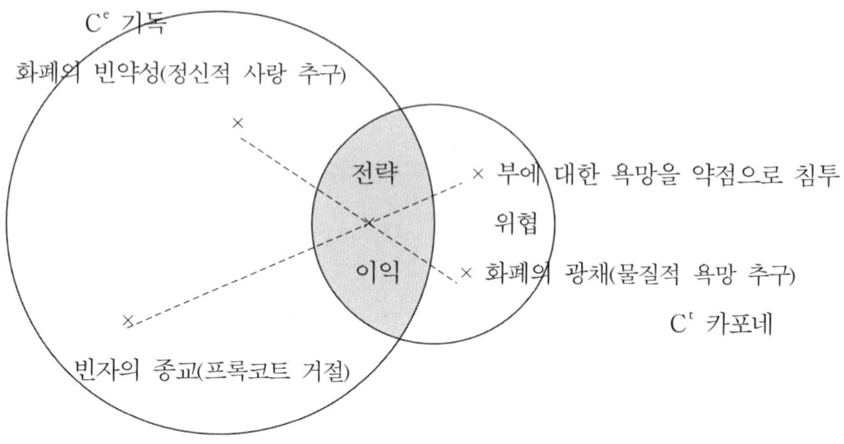

시 「二人……一」도 아이러니 : 하강은유의 양식을 띠고 있다. 즉 예수의 화폐와 알 카포네의 화폐가 비교되는 접합점은 양쪽 다 어떤 이익을 보장하고 자기네 집단으로 끌어들인다는 사실이다. 기독교에서 정신적인 사랑을 약속하고 마음이 가난한 자들을 교회로 끌어들이는 것이라면, 깽단에서 물질적인 부를 약속하고 깽단에 가입시키는 것이 역으로 대응된다. 공통점은 양쪽 다 똑같이 어떤 이익을 보장하고 계약을 맺는다는 것이다. 기독교는 빈자의 종교로서 물질적 가난이 천국으로 가는 길임을 역설하고 사람들에게 포교하는데 알 카포네의 깽단은 사람의 부에 대한 욕망을 약점으로 잡아 사람들을 포섭하는 전략을 사용한다. 이런 점에서 "기독교∩깽단"의 비유 관계는 서로 정반대되는 이익을 제시하고, 서로 정반대되는 전략을 사용하고 있다는 사실에 착안하여 내포적 의미 구조를 끌어내고 있다. 이상은 우정도 일종의 이익 관계로 전이하여 인식한다.

나는 메뉴에 적힌 몇가지 안되는 음식이름을 치읽고 내리읽고 여러 번 읽었다. 그것들은 아물아물한 것이 어딘가 내 어렸을 때 동무들 이름과 비슷한 데가 있었다.

―『날개』: 42

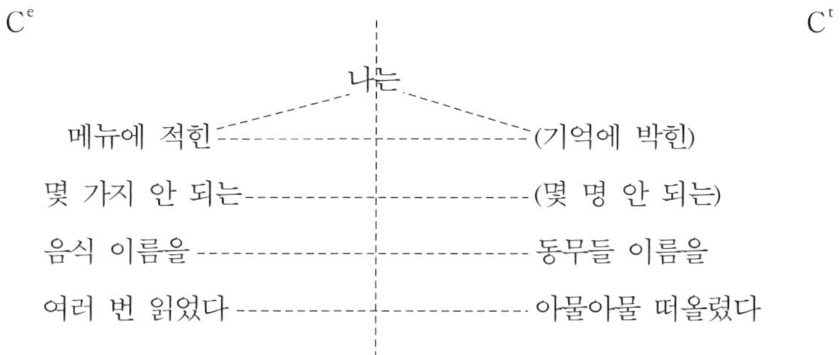

$$\frac{기억에 박힌}{메뉴에 적힌} \simeq \frac{동무이름}{음식이름}$$

의 은유적 연쇄 관계는 기억 속의 동무를 상품 목록에 적힌 상품의 이름으로 전이시키는 기능을 하고 있다. 어떤 상품을 팔아 주겠느냐는 상품 목록은 어떤 친구를 생각하겠느냐는 우정의 목록으로 전이되고 경제 사정과 기호에 따라 선택이 좌우된다는 사실에서 유사성을 보여준다. 메뉴판은 곧 우정의 판도가 되고, 우정의 값어치를 계산하는 것은 상품 가격을 저울질하는 것이 된다. 자본주의 사회의 이해관계에 얽힌 우정의 계산을 나타내는 한 대목이다.

다음에는 수요와 공급의 판매 전략에서 기독이 정신적인 사랑을 화폐로 내놓고 손님을 유치하듯이, 도시의 경제 원리는 여인의 미모를 상품 판매의 전략으로 삼고 있음을 나타낸다.

"파라마운트"회사 상표처럼 생긴 도회소녀가 나오는 꿈을 조금 꿈니다

―『산촌여정』: 16

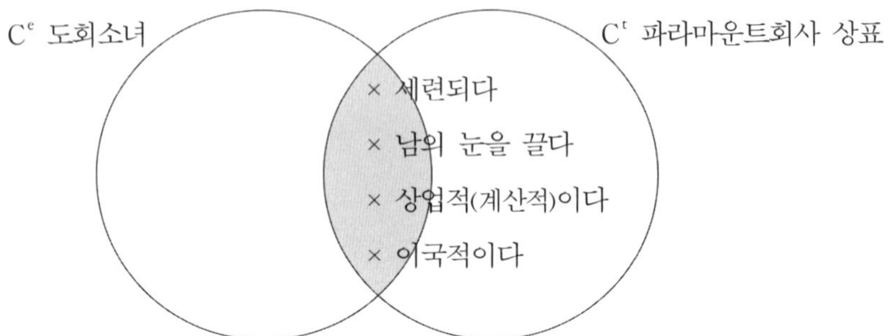

현대처럼 광고가 범람하지 않았을 1930년대이지만 벌써 이상은 도회소녀에게서 그 세련됨과 이국적인 현대성을 상품의 판매 전략으로 인식하고 있다. 여기서 상품이란 수공업 제품이 아니라 공장에서 대량으로 똑같이 찍어 낸 물건이다. 그러니까 누구에게나 똑같이 매력적이고 아름답게 보이려는 광고 전략을 소녀에 비유하면 본심을 알 수 없는 세련된 도회 소녀의 처신이 이상의 가슴을 애태웠을 것이다. 광고가 수요를 자극하는 매체인 것처럼 이국적이고 세련된 소녀를 그리워함은 상품 광고에서 구매 욕구를 자극하는 것과 유사한 욕구를 자극하고 있음을 알 수 있다.

> 선조(先祖)가 지정(指定)하지 아니한 "조셋트"치마에 "외스트민스터" 권연(卷煙)을 감아놓은 것 같은 도회(都會)의 기생(妓生)의 아름다움을 연상(聯想)하여 봅니다
>
> —『산촌여정』: 19

"죠세트치마"는 전통적인 옷감(무명 등)에 대립되는 서구에서 들어온 합성섬유로 볼 수 있다. 이 치마를 몸에 감은 날씬한 기생의 몸매를 이국적인 "외스트민스터" 권연에 비유하고 있다.

일반적으로 "감아놓다"란 "붕대를 감다"처럼 사물에 쓰이는 술어이기도 한데, 또한 "필로 감는다"는 진술에서 나타나듯이 한복을 걸쳤을 때 쓰는 술어이다. 즉 양복은 몸매와 옷감크기가 딱 맞는데 한복은 넉넉해서 치마를 허리에 휘감는 식으로 옷을 입기 때문이다. 그래서 도회 기생이 한복 치마를 날씬한 허리에 감는 맵시는 길다란 영국 권연(여송연)에 권연 껍질이 비스듬히 감긴 것처럼 이국적이고 날렵한 맵시를 연상시킨다.

> M백화점[百貨店] "미소노" 화장품[化粧品] 「스위―트 껄」이 신은 양말은 이
> 새악시들의 피부색[皮膚色]과 똑같은 소맥[小麥]빛이었읍니다
>
> —『산촌여정』: 21

여기서 비유되는 것(Cᶜ) "스타킹색깔"은 비유하는 것(Cᵗ) "시골 새악시의 피부"와 "소맥빛"이라는 점에서 만난다. 구매자의 구매 욕구를 돋우는 전략의 하나로 등장한 백화점의 화장품 판매원이 신은 이국적인 스타킹 색깔은 자신의 본연의 피부색이 아니라 인공적인 문화의 소산이라는데 그 차이가 있다. 그러니까 시골 새악시의 자연 광선에 그을린 피부색이 부러워서 인공적인 스타킹 색깔을 통해 도회인에게 상품으로 판매한다는 해석도 가능하다. 그런데 역시 시골 새악시의 피부는 자연 제품이고 스타킹 색깔은 화학 제품으로 자연산과 공장 생산이란 차이가 있다. 도회 여인의 미

모에 대한 욕구를 충족시키는 하나의 전략으로, 햇빛에 그을은 시골 새악
시의 건강한 피부색을 사업가의 아이디어로 상품화하고 있음을 깨닫는 순
간이다. 다음은 문장의 병렬법을 통해서 도회기생의 상업적인 본심을 비
유한다.

> 박하^{薄荷}보다도 훈운한 "리그레 추윙껌" 내음새 두꺼운 장부^{帳簿}를 넘
> 기는듯한 그 입맛 다시는 소리
>
> —『산촌여정』: 19

도회 기생의 껍 씹는 소리(C°)와 장사꾼이 장부 넘기는 소리(C')가 서로
비유된다. 규칙적으로 짝짝 소리나는 것이나, 규칙적으로 침칠하는 것에서
그 접합점을 찾을 수 있다. 두 소리의 유사성에서 상업적이고 계산적인 본
심을 도회 기생이 미모로 감추고 있음을 폭로하고 있다. 이와 같은 판매
전략의 은유는 수요를 충동질하여 구매 욕구를 유발시킨다는 점에서 수요
와 공급의 원리를 구조화하고 있다. 다음에는 이런 수요·공급의 창고 관
리가 이상의 건강 상태와 비교된다.

> 캄캄한공기^{空氣}를마시면폐^肺에해롭다. 폐벽^{肺壁}에끌음이앉는다. 밤새도
> 록나는몸살을잃는다. 밤은참많기도하더라. 실어내가기도하고실어들여
> 오기도하고하다가잊어버리고새벽이된다. 폐^肺에도아침이켜진다. 밤사
> 이에무엇이없어졌나살펴본다. 습관^{習慣}이도로와있다. 다만내사치^{奢侈}한
> 책이여러장찢겼다. 초췌^{憔悴}한결론^{結論}위에아침햇살이자세^{仔細}히적힌다.
> 영원^{永遠}히그코없는밤은오지않을듯이.
>
> —「아침」, 『가톨릭靑年』, 1936.2

　인체에서 호흡을 맡은 폐의 공간을 밤과 낮에 나타나는 방의 상황으로 비유한다. 여기서 나타나는 "방"은 전체 비유를 통해 볼 때 단순한 방이 아니라 실어내가고 쌓아 놓는 창고와 같은 공간의 특성을 나타낸다. 여기서 실어 내가고 들여오는 주체자는 창고 경리 직원을 떠오르게 된다.

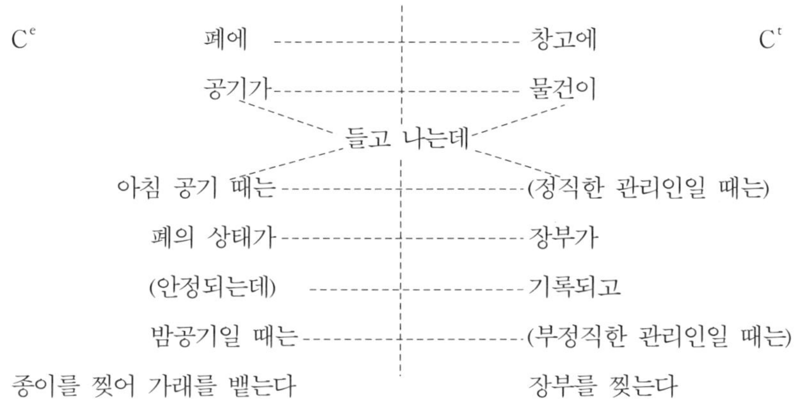

　폐의 상태가 아침의 따뜻한 햇살을 선호하고 밤의 찬 공기를 싫어하는 것처럼 창고 관리인이 물건을 들고 나는 것을 자세히 적느냐, 찢어버리고 거래를 숨기느냐에서 정직한 관리인과 부정직한 관리인을 구분하여 비유하고 있다. 전체적인 접합점은 "교대하다"이다. (아침 공기∩정직한 경리직원)∪(밤 공기∩부정직한 경리직원)=ɤ(교대하다)의 공식으로 설명될 수 있다. 폐의 순환이 햇살이 비치는 낮의 상태와 춥고 냉한 밤의 상태가 다른 것을, 들고 나는 상품의 운송과 기입으로 전이시킨다. 단순히 판매량만 주의를 기울일 것이 아니라 정직한 경리 직원이 장부를 정리해야 한다는 경제 원리를 인체의 폐의 상태로 은유화하고 있다. 이와 같은 대량 생산의 상품과 사람의 운명을 비교한 시가 있다.

…… 돈과과거^{過去}를거기다가놓아두고잡답^{雜踏}속으로몸을기입^{記入}하여

본다. 그러나거기는타인^{他人}과약속^{約束}된악수^{握手}가있을뿐, 다행^{多幸}히공란

^{空欄}을입어보면장광^{長廣}도맞지않고안드린다 ……

—「역단^{易斷}」, 『가톨릭청년^{青年}』, 1936.2

	fr_1	fr_2	fr_3
	타인의 말에 따라 ------- 문서에 따라 -------- (기성품에 따라)		
	미래의 생을 ----------- 공란을 --------- 내 재단이 아닌 옷감을		
	살아보나 ------------ 기입해 보나 --------- 입어보나		
	내인생이 ------------ 내 글씨가 ----------- 내 옷이		
	아니라서		
	어울리지 않는다 ---------- 모르겠다 -------- 장광이 맞지않고 안드린다		

　시 '역단'은 인생을 확률로 점치는 주역(변화)을 내게서 끊어버린다는 의미이다. 여기서 주역에 대한 생각을 "몸을 기입해 보다", "공란을 입어보면"의 경제적 개념을 사용한다. '공란을 입어 보면 장광이 맞지 않는다'는 것은 문서에 적힌 내 운명이 아직 살아보지 않았기 때문에 공란인 것이다. 내가 아직 살아보지도 않은 내 인생을 문서의 몇 마디로 미리 결정한다는 것은 재단 안 된 옷감을 옷감 채로 입는 것이 된다. 내가 살아갈 나만의 인생은 기성복이 아닌 내 옷일 것이고 문서의 글씨가 아닌 내 글씨가 될 것이다. 문서란 상품화된 돈과 맞바꾸는 확률의 인생이다. 대량 상품으로 내 인생이 처리되는 주역의 괘는 마치 자본주의 사회의 일회용 폐기품처럼 개인을 취급하는 것과 같다. 내 글씨가 아닌 문서의 글씨로 나에게 할당된 공란을 채운다는 것이 대량 생산의 일부가 되는 것이라는 거부의 자세를 보여주고 있다. 같은 맥락으로 자본주의 사회의 하부 구조를 이루는

저임금 노동 계층에 대한 비유가 나타난다.

> 슬퍼하는 것처럼 고개를 숙이고 도회都會의 여차장女車掌이 차표車票찍
> 는 소리같은 그 성악聲樂을 가만히 듣습니다.
>
> —『산촌여정』: 15

베짱이가 날개 비비는 소리를 내는 것(C^b)을 여차장의 차표 찍는 소리(C^f)에 비교한다. 그 공통요소는 유사한 소리의 반복이다. 이런 자본주의 사회의 하부 구조를 이루는 인물인 공장소녀(C^g)가 나타난다.

> 그리고 ① 새벽 아스팔트를 구르는 창백蒼白한 공장소녀工場少女들의
> ②회충回蟲과 같은 손가락을 연상聯想하여 봅니다.
>
> —『산촌여정』: 22

여기서 진술 ①은 비유하는 것이 생략된 채 술부의 작용으로 교차되고 있다.

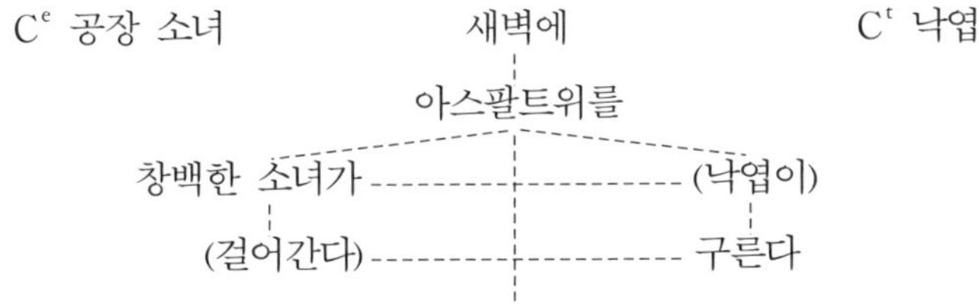

창백한 소녀가 꼭 낙엽일 필요는 없으나 사람이 아닌 물체의 속성으로 전이되고 있음은 분명하다. 다음 진술에서 공장 소녀의 손가락(C^g)은 회충(C^h)으로 전이되는데, 그 접합점은 "가늘다" "창백하다" "더럽다"로 연상된

다. 이와 같이 공장 소녀의 하루의 일과가 추운 새벽길을 걸어서 창백하고
더러운 상태로 일하는 것임을 잘 나타낸다. 자본주의의 한 병폐를 고발하는
은유이다. 그런데 은유적인 지시로 나타나는 고발 형태는 직설적인 신문
사설이나 정치 연설과 유사한 설득의 수사적인 감동을 부여하면서도 다른
면이 있다. 직접적으로 현실을 지시하고 있지 않기 때문이다. 그러나 읽는
이가 은유의 구조를 파악할 때 스스로 논리를 찾아가서 깨닫게 만드는 힘이
양쪽에 다 있다는 점에서 정치 연설이나 신문 사설과 같기도 하다.

　이와 같이 판매 전략의 은유에서는 갑작스럽게 커지는 벌레 소리를 상
술로 베풀어지는 도회인의 친절에 비유하거나, 기독교의 깽단의 치부와
설득, 이익관계로 비유하거나, 우정을 판매 상품으로, 소녀의 아름다움을
상표로, 기생이 신은 스타킹의 아름다움을 여송연으로, 몸을 상품으로 하
는 도회 기생의 껌 씹는 소리를 장부 넘기는 소리로 비유하므로 근대 자본
주의 사회의 판매 전략적 사고가 은유적 체계로 드러난다. 또한 계산에 필
요한 장부 기입의 부정직과 정직이 폐의 순환에 비유되기도 하고, 미래의
인생이 아직 비어 있는 장부에 비유되기도 한다. 그리고 베짱이와 낙엽을
여차장이나 여직공에다 비유하기도 하므로 자본주의의 하부 구조를 묘사
하고 있다.

3) 여왕봉의 원리

　　여왕봉^{女王蜂}과 미망인^{未亡人}—세상^{世上}의 하고많은 여인^{女人}이 본질적^本
　質的으로 이미 미망인^{未亡人} 아닌 이가 있으리까?

—『날개』: 16

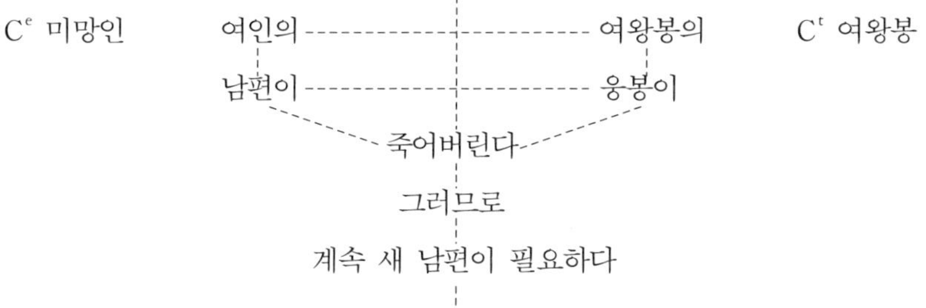

미망인이란 남편이 죽은 여인인데. 여왕봉도 근본적으로 미망인이다.[77] 왜냐하면 여왕봉은 웅봉과의 신혼여행이 끝나면 웅봉을 죽여버리고 새로운 웅봉을 계속 맞이하기 때문이다. 따라서 여왕봉은 본질적으로 미망인이다. 그런데 여인이 새로운 남편을 계속 얻고 싶어 한다면(많은 남편들도 그럴지 모르지만) 이상의 말처럼 미망인의 기질이 있는 것이다. 이와 같이 비교하는 것(C^t) 여왕봉, 비교되는 것(C^e) 미망인의 유추관계는 그 공통분모로 "수요−공급의 원리"를 들 수 있다. 미망인이 한 남편만으로 끝낸다면 공급이 중단되는 것이지만 여왕봉처럼 계속 새로운 남편을 요구한다면 수요공급의 원리가 적용될 수 있다. 여기에 "수요자가−공급을−계속 필요로 한다"란 교환의 문법이 성립된다. 이와 같은 여왕봉의 원리는 시 「생애」에서 거꾸로 나타난다.

   ① 내두통^{頭痛}위에신부^{新婦}의장갑이정초^{定礎}되면서내려앉는다. 써늘한무게때문에내두통^{頭痛}이비켜설기력^{氣力}도없다. 나는견디면서여왕봉^{女王蜂}처럼수동적^{受動的}인맵시를꾸며보인다. 나는이왕^{己往}이주춧돌밑에서평생^平

---

17 金烈圭, 「女性意識의 文學들(Ⅱ)−處容과 李箱」, 『韓國文學史』(探求堂, 1983), 431~437쪽에서는 "陰/陽의 전도, 돈 주는 자 / 돈 받는 자의 전도, 돈으로 사는 자 / 파는 자의 전도"로 여왕봉의 원리를 설명하고 있다.

生이원한怨恨이거니와 ②신부新婦의생애生涯를침식浸蝕하는내음삼陰森한손찌
거미를불개아미와함께잊어버리지는않는다.   그래서신부新婦는그날그날
까무러치거나웅봉雄蜂처럼죽고죽고한다. 두통頭痛은영원永遠히비켜서는수
가없다.

— 「생애生涯」, 『조선일보朝鮮日報』, 1936.10.4~9

이 시는 두 개의 은유 체계로 나타날 수 있다. 첫 번째의 은유 체계는
다음과 같다.

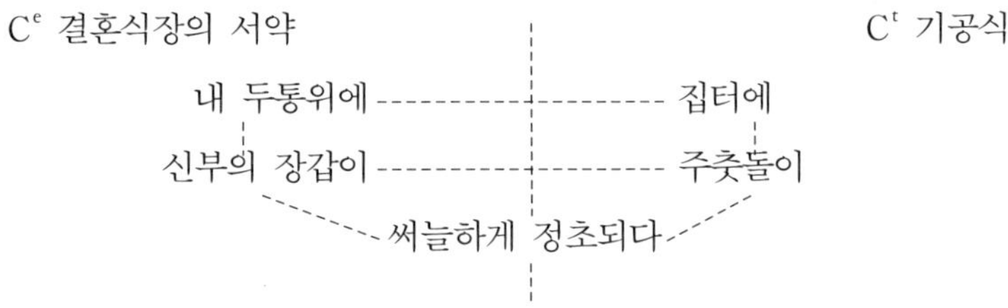

여기서 '비교되는 것'은 결혼식장의 결혼 서약으로서 부부 생활의 시작
이고, '비교하는 것'이 되는 '기공식'은 집(가정) 세우기의 시작이다. 이 서
약에 의해서 집 건설이 약속되며 가정생활의 출발이 약속되는 것이다. 그
러므로 두 집합의 접합점은 "서약하다"가 될 수 있다. 두 번째의 은유 체
계는 다음과 같다.

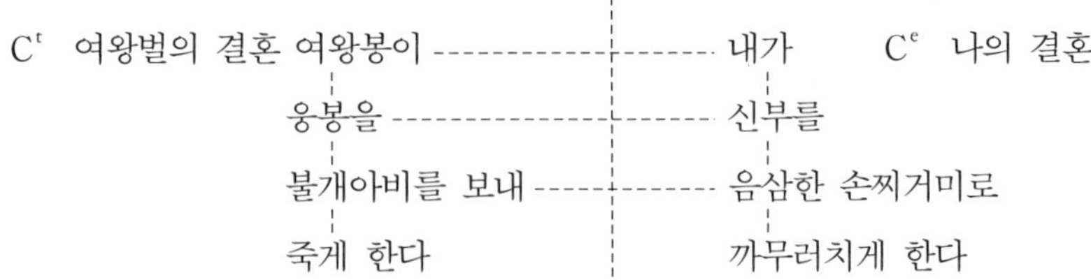

내가 "신부를 까무러치거나 죽고 죽게 하는 것"은 여왕봉의 수요 공급의 원리에서 주체가 바뀌어진 것이다. 즉 나(남편)는 여왕봉으로, 안해는 웅봉으로 성 역할이 도치되었다.

이상의 소설 『날개』에서 그의 아내가 여왕봉일 수 있는 까닭이 은유 형태로 표현되고 있다.

> 따라서①그런 한 떨기 꽃을 지키고 — 아니②그꽃에 매어달려 사는 나라는 존재가 도무지 형언할 수 없는 거북살스러운 존재가 아닐 수 없었던 것은 물론이다.
>
> —『날개』: 18

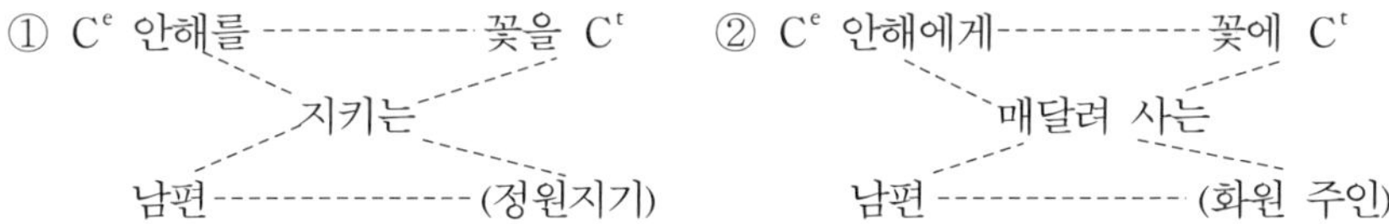

여기서 내가 꽃을 "지킨다면" 나는 정원지기가 될 것이고 꽃에 매어달려 살면 나는 화원 주인이 될 것이다. ① 정원 주인 ∽ 꽃
남편　　　 아내의 은유적 관계가 이루어지면 나와 안해는 보통의 부부이다. 그런데

② 화원 주인 ∽ 꽃
남편　　　 아내 일 때 나는 꽃을 팔아서 먹고 사니까 보통의 부부 관계가 이루어질 수 없게 된다. 여기서 수요와 공급의 원리가 적용된다. 안해는 계속 새로운 꽃이 되고 그것을 사는 새로운 구매자가 계속 필요하게 된다. 여기서 나라는 존재는 음삼한 불개아미에게 죽기 전에 사육되는 웅봉에 불과한 입장이 된다. 이런 처지는 반복되어 기술되고 있다.

나는 닭이나 강아지처럼 말없이 주는 모이를 넙죽넙죽 받아 먹기는
했으나 내심 야속하게 생각한 적도 더러 없지 않다

—『날개』: 26

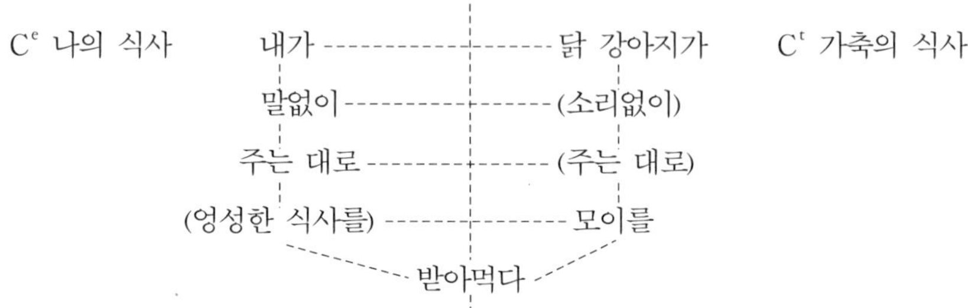

견디다 못하여 나는 그만 이불을 걷어차고 벌떡 일어나서 내 방으
로 갔다. 내 방에는 다 식어빠진 내 끼니가 가지런히 놓여 있는 것이
다. 아내는 내 모이를 여기다 주고 나간 것이다.

—『날개』: 36

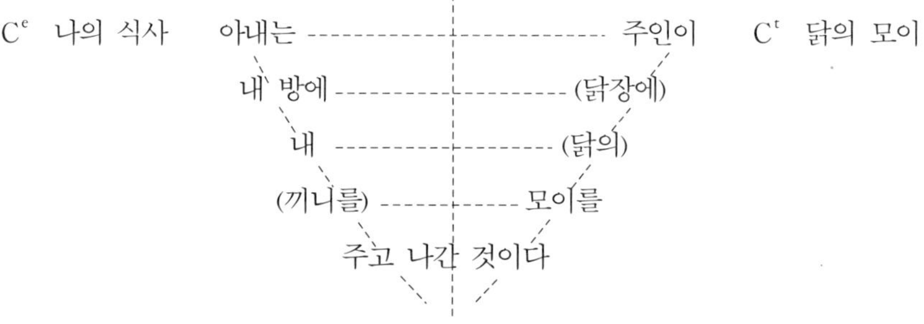

앞의 은유 체계에서는 왜 나라는 주인공이 닭이나 강아지와 비교되는지
궁금해지는데 그 이유는 닭 모이처럼 엉성한 식사이다. 뒤의 은유에서는
$$\frac{닭장}{내\ 방} \sim \frac{닭}{나의}$$ 은유 체계가 구체적으로 확인되고 있다. 즉 좀 더 확실하
게 여왕봉과 웅봉의 관계가 확인된 것이다. 여왕봉이 웅봉을 남편으로서

매번 갈아치듯이, 얼른 미망인이 되어 새로운 공급을 받아들이려는 여왕
봉의 입장이다.

> 벼락이 내리기를 기다린 것이다. 그러나 쌔근하는 숨소리가 나면서
> 푸스스 아내의 치맛자락 소리가 나고 장지가 여닫히며 아내는 아내 방
> 으로 돌아갔다. 나는 다시 몸을 돌쳐 이불을 뒤집어 쓰고는 개구리처
> 럼 엎드리고, 엎드려서 배가 고픈 가운데에도 오늘밤의 외출을 또한번
> 후회하였다.

—『날개』: 33

C^c 나의 동작	나는	개구리가	C′ 개구리의 동작
	누웠다가	(항복했다가)	
	다시 몸을 돌쳐	엎드리고	
	후회하였다	뛰려 하였다	

이 은유적 언술에서 개구리가 몸을 뒤집은 것은 항복한 것이요, 몸을 엎
드린 것은 도망갈 길을 모색한 것이라고 볼 때 소설『날개』에서도 '누워있
는' 나는 항복한 나이고 '다시 몸을 돌쳐 엎드린' 나는 뛸 길을 모색한 것
이다. 그래서 나란 주인공의 잇닿은 행위는 후회와 더불어 아내의 방으로
감연히 들어가는 행동으로 나타난다. 개구리의 엎드림과 비유될만한 용기
있는 장면이 이 소설에서 처음 등장한 것이다. 따라서 아직도 웅봉의 자격
이 있는 위치에 있다. 이와 유사하게 나와 두꺼비의 유사성이 나타나는 단
락이 있다.

> 그랬더니 아내가 또 내방에를 왔다. 나는 깜짝 놀라 아마 인제서야

벼락이 내리려나보다 하고 숨을 죽이고 두꺼비모양으로 엎데 있었다.

—『날개』: 40

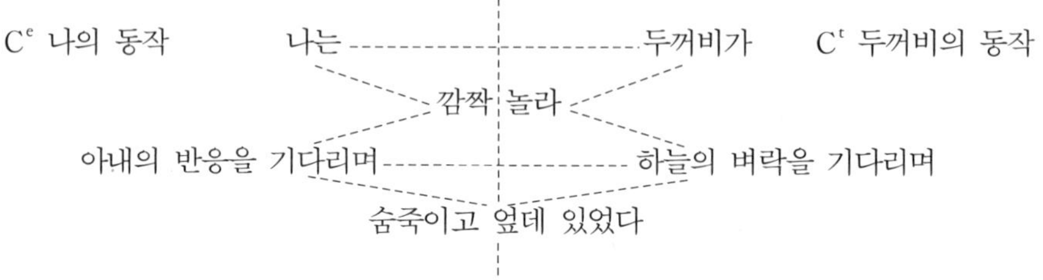

이 "나∩두꺼비"에서 은유 관계는 주체의 유사성만으로 두 언술의 의미가 유사할 것이라고 단정 지을 수 없다. 앞의 개구리와의 은유적 언술에서는 여왕봉에 대한 웅봉의 대등성이 여전히 유지되고 있으나 여기서는 웅봉과 여왕봉의 대등성이 사라지는 과정에 있는 언술이다. 바로 다음에 이어서 아내는 다른 남자를 받기 위해서 주인공인 나를 돈을 주어 외출시키고 있기 때문이다. 사실 주인공인 내가 있어도 계속 여왕봉으로서의 아내의 남자에 대한 수요와 공급의 원리는 지속되고 있었다. 이와 같은 여왕봉의 생리는 다음에도 계속 나타난다.

> 양말―그는 아내의 양말을 생각하여 보았다. 양말사이에서는 신기하게도 밤마다 지폐와 은화가 나왔다. 오십전짜리가 딸랑하고 방바닥에 굴러 떨어질 때 듣는 그 음향은 이 세상 아무 것에도 비길 수 없는 가장 숭엄한 감각에 틀림없었다. 오늘 밤에는 아내는 또 몇개의 그런 은화를 정강이에서 배앝아 놓으려나 그 북어와 같은 종아리에 난 돈자죽―돈이 살을 파고 들어가서―고놈이 아내의 정기를 속속들이 빨아내이나보다. 아―거미―잊어버렸던 거미―돈도 거미

—『지주회시』: 163, 『中央』, 1936.7

이 언술에서는 "아내가－은화를－정강이에서－배앝다"란 주부－술부의 불일치를 통한 은유적 언술과 "돈도 거미"라는 은유적 언술이 병치되어 있다. 그 가운데 "북어와 같은 종아리"란 직유법은 수식의 은유법일 뿐이다. 그래서 "배앝다"란 술어와 "돈도 거미"란 은유적 진술 관계에서 다음과 같은 은유 체계를 찾을 수 있다.

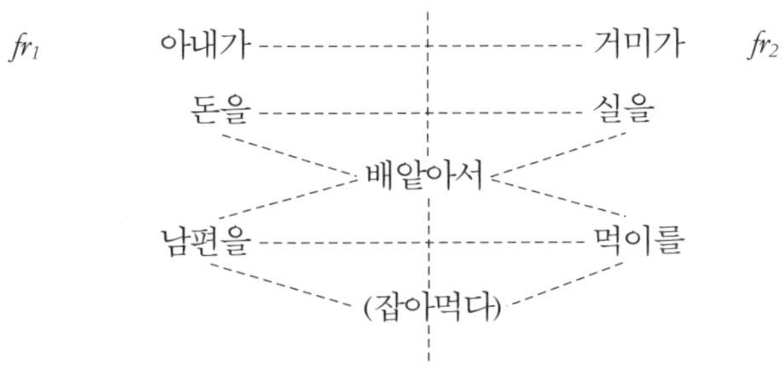

거미가 만들어 내는 실은 아내가 벌어오는 돈과 같은 제유적인 용법으로 나타난다. 거미가 실을 배앝듯이 아내는 밤마다 돈을 정강이에서 배앝는다. "돈도 거미"란 의미가 여기서 타당함을 알 수 있다. 거미와 거미줄이 전체와 부분의 제유적 관계를 이루는데 아내와 돈의 관계도 마찬가지로 비유되고 있다. 거미의 생리도 여왕봉의 생리처럼 암거미가 교미 후 숫거미를 잡아먹고 껍질을 불어버리듯이 아내가 남편인 나를 잡아먹을 것이라는 불안을 안고 여왕봉의 수요 공급의 원리가 내재화되고 있다. "암거미가－실을－배앝아서－먹이를" 잡고, 숫거미(남편)를 잡고, 양돼지(A취인점 전무)를 잡고, 또 새로운 양돼지를 잡을 것이라는 여왕봉의 원리가 소설 "지주회시"의 모티브로 등장하고 있다. T가 취인점에서 100원으로 500원을 만들 수 있다는 원리도 마찬가지의 "거미의 문법"으로 이해할 수 있다. "T가－돈을－배앝아서－더 큰 돈을－잡는다"의 언술 문법이다. 마찬가지로 거미의 실은 마른 T가 버는 돈이고, 마른 내가 걸었던 100원이고, 마른 아내가 버는 동전이다. 이렇게 암거미가 거미줄에 걸린 먹이를 잡듯이 여자의 모습에서 이상은 수요 공급의 경제적 구조를 간파하고 있다.

> 정희貞姬의 입상立像은 제정로서아帝政露西亞쩍 우표郵票딱지처럼 적잖이 슬프다. 이것은 아직도 얼음을 품은 바람이 해토解土머리답게 싸늘해서 말하자면 정희貞姬의 모양을 얼마간 침통枕痛하게 해보일 탓이렷다
>
> —『종생기終生記』,『조광朝光』, 1937.5

"처럼"이란 양태사로 나타난 은유적 언술은 그 접합점이 구체적으로 나타나 있지 않다. "제정로서아쩍 우표딱지"라면 폴란드 망명정부의 지폐처럼 현실적 값어치를 이미 상실한 의미를 내포하고 있는데, 사람의 인상을 물질적 상태로 전이시킨 표현이다. 이미 스탬프가 찍혀버린, 낡은 우표의 이미지로 연상된 정희란 여인은 여기서 수집가의 손에서라면 훨씬 귀하게 취급될 수 있는 맥락이 아니라 단지 물질적 값어치로 파악된다.

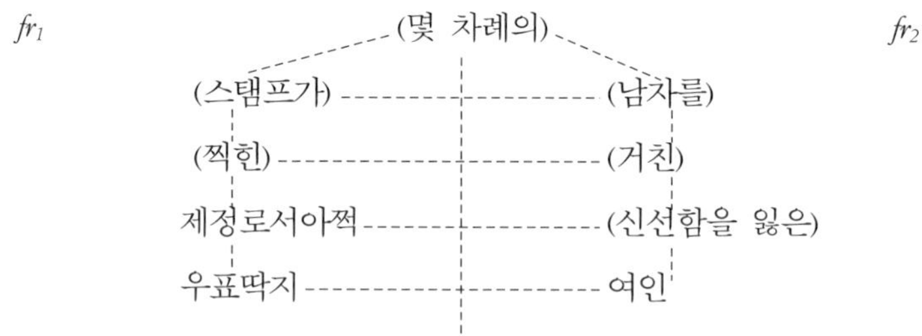

우표 ≃ 스탬프

여인   남자 의 은유적 연쇄로 정희란 여인은 수요 공급의 여왕봉의 원리가 작용하는 속성을 지닌 인물로 나타난다.

계집의 얼굴이란 다마네기다. 암만 베껴보려므나. 마지막에 아주 없
어질지언정 정체^{正體}는 안 내놓느니

―『실화^{失花}』, 『문장^{文章}』, 1939.3

양파의 켜로 이루어진 껍질에서 여왕봉의 수요 공급의 원리가 투사되고
있다. 즉 뚜렷한 정조관을 보이지 않는 여인의 사고 구조를 양파에 비유하
고 있다. 이와 같이 새로운 웅봉을 계속 요구하는 여왕봉의 알 수 없는 정
체가 정조를 지키지 않는 창녀적 속성으로 나타난다. 그것은 시 「매춘」에
서 나타난다.

① 기억^{記憶}을맡아보는기관^{器官}이염천^{炎天}아래생선처럼상^傷해들어가기
시작^{始作}이다. 조삼모사^{朝三暮四}의싸이폰작용^{作用}. 감정^{感情}의망살^{忙殺}.
나를넘어뜨릴피로^{疲勞}는오는족족피^避해야겠지만이런때는대담^{大膽}하게
나서서혼자서도넉넉히자웅^{雌雄}보다별것이어야겠다.
②탈신^{脫身}. 신발을벗어버린발이허천^{虛天}에서실족^{失足}한다.

―「매춘^{買春}」, 『조선일보^{朝鮮日報}』, 1936.10.4~9

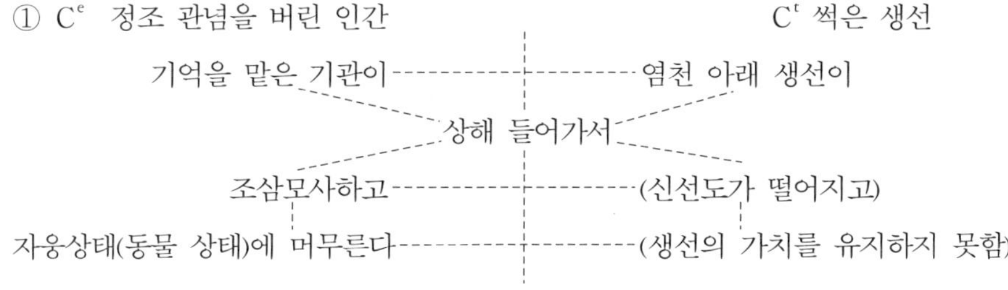

시 「매춘」에서 ①의 은유 체계는 정조가 없는 인간을 신선도가 떨어진 생선에 비유하고 있고, ②의 은유 체계에서는 신발을 벗어버린 발로 비유하고 있다. 여인과 정조의 관계는 신발과 발의 제유 관계로 나타난다. 다시 말하면 매춘 행위를 하는 것은 정해진 신발을 벗고 실족한 상태이다. 이같이 여왕봉의 원리는 "그대 자신을 위조하는 것도 할 만한 일이오"(『날개』: 15)의 귀절에서도 나타난다. 이 진술에서 자신의 정체성(identity)을 화폐로 전이하므로 위조지폐에 해당하는 정체성이 된다. 이와 같은 맥락의 시가 「興行物天使」이다.

정형외과整形外科는여자의눈을찢어버리고형편形便없이늙어빠진곡예상曲藝象의눈으로만들고만것이다. 여자는실컷웃어도또한웃지아니하여도웃는것이다.

여자의눈은북극北極에서해후邂逅하였다. 북극北極은초겨울이다. 여자의눈에는백야白夜가나타났다. 여자의눈은바닷개[해구海拘] 잔등과같이얼음판위에미끄러져떨어지고만것이다.

세계世界의한류寒流를낳는바람이여자의눈을불었다. 여자의눈은거칠어졌지만여자의눈은무서운빙산氷山에싸여있어서파도波濤를일으키는것은불가능不可能하다 ……

천사天使는신발을떨어뜨리고도망逃亡한다.

천사天使는한꺼번에열개이상個以上의덫을내어던진다……

—「흥행물천사興行物天使」, 『조선朝鮮과 건축建築』, 1931.8

이 시는 주인공인 여자를 중심으로 계속 새로운 행위단락이 등장하지만 다 하나의 문법에 의해서 반복되는 언술체계에 불과하다.

fr_1	fr_2	fr_3	fr_4
원래의 눈을 ―――――― 여자의 원래 눈을――신발을 ―――――			(정조를)
찢어버리고――――― 북극에 버리고―――― 떨어뜨리고 ―――――			(버리고)
정형외과에서만든눈으로-- 인공의 눈으로―――― 열개이상의 덫을--			(거짓정조로)
웃는다 ―――――――― 흥행한다 ――――― 내어던진다 ――――			(매춘행위한다)

[정형외과의가 만든 눈∩인공의 눈∩열개이상의 덫]은 모든 거짓 정조를 은유적으로 나타낸 것이다. 여성의 정조는 '원래의 눈'이거나 '신발'로 비유된다. 얼굴에서는 눈이요 다리에서는 신발이다. 그것은 성기 상징으로 연결된 이미지다. 그리고 인공의 정조라든가 천사의 정조 모습을 지닌 그림엽서라든가 코끼리의 눈이라는 표현은 정조를 버린 상태를 나타낸다. 그래서 여자의 눈(정조)은 북극에서, 세계의 한류를 낳는 바람이 부는 곳에서 무서운 빙산에 싸여 기능을 발휘 못하는 상태로 나타난다. 따라서 「흥행물천사」는 수요와 공급의 원리에 따라 새롭게 위조된 정조를 지닌 지시체이다. 시 「광녀의 고백」도 유사한 패러다임의 시다.

… 여자는이제는이미오백나한五百羅漢의불쌍한홀아비들에게는없을래야 없을수없는유일唯一한아내인것이다. 여자는콧노래와같은ADIEU를지도地圖

의에레베이슌에다고告하고No.1−500의어느사찰寺刹인지향向하여걸음을재
촉하는것이다.
　　　　—「광녀狂女의고백告白」, 「오감도烏瞰圖」, 『조선朝鮮과 건축建築』, 1931.8

　이 귀절에서도 "5백나한의 안해"라는 것은 여왕봉의 수요와 공급의 원
리 속에 있는 상태를 나타낸다. 이와 같이 여왕봉의 원리에서는 경제 원리
중의 하나인 수요와 공급의 원리가 은유적 사고로 구조화되고 있다. 여왕
봉이 웅봉의 계속적인 공급을 필요로 하듯이 안해는 남편을 사육하고, 남
편을 돈으로 묶어두고 돈을 받고 남자를 공급받는다. 또한 여자의 지켜지
지 않는 정조는 스탬프가 많이 찍힌 제정로서아적 우표나, 껍질에 쌓인 다
마네기, 신발을 벗은 맨발, 정형한 인공의 눈으로 비유됨을 살펴보았다.

IV. 도구적 사고로서의 은유 체계 2

기계 문명의 은유

1. 식물의 인공화

1) 인체와 식물 은유

이 글은 이상의 작품에 나타난 도구적 사고로서의 은유 체계 중에서 인체가 인공화되고, 도구화되고, 기계화된 비유로 나타나고 있는 것을 살펴보겠다. 사람의 인체와 정신이 비교되는 것(C^0)이므로, 비교하는 것(C^1)은 1절에서 식물의 상태로 인공화되거나 자연 풍경의 상태로 나타난다. 2절에서는 '건축물, 가재도구'로 비유하는 것을 살펴보고, 3절은 '자연과학의 법칙과 기계'로 비유하는 것을 살펴보겠다. 먼저 비유하는 것과 비유되는 것이 서로 넘나드는 상호작용을 이룬다는 점을 밝힌다.

이 글의 구체적인 방법론으로서는 앞 글에서 사용했던 모리엘의 도식화하는 방법을 기본으로 하고, 후루쇼프스키의 방법을 원용한다. 후루쇼프스키는 만약 은유가 두 용어의 관계라면, 그 용어의 어떤 것은 텍스트 안에서 한 단어 이상을 포괄할 수도 있고 고정된 단위보다는 개방적인 관계가 될 수 있다고 보았다. 또한 전체 문장을 따로 떼어 읽을 때 문자적일 수 있으나 넓은 맥락에서는 은유적일 수 있다는 것이다. 시에서의 은유는 한 단어의 내포적 의미(connotation)로 시작되지만 한 시의 허구적 상황에서는 중심 대상으로 성장할 수도 있는데, 예를 들어 한 단어가 한 시의 스타일과 세계를 배회할 수 있게 된다는 사실이다.[78] 그래서 후루쇼프스키는 리쾨르의 견해이자 벤베니스트의 주장인 "문장은 언술의 단위다"[79]에 덧붙여서, 또 다른 언술의 단위를 주장한다. 즉 틀짜기 이론(frames of reference)이다. 이것과 문장의 공통점은 양쪽 다 한 텍스트에서 단어를 결합한다는 점이다. 그러나 문장이 선조적 단위인데 반해서 틀(frame)은 텍스트에서 불연속적인 요소에 기반을 둔 구성체로서, 유연성 있게 서로서로 연결되는 의미의 통사체(semantic syntax)라고 설명한다. *frs*의 망(frame-work)은 텍스트가 무엇에 대한 것인지 표현하는 것이다. 그것은 자연어의 단어들과 계속 교체하는 "세계"의 재현 사이에 다리를 제공하고, 또 한 단어라는 더 낮은 공식적인 층위로부터, 개인적인 맥락에서나 개인적인 의사소통의 주제에서 구체적인 대상으로 다루어지는 개방된 것까지 자리바꿈의 역할을 한다는 것이다. *frs*의 수단에 의해서, 의도된 단어와 함께 제한된 언어 속에 있기보다는 오히려 "세계 경험"을 말할 수 있고, 영원히 변하는, 정보의 열

---

78 B. Hrushovski(1984), p.6.
79 P. Ricoeur(1977), p.68.

려진 망을 독자가 볼 수 있고 조직하고 전달할 수 있다고 주장한다. 이 윤
곽 안에서 은유에 대한 통사적 일탈(deviance), 형태론의 비유, 소리 패턴, 신
조어 등 어떤 속성이 더 낮은 층위에서 만들어진다 해도 보존할 수 있다고
주장한다. 그것은 모든 것이 은유에 대한 신호일 수 있고 혹은 내포적이고
공식적인 매개변수를 은유에 제공할 수 있다는 견해다.[80]

> 내팔이면도칼을든채로끊어떨어졌다. 자세히보면무엇에몹시위협威脅당
> 하는것처럼새파랗다.   이렇게하여잃어버린내두개팔을나는촉대燭臺세움으
> 로내방안에장식裝飾하여놓았다. 팔은죽어서도오히려나에게겁怯을내이는것
> 만같다. 나는이런얇다란예의禮儀를화초분花草盆보다도사랑스레 여긴다.
> ─「시詩 제第 십삼호十三號」, 「오감도烏瞰圖」, 1934.7.24~8.8

"내두개의팔을나는촛대세움으로"의 진술에서 팔(fr_1)과 촉대(fr_2)의 은유적
관계가 드러난다. 그리고 "화초분보다도사랑스레여긴다"에서 비교급 "보
다도"를 통해 은유의 구조화된 상호관계가 드러난다.

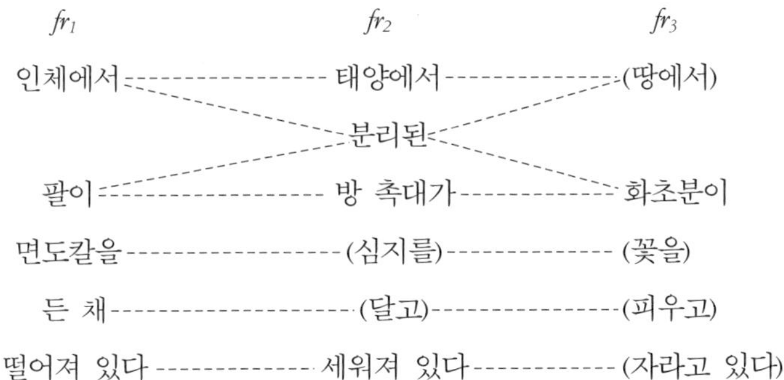

---

80 B. Hrushovski(1984), pp.11~2.

이 세 은유의 병치는 유사하지 않은 곳에서 유사성을 보는 것이 좋은 은유라는 아리스토텔레스의 견해[81]처럼 상상력의 상호작용을 잘 보여준다. 면도칼을 든 팔(fr_1)이 "제2의 인체"라면 방의 촉대는 "제2의 태양"이 되고 화초분(fr_3)은 "제2의 대지"가 된다. 모두 다 자연 상태에서 분리된 인공적인 양상을 띤다. 방 촉대(fr_2)는 현대로 오면 전깃불이고 화초분은 실내의 정원이다. 여기서 가장 난해한 것이 면도칼을 든 팔(fr_1)이다. 그런데 fr_1을 기계 문명 시대의 로봇의 팔이나, 토목공사에서 쓰는 삽차의 팔을 생각할 때 쉽게 이해될 수 있다. 전체적인 의미망으로 볼 때 자연에서 분리된 문명의 양상을 기계화란 내포적 의미를 통해 암시한다고 본다. 내포적 의미(connotation)에 대한 롤랑바르트의 정의를 살펴보면 "사회는 계속적으로 인간 언어가 사회에 제공하는 일차적 체계로부터, 이차적인 질서의 의미체계를 발전시키고 있고, 내포적 의미의 기술은 실제의 역사적 인류학에 매우 가깝다".[82] 그래서 "내포적 의미가 외연적 의미의 전언에 '덮어 씌우는' 방식이 무엇이든 간에, 내포적 의미는 외연적 의미의 전언을 다 소모하지 않고, 항상 어떤 외연적 의미가 남아 있으며(그렇지 않으면 가능할 수 없을 것이다) 내포적 의미형성자(connotators)는 항상 마지막 분석에서 그것을 전달하는 외연적 의미의 언어에 의한 불연속적이고 흩어진 기호"[83]라고 언급한다.

이와 같이 인체에 있어 팔(fr_1)의 역할을 인체로부터 분리시켜 생각해 보면 촉대(fr_2)가 된다. 그것은 일차적 체계에서 이차적인 질서의 의미체계로 발전됨을 의미하고 그것이 곧 문화임을 알 수 있다. 잘라진 팔이 인체에서

---

81 아리스토텔레스, 『시학』, 손명현 역(박영문고 47, 1986), 145쪽.
82 Roland Barthes(1964), *Element of Semiology*, trans. Anette Lavers and Colin Smithes, (Hill and Wang):New York, 1983, p.90.
83 앞 글, p.91.

분리되어도 기능을 할 수 있다는 가설이다. 이런 면에서 순수한 인공물인 방 촛대(fr_2)란 생산품은 단순히 자연물을 축소해 놓은 화초분(fr_3)보다 더 사랑스러울 수 있다. 즉 화초분이 대지를 떠날 수는 있어도 햇볕이 없으면 시들게 되는 것과 달리 방 촛대는 자연과 완전히 차단된 상태를 밝혀주는 원동력이 되니 그 유용성을 생각하면 더욱 사랑스러울 것이다.

여기서 주목할 수 있는 점은 "잘라진 팔"과 "촛대"의 대조적 특성이다. 잘라진 팔의 지시성에서는 그 끔찍함이나 그로테스크한 성질을 배제할 수 없다. 팔의 공격성과 파괴력을 일단 생각하게 된다. 이와 달리 방촛대는 파괴력보다 생산적인 역할로 나타난다.

한편 fr_1에서 암시하는 관계를 보면 사람에게 반란을 꾀하다가 실패하여 잘라진 듯한 팔과 사람의 지배권 쟁탈적인 관계가 나타난다. 사람이 팔을 제대로 사용하지 못하는 허점을 틈 타 팔이 반란을 꾀했을 가능성이 있다. fr_2와의 맥락적인 연계성으로 볼 때 팔의 도구적 기능 상실은 이용되는 도구자체에서 지배자로 변신하려는 기계의 반란의 실패로 내포적 의미를 찾을 수 있다. 여하튼 자연적 기능이 아니라 2차적 인체 기능이 잘라진 팔에서 드러나고 있다. 이 공격적이고 파괴적인 팔의 도구적 기능은 촛대와의 맥락에서, 자연의 생명체를 벗어나서도 독자적인 역할을 할 수 있는 가능성을 나타낸다. 즉 면도칼을 든 팔의 파괴력을 기계화하는 과학자나 기술자의 발명으로 전이할 수 있다. 왜냐하면 "나는 생각한다, 고로 나는 존재한다"의 언명에서 정신과 육체의 분리가 선언되어, 데카르트에서 근대과학의 시발점을 찾는 것을 생각할 때, 나의 정신과 육체(팔)가 지닌 육체적 도구성이 근대과학의 입장에서는 분리될 수 있기 때문이다. 이와 같은 맥락은 아래와 같은 대립의 패러다임으로 보여준다.

인체(팔)의 기능   VS.   잘라진 팔의 기능
태양   VS.   촛대
자연 상태   VS.   인공화(기계)
유기체적 세계관   VS.   근대과학

촛대의 의미는 인간이 동물과 달리 동굴이 아닌 건축물과 도시 문화를 이룩할 수 있는 중요한 동기를 암시한다. 또한 인공의 정글이 도시임을 생각할 때 인체에서 출발한 상상력을 통해 기계와 전기를 발명했음을 유추할 수 있다.

목발의길이도세월歲月과더불어점점漸漸길어져갔다.
　　신어보지도못한채산적山積해가는외짝구두의수효數爻를보면슬프게걸어온거리距離가짐작되었다.　종시終始제자신自身은지상地上의수목樹木의다음가는것이라고생각하였다.

— 「척각雙脚」, 『유고집』

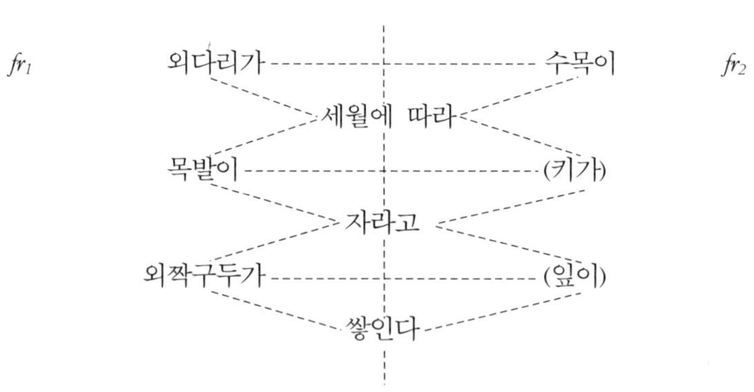

이 시에서는 인간의 범주(fr_1)에서 한 다리만으로 생존하는 수목의 속성(fr_2)으로 사람의 다리가 범주이탈하고 있다. 외다리의 짚어야 할 목발의 길이는 성한 한쪽 다리가 성장함에 따라 길어지고, 발의 크기가 넓어짐에 따

라 못 신는 다른 쪽 구두가 쌓인다. 이 시에서는 특정한 비유가 나타나지 않고 약화된 용어인 "수목의 다음 가는 것"이라는 용어로 은유의 망이 확산된다. 그렇게 되자 이 시의 외연적 세계에서는 나타나지 않았던 수목의 자라는 키와 무성해지는 잎사귀의 내포적 의미가 부각된다.

외다리가 인체의 부족 상태를 나타내므로 "인공의 다리"가 필요해지고, 따라서 쌓이는 외짝 구두는 '인공의 발'로서 목발이란 인공물도 자연물처럼 성장할 수 있음을 보인다. 성장이란 접합점을 통해 인간(fr_1)은 식물(fr_2)이 외다리로 잘 자라고 있음에 감탄하여 그 외다리 성향을 닮아가려는 지향성으로도 인식된다. 다른 편으로는 절단된 식물(목발)이 인간의 부족한 것을 메꾸어주는 문명의 도구로서, 인공물로서 대리 역할을 하고 있음을 이상이 시의 발상법으로 삼고 있다고 본다.

> 담배가게 곁방^房 안에는 오늘 황혼^{黃昏}을 미리 가져다 놓았읍니다. 침침한 몇 "가론"의 공기^{空氣}속에 생생^{生生}한 침엽수^{針葉樹}가 울창^{鬱蒼}합니다. 황혼^{黃昏}에만 사는 이민^{移民}같은 이국초목^{異國草木}에는 순백^{純白}의 갸름한 열매가 무수^{無數}히 열렸습니다.
>
> ―『산촌여정』: 25

수필 『산촌여정』의 침엽수(fr_1)에서는 자연에서 분리된 두 겹의 특징이 나타난다. 산지의 기후대에서 떠났다는 사실과 땅에서 분리되어 화분에 이식된 식물이라는 점이다. 그것은 이민(fr_2)과 직유법의 양태사 '같은'의 '이민 같은'으로 연계되어 나타난다.

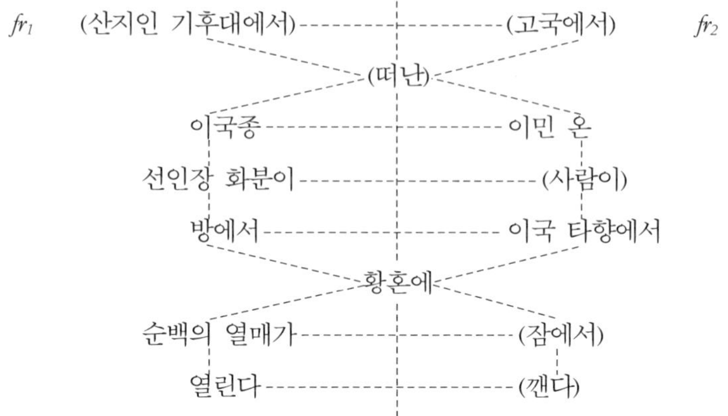

이 시에서의 접합점은 고국이나 산지에서 안주하지 않고 떠났다는 고향 분리와 황혼에 잠을 깬다는 비정상적인 생활습관이 겹쳐서 "분리", 또는 "낯설다"가 된다. 은유적 언술의 첫 문장 "담배가게 곁방 안에는 오늘 황혼을 미리 가져다 놓았읍니다"에서는 황혼이란 시간적 특성이 물질로 공간화된다. 이상이 생각하는 자연물의 인공화 현상은 "골편에 관한 각서"에서도 나타난다.

신통하게도혈홍血紅으로염색染色되지아니하고하이얀대로

뼁끼를칠한사과를톱으로쪼갠즉속살은하이얀대로

하느님도역시亦是뼁끼칠한세공품細工品을좋아하시지―사과가아무리빨갛더라도속살은역시亦是하이얀대로.　하느님은이걸가지고인간人間을살짝속이겠다고.

묵죽墨竹을사진촬영寫眞撮影해서원판原版을햇볕에비쳐보구료―골격骨骼과같다.

두개골頭蓋骨은자류柘榴같고아니자류柘榴의음화陰畵가두개골頭蓋骨같다(?)

여보오 산사람골편骨片을보신일있수? 수술실手術室에서―그건죽은거야요. 살아있는골편骨片을 보신일있수? 이빨! 어마나―이빨두그래골편骨片

일까요. 그렇담손톱두골편^{骨片}이게요?

　난인간^{人間}만은식물^{植物}이라고생각커든요.

—「골편^{骨片}에 관^關한 무제^{無題}」, 『유고집^{遺稿集}』, 157

이 시에서는 사과(fr_1)를 인체의 은유적 대응으로 들고 하위종(species)으로 묵죽과 석류가 등장한다. "대로"로 끝나는 어법의 진술들을 통해 주로 사과를 톱으로 자르는 하느님이 등장하지만 뒤에 나타나는 대나무와 석류의 언술에서 간간이 골격의 사진 원판이라든가 엑스선 사진이라는 단어가 불연속적이고 흩어진 내포적 의미를 띄고 등장하여 수술실에 놓인 인체의 사건(event)을 암시해 주고 있다. 그래서 전체적인 은유의 틀을 생각해 볼 때 하느님이 만든 사과의 해부도 혹은 미술시간에 석고로 빚어 빨간 페인트로 칠한 인공의 사과와 의사가 집도하는 인체의 해부도라는 두 개의 틀이 대응을 이룬다.

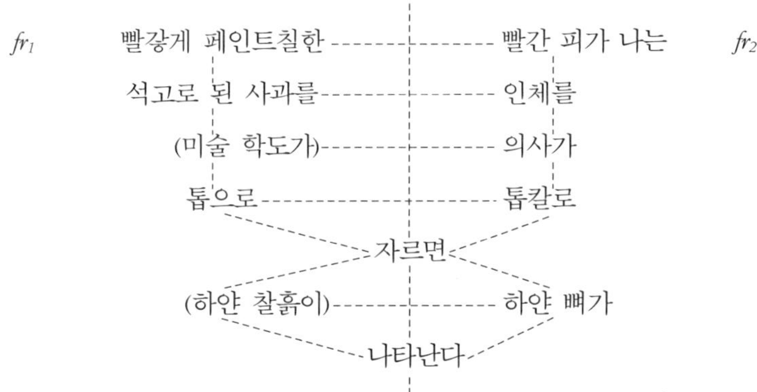

여기서 사과는 자연의 소산이라고 본다면, 톱으로 자른다든가 페인트를 칠한 사과라는 묘사에서는 인공의 석고 사과가 지시체로 나타날 수 있다. 이 시의 발상법은 자연의 사과라기보다는 인공의 사과를 비유되는 것으로

삼는다. 석고로 된 사과를 톱으로 자르듯이 사람의 뼈를 수술 시에 톱으로 자르는 것으로 비유하여, 석고 사과와 사람의 뼈가 대응을 이룬다. {(인공의 사과⊃빨간 페인트⊃하얀 찰흙) ∩ (인체⊃빨간 피⊃하얀 뼈)}의 제유를 내포한 은유가 나타난다.

나는 내가 환갑^{還甲}을 지난 몇해후^{後} 내 무릎이 일어서는 날까지는 내 오—크재^{材}로 만든 포도^{葡萄}송이같은 손자^{孫子}들을 거느리고 끽다점^{喫茶店}에 가고 싶다.

—『동해^{童骸}』, 『조광^{朝光}』, 1936.10

fr_1	fr_2	fr_3
오—크재로 --------- (포도 나무에)------ (환갑이 지난 나에게)
만든------------(달린)--------------(딸린)
인공 포도송이 -----------(포도송이)------- 여러 명의 손자들

이 언술에서는 사람이 식물(과일)의 범주로 이탈하여 비유된다. 오—크재도 포도송이도 같은 식물의 범주이지만, 사람을 자연상태의 식물이 아니라 장식품으로 만들어진 인공의 과일로 전이시킨다. 늙은 나에게 딸린 여러 명의 손자가 포도에 매달린 포도알들처럼 다닥다닥 붙어 있는 광경을 보여 주는데, 포도송이를 오—크재로 만든 인공의 포도의 윤기 있는 피부, 다닥다닥 붙어 있는 특징만을 걸러내어 손자들이 모여 있는 광경을 연상한다. 인공으로 만든 포도로 뒤바꿔 환치시켜 포도에 매달린 포도와 늙은 내게 매달린 손자들을 대비시키고 있다. 늙어서 이 손자들을 거느리고 끽다점에 가고 싶다는 소망이 담겨 있다. 다음은 여행용 가방과 화초, 그리고 여인이 비교된다.

불원간^{不遠間} 나는 굳이 지킬 한 개 슛 케―스를 발견하고 놀라야 한다. 계속하여 그 슛 케―스 곁에 화초^{花草}처럼 놓여있는 한 젊은 여인도 발견한다.

―『동해^{童骸}』: 99

이 언술에는 "처럼"의 직유 형태가 나타나지만 주요 맥락은 여인이 물체처럼 "놓여 있다"라는 은유적 술부에서 드러난다. 흥미 있는 것은 보통의 언술에서 "눈을 떴을 때 먼저 내가 지켜야 할 여인을 발견하고 그 옆에 슈트케이스를 발견한다"로 진행되었을 텐데 물체 우선의 언술로 진행된다. 그리고 화초와 여인의 부동 상태에서 비교하기보다, 사람의 정신적 범주(아내가 된 사랑해야 할 여자)를 화초의 생기(Animation)범주로, 그리고 슈트케이스의 물체의 범주까지 포괄하여 비교한다. 내포적 의미에서 내가 굳이 지킬 존재는 슈트케이스도 화초도 아니고 한 젊은 여인이다. 그것은 내가 한 여인의 남편이 되었음을 암시하고 결혼에 두려움을 품는 심정이 옮겨온 화초나 이사해 들고 온 슈트케이스로 비유된다.

fr_1	fr_2	fr_3
주인이 ―――――――――	남편이―――――――――	사람이
슈트케이스를 ―――――	아내(여인)를 ―――――	화초를
지키다 ―――――――――	지키다 ―――――――	지키다

다음은 나무로 만든 인공의 악기에 사람을 비유하고 있다.

　△은 나의 AMOUREUSE이다.
　▽이여 씨름에서이겨본경험^{經驗}은몇번이나되느냐.

▽이여 보아하니외투^{外套}속에파묻힌등덜미밖엔없고나.

▽이여 나는호흡^{呼吸}에부서진악기^{樂器}로다…

—「신경질적^{神經質的}으로비만^{肥滿}한삼각형^{三角形}」, 「오감도^{鳥瞰圖}」,
『조선^{朝鮮}과 건축^{建築}』, 1931.8

△는 안정된 삼각형으로서 내가 사랑하는 여인으로 기호화하고 있다. 나에게서 돌아선 여인을 ▽으로서 불안정한 삼각형에 비유하였고 실연당한 나는 부서진 악기로 비유한다. 악기는 노래를 연주하는 기능을 가지는데, 사랑받을 때 노래 부르고 싶은 심정은 문면에 드러나지 않고, 실연당했을 때 슬퍼하는 심정이 노래가 울리지 못하는 부서진 악기로 비유되고 있다.

fr_1	fr_2
그대가 나를 바라봤다면	△이었다면
나는	악기가
(노래했을 텐데)	(울렸을 터인데)
그대가 돌아섰으니	▽이니
나는	악기는
(상처입어 쓰러진다)	부서졌다

여기서 삼각형의 도치된 형태를 대립항으로 살펴보면 다음과 같다.

△	VS.	▽
나의 연인의 앞모습	VS.	나에게 등을 돌린 연인의 모습
형태 보존	VS.	무너진 형태

| 안정된 악기 | VS. | 깨진 악기 |
| 유지되는 사랑 | VS. | 무너진 사랑 |

2) 인체와 자연 풍경의 은유

사람이 지상적 물체들이나 에너지원과 비유되는 절이다. 구체적으로 풀, 흙, 햇빛과 같은 지상적 물체로 비유되거나, 자연 풍경이 사람으로 비유되는 은유 구조를 살펴보려 한다.

> ① 나같은 불모지不毛地를 지구地球로 삼은 나의 모발毛髮을 나는 측은해한다. ② 나의 살갖에 발라진 향기香氣높은 향수香水 나의 태양욕太陽浴 … ③ 잘려진 모발毛髮을 나는 언제나 땅속에 매장埋葬한다─아니다. 식목植木한다. …
>
> ──「작품作品 제第 삼번三番」, 『유고집遺稿集』 I

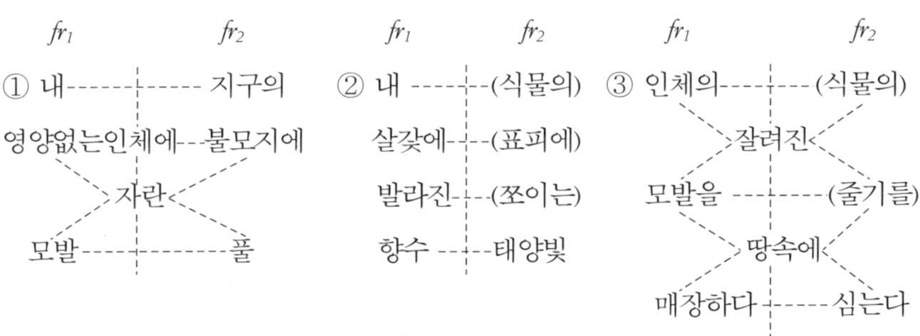

위에 나타난 세 가지 종류의 언술은유에서 진술 ①은 "지구⊃불모지⊃풀"이란 부수적 주체들이 점점 적은 면적으로 계층화되어 나타난다. 이에

맞추어서 사람의 인체에서 다른 특성은 다 걸러내고 "사람⊃인체⊃모발"
이란 특수성으로 계층화되어서 비유되고 있다. 지구 전부는 사람이 볼 수
없듯이 사람의 특성도 인체만으로는 판단할 수 없으므로

$$\frac{지구}{사람} \simeq \frac{불모지}{인체} \simeq \frac{풀}{모발}$$

의 제유적 관계의 쌍이 통합체를 이루면서 은유
화된다. 진술 ②에서는 인체에 닿는 태양빛을 인체에 바르는 향수로 전이
시키므로 우주적인 자연물(햇빛)이 인공물(향수)로 범주 이동하고 있다. 진술
③에서는 잘려진 모발이 꺾꽂이하는 식물의 줄기(구근)로 나타난다. 인간의
범주를 식물의 범주로 나타내고 있다.

> 달이 둥그래지는 내 잔등을 흡사 묘분墓墳을 비추듯 하는 것이다.
> —「쓰키하라 도이치로月原橙一郎」,[84] 『유고집遺稿集』Ⅰ, 208

"달이-둥그래진-내 잔등을-비추다"의 주체가 되는 언술은 "달이-
둥그래진-분묘를-비추다"의 부수적 주체로 맥락상의 이동을 나타낸다.
인체(잔등)의 범주가 지구의 흙(분묘)의 물질로 이동되고 있다.

> 나는 내 묘분墓墳될만한 조촐한 터전을 찾는 듯한 그런 서글픈 마음
> 으로 정희貞姬를 재촉하여 그 언덕을 내려왔다.
> —『종생기』: 214

이 진술에서 직유의 양태사 "듯한"으로 연결되는 두 개의 범주는 "내

---

84 月原橙一郎: 쓰키하라 도이치로. 1930년대에 활동하던 일본의 현대 시인.

분묘될만한 터전"을 찾는 것으로 비유하고 있는데(C'), 맥락상의 의미는 정회와 쉴만한 장소를 찾는 것(C⁵)이다. 그런데 주인공은 심각한 심리상태를 지니고 있으므로(『종생기』의 주인공이므로), 정희와 쉴 곳을 찾는 것은 주인공의 생을 마감할 분묘를 찾는 것이면서 결국 영원한 안식처인 자살할 장소를 찾는 의미와 연결된다.

> 여기는어느나라의데드마스크다.   데드마스크는도적(盜賊)맞았다는소문도있다. 풀이극북(極北)에서파과(破瓜)하지않던이수염은절망(絶望)을알아차리고생식(生殖)하지않는다. 천고(千古)로창천(蒼天)이허방빠져있는함정(陷穽)에유언(遺言)이석비(石碑)처럼은근히침몰(沈沒)되어있다. 그러면이곁을생소(生疎)한손짓발짓의신호(信號)가지나가면서무사(無事)히스스로와한다. 점잖던내용(內容)이이래저래구기기시작이다.
>
> —「자상(自像)」, 『조선일보(朝鮮日報)』, 1936.10.4~9

Cᶜ	데드마스크-----------------------------묘지			Cᶜ
데드 마스크	수염 -----------×돋다 ------------- 풀			묘지 풍경
	(푸른기 도는눈)------×푸르다-----------창천			
	코-------------×솟아 있다 --------석비			

'비유되는 것'(C⁵) 데드마스크, '비유하는 것'(C') "묘지 풍경"으로 대응되고 있는데, 좀 더 확대하면 '비유되는 것'인 인체가 비유하는 것인 나라의 땅으로 전이될 수 있는 내포적 의미가 함축되어 있다. 그러므로 {(죽은 인체⊃데드마스크) ∩ (망한 나라⊃묘지)}의 대응 체계도 가능하다. 이와 같이, 흙으로 비유되고 있어서 유사한 상념이 반복됨을 알 수 있다.

한편으로는 자연 풍경을 사람에 비유하는 은유 체계를 살펴보려 한다.

지구표면적^{地球表面積}의 백분^{百分}의 구십구^{九十九}가 이 공포^{恐怖}의 초록색^{草綠色}이리라. 그렇다면 지구^{地球}야말로 너무나 단조무미^{單調無味}한 채색^{彩色}이다. 도회^{都會}에는 초록^{草綠}이 드물다. 나는 처음 여기 표착^{漂着}하였을 때 이 신선^{新鮮}한 초록^{草綠}빛에 놀랐고 사랑하였다. 그러나 닷새가 못되어서 이 일망무제^{一望無際}의 초록색^{草綠色}은 조물주^{造物主}의 몰취미^{沒趣味}와 신경^{神經}의 조잡성^{粗雜性}으로 말미암은 무미건조^{無味乾燥}한 지구^{地球}의 여백^{餘白}인 것을 발견^{發見}하고 다시금 놀라지 않을 수 없었다.

—『권태』: 171~2

이 은유적 진술에서는 곡식을 가꾸는 농경생활과 조물주의 농경생활이 비유된다. 이상은 식물의 최고의 덕성인 초록빛을 공포의 초록색이라고 말하고 있다. 조물주가 가꾸는 초록빛이란 사실로 볼 때 이 언술의 문면에는 드러나지 않는 또 다른 농부의 경작생활이 흩어져 암시되고 있다.

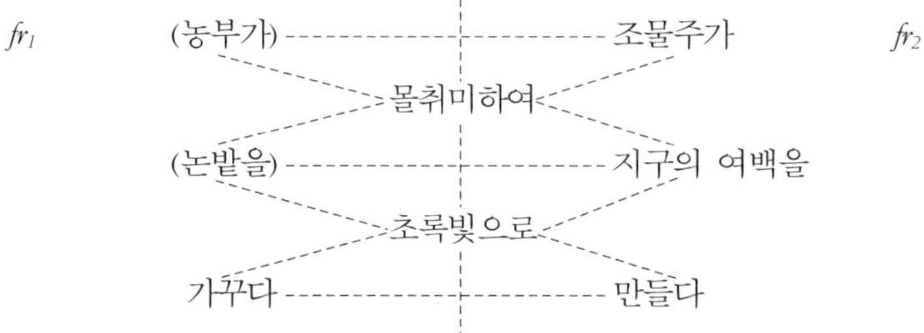

조물주(fr_1)의 존재 일반을 포괄하는 우주적 차원은 농부의 인간 범주(fr_1)에서 전이된 은유적 언술이 된다. 초록빛의 풍경은 보이지 않는 농부의 손길이 닿는 작품인 것과 지구 전체의 생성을 주관하는 존재의 손길을 유추관계로 놓는다. 농부가 곡식을 푸르게 가꿀 수 있는 것이 당연한 자연의 법칙인 것처럼 지구의 여백이 식물계에 속한다면 의례 초록빛이어야 하는

것은 당연하다. 이상은 상당히 냉소적인 어조로 기술하고 있지만 사실 식
물의 성장 법칙이 푸른 엽록소에서 생장된다는 것을 모를 리는 없을 것이
다. 여기서 이상은 식물의 성장 원리를 산업혁명 이후의 서구 도시적 관점
에서 생각하니까 원시적이고 조잡하게 느껴지는 것이다.

도시적 세련미	VS.	농촌의 투박한 신경의 조잡성
다양성	VS.	단일성
여러 색깔	VS.	초록빛
문화 생활	VS.	자연적(원시적)인 생활

어쩔 작정作定으로 저렇게 퍼러냐. 하루 왼종일終日 저 푸른 빛은 아무
짓도 하지 않는다. 오직 그 푸른 것에 백치白痴와 같이 만족滿足하면서
푸른 채로 있다.

—『권태』: 172

"백치와 같이"란 직유형태로 나타난 위의 언술은 푸른 식물로 이루어진
자연 상태가 성장의 원리 가운데서 미성숙한 단계를 나타낸 것에 착안한
비유 체계를 나타낸다. 푸른 여름 들판(fr_1)은 백치(fr_2)와 비교되고 있다. 백
치가 일정한 정신연령에서 더 이상 성장하지 못하는 성질을 가졌고, 일반
인과 달리 그 상태에 만족하여 그에 따른 변화를 갈구하지 못하는 성질을
가졌고, 결국 미성숙하다는 데에서 여름이란 시간의 지속과 넓은 들판이
란 공간의 지속이 인간의 범주로 전이된다. 즉 푸른 들판은 무변화한 사람
을, 푸른 여름은 성장 중지된 기능을 가진 사람을 비유한다. 이와 같이 자
연 풍경에서 지구를 둘러싼 우주적 존재를 인지하고 인간으로 비유되거나
비유하고 있음을 알 수 있다.

인체와 자연 풍경의 은유에서는 인체에 난 수염을 풀로 비유하거나 살갗에 쪼이는 햇볕을 향수로 비유하기도 하고 뒤집어서 잘려진 모발을 묻고 식물의 꺾꽂이로 비유하기도 하고, 사람의 등을 둥그런 묘지로, 데드마스크를 묘지 풍경으로 푸른 여름 들판을 미성숙한 인간으로 전이시킨다. 즉 자연 풍경을 인간적인 것이나 인공적인 것으로 비유하면서 자연 상태보다는 도시문명적인 세련된 성향을 지향하고 있음이 엿보인다.

2. 건축 언어

건축 언어에서는 온돌방과 미닫이 창호, 그리고 종이로 도배한 벽의 1930년식 건축양식의 흔적이 나타난다. 의식 상태의 변화에 따르는 인체 변화, 감정의 변화에 따른 인체 변화를 이런 건축양식을 통해 비유하고 있다.

1) 인체와 건축 은유

> 달빛속에있는네얼굴앞에서내얼굴은한장얇은피부皮膚가되어너를칭찬하는내말씀이발언發言하지아니하고미닫이를간지르는한숨처럼동백冬栢꽃밭내음새지니고있는네머리털속으로기어들면서모심드키내설움을하나하나심어가네나

> —「소영위제素榮爲題 1」, 『중앙中央』, 1934

이 은유적 언술은 거미줄처럼 엉켜있는 은유적 동일화 "피부가 되어"와

 이상 문학과 은유

직유의 양태사 "한숨처럼", "모심드키"의 세 가지 비유법으로 되어 있다. 두 명의 인물이 등장하고 있는데 서술자인 나와 서술자의 연인이다. 이들이 달밤에 창호지문으로 된 방안에서 달빛을 받으며 마주앉아 있다.

"네 얼굴 앞에서 내 얼굴은 한 장 얇은 피부가 된다"의 은유적 문장에서는 종이의 용어인 한 "장"이 초점으로 등장한다. 이어서 "너를 칭찬하는 내 말씀이 발언하지 아니하고 미닫이를 간지르는 한숨처럼 동백꽃밭 내음새 지니고 있는 네 머리털"의 문장에서는 "처럼"이 건축물과 인체의 부분을 연결한다. 즉 여인이 내쉬는 한숨의 바람이 미닫이만을 간지르는 것이 아니라 내 피부를 간지르고 나와 미닫이는 한숨과 냄새에 반응하는 존재가 된다. 사람들(fr_1)과 집구조(fr_2)를 도식화하면 다음과 같다.

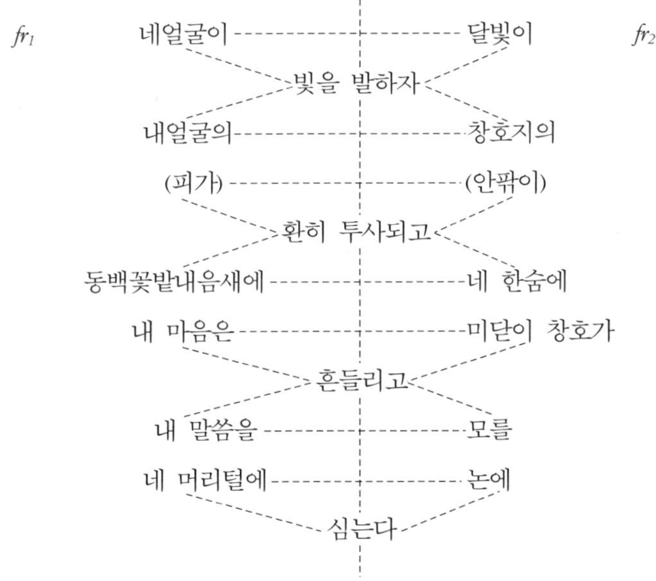

이와 같은 네 얼굴 ~내 얼굴 ~ 피 ~ 동백꽃밭내음새 ~ 내 마음
달빛   창호지문   안팎   내 한숨   창호지 문의

은유적 연쇄를 통해 위의 은유 체계는 (인체∩건축물)의 관계뿐 아니라 {인체⊂건축물⊂논밭⊂달빛}의 네 범주가 뒤섞여 있음을 알 수 있다. 그러나 인체에 대응하는 건축물의 틀이 확실히 전제되어 있고 논밭과 달빛은 건축물을 보조하는 역할로 약화된다. "소영위제2"에서는 자연 풍경이 바뀌어 나타난다.

진흙밭헤매일적에네구두뒤축이눌러놓은자국에비내려가득괴었으니
이는온갖네거짓말네농담弄談에한없이고단한이설움을곡哭으로울기전에
따에놓아하늘에부어놓는내억울한술잔네발자국이진흙밭을헤매이며헤
뜨려놓음이냐

—「소영위제素榮爲題」Ⅱ

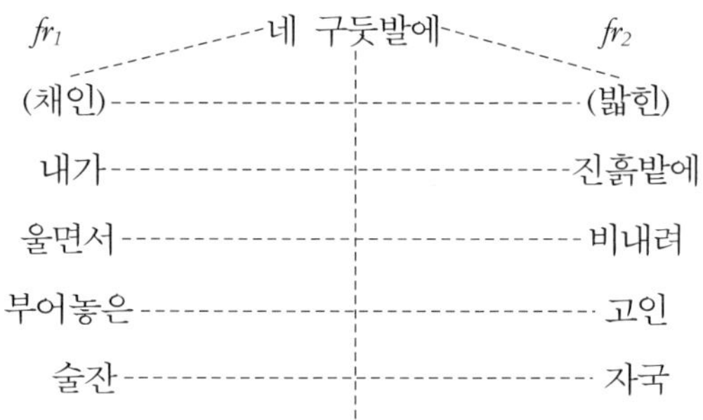

"소영위제2"에서는 생략 은유로서 진흙밭에 난 인체의 흔적(발자국)을 인위적으로 생긴 술잔으로 비유하여 진흙밭에 고인 물이 버림 받은 남자의 눈물로 전이된다.

네 구둣발에 채인 ∼ 나 ∼ 울며 ∼ 부어 놓은 ∼ 술잔

네 구둣발에 밟힌 진흙밭 비내려   고인   자국의 은유적 연쇄로

사랑의 과정에서 술마시며 괴로워하는 심정이 자연 풍경을 통해 비유된다.

　　달빛이내등에묻은거적자국에앉으면내그림자에는실고추같은피가아

물거리고대신혈관^{血管}에는달빛에놀래인냉수^{冷水}가방울방울젖기로너는

내벽돌을씹어삼킨원통하게배고파이지러진헝겊심장^{心臟}을들여다보면서

어항^{魚缸}이라하느냐

—「소영위제^{素榮爲題}」 Ⅲ

　　"소영위제3"에는 생략된 은유로서 문장의 주술관계가 불일치를 이룬다. 헝겊심장이라든가 벽돌을 씹어 삼켰다는 표현에서는 새로운 언술체계를 낳기 위한 일상어의 파괴가 나타난다.

　　여기서 실고추같은 피(fr_1, fr_2)를 단순히 인체범주에 넣기보다 냉수(fr_2), 어항(fr_2)의 개념과 연결시킬 수 있다. 어항은 투명한 유리다. 마찬가지로 연인이 나를 바라보면, 나는 흥분되어 달빛이 비치는 어항 속의 금붕어처럼 피가 끓어오르게 된다는 은유적 언술이다. 그러나, 달빛에(fr_2) 놀래인(fr_1) 상태에서는 연인에게 실연당한 상태, 즉 달빛이 사라진 상태의 언술체계로 나타난다. 집(fr_2)에 빛이 사라지면 헝겊 커튼을 친 것 같고, 유리벽이 아닌 벽돌로 지은 벽이 된다. 마찬가지로 인체의 지시성의 틀(fr_1)에서도 실고추처럼 아물거리던 피는 벽돌처럼 굳은 피가 될 것이고 다 비쳐 보이던 등과 심장은 살로 막힌 현실적 육신이 될 것이다. 이런 은유적 상황은 달빛이 비친 때의 은유적 언술(D1)과 달빛이 사라진 은유적 언술(D2)로 구별되어 나타난다. 먼저 D1을 살펴보면 다음과 같다.

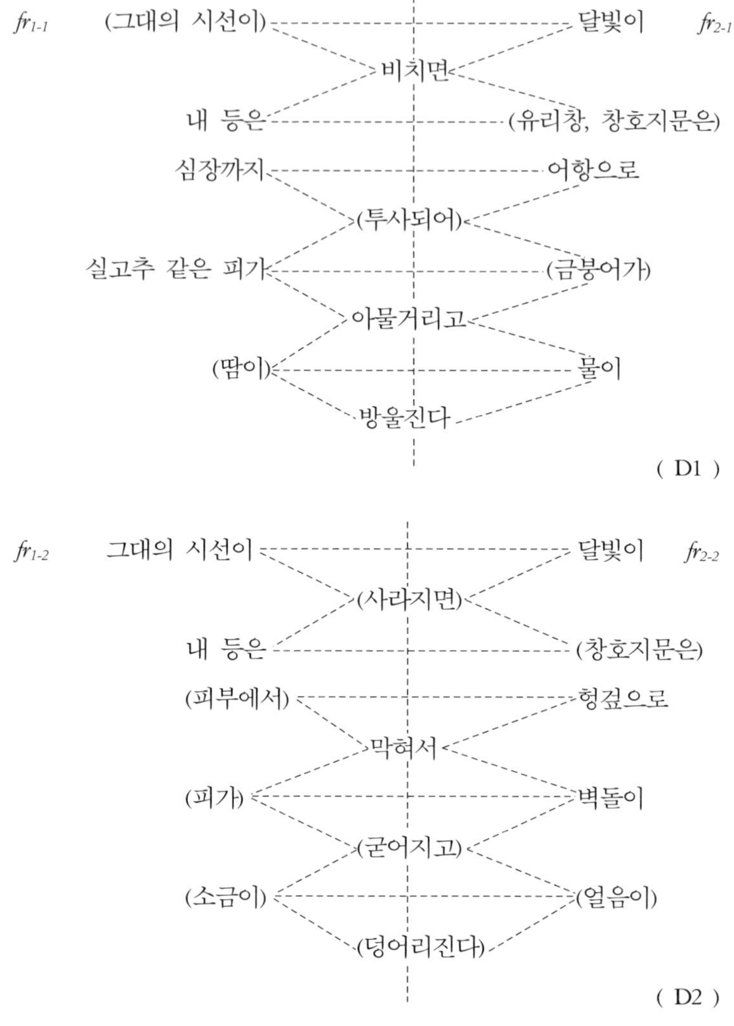

위와 같은 은유적 언술체계는 D1이 명시적인데 반하여 D2는 생략된 초점의 단어가 많아서 불확실한 면이 있다. 그러나 D1의 언술체계가 확실한 만큼 D2의 언술체계는 그것에 대립적인 요소들로 이루어졌다고 볼 때 위와 같은 D2의 은유적 언술이 성립될 수 있다. 여기서 괄호 안에 든 은유적 초점이 되는 단어는 독자의 해석에 따라 의미가 개방될 수 있다. 위의 도표에서 보면 연인이 서술자인 나를 바라보는 시선은 내 등에서 심장까지 투사되는 것 같고 그동안 나의 피는 뛰고 얼굴에는 땀이 흐른다고 말할 수 있다. 인체의 범주(fr_1)나 건축물의 범주(fr_2)에 접합점으로 나타나는 대립항을 찾아내면 다음과 같다.

달빛 있음(빛)	VS.	달빛 없음(어둠)
너의 사랑	VS.	너의 냉담함
흥분 상태(피가 아물거림)	VS.	식어버림(헝큚)
유리창(투시)	VS.	벽돌담(단절)
땀, 물(액체)	VS.	소금, 얼음(고체)

이상은 이같이 건축물과 달빛의 관계를 통해 연애 감정의 고조된 상태와 스러진 상태를 잘 보여준다. 이와 같이 신체의 변화 현상은 건축물에 비치는 달빛처럼 나타나고 또한 달빛이 비치는 건축물의 은유는 또 다른 제3의 지시체인 어항의 체계로 작용한다. 거푸 전이작용이 나타나는 D1과 달리 D2에서는 건축물이 북향에 서 있고 얼음이 얼고 벽돌로 지은 것으로 단순화된다. 이와 같은 비유적 대응체의 생략은 D2의 상태에 대한 이상의 흥미가 반감되어 나타났기 때문일 것으로 보이는데, 결과적으로 시에서 언어의 채색법(coloring)이 달라지는 현상으로 나타난다.

다음의 언술에서 이상은 웃을 때 생기는 인체의 시각적 현상을 건축은유로 사물화한다.

여인^{女人}의 창호지^{窓戶紙}같이 창백한 얼굴에 금이 가면서 그리로 웃음
이 가만히 내다보나 봅니다.

—『슬픈 이야기』, 『조광^{朝光}』, 1937.6

이 은유적 언술에서는 "같이"란 양태사와 "얼굴에 금이 가다"란 언술의
불일치가 나타난다.

fr_1 여인의 ------------------------ (방의) fr_2
창백한 ------------------------ (하얀)
얼굴이 ------------------------ 창호지가
(벌어지면서) ------------------------ 금이 가면서
웃는다 ------------------------ 밖을 내다본다

여인의 벌어진 입술과 이가 웃음으로 드러나는 얼굴 모습(fr_1)은 건축물
에서는 창호지(fr_2)에 금이 가는 형상이 된다.

콧속도 그저 늘 도배한 것 낡은 모양으로 구중중합니다.

—『슬픈 이야기』: 66

위의 수필에서는 인체에서 콧속(fr_1)의 축농증 기운이 있는 상태는 건축
범주에서 방(fr_2)의 도배가 낡아서 구중중한 상태로 전이된다. 이와 같은 벽
지에 대한 인체은유는 「시 제10호 나비」에서 잘 나타난다.

찢어진벽지^{壁紙}에죽어가는나비를본다. 그것은유계^{幽界}에낙역^{絡繹}되는
비밀^{秘密}한통화구^{通話口}다. 어느날거울가운데의수염^{鬚髥}에죽어가는나비를

본다. 날개축처어진나비는입김에어리는가난한이슬을먹는다. 통화구^{通話}
□를손바닥으로꼭막으면서내가죽으면앉았다일어서드키나비도날라가리
라. 이런말이결^決코밖으로새어나가지는않게한다.
—「시^詩 제십호^{第十號} 나비」, 「오감도^{烏瞰圖}」, 1934.7.24~8.8

찢어진 벽지(fr_2)와 생사의 경계선(fr_1)이 은유적 대응관계를 이룬다. "유계
에 연결되는 통화구"는 찢어진 벽지(fr_2)와 생사의 경계선(fr_1)의 접합점으로
떠오른다. 그러니까 "찢어지다 / 막히다"의 대립적 상황이 벽지와 생명 사
이의 접합점이 되는 것이다. 벽지가 찢어진 형태일 때는 바람이 펄럭이고
그것은 나비의 형태가 된다. 사람의 생명에서 찢어진 형태는 입, 코, 눈 등
오관(五官)을 가리킨다. 오관 중에서도 막으면 죽고, 찢어진 상태로 열어 놓
으면 사는 중요한 통화구는 코와 입이 된다. 즉 유계에 연결되는 장소이다.
건축물에서는 벽지(창호지 문)가 방밖과 방안을 막는 경계가 되는(현대는 유리
창) 집의 방이 떠오른다. 코와 입의 조그마한 통화구가 사람의 핵심 기능으
로 떠오른다. 이것을 도표로 나타내면 다음과 같다.

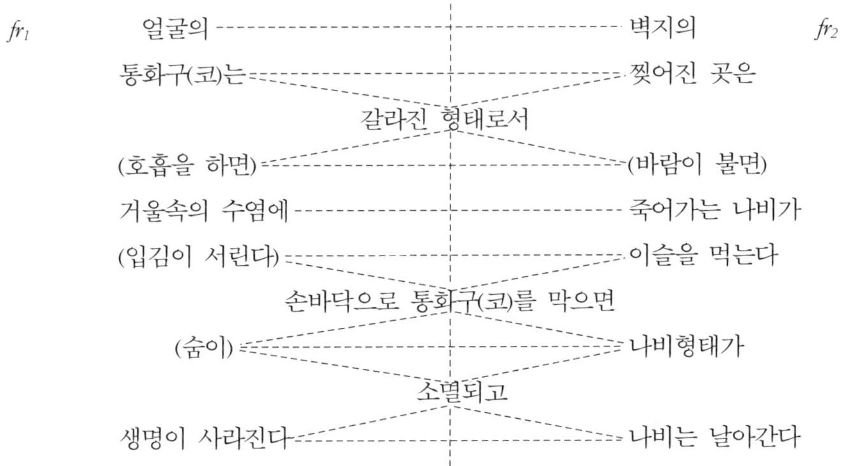

이 시의 언술은 "갈라진 형태를—손바닥으로 막으면—소멸된다"는 공통된 언술형태로 접합점을 이룬다. 거울에 비친 수염이 나비 형태로 콧김에 흔들리는 모습을 바라보면서 '앉아 있는 나비'를 연상한다. 숨쉬는 코는 통화구로 전이되고 나비로 전이되면서 생명의 흔들림을 요약해서 비유하고 있다. 여기서 갈라진 형태(오관)는 인체에서는 코와 입 사이의 수염 형태로 나타나고, 건축물에서는 벽지의 찢어진 형태로 나타난다. 인체의 수염이나 찢어진 벽지는 접합점으로서, 나비의 형태로 형상화된다. 나비는 곧 인체와 벽지의 접합점에서 생성된 것이다. 그런데 나비의 낱말 자체가 비유의 축이 된 것이 아니라 서술어가 첨가되어서 나비의 비유적 기능이 발생한다. 즉 '날아간 나비'는 통화구 모양의 현상이 사라지고 벽지도 막힌 상태이다. 이와 같이 공기의 유통이 막히는 상태는 바로 존재 불가능, 죽음으로 간다. 반대로 '앉아 있는 나비'는 통화구가 뚫려 있는 것이고 벽지가 찢어져서 공기가 들고 날 수 있는 살아 있는 상태이다.

그런데 생명을 표상하는 '앉아 있는 나비'는 죽어가고 있으며, 날개가 축 처진 상태이며 콧김과 입김에서 나오는 이슬만으로 가난한 생활을 영위한다고 표현된다. 나비의 본래 속성이 여기저기 날아다니면서 꿀을 따 먹어야 하는데 계속 앉아 있자니 곤충의 속성에 위배되는 부자연함이 드러난다. 이같이 날개를 사용 못하니까 날개는 죽 처지고 운동을 못하니까 죽어간다. 그러니 이 나비를 해방시켜서 날개를 사용할 수 있게 하고, 날라가게 해야 할 것 같다. 그런데 "날라간 나비"는 나비 형태의 소멸로 인체에서는 호흡이 막히게 되고 건물에서는 공기 출입이 막히게 된다. "묶여 있는 나비"는 인간의 생명체로 비유되고, "날아간 나비"는 인간 생명의 소멸로 비유된다는 간단한 생사의 원리가 드러난다. 이런 원리로 볼 때 벽지가 너절너절 찢어지지도 않고 나비가 묶여 있어서 죽어가지도 않는 상태가 긍정적으로 암시되는 이 시의 발상법은 무엇인지 궁금해진다.

이 다소 뒤집혀진 발상법은 인체의 오관(구멍)이 "본래적인 실체"가 아니라 "현상적 실체"라는 관점에서 발생한다. 이런 관점은 장자(莊子)의 우화에서 쉽게 이해할 수 있다.

> 남해의 임금을 숙이라 하고 북해의 임금을 홀이라고 하며 중앙의 임금을 혼돈이라 한다. 숙과 홀이 때마침 혼돈의 땅에서 만났는데, 혼돈이 매우 융숭하게 그들을 대접했으므로, 숙과 홀은 혼돈의 은혜에 보답할 의논을 했다. "사람은 누구나 눈, 귀, 코, 입의 일곱 구멍이 있어서 그것으로 보고 듣고 먹고 숨쉬는데 이 혼돈에게만 그게 없다. 어디 시험삼아 구멍을 뚫어주자" (그래서) 날마다 한 구멍씩 뚫었는데, 7일이 지나자 혼돈은 (그만) 죽고 말았다.
>
> —「응제왕應帝王 제칠第七」, 「장자莊子」, 내편內篇 상上[85]

이 신화에 숨은 철학화의 과정은 밝히기 어렵지 않다. 혼돈 임금의 분별되지 않는 형상은 음의 제국은 명백히 모든 현상적 구분이 합쳐지고 하나로 교호하는 존재의 장소인 절대적 단일성(Unity)의 영역을 가리킨다. 그것은 모든 사물이 "혼돈적으로 하나"라는 고도의 형이상학적 상태인 것이다.

혼돈 임금(Chaos)의 영역은 남쪽 숙(Brief)제국과 북쪽 홀(Momentary)제국 사이에 위치한 중앙제국이다. 이런 두 황제들의 이름은 그들이 존재의 위태로움과 무상으로 특징지워진, 현상적 사물의 영역임을 암시한다. 그것은

---

[85] 莊子, 「新譯莊子」, 內篇, 안동림 역주(현암사, 1984), 337쪽.

또한 모든 사물이 하나와 다른 하나가 명백히 구분되고, 나비가 결코 장자가 될 수 없고 또한 장자가 결코 나비가 될 수 없는 존재론적인 영역이다. 두 황제들은 황제 혼돈을 방문하려 왔다. 그들은 혼돈의 환대를 무한히 즐긴다. 그러나 그들이 "Brief"와 "Momentary"이기 때문에, 그들은 그의 제국에 오래 머물 수 없다. 말하자면, 마음은 단지 순간적으로만 망아의 상태를 즐긴다. 두 황제는 그들의 진영으로 퇴각한다. 곧 거기서 그들은 치명적인 결의를 한다. 사의를 받은 것 때문에 그들은 그의 형체없는 얼굴에 구멍을 뚫기 위해 혼돈에게 돌아가기를 결정한다. 이는 모든 사물의 혼돈적인 단일성을 순간적으로 응시한 마음이, 혼돈의 존재의 형체없는 얼굴이 진짜이며, 사물의 근본 얼굴이며, 혼돈은 모든 현실의 실재라는 것을 깨닫지 못했다는 것을 의미한다.[86]

위에서 장자의 철학적 입장과 그 해설을 생각할 때 이상 또한 혼돈(chaos)이 지닌 존재의 형체없는 얼굴이 진짜이며 사물의 근본 얼굴임을 생각한 것 같다. 생명체의 오관은 생명이 무(Nothingness)로 변하기 이전의 잠깐 동안의 현상이라고 보면 이해가 될 것 같다.

벽지 ~ 찢어진 곳 ~ 바람 ~ 죽어가는 나비 ~ 이슬 ~나비 형태~날아기는 나비
얼굴　통화구　호흡의　순환 수염　입김　호흡　생명의 소멸
의 은유적 연쇄로 나타난다. 다음의 시 "화로"에서는 인체의 해부도 뿐 아니라 인간의 의식과 정신 상태가 건축물로 은유화된다.

---

86 Toshiki Izutsu, The Archetypal Image of Chaos in Chuang Tz ǔ:The Problem of the Mythopoeic Level of Discourse, p.281.

방^房거죽에극한^{極寒}이와닿았다. 극한^{極寒}이방^房속을넘본다. 방^房안은견
딘다. 나는독서^{讀書}의뜻과함께힘이든다. 화로^{火爐}를꽉쥐고집의집중^{集中}을
잡아땡기면유리창^窓이움폭해지면서극한^{極寒}이혹처럼방^房을누른다. 참다
못하여화로^{火爐}는식고차겁기때문에나는적당^{適當}스러운방^房안에서쩔쩔맨
다. 어느바다에조수^{潮水}가미나보다. 잘다져진방^房바닥에서어머니가생^生
기고어머니는내아픈데에서화로^{火爐}를떼어가지고부엌으로나가신다. 나
는겨우폭동^{暴動}을기억^{記憶}하는데내게서는억지로가지가돋는다. 두팔을벌
리고유리창^窓을가로막으면빨래방망이가내등의더러운의상^{衣裳}을뚜들긴
다. 극한^{極寒}을걸커미는어머니―기적^{奇跡}이다. 기침약^藥처럼따끈따끈한화
로^{火爐}를담아가지고내체온^{體溫}위에올라서면독서^{讀書}는겁이나서곤두박질
을친다.

― 「화로^{火爐}」, 『가톨릭청년^{靑年}』, 1936.2

이 시는 양태사 "극한이 혹처럼"이 한 번 나타나지만 은유의 언술구조
와는 별 상관이 없다. 주로 이상이 잘 쓰는 동어반복의 기술을 통한 생략
적 은유형태를 보여준다. 이 시에 나타난 동어반복의 형태는 같은 뜻을 지
시하는 단어가 한 문장에 동시에 공존하는 형태("화로를 꽉 쥐고 집의 집중을
잡아당기면", "잘 다져진 방바닥에서 어머니가 생기고")와 다른 문장이 계속 연이어
져서 앞의 문장과 뒤의 문장이 의미상으로 동어반복임을 암시하는 경우
("방안은 견딘다. 나는 독서의 뜻과 함께 힘이 든다", "어느 바다에 조수가 미나보다. 잘
다져진 방바닥에서 어머니가 생기고")로 나타난다. 또한 주술관계의 불일치현상
으로도 나타난다("방안은 견딘다", "유리창이 움푹해 지면서", "독서는 겁이나서 곤두
박질을 친다").

먼저 건축물과 추위와의 대립적 관계를 표현하는 fr_1의 문장들은 "거죽
에 극한이 와 닿았다(fr_1)", "극한이 방속을 넘본다(fr_1)"이다. 이어서 연결되

는 "방안은 견딘다(fr_1, fr_2)"는 건축의 범주와 사람의 범주가 동시에 겹쳐 있다. 여기서부터, 인간의 의식구조가 나타난다. "나는 독서의 뜻과 함께 힘이 든다(fr_2)," 화로를(fr_4) 꽉 쥐고 집의 집중을 잡아당기면 유리창이(fr_5) 움푹해지면서 극한이(fr_6) 혹처럼 방을 누른다".

여기서 독서와 의식과의 관계는 방과 극한과의 관계로 대응됨을 알 수 있고 그 사이에 각각 눈과 유리창이 위치한다. 다시 말하면 {(독서⊃눈(인체)⊃의식) ∩ (극한⊃유리창(집)⊃방)}의 관계가 나타난다. 그리고 의식의 집중이 동어반복에 의해 화로임을 알 수 있고 화로는 곧 집의 중심임을 알 수 있다. 그러므로 극한이 방을 누르는 것은 독서가 의식을 누르는 것으로 은유적 대응을 이룬다.

화로가 식고 차겁다는 것은 의식의 중심이 독서에 대해 중심을 잃고 갈팡질팡 헤매는 상태를 나타낸다. 결국 의식의 폭동(혼미상태)이 발생하고, 방의 추위가 극심해져 기절상태가 되듯이 의식은 표류하기 시작한다. 이때 방바닥에서 생기는 어머니는 의식의 바닥에서 무의식의 출현을 가리키는 지시체임을 짐작할 수 있다. 어머니의 도움으로 다시 의식의 가지가 생겨나 두 팔로 유리창을 막는데, 여기서 유리창은 인체의 눈이므로 독서하는 눈을 막아 독서를 중지시킴을 뜻하게 된다. 빨래방망이가 등의 의상을 뚜들긴다는 데에서, 빨래방망이는 어머니의 도구가 되므로 다시금 무의식의 도움을 받아 강해진 의식을 나타낸다. 다시 독서가 겁이 나서 달아난다는 것은 따뜻한 방에서 극한이 물러가는 것이 되고 의식을 누르는 외부의 지력(智力)이 더 이상 힘을 휘두를 수 없는 상태를 나타낸다. 이것을 도표로 나타내면 다음과 같다.

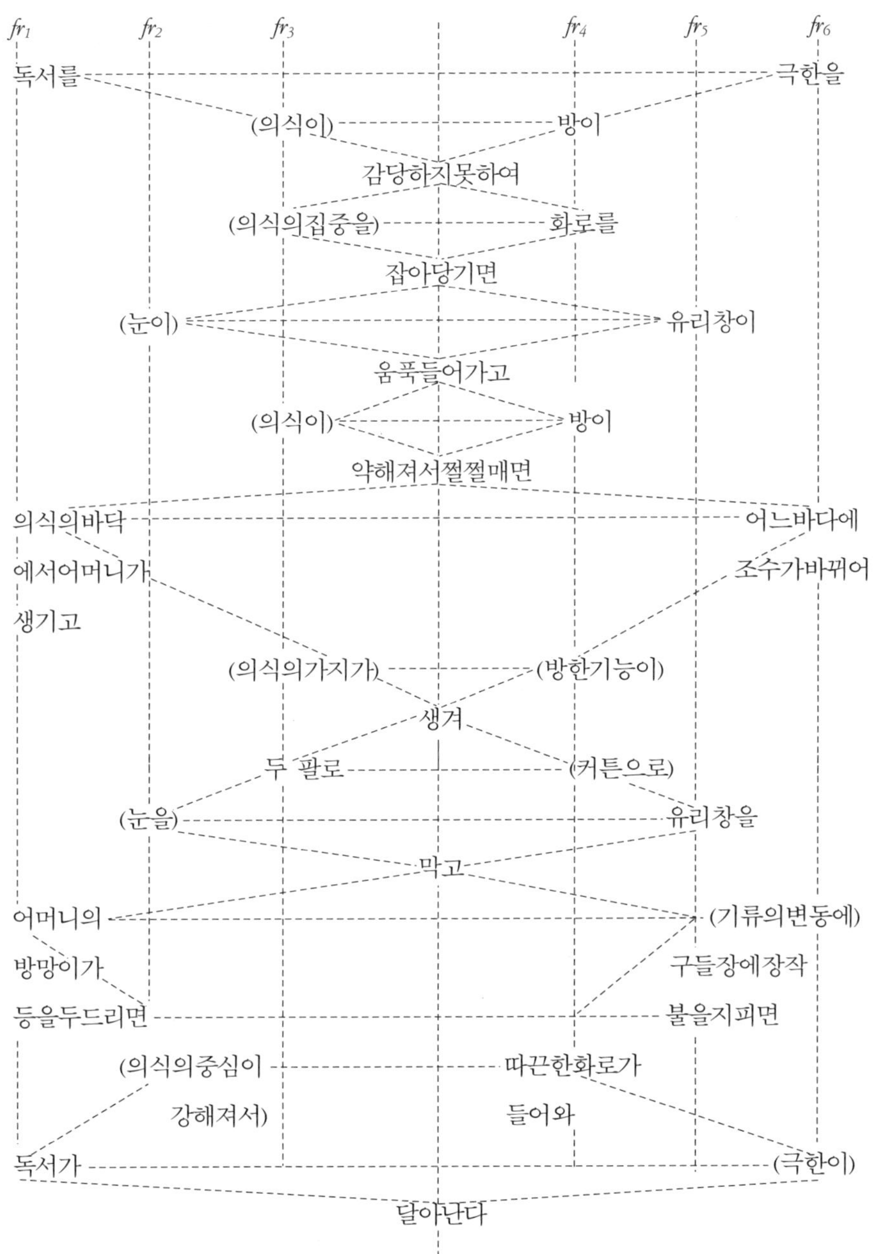

fr₁ fr₂ fr₃ fr₄ fr₅ fr₆
독서를
극한을
(의식이)
방이
감당하지못하여
(의식의집중을)
화로를
잡아당기면
(눈이)
유리창이
움푹들어가고
(의식이)
방이
약해져서쩔쩔매면
의식의바닥
어느바다에
에서어머니가
조수가바뀌어
생기고
(의식의가지가)
(방한기능이)
생겨
두 팔로
(커튼으로)
(눈을)
유리창을
막고
어머니의
(기류의변동에)
방망이가
구들장에장작
등을두드리면
불을지피면
(의식의중심이
따끈한화로가
강해져서)
들어와
독서가
(극한이)
닳아난다

위의 도표를 다음과 같이 나타낼 수 있다. {독서⊃눈(육체)⊃의식⊃의식의 중심⊃어머니(무의식)} ∩ {극한⊃유리창⊃방(집)⊃화로⊃바다조수(무의식)}의 은유적 체계가 드러난다. 이 시는 인체가 건축물로 전이됨을 가장 잘 드러내는 시 중의 하나임을 알 수 있겠는데, 사람의 정신과 육체가 건축물의 집과 방으로 각각 전이된다.

$$\text{독서} \simeq \text{육체(눈)} \simeq \text{정신(의식)} \simeq \text{정신의 중심} \simeq \text{어머니}$$

극한　　집(유리창)　　방　　　화로　　　바다조수의 은유적 대응관계가 연쇄적으로 나타나 언술의 은유를 구축하고 있다. 이 시에서 무의식이 등장하는데, 이상은 무의식의 상태가 혼돈(chaos)의 상태이고 그것은 리비도의 에너지로서 어머니의 원초적인 보호 본능에 가깝다는 것을 가리켜 준다. 또한 바다 조수의 등장과 어머니의 등장이 문맥적으로 대응되는 것처럼, 무의식의 바다는 곧 집단 무의식의 근저에 도달하는 상태임이 암시되고 있다. 다음에는 시 "침몰"을 통해 인체와 건축의 은유가 어떤 양상으로 나타나는지 살펴보겠다.

죽고싶은마음이칼을찾는다. 칼은날이접혀서펴지지않으니날을노호努號하는초조焦燥가절벽絶壁에끊치려든다. 억지로이것을안에떠밀어놓고또간곡懇曲히참으면어느결에날이어디를건드렸나보다. 내출혈內出血이뻑뻑해온다. 그러나피부皮膚에상傷채기를얻을길이없으니악령惡靈나갈문門이없다. 가친자수自殊로하여체중體重은점점무겁다.

—「침몰沈沒」, 『조선일보朝鮮日報』, 1936.10.4~9

이 시에는 문맥의 불일치를 통한 범주이탈의 형태를 볼 수 있다. 이 시의 인체은유는 흥미 있는 발상법을 나타내는데, 날이 접힌 칼은(fr_1) 피부 속에 있는 피가(fr_2) 되고, 날이 펴진 칼은(fr_1) 피부밖에 쏟아진 피(fr_2)가 된다. 곧 죽음이다. 이와 같이 칼이 접히는 행위(fr_1)는 피부 안(fr_2)에 있는 것이고, 닫힌 문(fr_3) 안의 집에 있는 것이 되고, 칼이 펴지는 행위(fr_1)는 피부 밖에 쏟아진 피(fr_2)의 상태이고 집 밖의 절벽(fr_3)의 상황이 된다. 비유를 도표로 그려 보면 다음과 같다.

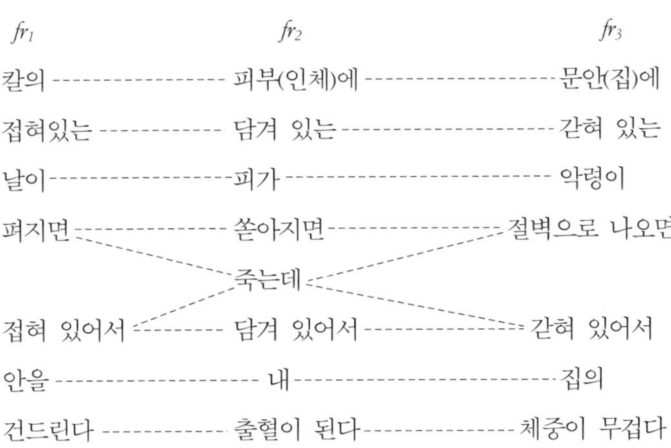

이것은 {(날⊂칼⊂살기) ∩ (피⊂피부⊂외출혈) ∩ (악령⊂문안(집)⊂절벽)}의 관계로 나타난다. 여기서 칼(fr_1)과 피부(fr_2)와 문(fr_3)은 각각 중간항의 역할을 하고 있다. 곧 수문을 열면 홍수가 나듯이 갇혀 있는 칼날과 피와 악령은 수문만 열면 살기를 발하고 외출혈을 일으키고 절벽으로 돌진하는 무서운 에너지를 가진 존재이다. 흥미 있는 것은 죽고 싶은 의식이 집속에 갇힌 악령(fr_3)처럼 끓는 피(fr_2)로 구체화된다는 비유이다. 삶과 죽음의 경계 또한 이와 같다.

生	VS.	死
칼날을 접다	VS.	칼날을 펴다
피를 담고 있다	VS.	피를 쏟다
문을 닫다	VS.	문을 열다

나는 모든 것을 망각^{忘却}의 벌판에다 내다던지고 얇다란 취미^{趣味} 한 풀만을 질질끌고 다니는 자기자신 문지방을 이제는 넘어나오고 싶어졌다.

—『동해^{童骸}』: 121

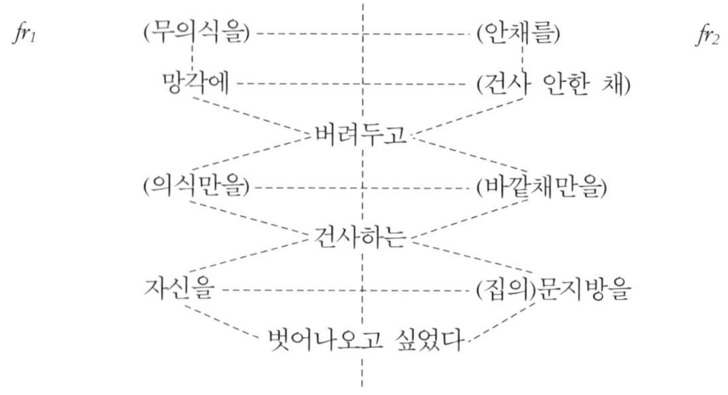

"버려 두다 / 건사하다"의 대립적 행위항이 하나의 축을 이루면서 사람의 내면 의식이 건축물의 안채와 바깥채의 관계로 비유되고 있다. 이 "밖⊂안"의 건축물의 체계에 비추어서 사람의 내면 의식의 갈등은 "무의식⊃의식", 또는 "현실적 생활⊃취미 생활" 등의 여러 가지 은유적 대응이 가능해진다. 위에서 살펴본 바와 같이 인체와 건축 은유에서는 단순한 인체의 해부학적 사실만이 아니라 인간의 마음이 변함에 따라 건축물의 특성도 다르게 비유됨을 알 수 있었다. 그래서 "소영위제"에서는 사랑을 받는 사람의 심경은 빛이 쏟아지는 남향집이 되고 사랑이 멀어진 사람의 심경은 어둡고 쓸쓸한 북향집으로 나타난다. 또한 사람의 웃는 모습이 얼굴에 금이 가는 것 즉 미닫이 창호에 금이 가는 것으로 나타난다. 또한 벽지에 금이 간 것이 인체의 통화구이고 이 통화구에 호흡이 왕래할 때는 삶이고 호흡의 왕래가 막힐 때는 죽음이라고 삶과 죽음을 간단한 원리로 파악한다. 이와 유사한 논리로서 피가 피부를 벗어나는 것이 죽음이고 피부속에 있는 상태가 삶이라고 생사불이(生死不二)의 달관한 자세를 보여주고 있다. 또한 인간의 내부공간이 육체와 의식과 무의식의 경계를 넘나들 수 있는 무궁무진한 세계임을 인식하고 이것을 바다조수의 자연계에서 가장 원초적인 자아의 수호자인 어머니로까지 극대화하고 있다. 즉 집의 범주는 방에서 세상(바다)으로, 인간의 범주는 정신에서 무의식의 수호자인 어머니로 넘나든다.

2) 인체와 일용품의 은유

이 부분에서는 인체를 물질적 대상으로 은유화하는 과정에서 집안의 생활에 여러 가지 잡다한 생필품 — 우표, 철필, 못, 옷감, 대야 같은 것 — 으로 이루어진 비유 체계를 보여준다. 이 작업이 집이라는 건축물 내부에서 건축물과 더불어 발생한다고 생각되어 건축 은유의 항목에 넣었다.

어느날 그는 이 길을 이렇게 내려오면서 소녀少女의 삼전三錢우표처럼 얄팍한 입술에 그의 입술을 건드려 본 일이 있었건만 생각하여 보면 그것은 그저 입술이 서로 닿았었다뿐이지─아니 역시 서로 음모를 내포內包한 암중모색이었다.

—『단발^{斷髮}』, 『조선문학^{朝鮮文學}』, 1937.4

이 언술에서는 직유법의 "처럼"만이 나타나고 있는데, 여기서 왜 입맞추는 한쪽 사람의 입술을 우표라고 표현했을까 의문을 가질 수 있다. 우표는 어디에 필요한가? 편지봉투에 붙이는 것이 일차적 조건이 된다. 그러면 우표(fr_2)와 봉투의 관계는 사람(fr_1)과 다른 사람과의 관계로 유추될 수 있다.

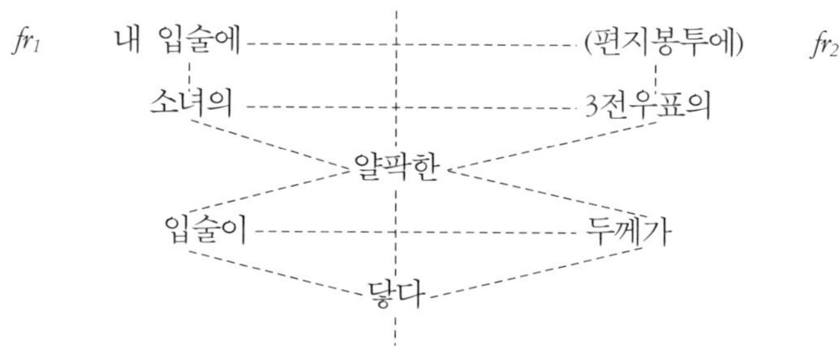

내 입술 ≃ 소녀의 입술 ≃입 맞추다
―――――　―――――　―――――
(편지 봉투)　3전 우표　우표 붙이다. 이런 은유적 연쇄를 통해 편지봉투(fr_2)에 우표를 붙이는 것이 소식을 전하기 위한 전단계적 지시물이듯이 서로의 입술을 맞추는 것은 애정을 전하는 동일한 지시 행위라고 볼 수 있다. 한편으로 편지 봉투에 우표를 붙이는 것은 다소 기계적인 당위성에 해당된다. 우표를 붙이지 않으면 편지가 배달되지 않기 때문이다. 그런 점에서 소녀와의 사랑의 확인 과정에서 입맞추는 것은 서로의 마음을 암중 모색하는데 필요한 당위성이 될 수 있다.

유자가 익으면 껍질이 벌어지면서 속이 비져 나온답니다. 하나를 따서 실끝에 매어서 방^房에다가 걸어둡니다. 물방울져 떨어지는 풍염^{豊艶}한 미각^{味覺}밑에서 연필^{鉛筆}같이 수척하여가는 이 몸에 조곰식^式 조곰식^式 살이 오르는 것 같습니다.

—『산촌여정』: 19~20

양태사 "연필같이"로 연결되는 연필(fr_2)과 인체(fr_1) 사이의 대응 관계가 유추된다. 연필이란 종이 위에 글씨를 쓰는 일용품이고 끝이 뾰족한 것이 좋다. 닳아지면 끝이 뭉툭해진다. 이런 연필의 특성이 뼈대만 남은 앙상한 인체에 비유된다.

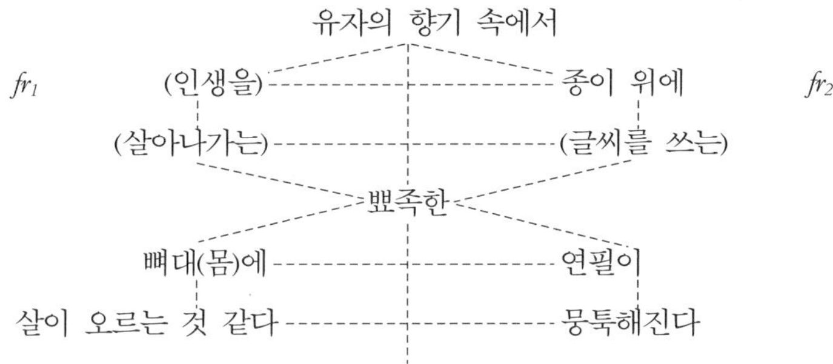

다음의 은유는 방에 옷을 걸기 위해 쳐 놓은 못과 사람과의 은유관계이다.

이 여인^{女人}은 내 마음의 잃어버린 제목^{題目}입니다. 그리고 미구^{未久}에 내다버릴 내 마음을 잠간^{暫間} 걸어두는 한 개 못입니다.

—『슬픈 이야기』: 71

수필 『슬픈 이야기』에 등장하는 허구적인 한 여인을 묘사하면서 나타난 귀결이다. 이 언술은 주술 관계의 불일치로 은유가 발생한다.

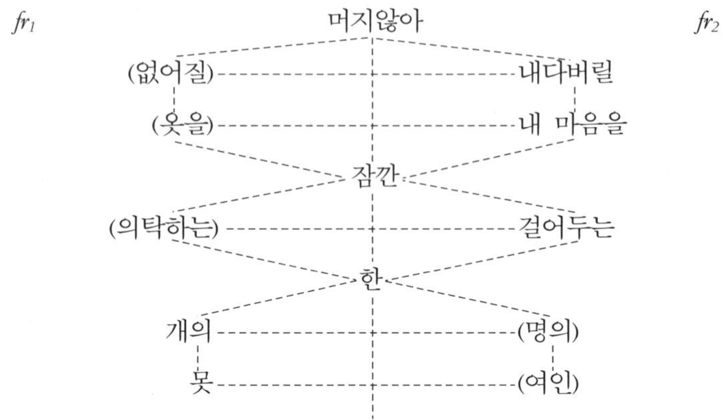

옷 ≃ 못   방

내마음 여인에서 가정의 내포적 의미가 은유적 연쇄로 떠오른다. 못(옷
걸이)이 없으면 옷을 걸 수 없듯이 방 안의 필수 조건이 못이다. 마찬가지
로 인생을 살아가는데 방에 들어와 겉옷을 벗어 걸고 쉬듯이 사랑하고 의
탁할만한 여인이 있어야 마음을 열 수 있다는 논리다. 죽어 버리기로 결심
한 『슬픈 이야기』에서도 잠깐이나마 마음을 의탁할 대상이 역시 필요했던
것 같다. 그리고 수필 『권태』에서는 직유법(같이)으로서 함석 대야와 농부
의 피부가 비유된다.

함석대야는 그 본연本然의 빛을 일찌기 잃어버리고 그들의 피부색皮膚
色과 같이 붉고 검다. 아마 이 집주인主人아주머니가 시집올 때 가지고
온 것이리라.

―『권태』: 78

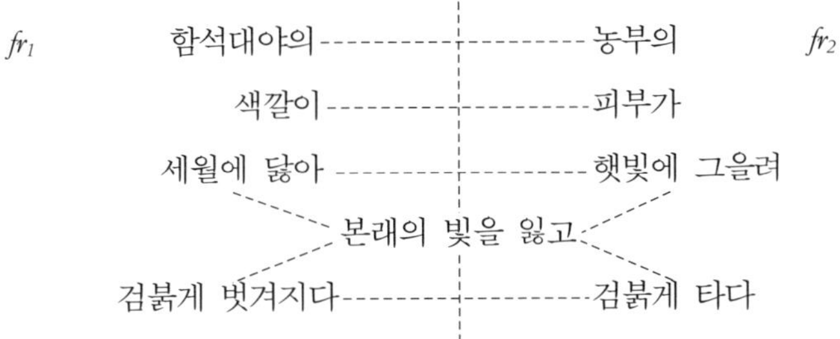

농부 집의 일용품인 대야를 농부의 그을린 피부 색깔로 비유하고 있는데, 이상은 이렇게 인접한 사물과의 관계를 은유 체계를 통해 드러내곤 한다. 이번에는 바둑판에다 바둑을 두는 것을 종이에 글을 쓰는 관계로 전이시켜 비유한다.

> 그 위에다 나는 위트와 패러독스를 바둑포석布石처럼 늘어놓소
>
> ―『날개』: 14

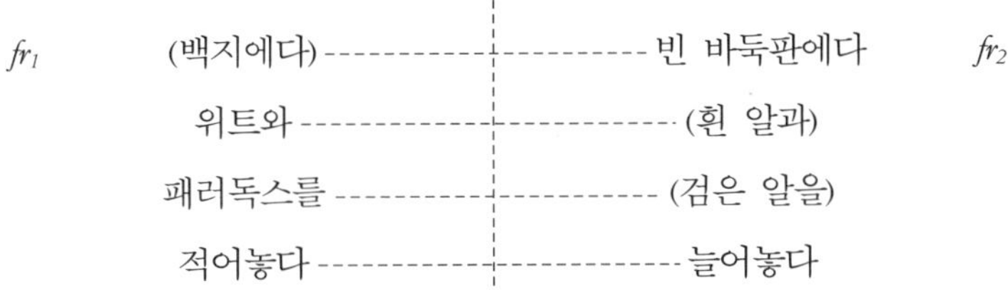

이상의 글쓰는 작업이 바둑 두는 작업으로 유추된다. 그 중 위트라는 긍정적인 웃음은 바둑의 흰 알로, 패러독스라는 역설적인 웃음은 검은 알로 비유함을 생략한 형태이다.

> 그의뒤는그의천문학이다. 이렇게작정되어버린채 그는볕에가까운산
> 위에서태양이보내는몇줄의볕을압정으로 꼭꽂아놓고 그앞에앉아그는놀

고있었다.

―『지도地圖의 암실暗室』, 『조선朝鮮의 건축建築』, 1932.4

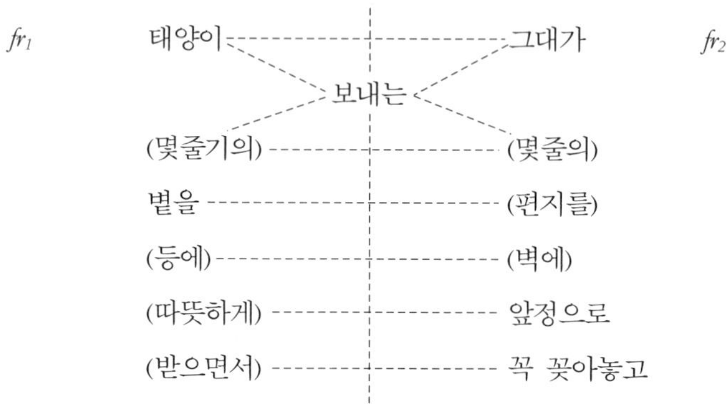

주술관계의 불일치로 나타난 언술은 "볕을 압정으로 꽂아 놓다"이다.

태양 ≃ 볕 ≃ 등에 ≃ 따뜻하게 ≃ 받으면서

(그대) 편지 벽에 압정으로 꽂아 놓고 의 은유적 대응은 볕을 받는 사람의 등을 건축물의 일부(벽)에 비유한 것이다. 태양 광선이 따뜻하게 비추고 있는 현상을 종이에 꽂은 압정이란 도구의 관계로 전이시키고 있다. 태양볕이 따갑게 내려쪼이는 상태는 압정으로 찔리는 따끔한 느낌에 비교될 수 있다. 그리고 그대의 애정이 태양볕처럼 따뜻하게 전해진다는 비유 체계에서 따뜻함을 접합점으로 드러내고 있다.

ㄲ지않고 석유등잔石油燈盞에 불이 그저 켜진 채 소실消失된 밤의 흔적痕迹이 낡은 조끼 "단추"처럼 남아 있읍니다. 작야昨夜를 방문訪問할 수 있는 "요비링"입니다.

―『산촌여정』: 18

fr_1	fr_2	fr_3	fr_4
밤새도록 —————	지난밤의 —————	낡은조끼의 —————	지난밤을
탄 —————	소실된 —————	희미하게 빛나는 —————	방문할 수 있는
석유등잔심지 —————	흔적 —————	단추 —————	요비링

"밤새도록 탄―내 방의―석유등잔 심지"는 나의 하루 밤이 사라진 흔적으로서, 시간의 흐름은 낡은 조끼의 단추로 형상화되고, 그 단추를 누르면 지난 밤을 방문할 수 있는 초인종(요비링)이 되어 울릴 것으로 상상하고 있다. 사라진 시간을 거슬러 올라가 만날 수 있는 매개물로 석유 등잔 심지나 단추, 그리고 초인종을 제시한다. 사라진 시간의 추상적 개념은 취의로 볼 수 있다.

이와 같이 4장 2절의 가재도구의 은유에서는 인체를 가재도구란 사물에 비유하는 사고 체계를 살펴보았다. 즉 집안에서 사용하는 물건들과 사람의 마음이나 태양빛, 지나간 시간, 입맞춘 흔적과 같이 눈에 보이는 현상으로는 붙잡을 수 없는 것들이 우표, 못, 함석 대야 같은 가재도구로 부각되어 개념과 매개물의 상호작용으로 형상화되고 있다.

3. 기계 언어

인체를 자연과학의 법칙에 비유한 항목이다. 인체가 사물화되면서 사물 자체의 기계적 원리가 파악되는데, 만유인력의 법칙, 관성의 법칙, 광선의 법칙 등이 비유의 원리로 나타난다. 또한 그 법칙은 기계로 만들어져 사용되는 기계화의 원리로 은유 구조에 나타난다.

1) 인체의 법칙화

①시가^{市街}에 전화^{戰火}가일어나기전^前
역시^{亦是}나는 "뉴톤"이 가리키는 물리학^{物理學}에는 퍽무지^{無智}하였다

나는 거리를 걸었고 점두^{店頭}에 평과산^{苹果山}을보며는 매일^{每日}같이 물리학^{物理學}에 낙제^{落第}하는뇌수^{腦髓}에피가묻은것처럼자그만하다.

계집을 신용^{信用}치않는나를 계집은 절대^{絶對}로 신용^{信用}하려들지 않는다. 나의말이 계집에게 낙체운동^{落體運動}으로 영향^{影響}되는일이 없었다……

②계집은 늘내말을 눈으로들었다내말한마디가계집의 눈자위에 떨어져 본적이없다……
　　　　　　　　　　— 「보통기념^{普通記念}」, 『월간매신^{月刊每申}』, 1934

시 "보통기념"의 ①에서는 "매일같이 물리학에 낙제하는 뇌수에 피가 묻은 것처럼 자그마한 평과산(사과)"으로 지구의 자전을 나타내고 있다. 자전이란 천체에 고정된 회전축 주위의 회전운동을 말하는 것으로 그 회전축을 자전축이라고 한다. 자전은 남북의 극을 잇는 자전축 주위를 1일 주기로 회전하는 운동이다. 여기서 뉴톤이 사과나무에서 사과가 떨어지는 것을 보고 만유인력의 법칙을 생각했다는 것과 관련시켜볼 때, 사과가 나무에서 낙체운동하는 것은 물리학에 낙제하는 뇌수와 유사관계를 이루게 된다.

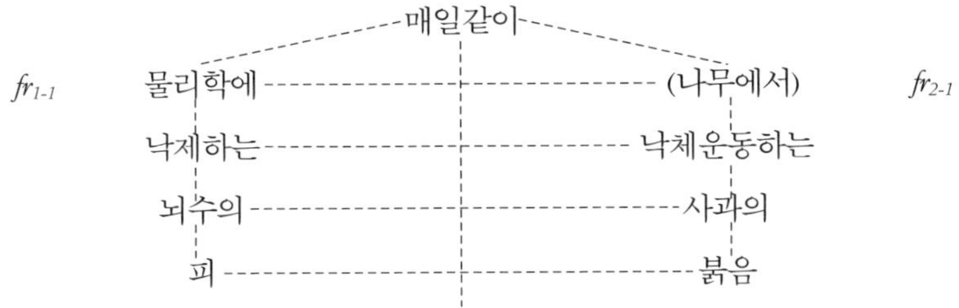

뇌(fr_1)와 사과(fr_2)를 잇는 유사관계는 만유인력의 법칙이 그 접합점으로 나타난다. 또한 "낙제하다 / 낙체운동하다"는 "ㅈ / ㅊ"의 변별적 특질(distinctive feature)을 보여주면서 전체 문맥에 나타난 단어의 기호표현(signifier)의 유사성에 이끌려 기호의미(signified)의 유어반복(synonymy)으로 나타난다.

②의 은유적 언술을 살펴보면 여자가 서술자의 말에 눈으로 반응하는 방식을 취했는데, 문제는 눈자위에 말이 떨어지지 않고 눈으로 들었다는 낙체운동의 은유적 사고이다. 낙체란 지구상에서 지구의 중력을 받아 낙하하는 운동, 항공기에서 목표를 향해 투하하는 물체나 빗방울 등이 그 예이며, 다른 힘이 작용하지 않는 한 등가속도 운동을 한다. 인간 사이의 상호교류 관계가 이와 같은 자연과학의 법칙에 비유된다.

<pre>
fr_{1-2} 내 말이 ----------------------- (사과가) fr_{2-2}
             법칙으로서 ----------------------- 법칙으로서
              계집의 ----------------------- (땅의)
             눈자위에 ----------------------- (정확한 지점에)
         떨어져 본 적이 없다 ----------------- 떨어지다
</pre>

서술자와 여인의 관계(fr_1)에서는 낙체운동을 사과의 낙하원리(fr_2)와 유추관계를 보이면서 부정하는 방법으로 표현된다. 그런데 이런 수법도 역시

유사성을 인식하는 은유의 특성 중의 하나다. 일찍이 아리스토텔레스가 말하고 있는데, 어떤 사물을 다른 사물의 명칭으로 부르는 동시에, 이 명칭에 고유한 속성의 하나를 부정하는 것으로, 예컨대 방패를 "아레의 잔"이라 부르지 않고 "술없는 잔"이라고 부르는 것과 같다.[87] 다음의 언술도 반찬의 반복성을 법칙과 동일시하여 비유한다.

> 밥상에는 마늘장아찌와 날된장과 풋고추조림이 관성慣性의 법칙法則 처럼 놓여있다.
>
> —『권태』: 185

위의 언술은 직유법으로 나타난다. 관성의 법칙이란 원리는 밖으로부터의 작용이 없으면 물체의 운동상태는 변하지 않는다는 법칙이다. 그러니까 누가 자극을 가하지 않는 한 늘 똑같은 반찬이 계속 밥상에 나타나는 현상을 자연과학의 법칙에다 전이시켜 나타냈다.

> 나의 식욕食欲은 일차방정식一次方程式같이 간단簡單하였다.
>
> —「기사記四」, 「황의 기記 작품作品 제이번第二番」,
> 『유고집遺稿集 I』, 1931.11.3

fr_1 　　나의 식욕의------------------1차방정식의　　fr_2

　　(해답은) ----------------------(근은)

　　간단하다(식사)----------------(하나다)

---

87 아리스토텔레스, 『시학』, 손명현 역(박영사, 1986), 138쪽.

식욕의 강한 욕구를 1차 방정식의 근 하나에 비유하고 있다. 다음에 이상은 시 "선에 관한 각서 1"에서 매초당 30만 킬로미터의 속도로 움직이는 광선의 법칙에 착안하여 사람의 거취를 비유한다. 광선은 태양이나 고온 물질에서 발하는 일종의 전자파로 직진, 전파, 반사, 굴절 등의 성질이 있다. 이 시에서의 발상법은 ① 광선에 비유하여 사람이 매초당 60만 킬로미터 갈 수 있다면 그리고 그것을 더 가속화하면 태고의 사실이 보여질 것이라는 가설이다. 또 한 가지 속성으로 ② 광선의 붕괴 현상(fr_{1-1})은 생리작용의 노후로 인간의 소멸과 유사한 것이 아닌가 사색한다. 이번에는 광선이 인간의 특성으로 전이되고 있다.

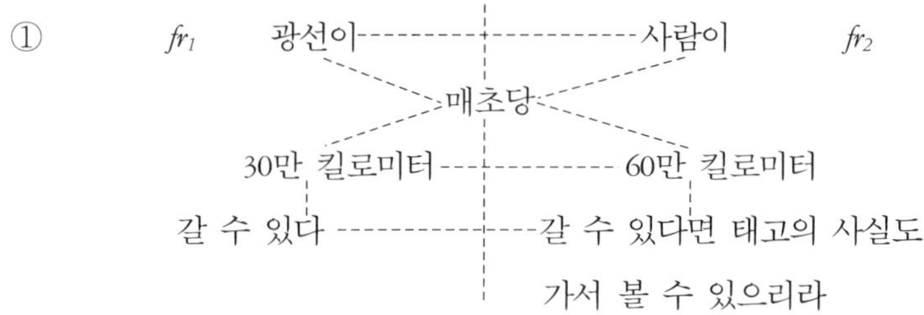

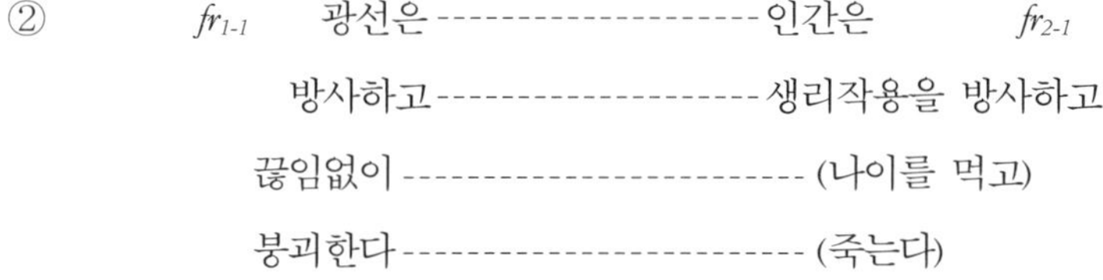

다음 「선에 관한 각서 2」에서는 역시 태양 광선의 속성 중의 하나가 볼록렌즈를 만나 수렴광선이 되는 것에 착안하여 인간 세계를 사색한다.

…(태양광선太陽光線은, 凸렌즈때문에수렴광선收斂光線이되어일점一點에

있어서혁혁(爀爀)히빛나고혁혁(爀爀)히불탔다,　　태초(太初)의요행(僥倖)은무엇보다
도대기(大氣)의층(層)과층(層)이이루는층(層)으로하여금凸렌즈되게하지아니하였
던것에있다는것을생각하니낙(樂)이된다,　　기하학(幾何學)은凸렌즈와같은불장
난은아닐는지,　　유우클리트는사망(死亡)해버린오늘유우클리트의초점(焦點)은
도처(到處)에있어서인문(人文)의뇌수(腦髓)를마른풀과같이소각(消却)하는수렴작용
(收斂作用)을나열(羅列)하는것에의하여최대(最大)의수렴작용(收斂作用)을재촉하는위
험(危險)을재촉한다, 사람은절망(絶望)하라, 사람은탄생(誕生)하라, 사람은탄생(誕
生)하라

—「선(線)에 관(關)한 각서(覺書) 2」, 『조선(朝鮮)と 건축(建築)』, 1931.10

이것을 은유의 연쇄로 다시 살펴보면 유클리드의 ～ 초점은 　～ 뇌수를～
볼록렌즈로 수렴광선이 되면 일점을
파괴시킨다
태운다. 태양광선에 대한 독자적인 상상력을 가미시키고 있는데, 이것은
이상의 기우가 아니라 자연법칙을 통하여 서구 정신을 대변하는 유클리드
의 수학적인 우주론이 동양 정신을 파괴시킬 것을 경계한 견해라고 본다.
결국 근대문명의 폐해를 경고하고 있다고 볼 수 있다. 다음 "선에 관한 각
서 3"에서는 기하학에서 부채꼴과 원의 관계를 인간의 뇌수와 비교하고
있다.

①　　1 2 3
　　· · · 3
　　· · · 2
　　· · · 1

②　　3 2 1
$$\cdot \cdot \cdot 1$$
$$\cdot \cdot \cdot 2$$
$$\cdot \cdot \cdot 3$$

$$\therefore \ _nP_h = n(n-1)(n-2) \ \cdots \cdots \ (n_{-h}+1)$$

(뇌수^{腦髓}는부채와같이원^圓에까지전개^{展開}되었다, 그리고완전^{完全}히 회
전^{回轉}하였다)

—「선^線에 관^關한 각서^{覺書} 3」

이 시에서 ①의 숫자(fr_1)는 접힌 부채를 원으로 편 상태(fr_3)이자 뇌수를 숫자로 전개한 상태(fr_2)에 해당한다. ②부분 역시 폈다 접는 부채꼴이자 전개한 숫자를 다시 부채꼴로 회전한 상태를 나타낸다. 이렇게 숫자의 전개 ①과 ②(fr_1)는 뇌수의 펼쳐짐과 접힘(fr_2)을 숫자 기호로 비유한 것이고 부채꼴의 펼쳐진 상태와 접힌 상태(fr_2)이다. 숫자와 부채꼴의 펴지고 접히는 현상은 기하학에서 늘상 이용하는 것이지만 뇌수가 펼쳐지는 것과 접혀지는 것은 현대 의학의 수술실에서나 볼 수 있을 것인데 이상은 스스럼없이 표현한다. 이런 은유적 사고 구조는 생 / 사에 대한 이상의 독특한 입장으로 표현되고 있다.

다음 「선에 관한 각서 5」는 「선에 관한 각서 1」과 유사한 착안점으로, 사람이 광선보다 빠르게 달아나면 연령보다 빠르게 달아날 수 있지 않겠느냐는 가설로 광선의 속도와 인간 연령의 속도를 비교하고 있다. "만약 사람이 광선보다 빠르게 달아난다면" 하고 이상은 세 가지 가능성을 생각한다. 첫째로 오래 젊음을 간직하여 두 번 세 번 결혼할 수 있을 것이다.

둘째로 미래로 가서 과거를 보고 과거로 가서 미래를 본다는 견해이다. 세 번째로 파우스트처럼 늙음에서 젊음으로 변할 수 있을 것이라는 견해다. 이런 가능성들은 모두 다 광선 속도의 법칙에서 발상된 상상력들이다. 그런데 이런 물리학의 법칙을 인간에 비유하여 생각하는 발상은 현대에 와서 그리 신기한 발상은 아니다. 아인슈타인도 상대성의 원리에서 인간이 중력권을 벗어나면 지구상에서와 같은 나이를 먹지 않을 수 있다는 견해를 일찌기 생각했고, 인류가 오래전부터 생각해 온 발상들이다. 그것을 이상은 물리학의 법칙과 비교하여 은유 관계로서 표현하고 있다. 이와 같이 만유인력의 법칙이나 낙체운동, 관성의 법칙과 같은 근대 자연과학의 법칙을 은유로 표현하여 나타냈다.

2) 인체의 기계화

> 매일^{每日} 같이열풍^{烈風}이불더니드디어내허리에큼직한손이와닿는다. 황홀^{恍惚}한지문^{指紋}골짜기로내땀내가스며들자마자쏘아라. 쏘으리로다. 나는내소화기관^{消化氣管}에묵직한총신^{銃身}을느끼고내다물은입에매끈매끈한총구^{銃口}를느낀다. 그리더니나는총^銃쏘으드키눈을감으며한방총탄^{銃彈}대신에나는참나의입으로무엇을내어배알었더냐
>
> ─「시^詩 제^第 구호^{九號} 총구^{銃口}」, 「오감도^{烏瞰圖}」,
> 『조선중앙일보^{朝鮮中央日報}』, 1934.7.24~8.8

이 시에는 양태사 "총쏘으드키"가 한 번 나타나고 한 문장안에서의 병치로 은유화된다. 허리의 내부에는 인체의 기관인 호흡기관이 있고 허리의 겉에는 권총벨트를 맨 총신이 매달려 있다. 총신에 총탄이 장전되고 나

서 손으로 총신을 들어 총알을 발사하는 과정을 순서대로 인체의 발열과 각혈과정으로 대응시킨다. 이상의 생애에서 가장 중요한 전기(轉期)가 폐결핵의 발병이라는 것을 생각할 때 이 시의 발상법을 짐작할 수 있다.

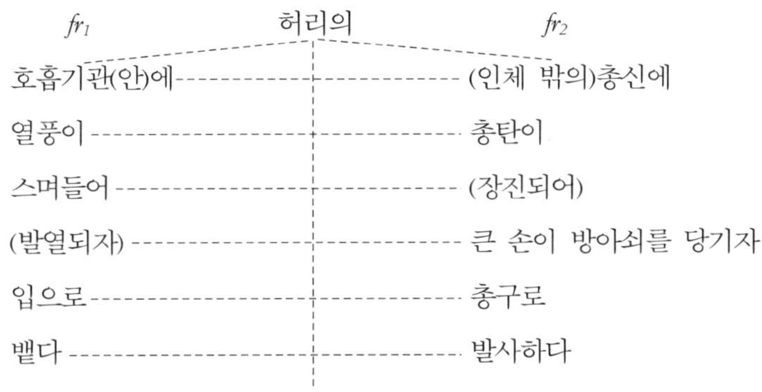

인체의 발열과 각혈상태(fr_1)를 총탄의 장진과 발사관계(fr_2)로 전이시킨다.

총신 ∼ 총탄 ∼ 장진되다 ∼ 손이 방아쇠를 당기다 ∼ 총구로 ∼ 발사하다
호흡기관 열풍   스며들다   발열되다   입으로   뱉다.

여기서 총신은 호흡기관의 이미지를 나타내며, 총탄은 열풍의 이미지를, 총구는 입의 이미지를 각각 보여준다. 신체의 병든 상태를 권총이라는 기계의 법칙으로 비유한 것이다.

청석(靑石)없은 지붕위에 별빛이 나려 쪼이면 한 겨울에 장독 터지는 것 같은 소리가 납니다. 벌레소리가 요란합니다. 가을이 이런 시간(時間)에 엽서(葉書) 한 장에 적을 만큼식(式) 오는 까닭입니다. 이런 때 참 무슨 재조(才操)로 광음(光陰)을 헤아리겠읍니까? 맥박(脈搏)소리가 이 방(房)안을 방(房)채 시계(時計)로 만들어 버리고 장침(長針)과 단침(短針)의 나사못이 돌아가느라고 양(兩)짝 눈이 번갈아 간질간질합니다. 코로 기계(機械) 기름 내음새가

드나듭니다.

—『산촌여정』 : 16

　이 언술에서 맥박소리는 시계소리로 나타나고 양쪽 눈은 장침과 단침으로 비유되고 코의 공기 순환은 기계 기름 냄새의 순환으로 비유되고 있다.

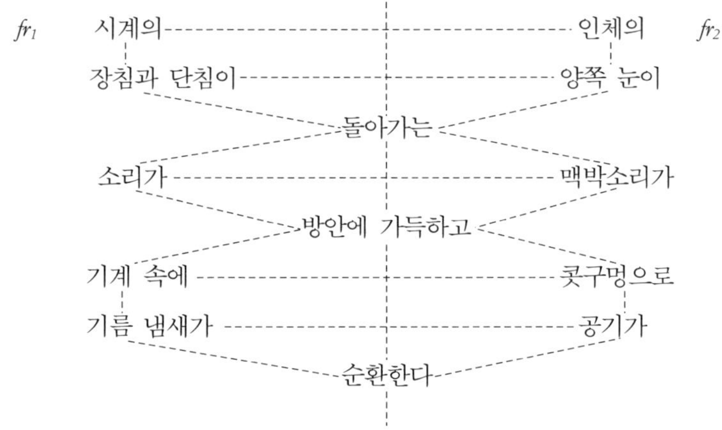

　인체가 시계로 비유되고 있는데 그 이유를 생각해 보면 세월의 흐름에 대한 인식이다. 인체의 맥박소리가 광음을 헤아리는 시계로 인식되기 때문이다. 시계와 그 소리(fr_1)와의 관계는 인체와 맥박의 관계이고 우주와 광음과의 관계로 유추된다. 즉 {(시계⊃소리) ∩ (인체⊃맥박) ∩ (우주⊃광음)}의 도식이 성립된다.

　나는 이 태엽을 감아도 소리 안나는 여인女人을 가만히 가져다가 내 마음에다 놓아두는 중中입니다.

—『슬픈 이야기』 : 71

수필 『슬픈 이야기』의 전체 맥락으로 볼 때 이상이 같이 죽자고 하는데 애써서 거부하려 들지 않는 여인을 장난감 기계에 비유하고 있다. 보통의 사람은 같이 죽자고 하면 으레 살려는 본능을 표출하기 마련이다. 이런 생존의 욕구를 지닌 사람은 이 언술의 맥락에서 볼 때 태엽을 감을 때 소리가 나는 장난감이다. 본문에서는 살려는 욕구가 없는 비정상적인 인간을 태엽을 감아도 소리가 안 나는 비정상적인 장난감 기계로 전이시켜 생각하고 있다. 인체를 또한 녹음테이프에 비유하기도 한다.

(테잎이 끊어지면 피가 나오. 상傷채기도 머지않아 완치完治될 줄 믿소. 굳빠이)

—『날개』: 15

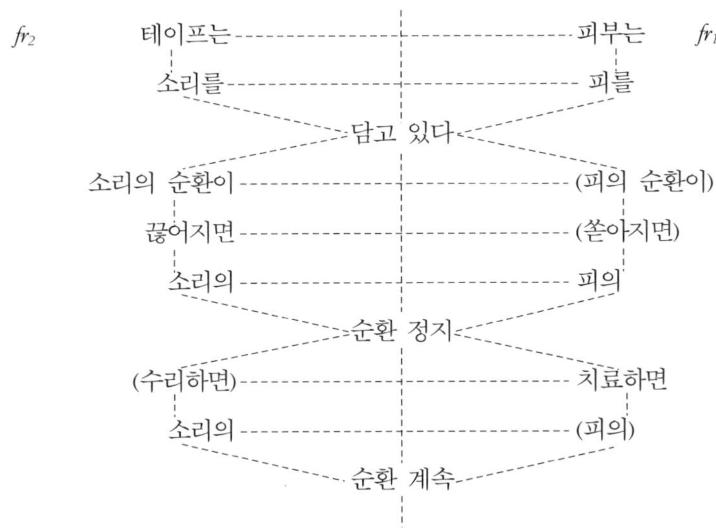

여기서 {(피부∩테잎) ∪ (피∩테잎의 소리)}의 도식이 나타난다. 피의 순환은 곧 삶이고 피의 순환 정지가 곧 죽음일 수 있는 간단한 원리로서

기계의 테이프에 비유하고 있다. 테이프가 끊어지면 수선하여 잇듯이 피부의 상처도 아물 수 있다는 원리로 인체를 기계 장치로 전이시킨 비유 체계다. 또한 수필 『산촌여정』에는 아름다운 가을 풍경을 머릿속에 담아 두고 싶은 욕구가 인체의 머리를 카메라로 전이시킨다.

> 나의 동글납짝한 머리가 그대로 "카메라"가 되어 피곤疲困한 "따블렌즈"로 나마 몇 번이나, 이 옥수수 무르익어가는 초추初秋의 정경情景을 촬영撮影하였으며 영사映寫하였던가―"후래슈빽"으로 흐르는 엷은 애수哀愁―도회都會에 남아있는 몇 고독孤獨한 "팬"에게 보내는 단장斷腸의 "스틸"이다.
>
> ―『산촌여정』: 26

fr_1	영화감독의 ────────── 내가	fr_2
	카메라의 ────────── 머리의	
	(낡은) ────────── 피곤한	
	따블렌즈로 ────────── 두눈으로	
	장면을 촬영하여 ──── 옥수수 무르익는 초가을의 풍경을 담아	
	팬에게 ──── 도회에 남아있는 친구에게	
	보내다 ──── 전하다	

> 낮의 은좌銀座는 밤의 은좌銀座를 위한 해골骸骨이기 때문에 적잖이 추醜하다. "사롱하루" 굽이치는 "네온사인"을 구성하는 부지깽이같은 철골鐵骨들의 얼크러진 모양은 밤새고 난 여급女給의 "퍼머넨트웨이브"처럼 남루襤褸하다.
>
> ―「동경東京」, 『문장文章』, 1939.5

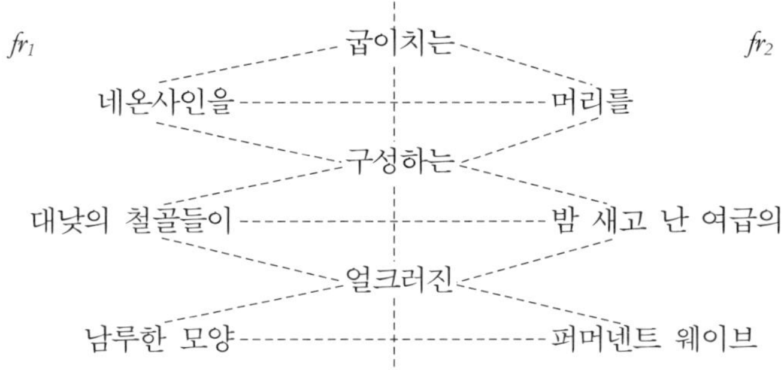

비유하는 것과 비유되는 것이 뒤바뀌었으나 인체와 기계가 상호작용하면서 기계를 인체에 비유하므로 기계 은유에 속한다. 네온사인이 있는 살롱과 그곳에 근무하는 여급과는 서로 환유적 조응 관계에 있다. 이런 점에 착안하여 이상은 대낮의 네온사인과 퇴근길에 지친 여급의 모습에서 접합점을 찾는다. 즉 밤에만 생기를 찾는다는 속성이다. 이와 유사하게 네온사인을 인체에 비유한 시 "가구의 추위"가 있다.

네온사인은섹소폰과같이수척瘦瘠하여있다.

파란정맥靜脈을절단切斷하니새빨간동맥動脈이었다.
─그것은 파란동맥動脈이었기때문이다─
─아니! 새빨간동맥動脈이라도저렇게피부皮膚에매몰埋沒되어있으면…
보라! 네온사인인들저렇게가만─히있는것같아보여도기실其實은부단不
斷히네온가스가흐르고있는게란다.
─폐병肺病쟁이가섹소폰을불었더니위험危險한혈액血液이검온계檢溫計와
같이
─기실其實은부단不斷히수명壽命이흐르고있는게란다.

─「가구街衢의 추위」, 『유고집遺稿集』

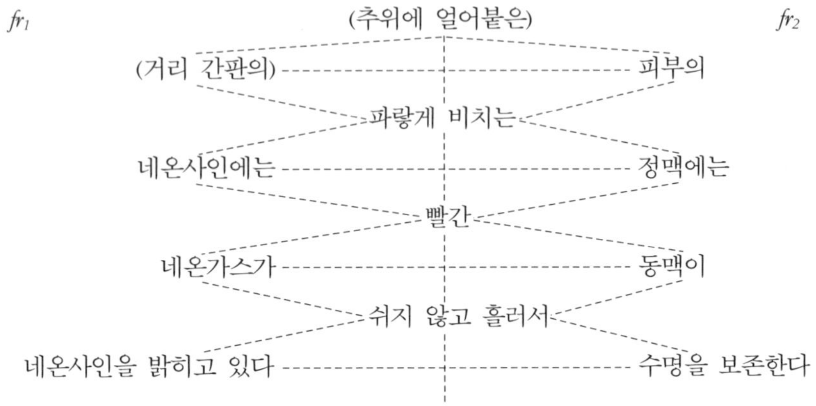

   이 시는 병렬법으로 문장과 문장이 이어져서 은유가 형성된다. 추위에 얼어 피부의 파란 정맥이 내비치는 상태(fr_2)에서 위에 빛을 내고 있는 거리 간판의 네온사인(fr_1)을 볼 때 양쪽의 유추 관계를 생각한다. 인체의 피의 흐름(fr_2)과 네온가스의 흐름(fr_1) 사이의 각각의 안팎의 관계를 유사의 논리로 전이시켜 생각하고 있다. 앞에서 언급했듯이 인체 은유에서 이상은 피부와 그 내부상태의 관계를 전기로 움직이는 간단한 기계 장치와 접합시키고 있다. 전기가 보이지 않는 속에서 흘러가듯이(fr_2) 네온사인도 내부에서 네온가스로 밝히고 있다는 인식이다. 다음으로 시 「내과」에서는 무전기로 나타나는 기계의 범주와 내진 중인 인체, 그리고 성서의 신화적 범주가 병치되어 비유를 이룬다.

─자가용복음自家用福音 ─
─혹或은 엘리엘리 라마싸박다니─

하이얀천사 이수염난천사天使는규핏드의조부祖父님이다.

수염이전연全然(?) 나지아니하는천사天使하고흔히결혼結婚하기도한다.

나의늑골肋骨은2떠―즈(ㄴ). 그하나하나에노크하여본다. 그속에서는해
면海綿에젖은더운물이끓고있다. 하이얀 천사天使의펜네임은성聖피―타―
라고.

고무의전선電線똑똑똑똑열쇠구멍으로도청盜聽

버글버글

(발신發信) 유다야사람의임금님주무시나요?

(반신返信) 찌―따찌―따따찌―찌―(1)찌―따찌―따따찌―찌―(2) 찌

―따찌―따따찌―찌―(3)

흰빽끼로칠한십자가十字架에서내가점점漸漸키가커진다. 성聖피―타―군
君이나에게세번식式이나아알지못한다고그린다. 순간瞬間닭이활개를친
다……

어억 크 더운물을 엎질러서야 큰일날노릇―

―「내과內科」, 『유고집遺稿集』

이 시는 여러 가지로 해석할 여지가 있다. 그런데 의사의 청진기로 들리
는 소리를 모르스부호로 전이시키고, 또 모르스 부호를 (1)(2)(3)이란 번호
를 매겨 놓음으로써 베드로가 세 번 예수를 부인한 예언으로의 유추 관계
가 도출된다. 이에 따라 의사는 세 차례 청진기로 검진해도 세 차례 병명
을 모르겠다고 하여 치유의 가망성을 부인할 수 있다(fr_2). 또한 무선사는
세 차례나 타전해도 수신자가 세 차례나 정보를 모른다고 할 수 있다(fr_1).
이와 같이 신화적인 베드로와 예수의 일화(fr_3)에서 인체 검진의 과정 그리
고 그 결과와 무선통신 과정과 그 결과가 유추된다. 도표로 그려 보면 아
래와 같다.

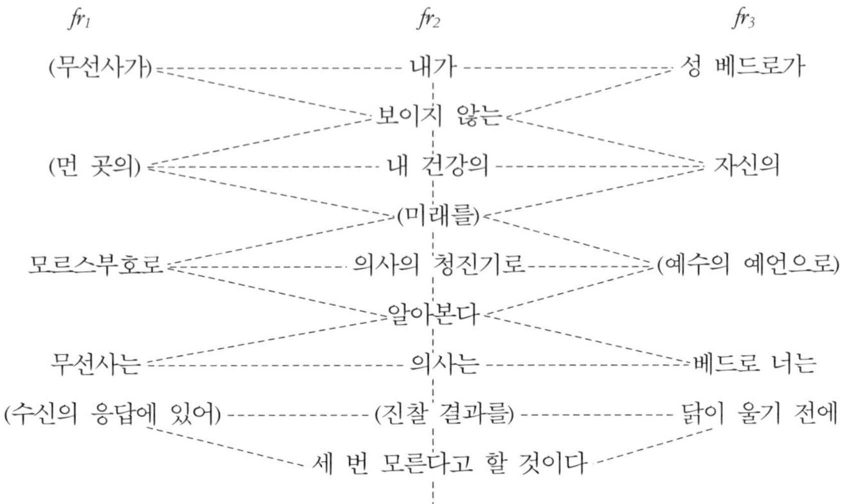

위와 같이 인체를 기계로 은유화한 표현을 통해, 의학적인 관심을 가지고 신체를 총의 몸체와 그 발사 관계로 전이하거나 시계로, 장난감 기계로, 카메라 영사기로, 무전기의 타전으로 법칙화한 것을 분석하였다.

V. 존재로서의 은유 체계

존재 사슬의 은유

이 글에서는 이상의 은유를 통하여 존재 자체(Being Itself)로서의 세계관을 살펴보려 한다. 앞 글에서 은유현상을 통하여 사람이 화폐가치로 상품화되거나 기계화되고 사물화됨으로써 사람이 사람다운 본성을 잃어버리고 물질화되어 버리는 근대 자본주의 문화를 나타냈다고 하면, 이 글에서는 이런 도구적 유용성을 벗어난 존재 자체로서의 은유적 사고를 고찰해 보려 한다.

1. 무위(無爲)의 은유

먼저 무위의 은유에서는 인간 존재가 도구화되길 거부함으로써 현실적

으로 "무용(無用)한 상태로 존재"하거나 "무위(無爲)의 상태로 존재"하는 인
식의 양상을 은유를 통해 찾아보려 한다. 이런 성향이 이상의 작품 곳곳에
나타나는데 자신의 존재이유(raison d'être)를 도구적 측면에서 판단한 시선
이다. 즉 "존재이유"가 있는지 없는지의 판단에서, 본 글에서는 무위의 존
재, 즉 도구적으로 존재할 이유가 희박한 채 지성적인 성향으로 기울어진
존재 인식을 보여준다. 그래서 인간(자신의 존재)의 무화(無化)를 시도하게 되
고, 인간 존재의 무위의 양상은 인간 아닌 다른 존재의 지성화(intelection)
현상으로 나타나기도 한다. 인간 존재의 무위가 우주만물 속의 한 존재로
서, 겸허하게 본성을 잃지 않고 존재 그 자체로 살아가는 것이라고 할 때,
인간만이 특별한 존재가 아니라 인간 이외의 다른 "동물⊂식물⊂지상적
물체들⊂에너지원⊂우주적인 것⊂추상적 진리"의 모든 존재의 망에 걸려
있는 것들이 인간화되고 지성화되는 은유적 양상을 찾아보겠다. 그것은
단순한 의인화 작용과는 다른 이상만의 독특한 존재 의식에 근거를 둔다.

먹고 잘 줄 아는 시체屍體

—『권태』: 186

모순어법(oxymoron)으로 나타난 이 은유적 언술은 먹고 잘 줄만 알고 존
재근거가 희박한 쓸모없는 존재라는 의미에서 시체라고 표현하였다. 수필
『권태』에서 쓸모없는 것의 기준은 생각할 줄 아느냐 모르느냐의 정신적
가치이다. 피곤해 쓰러져 자는 농부를 지칭하고 있는 이 은유는 이상의 주
관적인 감정 이입의 투사라고 할 수 있다. 즉 농부를 객관적으로 논평한
것이라기보다는 자기 자신의 주관적인 심리 상태를 대상에다 감정 이입시
킨 표현이다. 그러므로 객관적인 입장에서 옳다거나 그르다고 말할 수 있

는 표현이 아니라 이상 자신의 존재 근거에 대한 가치 판단에서 나타난 비
유로서 이해할 수 있다. 즉 농부들이 자신을 돌아볼 겨를 없이 심하게 일
을 하고, 자고, 일하는 생활에 대한 회의로서 문제 제기를 한 것 같다.

> 밖에 와 있는 세상—암만 기다려도 그는 나가지 않는다. 손바닥만
> 한 유리를 통하여 걸어가는 세월을 볼 수 있을 따름이었다. 그러나 밤
> 이 그 유리조각마저도 얼른얼른 닫아 주었다. 안된다고.
>
> —『지주회시』: 154

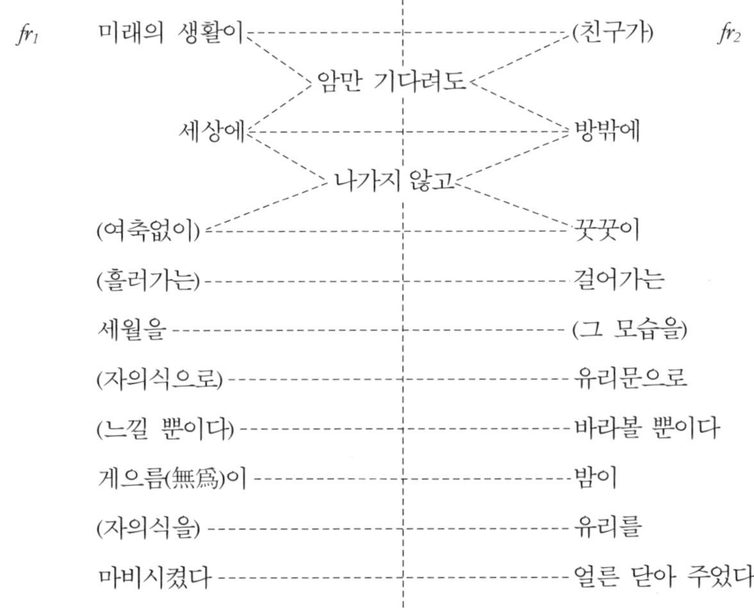

자신의 미래의 생(fr_1)이 흘러가는 것을 방안에서 꼼짝하지 않고 의식(fr_2)
하는 모습이다.

친구 ≃ 방밖 ≃ 걸어가다 ≃ 그모습 ≃ 유리문 ≃ 밤이 ≃ 닫아주었다
미래의생활 세상 흘러가다 세월 자의식 게으름 마비시켰다

자의식의 인식을 유리의 비침으로, 게으름을 밤으로 비유하여 세상의 유
용성의 시선에서 볼 때 쓸모없는 자신을 대조시키고 있다. 이와 유사한 비
유가 또 나타난다.

> 아내는 마중 오지 않는 그를 애정을 구실로 몇번이나 책망하였으나
> 들키면 어떻게 하려느냐—누구에게—즉—상대는 보기싫은 넓적하
> 게 생긴 세상이다.

—『지주회시』: 159

'세상'을 보기싫은 넓적하게 생긴 사람으로 의인화함으로써 세상에 나
가 마주 대하지 않고 무위성을 고수하려는 의사이다.

> 나는형해^{形骸}다. 나—라는 정체^{正體}는 누가 잉크 짓는 약으로 지워 버
> 렸다. 나는 오직 내—흔적^{痕跡}일 따름이다.

—『실화^{失花}』: 84

나를 글씨라는 도구화할 수 있는 존재로 비유한 것이 아니라 거꾸로 자
신의 도구성의 상실을 잉크 짓는 약으로 지워버린 글씨에 비유하고 있다.

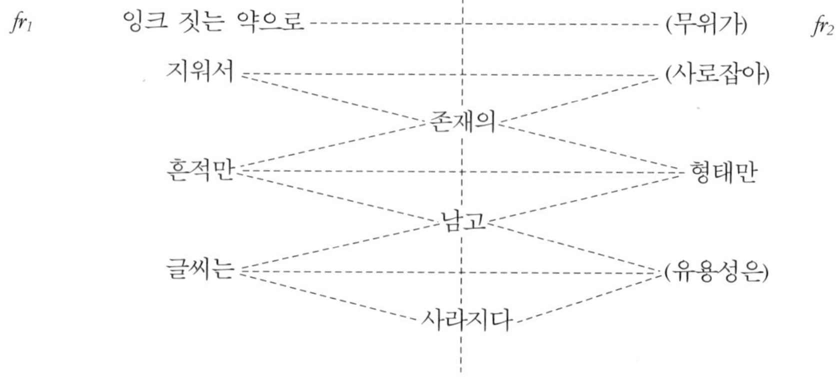

글씨가 드러남이 유용성이듯이 사람의 존재가 유용성을 잉크 짓는 약으로 지워서 무위의 상태로 전환시킴은 쓸모 있는 존재이길 포기하는 것이 된다.

> 그동안에 나는 나의 성격^{性格}을 서랍같은 그릇에다 담아버렸다. 성격
> ^{性格}은 간 데 온 데가 없어졌다.
>
> —『공포의 기록』, 『매일신보』, 1937.4.25~5.15

성격이라는 추상 개념을 서랍에 담긴 물건으로 구체화시켜 비유하고 있다.

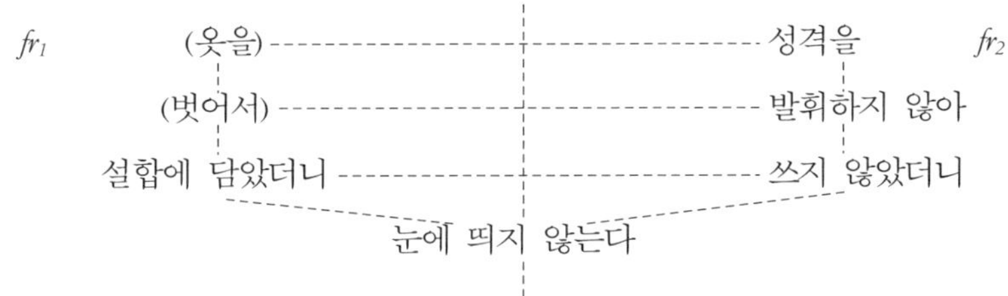

이 언술의 은유적 연쇄는 옷 ≈ 발휘하지 않다 ≈ 쓰지 않다
　　　　　　　　　　성격　　　벗다　　　설합에 담다가 된다.
"내가-입은-옷"은 "내가-벗어서-설합에 넣은 옷"과 대립되고 "나의-발휘된-성격"은 "나의-발휘하지 않은-성격"과 대립을 이룬다. 옷을 입는 것은 옷을 사용하여 도구화하는 것이고, 벗어서 "설합"에 넣는 옷은 도구이길 중단한 상태이다. 마찬가지로 내가 성격을 발휘하는 것은 사회에서 타인에 의한 자기 발견이 있어야 드러나는 법이다. 타인과의 관계성이 사라지면 사회적으로 발휘될 성격이 잘 드러나지 않는다. 이와 같이 설합 속에 담긴 옷으로 사회성 없음을 은유화시키므로 자아 성찰의 의식

이 분명히 드러나고 있다.

> 　소의 뿔은 벌써 소의 무기^{武器}는 아니다. 소의 뿔은 오직 안경^{眼鏡}의
> 재료^{材料}일 따름이다. 소는 사람에게 얻어맞기로 위주^{爲主}니까 소에게는
> 무기^{武器}가 필요없다. 소의 뿔은 오직 동물학자^{動物學者}를 위한 표식^{表識}이
> 다. 야우시대^{野牛時代}에는 이것으로 적을 돌격^{突擊}한 일도 있습니다―하는
> 마치 폐병^{廢兵}의 가슴에 달린 훈장^{勳章}처럼 그 추억성^{追憶性}이 애상적^{哀傷的}
> 이다.
>
> ―『권태』: 181

　소의 뿔은 벌써 소의 무기가 아니라는 것은 일상적 진술이지만 "폐병
의 가슴에 달린 훈장처럼"이라는 대응이 나타남으로써 은유가 형성되고
있다.

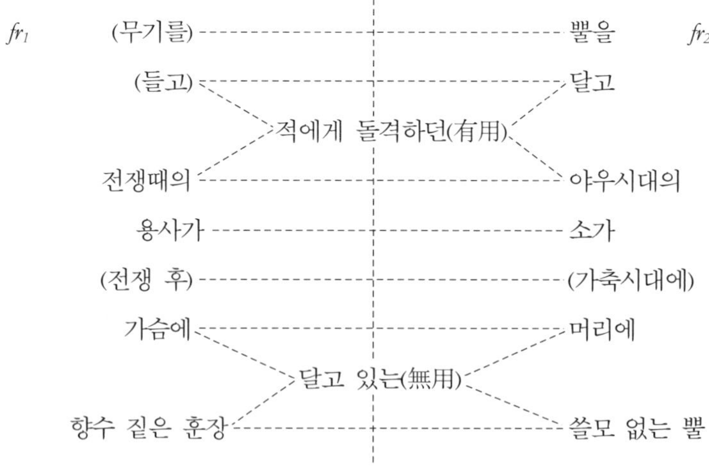

　이와 같이 유용성 있던 존재들이 쓸모없는 존재로 바뀌는 상태가 아래
의 언술에 나타난다.

암소의 뿔은 숫소의 그것보다도 더 한층 겸허^{謙虛}하다. 이 애상적^{哀傷}^的인 뿔이 나를 받을 이^理 없으니 ……

—『권태』: 181

"암소의-뿔이-작다"와 "(사람의)-(자존심이)-겸허하다" 이 두 대응적 언술은 겸허한 자존심을 작은 뿔로 비유하면서, 성격이 드러나지 않는 것과 같이 자존심의 존재가 없음을 구체화시키고 있다. 여기서의 접합점은 잘 드러나지 않는 뿔과 자존심의 대응 관계이다. 곧 무능력함은 겸손함과 통한다는 견해다.

학교마당에는 "코스모스"가 피어있고 생도^{生徒}들은 글을 배우고 있읍니다. 그들은 열심^{熱心}히 간단^{簡單}한 산술^{算術}을 놓아 그들의 정직^{正直}과 순박^{淳朴}을 지혜^{智慧}와 교활^{狡猾}로 환산^{換算}하고 있읍니다.

—『산촌여정』: 25

$$fr_1 \quad\quad \text{무위 자연을} \text{----------} \text{순진한 아이가} \quad\quad fr_2$$
$$\text{도구적 가치로} \text{----------} \text{글과 산술을}$$
$$\text{바꾸다} \text{----------} \text{배우다}$$

사람이 태어날 때 가진 본래의 순수성을 그대로 간직하지 못하고 자본주의 사회의 물질적인 가치관에 물들어 도구적 존재로 변질되어 갈 것을 염려한 생각이 반영되어 있다. 정직과 순박은 곧 무위자연의 타고난 본성을 가리키는 말이고 지혜와 교활은 도구적 가치관으로 무장한 존재가 됨을 일컫는 말이다. 존재 자체가 지니고 있는 고유한 가치가 상업화된 자본주의 경제 체계의 도구적 가치로 물들 것을 염려한 은유적 언술이다. 이와

같이 무위자연을 본성으로 드러냄으로 도구화되길 거부하는 존재 자체의
삶이 은유적 언술로 구체적이고 명료하게 나타난다.

1) 존재의 무화(無化)

일상적 사람들이 지니는 생에 대한 집착이 이상에게는 죽음에 대한 욕
망으로 은유적 발상법을 이루고 있다. 그것은 역설적인 심리 상태의 표출
이라고 볼 수 있으나 동시에 존재 이유의 관점에서도 해석될 수 있다. 인
간이 얼마나 도구적 존재로 적응할 수 있느냐에 따라 사람의 가치가 인정
되고 그 가치 기준이 화폐나 상품화에 있다는 것을 인식한 이상은 이런 도
구적인 인간이 되길 적극적으로 거부하는 방식으로 존재 이유 없음을 드
러내는 무위(無爲)란 은유적 인식을 보여준다.

> 나는 내가 지구위에 살며 내가 이렇게 살고 있는 지구가 질풍신뢰
> 의 속력으로 광대무변의 공간을 달리고 있다는 것을 생각했을 때 참
> 허망하였다. 나는 이렇게 부지런한 지구위에서는 현기증도 날 것 같고
> 해서 한시 바삐 내려버리고 싶었다.
>
> —『날개』: 29

지구의 회전에 대한 언급은 과학적 진술이다. 즉 프톨레마이오스적 천
동설에서 벗어나 코페르니쿠스적 전환인 지동설을 깨달았을 때 인간이 중
심적 존재가 아니라 주변적 존재라는 사실이 허망할 수 있다. 앞에서의 달
린다는 술어는 뒤의 진술에서 내리고 싶다는 언술과 결부될 때 생명은 타
고 내릴 수 있는 기차나 자동차 같은 기계로 전이되고 있음을 볼 수 있다.

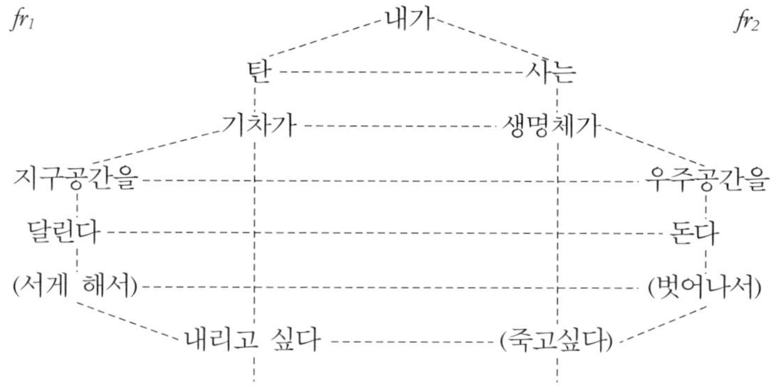

이 언술에는 다양한 술어가 등장하는데 저마다의 대립항을 지닌다.

살다	vs.	죽다
타다	vs.	내리다
달린다	vs.	서다
돈다	vs.	벗어나다

이 대립항들은 또한 서로 간에 은유적 대응체계를 보여준다.

$\dfrac{기차}{생명체} \simeq \dfrac{지구공간}{우주공간}$ 이 대립항의 술부들은 각기 동일화의 기능을 하는 주어와 공존하고 있다. 기차는 타고 내리고, 지구는 달리고 서며, 생명체는 살고 죽으며, 우주공간은 궤도를 돌고 이탈한다. 이들의 상호 관계는 다음과 같다. {(생명체⊂우주 공간) ∩ (기차⊂지구 공간)} 자신의 생명의 지속이 생명의 대연쇄 속에서 일부분으로 맞물려 돌아가고 있다는 인식과 아울러 이 생(生)을 사회에서 유익하고 바쁘게 활용해야 한다는 강박 관념을 보여준다. 각각의 존재가 그 자체의 값어치를 지니고 품위 있게 사는 것이 아니라 서로 맞물려서 생명의 먹이사슬 속에 치열하게 경쟁하며 상대방의

생명을 도구화하고 물질화하지 않으면 살아남지 못한다는 사실을 인식하
고 괴로워한 것이다. 생명의 사슬이란 고리를 벗어나 버리고 싶어한 이유
도 여기서 찾을 수 있다.

> 될 수만 있으면 이 무의미한 인간의 탈을 벗어버리고도 싶었다.
>
> —『날개』: 23

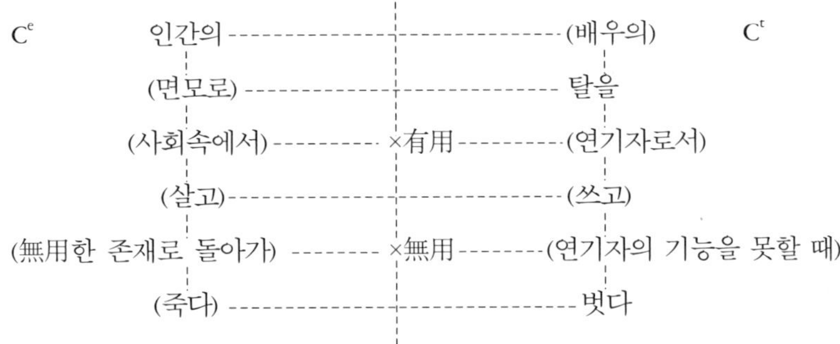

　유용성 있는 존재로서 살지 못 할 바에야 차라리 죽는 게 낫다는 입장이
깔려 있겠지만 인간의 형상을 하고 사는 것을 탈을 쓰는 것이라 볼 때 탈
을 벗는 것은 무엇인가? 사회적이고 도구적 존재이길 그치고 내성적이고
본질적인 존재로 돌아가는 것을 일컫는 것이면서 생명의 탈을 벗고 생명
이전의 무의 상태로 돌아가고 싶다는 의식이 느껴진다.

> 다시는 날이 새이지 않은 것 같기도 한 밤 저쪽에 또 내일來日이라는
> 놈이 한 개個 버티고 서 있다. 마치 흉맹兇猛한 형리刑吏처럼—나는 그 형
> 리刑吏를 피避할 수 없다.
>
> —『권태』: 186

“밤 저쪽”이라는 표현에서 시간을 공간의 위치 개념으로 표현하고 있다. 원래 날이 새면 밤이 온다는 자연스런 법칙이 공간적 표현으로 전이되면서 특정한 종말의 시간은 공간적 위치의 저쪽에 위치한 형리로 나타난다. 그리고 “흉맹한 형리처럼”의 표현에서는 생명을 열심히 연소시키고 가꾸어 나가는지 아닌지를 감시하는 자신의 초자아적 감시 기능을 죄수와 저승으로 잡아갈 형리의 비유 관계로 나타낸다.

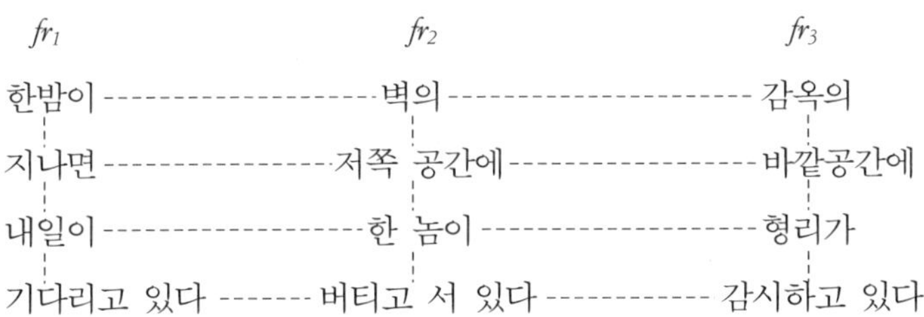

시간의 순차적 흐름(fr_1)은 공간상의 구획(fr_2)으로 바뀐다. 즉 오늘(fr_1)은 한쪽 벽의 존재(fr_2)이고 내일은 또 다른 쪽 벽의 존재로 칸막이져서 구체화된다. 이렇게 시간이 칸막이로 전개됨으로써 감옥에 갇힌 죄수의 바깥쪽에 형리(fr_3)가 버티고 있는 것이 연상된다. 한 칸 한 칸씩 전개되는 시간의 흐름을 의식하고 그것을 고통스럽게 느끼며 살아가는 사람에게는 최후의 순간을 기다리는 사형수의 심장처럼 삶이 가시방석 위를 걸어가는 것처럼 고통스럽게 여겨짐을 나타낸 은유적 언술이다.

다만 어디까지 가야 끝이 날지 모르는 내일^{來日} 그것이 또 창^窓밖에 등대^{登待}하고 있는 것을 느끼면서 오들오들 떨고 있을 뿐이다.

—『권태』: 187

                    fr₁   *fr₂*   *fr₃*

죽음이 ----------- (경찰이) -------------- (저승사자가)

나를 ------------- (죄수를) ------------- (수명이 다한 사람을)

잡아가려고 -------- (잡아가려고) ----------- (데려가려고)

생명의 ----------- (집의) ------------- 생명의

끝에서 ----------- 창밖에서 ----------- 끝에서

기다리고 있다 ---- 기다리고 있다 ------- 기다리고 있다

이번에는 생명이 존재하는 시간을 집이란 건축물로, 생명의 끝을 집밖으로 공간화하여 비유하고 있다. 건축물 안은 생명의 흐름이 지속되는 구조물로, 그리고 건축물 밖은 생명의 흐름이 끊어지는 공간으로 구별하며 이승과 저승을 나눈다. 그 사이에서 생사의 경계를 생각하고 있는 자의식은 건축물의 유리창으로 비유된다.

불나비가 달려들어 불을 끈다. 불나비는 죽었든지 화상^{火傷}을 입었으리라. 그러나 불나비라는 놈은 사는 방법^{方法}을 아는 놈이다. 불을 보면 뛰어들 줄을 알고―

—『권태』: 187

            fr₁   불나비가 ------------------생명체가   *fr₂*

죽음의 본능을 가지고 ------------------정열을 갖고

            불에 ------------------죽음(불가능, 종말)을 향해

뛰어들다 ------------------도전하다

불나비를 의인화하여 사는 방법을 아는 놈이라고 표현하고 있다. 생명의 끝을 생각하면 누구나 미리 두렵지 않겠는가? 그런데 이 죽음에 수동적

으로 정복당하는 존재가 아니라 이 죽음에 대한 두려움에 도전함으로써 극복하고, 극복함으로써 도전하는 주체적 자아의식을 이상은 불나비에 투사시키고 있다. 이 죽음이란 것은 인간이 살면서 부딪치는 절망일 수 있다. 그러니까 사는 방법을 아는 놈이란 진술이 곧 죽는 방법을 아는 놈이란 함축적 의미로도 나타난다.

> 죽음은 식전食前의 담배 한 모금보다도 쉽다
> —『단발斷髮』,『조선문학』, 1937.4

이 은유적 진술에서는 식전에 담배 한 대 피우는 자연스런 애연가의 습관이 죽음의 결행과 비교급의 은유로 나타난다. 즉 "식전에 담배 피기는 쉽고 즐거운 일이다. 그러나 자살하기는 더 쉽고 즐겁다"와 같이 어려운 죽음의 결행을 담배 한 대 피우기의 쉬운 결행보다 더 쉬운 일로 비교하고 있다. 역시 존재의 무화(無化)를 꿈꾸는 자의 은유적 발상이다.

> 아로나르 서른 여섯 개의 공동空洞 곁에 이상李箱의 주소와 순영의 주
> 소가 적힌 종이조각이 한 자루 칼보다도 더 냉담한 촉각을 내쏘으면서
> 무엇을 재촉하는 듯이 놓여 있었다.
> —『환시기幼視記』,『청색지靑色紙』, 1938.6

유서 적힌 종이가 한 자루 칼과 비교급으로 은유화되고 있다. "유서가― 냉담한 촉각을―내쏘으면서―놓여 있는 것"(fr_1)을 칼과 비교하여 "한 자루 칼이―(살기를)―내뿜으며―놓여 있는 것"(fr_2)으로 비유하고 있다. 존재이유에 대한 또 한 번의 도전이 실감 있게 드러나는 은유적 언술이다.

> 나는 한 복스에 아무것도 없는 것과 마주 앉아서 잘 끓은 커피를 마
> 셨다.
>
> —『날개』: 41

"아무것도 없는 것과 마주앉았다"는 진술은 주어(subject)에서 보면 곧 혼자 앉았다는 진술인데, 술어 "마주앉았다"에서 보면 대상과 나의 관계 양상이 드러난다. 이와 같은 주술 간의 불일치를 통해 아무것도 없는 것이 존재화된 은유의 효과가 나타난다. 아무것도 없는 것이란 은유적 주체는 무화된 존재 즉 허무의 본성을 가리키는 것으로, 누구나 허무의 본성을 보면 질겁하고 달아날 대상인데 천연스럽게 마주 앉아 커피를 마셨다는 은유적 언술을 통해 이상의 무(無)에 대한 응시를 느낄 수 있다.

> 그것은 다만 향기香氣도 촉감觸感도 없는 절대권태絶對倦怠의 도달到達할
> 수 없는 영원永遠한 피안彼岸이다.
>
> —『권태』: 185~6

여기서 피안은 별을 은유적으로 지칭한 것이다. 별은 인간의 감각(오관)을 벗어난다든가 인간의 한계로는 설명할 수 없는 절대적인 대상이라는 점에서 생사의 경계를 넘어서고, 도구적 존재이길 벗어난다. 이와 같은 절대적인 무(無)의 경지가 이상향에 대한 그리움으로 나타난다.

> 여기 한 페―지 거울이 있으니
> 잊은 계절季節에서는
> 얹은 머리가 폭포瀑布처럼 내리우고
>
> 울어도 젖지 않고

맞대고 웃어도 휘지 않고

장미薔薇처럼 착착 접힌

귀

들여다 보아도 들여다 보아도

조용한 세상世上이 맑기만 하고

코로는 피로疲勞한 향기가 오지않는다.

만적 만적하는대로 수심愁心이 평행平行하는

부러 그러는 것같은 거절拒絶

우右편으로 옮겨앉은 심장心臟일 망정 고동이

없으란 법 없으니

설마 그러랴? 어디 촉진觸診 …… 하고 손이 갈때 지문指紋이 지문指紋

을 가로 막으며

선뜩하는 차단遮斷 뿐이다

오월五月이면 하루 한번이고

열번이고 외출外出하고 싶어하더니

나갔던 길에 안 돌아오는 수도 있는 법

거울이 책장 같으면 한 장 넘겨서

맞섰던 계절季節을 만나련만

여기 있는 한 페-지

거울은 페-지의 그냥 표지表紙-

— 「명경明鏡」, 『가톨릭청년靑年』, 1933.7

이 시에 나타난 지시 대상은 거울(C^c)과 책(C^{t_1}) 그리고 계절(C^{t_2})이다. 그런데 거울이 책의 한 페이지로 은유화 되었듯이 계절 중의 5월 어느 날 하루로 은유화 되고 있다. 거울 자체의 특성에서 드러나는 맑고 한결같고 피로한 향기가 오지 않으며 젖지도 않는 조용한 특성은 책의 특성으로도 나타난다. 책이 정지된 세계이면서도 현실을 반영하는 점에서 거울과의 은유적 접합점이 드러난다.

다음에 오월의 계절(C^{t2})은 외출하여 돌아오고 싶지 않은 아름다움과 황홀감이 강조되므로 거울과 책처럼 현실의 공간이면서 현실을 넘어서고 현실을 망각할 수 있는 특성에서 은유적 동질성을 보인다. 또한 거울(C^{e})과 책(C^{t1})과 오월의 어느 날(C^{t2})은 내가 빠져들 수 있는 대상이며 또한 빠져들어서 다시는 돌아오고 싶지 않은 대상이기도 하다. 그런 점에서 생(生)을 넘어선(beyond)세계이며 절대적 무위의 세계임이 암시되고 있다. 여기서 이들 세 지시체의 공통항이 드러난다. 그것은 이상향이다. 이상향은 책(C^{t1})의 열리지 않는 젖힌 페이지이고, 거울의 들어갈 수 없는 곳, 그리고 아름다운 계절의 돌아오고 싶지 않은 공간으로서, 무릉도원과 같은 곳으로 암시되고 있다. 이것을 도식화하면 다음과 같다.

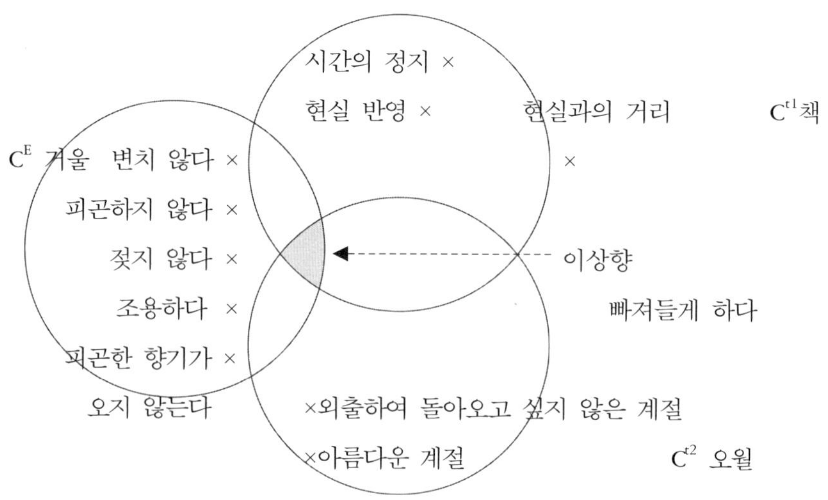

위에서 살펴본 바와 같이 존재의 무화에 대한 인식이 돌고 있는 지구공간을 뛰어내리고 싶은 욕망으로, 사회적 존재의 탈을 벗고 싶은 욕망으로 나타나기도 하고, 시간의 끝인 생명의 소멸을 사형수의 심정으로 또는 죄수를 포박하려고 기다리는 형리로, 또는 살기 뿜는 칼의 느낌으로 나타나기도 한다. 이런 존재의 무에 대한 인식은 별과 같은 절대적 존재에 대한 인식으로, 또는 거울이나 책이나 무릉도원 같은 이상향에 대한 인식으로 은유적 사고를 통해 드러남을 알 수 있었다.

2) 존재의 본질화

무위에 대한 은유적 언술 구조가 앞에서는 인간 존재의 무화에 대한 은유적 형태로 드러나고 있는 것을 살펴보았는데 이번에는 인간이 아닌 사물들이 인간의 지성으로 의인화되고 사색적 존재로 부각되는 은유 구조를 살펴보려 한다. 인간이 무위의 존재가 됨과 동시에 사물이 인간의 존재로 대등하게 끌어 올려지는 노장적인 우주관이 잘 드러나는 부분이 될 것이다.

여기서 리쾨르의 언술은유의 범주이론과 같은 계열이지만 직접적으로 리쾨르의 영향을 받지는 않은 헤일리(Michael Haley)의 범주 구조를 통한 의미론적 계층을 원용하려 한다. 이 이론은 인간을 중심으로 한 우주적 질서를 은유적 술부 집단의 계층 조직(Hierarchy)으로 표현한 이론이다. 헤일리는 리쾨르의 언술적 은유와 같이 술부 조직을 통하여 의미론적 범주를 지형학(topology)으로 드러내고 있는데, 그 체계는 언어를 통한 의미론적 계층 (semantic hierarchicalness)의 의해서다. 이것이 가능한 이유는 모든 구체적 지

시체의 대부분의 비유사성은 어떤 더 높은 단계의 의미론적 추상화에서는
유사성인 것으로 발견되고, '유형들'이나 '종류들'의 체계인 의미론적 계
층은 이 조건을 명확하게 구체화할 수 있다[88]는 가설에서 출발하고 있다.
헤일리의 계층성은 술부 범주의 집합체를 통해 시작된다는 점에서 리쾨르
의 언술 은유와 합치하는 방향을 보여준다.

명사의 예	범주	술부의 예
진리, 미	존재(Being)	존재하다, −하는 것으로 보인다
공간, 점	위치(Position)	여기있고, 저기있는
빛, 힘	운동(Motion)	움직이고, 가로지르고
수소, 反물체	관성, 부력(Inertia)	밀고, 끌고
물, 먼지	중력, 인력(Gravitation)	떨어지고, 올라가고
바위, 공	형태(Shape)	부서지고, 깨지고
나무, 꽃	생명(Life)	성장하고, 죽고
말, 물고기	생기(Animation)	달리고, 헤엄치고
남자, 여자	지성(Intellection)	생각하고, 말하고

이 목록은 범주들 간의 체계적인 계층성을 제시한다. 그러한 계층성은
시적 추상화를 다루려고 시도하는 어떤 모델에도 본질적일 수 있다. 이 술
부 목록이 계층(hierarchy)을 함축한다고 말함으로써, 헤일리는 각 범주가 이
목록 속에 위치한 집단의 하위범주로 생각한다. 즉 지성(Intellection)의 술부
는 생기(Animation)의 술부의 하위 집단이고 생기(Animation)가 생명(Life)의 하
위 집단이다. 이런 헤일리의 심리 언어학적 범주 이동의 은유 공간을 더욱
구체적으로 계층화한 런스포드(Ronald F. Lunsford)의 도표[89]에서 더욱 쉽게

---

88 Michael C. Haley, Concrete abstraction: the linguistic universe of metaphor, *Linguistic Perspectives on Literature*, Marvin K. Ching, Michael C. Haley, Ronald F Lunsford, (ed.) (Routledge & Kegan Paul Ltd), 1980, p.145.
89 Ronald F Lunsford, Byron's spatial metaphor: a phycholinguistic approch, 앞 글, p.159.

간략하게 한 김정연의 도표[90]로 다시 나타내면 "존재⊃우주⊃에너지원⊃지상적 물체들⊃식물⊃동물⊃인간"의 범주로 계층화할 수 있다.

> 돌과 돌이 맞비비어 오랜 동안엔 역시 아이가 생겨나나 보다 돌은
> 좋아하는 돌에게 갈 수가 없다
> ─「쓰키하라 도이치로月原橙一郎」, 『유고집遺稿集』 1

지구를 둘러싼 물리적인 대상의 범주에 속하는 돌이 아이를 낳는 인간 범주로 이동하므로 "돌이 좋아하는 돌에게 갈 수 없다"는 사실 역시 물리적 대상의 범주에서 "좋아한다"는 감정과 지성의 작용을 통해 인간의 정신적인 상태로 이끌어 올려져 은유화되고 있다. 이것은 시 꽃나무와 유사한 발상법이다.

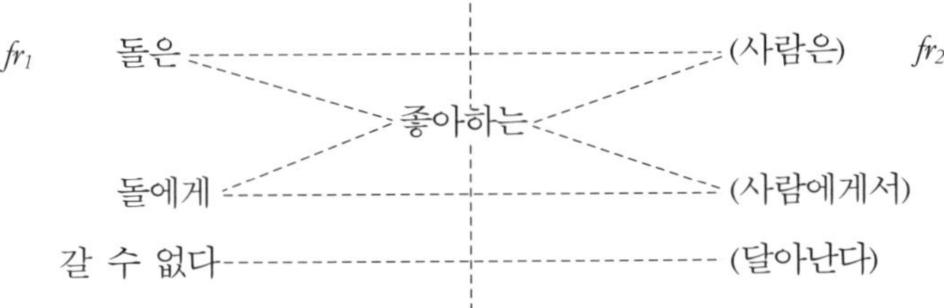

좋아하는 사람에게 다가가는 것이 본능적인 현상이다. 생명의 본능에 의해 봄에 꽃피고 새들이 서로 우짖는 것이다. 그런데 이런 본능적인 욕구를 너무 의식한 나머지 부끄러워서 반대로 달아나는 행위는 교육된 지성이라고 할 수 있다. 사람이 좋아하는 사람에게서 달아나는 것이 본능이 아

---

90 김정연, 「Metaphor의 공간 연구: 조지훈을 중심으로」, 이화여대 국문과 석사논문, 1988, 7~8쪽.

닌 정신적인 의지로서 돌에게 전이될 때 돌이 좋아하는 돌에게 갈 수 없다
는 사실이 정신적인 승화 능력으로 은유를 통해 끌어 올려지게 된다.

나는 소 앞에 누워 내 세균같이 사소한 고독을 겸손하면서 나도 사
색의 반추는 가능할는지 불가능 할는지 몰래 좀 생각해 본다.

—『권태』: 182

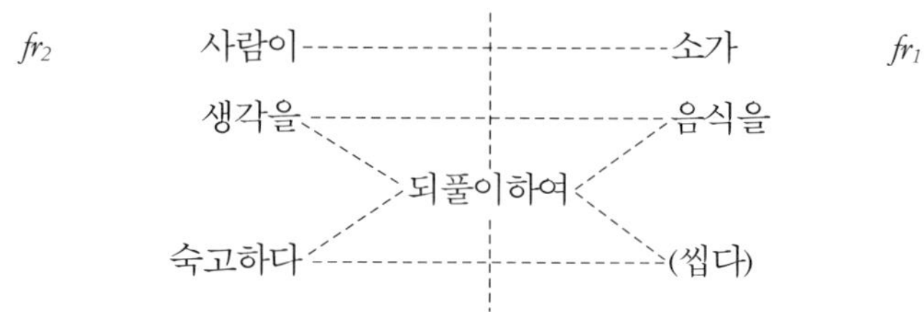

소가 반추하는 생래의 소화작용을 인간의 반복적인 사색으로 비유하고
있다. 따라서 동물의 생기(Animation) 범주는 인간의 지성(Intellection) 범주로
이동하게 되고 또한 인간의 지성은 소의 반추에서 배우므로 지성에서 생
기로의 범주 이동이 나타난다. 여기서 '세균같이 사소한 고독'이란 직유의
비유법이 나타나는데 세균의 형태가 작은 것을 나의 고독이 작은 것에 비
유한 것이다. 무엇에 비유해서 작다는 것일까? 인체에 서식하는 세균이 작
은 것처럼 우주에 서식하는 인간의 고독도 작은 것이 된다. 여기서 인간을
우주의 세균으로 생각하는 병리학적인 은유도 가능하나 세균을 고독하다
고 볼 수는 없으므로 '세균같이 사소한'은 형태적 크기의 은유로 생각해야
할 것 같다.

야음夜陰을 틈타서 새악시들은 경장輕裝으로나섭니다 …… 그리하여
하늘에 닿을 지성至誠이 천고마비天高馬肥 잠실蠶室안에 있는 성聖스러운

귀족가축^{貴族家畜}들을 살찌게 하는 것입니다. 코렛트부인^{夫人}의 "빈묘^{牝描}"
를 생각케하는 말캉말캉한 "로맨스"입니다.

—『산촌여정』 : 24

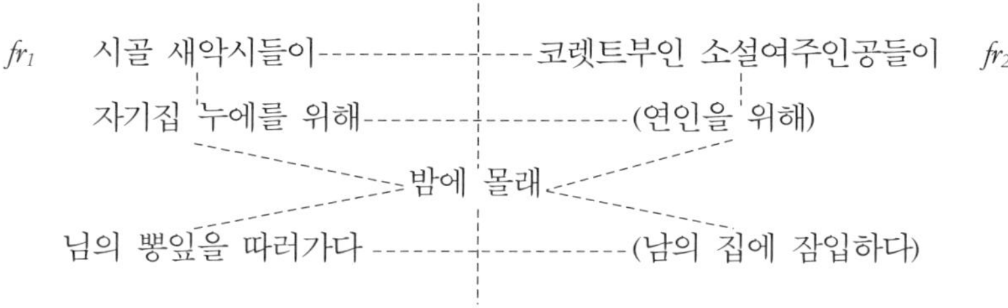

누에의 동물적 범주를 코랫트 부인이 지은 "牝描(빈묘, 암고양이)"에서의
연애의 대상이란 지성의 범주로 이동한 은유적 언술이다.

달은 구름속에 있습니다. 금연^{禁煙}—이라는 느낌입니다.

—『산촌여정』 : 27

"구름속에 있는—하늘의—달"(fr₁)을 "불꺼진—사람의—담배"(fr₂)로 비유
하여 어두운 밤(fr₁)을 금연하는(fr₂) 사람으로 전이시키고 있다.

불꺼진 ≃ 사람의 ≃ 담배
————————————
구름긴   하늘의   달   의 은유적 연쇄가 발생하는데 하늘의 자연현
상을 사람의 담배 피지 않는 정신의 억제력으로 전이시켜서 자연물의 중
력(Gravitation)의 범주를 인간의 정신적인 범주로 이동한다.

세수를 해 본다. 물조차가 미지근하다. 물조차가 이 무지한 더위에
는 견딜수 없었나 보다. 그러나 세수의 관례대로 세수를 마친다.

—『권태』 : 178

"무지한 더위에는 견딜 수 없었나보다"란 은유적 언술로 빛의 운동 (Motion) 범주와 물의 중력(Gravitation) 범주가 합하여 인간의 범주로 이동하고 있다.

fr_1	fr_2
더위가 ——————————————————	(어떤 사람이)
지나치게 더워서 ————————————	(지나치게 성격이 모나서)
찬 물도 ———————————————————	(참을성 많은 사람도)
(영향을 입어서) ———————————	견딜 수 없어서
미지근해 진다 ——————————————	(화를 낸다)

더위와 물의 관계를 사람과 사람 사이의 사회생활로 유추시키고 있다. 지구를 둘러싼 한 물질인 물이 사람 사이의 관계에서 미묘한 심리적 갈등과 지성적 소산인 인내로 지성적 범주로 이동하고 있다.

이와 같이 {인간⊂동물⊂식물⊂물질적 대상⊂에너지 원⊂우주⊂존재}의 범주 계층에서 은유적 언술을 통해 우주적 범주, 형태의 범주, 식물의 범주, 그리고 동물의 범주에서부터 지성화되는 범주 이동을 통해 은유 현상을 살펴보았다.

2. 존재 사슬(Chain of Being)의 은유

이 글에서는 주로 「오감도」에 나타나는 시들을 통해 존재의 사슬(Chain of Being)이란 은유적 사고체계를 살펴보려 한다. 존재의 사슬이란 서양에서 신과의 관계를 논할 때 나타나는 개념과는 다른 일원론적인 생명체에 대한 우주적 인식이다. 통시적으로는 혈통 보존의 연결고리가 되고, 공시적으로는 우주 내에 공존하고 있는 생명체의 먹이사슬이 된다. 이런 먹이사슬에 대한 인식은 이상의 시 작품과 수필 곳곳에 드러난다.

전후좌우前後左右를제除하는유일唯一의흔적痕跡에있어서

익은불서翼殷不逝　목불대도目不大覩

반왜소형胖矮小形의신神의안전眼前에아전낙상我前落傷한고사故事를유有함

장부臟腑라는것은침수浸水된축사畜舍와구별區別될수있을는가.

— 「시제오호詩第五號」, 「오감도烏瞰圖」,
『조선중앙일보朝鮮中央日報』, 1934.7.24~8.8

오감도 「시제5호」에서 밑줄 그은 부분은 『장자』[91] 산목편(山木篇)에 나오는 일화의 귀절을 패러디화한 것이다.

장자가 조릉이라는 밤나무밭 울타리안을 거닐다가 문득 남쪽에서 한 마리의 이상한 까치가 날아오는 것을 보았다. 날개의 넓이가 일곱 자, 눈의 직경이 한 치나 되었다. 장자의 이마에 닿았다가 밤나무 숲에 가서 멎었다. 장자는 "저건 대체 무슨 새일까? 날개는 큰데 높이 날지 못하고 눈은 크나 보지 못하다니!" 하고 말한 뒤 아랫도리를 걷어 올리고 재빨리 다가가 활을 쥐고 그 새를 쏘려 했다. 문득 보니, 매미 한 마

---

91 김용운, 「자학이냐 위장이냐」(『문학사상』, 1985.12, 307쪽)에서 자의식과 전 세계의 대응, 즉 자의식 ↔ 전세계의 관계를 생각하는 이상의 사고가 중국의 장자의 사고와 일치한다고 언급하고 있다.

리가 시원한 나무 그늘에 멎어 제 몸을 잊은 듯 울고 있었다. (그리고 바로 곁에는) 사마귀 한 마리가 나뭇잎 그늘에 숨어서 이 매미를 잡으려고 정신이 팔려 스스로의 몸을 잊고 있었다. 이상한 까치는 이 기회에 사마귀를 노리면서 거기에 정신이 팔려 스스로의 몸을 잊고 있었다. 장자는 (이 꼴을 보고) 깜짝 놀라서 '아(모든) 사물이란 본래 서로 해를 끼치고 利(이)와 害(해)는 서로를 불러 들이고 있는 거구나!' 하고 말한 뒤 활을 내버리고 도망쳐 나왔다. 밤나무 밭지기가 쫓아와 (장자가 밤을 훔친 줄 알고) 그를 꾸짖었다. 장자는 집에 돌아온 뒤 석달 동안 불쾌한 모양을 하고 있었다. 제자인 인저가 따라와 물었다. "선생님께선 어째서 요즘 아주 불쾌하십니까?" 장자는 대답했다. "나는 外物(외물)에 사로잡혀서 자연의 大道(대도)를 놓치고 있었다. 또 나는 선생으로부터 '속세에 들어가면 그 속세를 따르라'라는 말을 들었는데도 이번에 나는 조릉을 거닐며 내 몸을 잊었고 이상한 까치는 내 이마에 닿았다가 밤나무숲에서 노닐며 그 몸을 잊었고 나는 밤나무 밭지기로부터 (꾸지람을 듣고) 모욕을 당했다. 그래서 나는 이렇게 불쾌한 것이다."[92]

장자의 우화를 정리해 보면 장자가 이상한 까치를 노려 활로 쏘려 했는데 장자가 바라보니 까치는 이때 사마귀를 노리고 있느라고 자기가 처한 위험을 잊고 있었고, 사마귀는 매미를 노리고 있노라고 까치가 자신을 노리고 있음을 잊고 있었다. 이 모든 먹이 연쇄의 관계를 깨닫자 장자는 갑자기 무서워져서 도망나오자니 마침 밤밭지기가 자신을 노리고 꾸짖었다. 이와 같은 존재의 먹이사슬을 도식으로 나타내면 다음과 같다. {매미⊂사마귀⊂이상한 새⊂장자⊂밤밭지기}. 이런 먹이사슬의 인식은 이상의 수필

---

92 莊子, 「山木篇」 第 二十, 『新譯莊子』 外篇, 안동림 역주(현암사, 1978), 827~829쪽.

에 나타난 인간 사이의 사회적 조직 관계와 같다.

> 한푼 받아들고 연해 고개를 끄덕이고 꽁무니를 빼는 꼴을 보면서 "네놈 덕에 내가 사람노릇을 하는 것이다. 알기나 아니?" 하고 심甚히 궁窮한 허영심虛榮心에서 고소苦笑하였다. 자신自身 역亦 지상地上에 살 자격資格이 그리 없다는 것을 가끔 느끼는 까닭이다. 그러나 다음 순간瞬間 "나를 먹여 살리는 내 바로 상부구조上部構造가 또 이렇게 만족滿足해 하겠지" 하고 소름이 연聯 쫙 끼쳤다. 그때의 나는 틀림없이 어떤 점잖은 분들의 허영심虛榮心과 생활원동력生活原動力을 제공提供하기 위하여 꾸멀꾸멀하는 "거지적的 존재存在" 구나, 눈의 불이 번쩍 나지 않을 수 없었다.
>
> —『조춘점묘早春點描』, 『매일신보每日申報』, 1936.3.3~3.26

위의 글에서는 {상부구조⊃상부구조의 거지적 존재⊃하부구조⊃하부구조의 거지적 존재⊃거지}라는 존재의 사슬이 인식되고 있다.

이와 같이 이상의 작품에서는 인간 사회의 존재 사슬이 부각되고 있는데 그중에서도 특히 오감도의 작품에 강하게 주제로 반복되고 있다. 개인과 집단, 개인과 개인, 집단과 집단, 조상과 후손, 물체와 사람 간의 보이지 않는 생명의 사슬이 은유적 사고체계로 인식되고 있음을 살펴보겠다.

1) 생명의 사슬

이와 같은 개인이 아닌 집단 간의 존재의 사슬은 「시 제1호」에서는 개인과 집단 혹은 집단과 집단의 관계로 복합적으로 얽혀 나타난다.

십삼인^{十三人}의아해^{兒孩}가도로^{道路}로질주^{疾走}하오.

(길은막다른골목이적당^{適當}하오.)

제일^{第一}의아해^{兒孩}가무섭다고그리오.

제이^{第二}의아해^{兒孩}도무섭다고그리오.

제삼^{第三}의아해^{兒孩}도무섭다고그리오.

제사^{第四}의아해^{兒孩}도무섭다고그리오.

제오^{第五}의아해^{兒孩}도무섭다고그리오.

제육^{第六}의아해^{兒孩}도무섭다고그리오.

제칠^{第七}의아해^{兒孩}도무섭다고그리오.

제팔^{第八}의아해^{兒孩}도무섭다고그리오.

제구^{第九}의아해^{兒孩}도무섭다고그리오.

제십^{第十}의아해^{兒孩}도무섭다고그리오.

제십일^{第十一}의아해^{兒孩}가무섭다고그리오.

제십이^{第十二}의아해^{兒孩}도무섭다고그리오.

제십삼^{第十三}의아해^{兒孩}도무섭다고그리오.

십삼인^{十三人}의아해^{兒孩}는무서운아해^{兒孩}와무서워하는아해^{兒孩}와그렇게

뿐이모였소

(다른사정^{事情}은없는것이차라리나았소)

그중^中에1인^{一人}의아해^{兒孩}가무서운아해^{兒孩}라도좋소.

그중^中에2인^{二人}의아해^{兒孩}가무서운아해^{兒孩}라도좋소.

그중^中에2인^{二人}의아해^{兒孩}가무서워하는아해^{兒孩}라도좋소

그중^中에1인^{一人}의아해^{兒孩}가무서워하는아해^{兒孩}라도좋소

(길은뚫린골목이라도적당^{適當}하오.)

십삼인十三人의아해兒孩가도로道路로 질주疾走하지아니하여도좋소

— 「시詩 제일호第一號」, 「오감도烏瞰圖」,

『조선중앙일보朝鮮中央日報』, 1934.7.24~8.8

「시 제1호」의 전체 진술은 구체적인 상황 묘사를 보여준다.

서술자(narrator) : 적당하오, 좋소(지시), 그리오(간접인용)

배경(setting) : 도로

배경 첨가—막다른 골목

배경 삭제—뚫린 골목

행위(act) : (있다), 말하다

행위 첨가—질주하다

행위 삭제—질주하지 아니하다

결합된 상황(situation) 1 : 막다른 골목(배경)＋달린다(행위)

상황인식 1—무섭다(외적 상황에서 오는 공포)

행위자(actor)—무서워하는 13인의 아해

행위자 첨가 : 무서운 아해 ＋ 무서워하는 아해

상황인식 2—13인이 서로 무섭다(집단 내부 상황에서 오는 공포)

상황의 삭제 : 뚫린골목(배경)＋달리지않는다(행위)

상황인식 3—외적 상황의 공포와 내적 상황의 공포를 무화(無化)내지 능

　　　　가하는 또 다른 운명의 손길에 대한 공포

이와 같은 배경, 행위, 행위자, 그리고 서술자로 이루어진 「시 제1호」는

배경의 첨가와 삭제로서 "도로"라는 배경만 남고, 행위의 첨가와 삭제로서

존재 자체만 남는다. 상황 1의 결합에서 나타나는 행위자의 말(무섭다)은 상황인식 1을 발생케 한다. 그것은 배경(막다른 골목)과 행위(달린다)가 결합되어서 생긴 행위자와 상황 인식이다. 그러므로 외적 상황에서 오는 공포감이 "무섭다"로 발화되고 있다. 행위자의 상황 인식은 서술자의 해설을 통해 행위자가 첨가(무서운 아해 첨가)되면서 상황 인식 2를 낳는다. 즉 서술자는 1인, 2인의 무서운 아해와 무서워하는 아해를 선정하면서 13인 집단 내부에서 오는 공포감을 조성한다. 외적 상황에 대한 공포의 심리는 내적 상황으로 뚫고 들어와 한계상황은 점점 심각해 간다. 이때 상황의 삭제가 서술자에 의해 제시된다. 상황의 삭제는 바로 "배경의 삭제＋행위의 삭제"가 결합한 것이다. 여기서 새로 발생하는 상황 인식 3은 문면에는 나타나고 있지 않으나 작품 전체를 뒤흔드는 울림이 있다. 즉 지금까지 외부에서 내부로 치밀하게 조직되어 부가되던 공포의 상황을 무화(無化)시키는 또 다른 운명의 손길에 대한 공포다. 그것은 모습을 나타내지 않고 지시하기만 하는 서술자(행위자의 운명을 좌우)에 대한 공포다. 이 서술자는 인간 질서를 마음대로 조작하고 지배하는 신뢰할 수 없는 화자(unreliable narrator)라고 이미 지적되어 왔다.

서술자의 방임형 진술－적당하오, 차라리 나았소, ~라도 좋소－의 느슨한 서술 자세에서 이미 신뢰할 수 없는 화자의 시점이 함축되어 있었다. 공중에 떠 있는 까마귀의 시선으로 봄으로써 집단 내외의 공포감을 벗어난 또 다른 시선은 존재 사슬의 은유적 사고를 보여주는 서술자의 시점이다. 상황인식 1 → 2 → 3으로 진행되면서 앞의 상황을 벗어난 새로운 상황 제시가 나타나, 존재 사슬의 연쇄를 함축하고 있다.

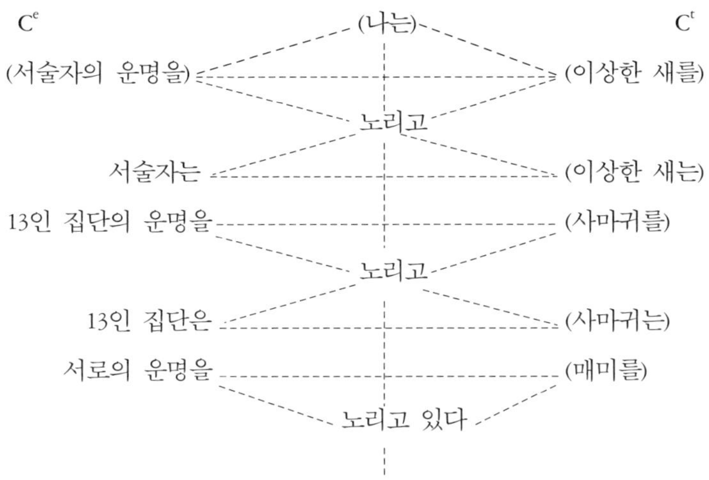

{(작가⊂서술자⊂13인의 집단⊂13인중 개개인) ∩ (인간⊂이상한 새⊂사마귀⊂매미)}의 은유적 연쇄가 성립된다. 먹이 사슬이 갖는 공포 상황은 13인 중 개개인이 13인 집단의 운명을 좌우하기도 하고 개인이 서술자의 위치에 올라설 수도 있다는 점에서 서로 얽혀있는 먹이 사슬을 짐작할 수 있다. 이 연쇄적 관계는 {개인⊂사회 집단⊂집단을 위협하는 또 다른 집단⊂자연의 위험}으로도 생각할 수 있다.

이 존재의 사슬이 전쟁과 평화란 집단적인 싸움형태로 비유되기도 한다.

①때묻은빨래조각이한뭉텅이공중空中으로날라떨어진다. ②그것은흰비둘기의떼다. ③이손바닥만한한조각하늘저편에전쟁戰爭이끝나고평화平和가왔다는선전宣傳이다. ④한무더기비둘기의떼가깃에묻은때를씻는다. ⑤이손바닥만한하늘이편에방망이로흰비둘기의떼를때려죽이는불결不潔한전쟁戰爭이시작始作된다. ⑥공기空氣에숯검정이가지저분하게묻으면흰비둘기의떼는또한번이손바닥만한하늘저편으로날아간다.

—「시^詩 제십이호^{第十二號}」, 「오감도^{烏瞰圖}」,
『조선중앙일보^{朝鮮中央日報}』, 1934.7.24~8.8

「시 제12호」의 은유적 언술은 시간적인 선조적 흐름이 아니라 몇 개의 진술이 동어반복의 의미를 띠고 중복되어 있어서 그 병렬성(parallelism)에 의해 비유의 대응체계가 반복적으로 나타난다. 먼저 진술 ①과 ②, 그리고 ③의 병렬관계를 찾을 수 있다. 먼저 진술 ①은 빨래라는 물질적 대상의 범주에 속하고 진술 ②는 흰비둘기라는 생기의 동물 범주에 속하며 그리고 진술 ③은 전쟁과 평화라는 추상적인 존재의 범주에 속한다. 이 세 범주는 각각 병렬 관계를 띠고 있다.

fr_1	fr_2	fr_3
때묻은 빨래조각	흰비둘기의	(평화를 상징하는)
한 뭉텅이가	한 떼가	(한 집단이)
(빨래를 끝내고)	깃의 때를 씻고	전쟁을 끝내고
(공중의 줄에)	공중에서	평화가 왔음을
(널려서)	움직이며	알리며
(흔들리고 있다)	날아간다	(날아간다)

빨래가 공중의 줄에 널려서 흔들리고 있는 광경을 흰비둘기의 떼가 날아가는 것으로, 또는 평화가 왔음을 알리는 메시지로 비유하고 있다. 때묻은 빨래조각(fr_1)－흰비둘기떼(fr_2)－(평화의 상징)(fr_3)의 세 틀로서, 진술 ①, ②, ③에서는 동일한 사건(event)이 분리된 진술 간의 병치로 나타나는데 진술 ④, ⑤에서는 각각 한 문장 안에서 은유적 진술로 나타난다.

	fr_1	fr_2	fr_3
(한뭉텅이) -----------	한무더기 -----------------	(한 집단의)
(빨래의) -----------	흰비둘기의 떼가 --------------	(평화를)
(때를) ----------------	깃에 묻은 때를 --------------	(오염시키는 존재를)
방망이질하여 -------	(보이지 않는 손에 의해) -------	전쟁을 통해
(없앤다) -----------------	씻는다 ----------------------	없앤다.

진술 ④와 ⑤의 사건에서는 빨래하는 과정(fr_1)이 생략되어 있다. 그 대신 빨래의 기능 중의 하나인 방망이질이 살인의 도구로 전이된다. 이런 의미의 전이 현상은 「시 제11호」에서 유추되었듯이 빨래를 방망이질하는 물리적 대상에 대한 가해는 상식적인 행위에 속한다. 그런데 이런 빨래와 방망이의 인접관계가 그대로 때묻은 비둘기를 보이지 않는 방망이 든 손의 관계로 전이시키면 비둘기를 때려죽이는 전쟁의 의미로 확대된다. 이것은 범주 이동이 가져올 수 있는 새로운 논리의 산출 현상이다. 옷은 입었다 벗어 빨 수 있지만 비둘기의 깃은 더러워져도 벗을 수 없기 때문에 비둘기 깃을 방망이질 하는 것은 비둘기에 대한 학살이 된다. 즉 빨래 기능이 물질적 대상에서 동물로 범주오류(category mistake)가 발생한 것이다. 물질적 대상을 빨래할 때는 벗을 수도 있고 빨면 다시 깨끗해지지만 비둘기의 생기(Animation)의 차원에서는 오염된 것을 목욕으로 정화시켜야 한다. 그러나 추상적인 평화는 빨 수도 목욕시킬 수도 없다.

진술 ⑥에서는 비둘기의 동물 범주만이 나타나고 빨래의 물리적 대상의 범주와 전쟁과 평화란 추상적 존재의 범주는 생략되어 있다. 그러므로 빨래의 틀(fr_1)과 전쟁과 평화란 틀(fr_3)은 같은 사건이 반복되는 가운데 마침내 사라지고 비둘기의 틀(fr_2)만 초점 집중되어 부각된다.

fr₁	*fr₂*	*fr₃*

(공기에) —————————공기에 ————————— (한 집단이)

(옷의 때가 타면)—— 숯검정이가 묻으면———————— (타락하면)

(빨래뭉치는) ———————— 흰비둘기의 떼는———————— (오염된 평화는)

(또한번) ———————————— 또 한번———————————— (또 한번)

(방망이질을 당하여) ————————— 하늘 저편으로——————— (불결한 전쟁을 치르러)

(널려진다) ————————————— 날아간다 ———————————— (날아간다)

   정화된 비둘기떼가 날아가기 위해서는 불결한 전쟁 곧 정화 작업을 치루어야 하고 빨래를 널기 위해서는 전쟁이 있어야 한다는 대립적 행위들이 각각 한 지시체에 묶여 동일한 진행 과정을 보여준다. 즉 '빨래하다 / 깨끗하다', '전쟁하다 / 평화스럽다', '흰비둘기가 때묻다 / 흰비둘기가 깨끗해지다'란 대립의 쌍이 패러다임으로 나타난다. 여기서 흰비둘기가 매개물이라면 전쟁, 또는 평화는 취의로 볼 수 있다.

   이 시의 사건은 세 차례 전개되지만 하나의 언술 문법으로 된 반복적인 사건이 된다. 첫 번째 사건(진술 ①, ②, ③)은 빨래 이후를 지시하고 두 번째 사건(진술 ④, ⑤)은 빨래하는 상태를 지칭하고 세 번째 사건(진술 ⑥)은 빨래하는 전체 과정이 정리되어 지칭된다. "옷의 때가 타면—빨래 뭉치는—방망이질을 당하여—공중에 널린다"는 *fr₁*의 언술 전개 문법이다. 그래서 흰비둘기떼(*fr₂*)나 전쟁과 평화의 개념(*fr₃*)도 세 번째 사건을 그 기본 언술 문법으로 삼을 수 있다. 정화된 상태와 불결한 작업은 고리쇠의 두 연결 고리로서 서로 엇물려 있다는 존재 사슬의 법칙이다.

싸움하는사람은즉싸움하지아니하던사람이고또싸움하는사람은싸움

하지아니하는사람이었기도하니까싸움하는사람이싸움하는구경을하고

싶거든싸움하지아니하던사람이싸움하는것을구경하든지싸움하지아니

하는사람이싸움하는구경을하든지싸움하지아니하던사람이나싸움하지

아니하는사람이싸움하지아니하는것을구경하든지하였으만그만이다.

—「시^詩 제삼호^{第三號}」, 「오감도^{烏瞰圖}」,
『조선중앙일보^{朝鮮中央日報}』, 1934.7.24~8.8

「시 제3호」는 같은 낱말의 반복과(싸움하는, 싸움하지 아니하는) 유어반복([synonymy], 싸움하지 아니하던 사람과 싸움하지 아니하는 사람이었기도 하다의 동일의미)으로 얽혀 있어서 난해한 논리의 게임으로 보인다.

이 시를 더 난해하게 느끼게 하는 또 하나의 요인은 모든 주어가 단수(singular)로 되어 있어 두 사람만의 사건인 것으로 생각하기 쉽기 때문에 이해하기가 더 어렵다는 사실이다. 자세히 읽어보면 단수의 주어는 한국어의 일반적인 특성으로서 사실 이 시에 복수적인 주체들이 참여하고 있음을 깨닫게 된다. 이처럼 같은 단어의 반복과 유어반복 그리고 복수 주어의 단수화 처리로 인해 시의 독해가 어렵게 되어 있다.

싸움하지 아니하던 사람은 현재에 오면 싸움하는 사람이나 싸움하지 아니하는 사람(구경꾼)으로 입장을 선택해야 한다. 그런데 사람이 단 한 명이 아니라 여러 명이 있다면 과거에서부터 싸움하지 아니하던 사람과 현재로부터 싸움하지 아니하는 사람으로 분류된다. 많은 사람 중에서 현재 싸움하는 사람은 과거에 싸움하지 아니하던 사람일 수 있고 또 현재 싸움하는 사람이 싸움하는 구경을 하고 싶을 수도 있다. 이것은 행위자가 관람객이 될 수 있고 관람객이 행위자가 될 수도 있다는 이치이다. 생명의 사슬의 시선으로 볼 때 행위자란 곧 먹이사슬의 고리에 얽혀 생존경쟁의 치열한 싸움을 벌이고 있는 존재들이고 관람객이란 잠깐 먹이사슬의 고리에서 풀려나와 생존경쟁의 싸움을 바라볼 여유를 지닌 자들이다. 그러나 이 상태

는 오래 유지되지 않는다. 시시각각 존망의 위협이 모든 존재들에 다가서기 때문이다. 여기서 다음과 같은 관계의 계층이 이루어진다.

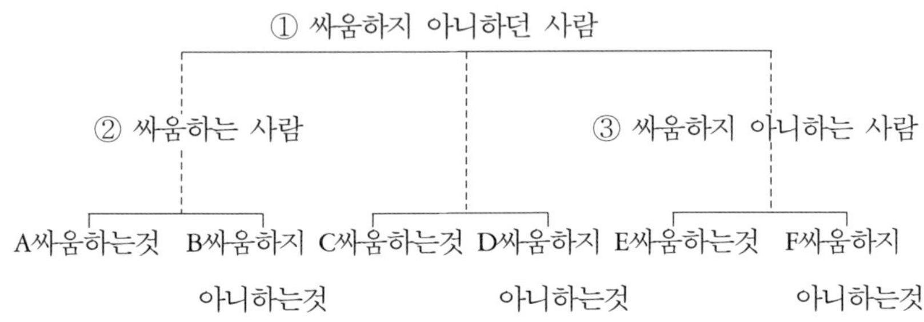

이 시에서 "싸움하는 사람이 싸움하는 구경을 하고 싶거든"의 ②의 주체가 A의 행위를 멈추고 B의 행위로 옮겨가야 가능하다. 그런데 "싸움하지 아니하던 사람이 싸움하는 것을 구경하든지"에서는 ①의 주체가 C의 행위를 전개함을 나타낸다. ①-C의 주어-술어 관계는 곧 ②주체의 A행위의 관계나 ③주체의 E행위 관계와 같은 상태이다. 본문 "싸움하지 아니하는 사람이 싸움하는 구경을 하든지"는 ③주체의 E행위 관계가 된다. 그다음에 본문 "싸움하지 아니하던 사람이나 싸움하지 아니하는 사람이 싸움하지 아니하는 것을 구경하든지 하였으면 그만이다"는 ①주체와 D행위의 관계 그리고 ③주체와 F행위의 관계를 지칭하는 언술이다. 그리고 ①주체의 D행위의 관계는 ②주체의 B행위가 될 수 있고 ③주체의 F행위가 될 수 있다. 그러므로 ①주체의 C, D의 주어-술어 관계는 각각 "C⊃A, E", "D⊃B, F"의 포함관계를 내포하게 된다. 결국 이 시의 언술 문법은 "싸움하지 아니하던 사람이 싸움하거나 싸움하지 아니하는 것을 구경하다"가 된다. 즉 과거가 가능한 현재의 가능성을 내포하고 있다는 논리에서 유추된 문법이다. 이런 시간의 진행에 따른 행위의 변이관계에서 도출된 "행위자⊃관람자"의 함의 관계는 공중에서 먹이를 노리고 있는 지상의 사물의 관계로 유추된다. 이것을 비교하는 것과 비교되는 것의 집합적 관계로 생각할 수 있는데, 그때 비교하는 것(C')은 생략된 상태로 간주될 수 있다.

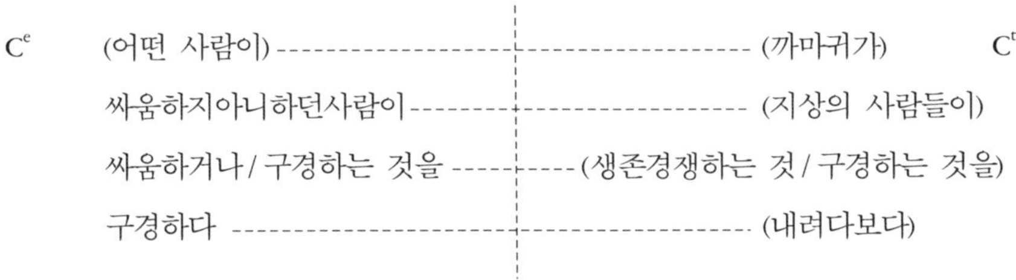

이 시에서 (어떤 사람∩까마귀)의 유사성은 생명의 먹이 연쇄에서 비켜나 구경하고 있는 어떤 진인(眞人)을 생각케 한다. 그러나 자연상태에 있는 존재는 무엇이나 이 먹이 연쇄에서 완전히 벗어날 수 없다는 점을 생각할 때 존재의 먹이 연쇄는 {{(싸움⊂구경꾼)⊂구경꾼} ∩ (지상의 생물⊂까마귀)}의 은유적 대응 관계로 계속 이어지는 우주적 관계를 다시 한번 생각하게 한다.

나의아버지가나의곁에서조을적에나는나의아버지가되고또나는나의
아버지의아버지가되고그런데도나의아버지는나의아버지대로나의아버
지인데어쩌자고나는자꾸나의아버지의아버지의아버지의……아버지가
되니나는왜나의아버지를껑충뛰어넘어야하는지나는왜드디어나와나의
아버지와나의아버지의아버지와나의아버지의아버지의아버지노릇을한
꺼번에하면서살아야하는것이냐.

— 「시詩 제이호第二號」, 「오감도烏瞰圖」,
『조선중앙일보朝鮮中央日報』, 1934.7.24~8.8

이 시에서 반복해서 나타나는 기본 진술 "나는 나의 아버지가 된다"는 부분적인 접합점을 지니는 은유형태로서가 아니라 "A는 B다"라는 동일성의 은유 형태로 나타난다. 즉 "나는 나의 아버지가 된다"를 기본적인 진술로 삼아 "나는 나의 아버지가 되고 아버지의 아버지가 되고…"로 무수한 동일화의 연속체가 발생 가능하다. 그런데 만약 A가 B이면, 명백히 A는 B가 아닌게 아니다. 그러나 이것을 넘어서서, A는 역시 B가 아니고 B는 A가 아니다. 그렇지 않으면, 진술 "A는 B다"는 동어반복일 수 있다(A는 A다와 B는 B다).[93]

이런 프래밍거의 견해에 비추어 볼 때 "나는 나의 아버지가 된다"란 진술과 "나의 아버지는 나의 아버지다"라는 진술이 동시에 한 은유적 언술에서 공존하는 것은 동어반복(tautology)에 빠지지 않으려는 의도와 동시에 알레고리나 금언으로 변질되지 않을 수 있게 장치한 것으로 보인다. 알레고리, 금언, 그리고 수수께끼는 문장 자체가 은유적으로 사용되기 때문이다. 예를 들어 "술취한 배는 마침내 에디오피아에서 그 인생을 끝냈다"하면 "술취한 배"의 은유적 언술이 "마침내 에디오피아에서 그 인생을 끝냈다"는 비(非) 은유적 용어와 만나 술취한 배가 랭보를 지시하고 있음을 알수 있다. 그런데 "술취한 배가 위대하고 고독한 항해사와 만났다"고 할 때 배나 항해사나 모두 지시체가 은유적 진술로 쓰였으므로 알레고리가 된다. 이 문장을 더 읽어나가면서 앙드레 말로가 드골을 만났다는 것이 드러날 때 비로소 비유적 진술의 지시체가 드러난다.[94] 은유는 이같이 한 진술 속

---

93 Alex Preminger(1974), *Princeton Encyclopedia of Poetry and Poetics*, (Princeton, New Jersey: Princeton Univ.), p.494.
94 P. Ricoeur(1977), P.171.

에 또는 진술과 진술 간에 은유적으로 사용된 단어가 공존하는 언술형태이다. 그리고 이 시에서 가장 초점이 되는 단어 "나"는 그 자체는 아무 의미작용도 없지만, 말하고 있는 존재인 그 사람으로서 한 문장 속에서 그 스스로에게 나라는 단어를 적용할 수 있는 그 사람을 의미한다.

이 시에서 "내"가 주어로 계속 존재한다는 점에서 나는 모든 언술의 중심을 이루고 있는 주체이고 이것−여기−지금(this-here-now)의 주체가 된다. {나⊃산조상(아버지)⊃죽은 조상(아버지의 아버지)}의 뒤집혀진 제유적 내포관계는 이런 맥락에서 생각할 수 있다. 또한 이러한 제유적 내포 관계는 오감도란 까마귀의 내려다 봄과 연계시킬 때 은유적 구조가 드러난다. 그것은 비유하는 것(C')의 생략이란 형태이다. 은유로 도식화하면 다음과 같다.

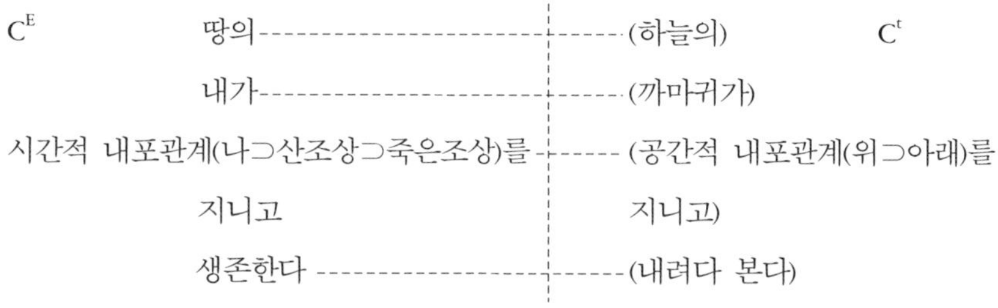

비교되는 것(C')을 시간적 생명의 사슬이라고 본다면, 생략된 비교하는 것(C')은 공간적인 생명의 사슬이라고 볼 수 있다. "나"란 현재적인 존재는 산 조상인 아버지와 죽은 조상인 할아버지의 유전인자가 최소공배수로 내포되어 있음을 알려주는 생명의 한 고리다.

①나의아버지가나의곁에서조을적에나는나의아버지가되고또나는나
의아버지의아버지가되고

②그런데도나의아버지는나의아버지대로나의아버지인데

③어쩌자고나는자꾸나의아버지의아버지의아버지의아버지가되니나
는왜나의아버지를껑충뛰어넘어야하는지

④나는왜드디어나와나의아버지와나의아버지의아버지와나의아버지
의아버지의아버지노릇을한꺼번에하면서살아야하는것이냐.

현실 / 가정이 반복되면서 이다 / 되다가 교차하는 서술어의 대립을 보여
준다.

① ~적에 나는 ~된다 : 1(나) → 12, 1(나) → 13,

② 그런데도 12(나의 아버지)＝12＝12,

③ 어쩌자고 1(나)＝12＋1＋1＋1＋1...가 되니

④ 나는 왜 드디어 1＝(→)1(나) x 12 x 13 x 14

수학적인 원리로는 명징하게 드러나는 것을 유전인자의 동일성으로 바
꾸면서 어조의 억양이 끼어들고 심각한 나레이터의 음성이 끼어들면서 난
해한 수수께끼의 시로 화하게 되었다. 유전인자의 연쇄고리가 언어 논리
로 변형된다.

그사기컵은내해골^{骸骨}과흡사하다. 내가그컵을손으로꼭쥐었을때내팔에
서는난데없는팔하나가접목^{接木}처럼돋히더니그팔에달린손은그사기컵을번
쩍들어마룻바닥에메어부딪는다. 내팔은그사기컵을사수^{死守}하고있으니산
산^{散散}이깨어진것은그럼그사기컵과흡사한내해골^{骸骨}이다. 가지났던팔은배
암과같이내팔로기어들기전^{前}에내팔이혹^{或}움직였던들홍수^{洪水}를막은백지^{白}

^紙는찢어졌으리라. 그러나내팔은여전^{如前}히그사기컵을사수^{死守}한다.

—「시^詩 제십일호^{第十一號}」, 「오감도^{烏瞰圖}」,
『조선중앙일보^{朝鮮中央日報}』, 1934.7.24~8.8

　이 시에서 찾을 수 있는 은유형태는 "흡사하다"의 술어로 나타난 비교가 있고, 유사현실(quasi-reality)의 상황을 보여주는 "접목된 팔"이 나타난다. "없는 팔 하나가 접목처럼 돋히더니"와 "가지났던 팔은 배암같이"의 양태사 "처럼"과 "같이"는 사건(event)의 한 상황을 형용해 주는 장식적인 비유의 역할을 할 뿐 시 전체의 은유적 언술에 어떤 구조적 역할을 보여 주지는 않는다.

　접목처럼 돋힌 팔이 지시하는 목적은 환상을 창조하는 것으로 보이며, 새로운 시선으로 세상을 표현하는 미학적 은유의 기능을 보여준다. 지금 이 효과는 개인적인 관점으로 본 대상들 사이에서 특별한 관련성을 갖고 전적으로 운용된다. 간략히 말해서 관계성의 창조이다. 다시 말하면 사람의 손이 물 담긴 컵을 쥐고 있는 것은 가상의 손이 사람의 생명(두개골)을 쥐고 집어던지고 싶어하는 가학적인 암시가 담긴 유추적 세계가 드러난다. 여기서 작용하는 것은 문법적 관계성이 아니라 이차적 관계성으로 이 모든 대상들에 속하는 동일한 영역을 환기시킨다.[95] 환상 자체는 유사현실(quasi-reality)로서 존재론적 차원을 보여준다. 즉 존재와 사물 사이의 현실에 존재하는 심오한 관계를 더 잘 지각하여, 새로운 진실을 발견할 수 있기 위해서다.[96] 이 시는 먼저 다음의 은유적 언술의 대응체계로 나타날

---

95 Hedwig Konrad(1939), Etude sur La Metaphor, Paris, Lavergne, Vrin, 1959, p.137, P.Ricoeur(1977), p.108 재인용.
96 앞 글, p.136, Ricoeur(1977) p.339 재인용.

수 있다.

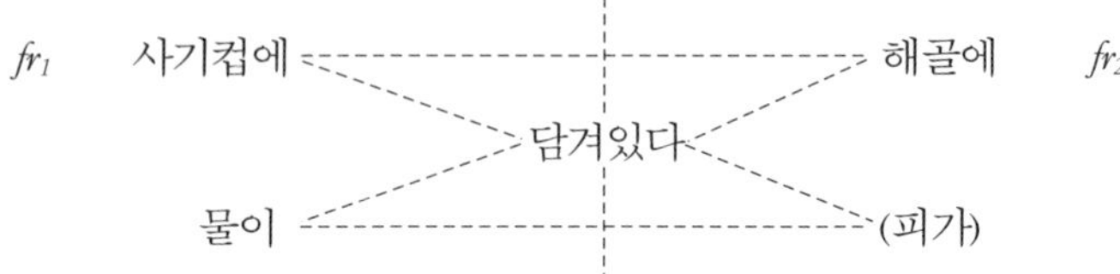

사기컵은 내 해골과 흡사하다고 전제되어 있으므로 사기컵에 담긴 물의 관계(물⊂사기컵)는 해골에 담긴 피의 관계(피⊂해골)와 같다.

물 ≃ 피

사기컵 해골의 류(類, Genus)에서 류(類)로의 전이(epiphora)를 나타낸다. 즉 형태(shape)의 사물적 차원에서 생기(Animation)의 동물적 차원으로의 유추적 전이다. 그런데 이들 대상에 또 다른 외부적 힘이 작용한다. 사람의 손이 컵을 잡고 있을 수도 있고 집어 던져서 깨트릴 수도 있는 것처럼 가상의 접목된 손이 생명체를 잡고 있을 (존재함) 수도 있고 집어 던질(비존재) 수도 있다.

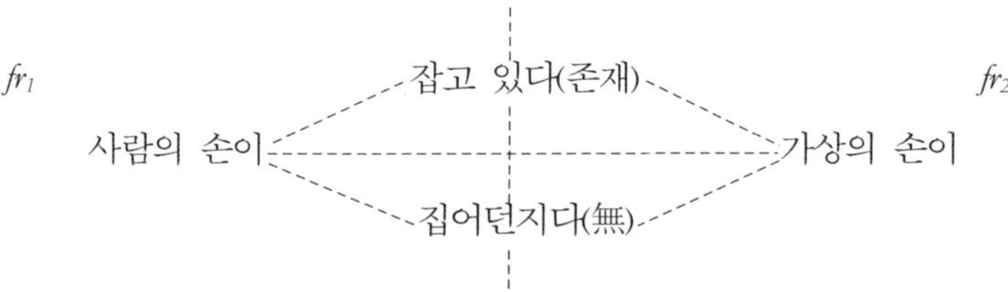

사람의 손이 사기컵을 잡고 있다가 집어던지는 것은 화가 몹시 났을 때 나타날 수 있는 동작이지만, 어떤 접목된 가상의 손이 사람의 피가 담긴 해골을 집어던졌을 때는 문제가 달라진다. 왜냐하면 사물과 생명체는 존재 범주가 다르기 때문이다. 류에서 류를 바꿀 때 벌어질 수 있는 어처구니없는 유추관계이다. 그런데 이 관계가 단순히 넌센스가 아니라는 데 문제의 심각성이 있다. 즉 우리 인간은 보이지 않는 손에 의해 내동댕이쳐질 필연적인 운명을 갖고 태어나기 때문이다. 그 보이지 않는 손은 신이나 운명이라고 부를 수 있지만 한편으로는 권력을 쥔 같은 인간이 다른 인간을 내동댕이칠 수도 있다는 점이다. 즉 인간이 신의 역할을 할 수 있는 정치적 권력자 혹은 문명의 이기를 소유한 권력자의 입장에서 다른 인간의 생명을 마음대로 다룰 수 있다는 문명비판적인 암시가 담겨 있다. 전체적인 언술의 은유를 도식화하면 다음과 같다.

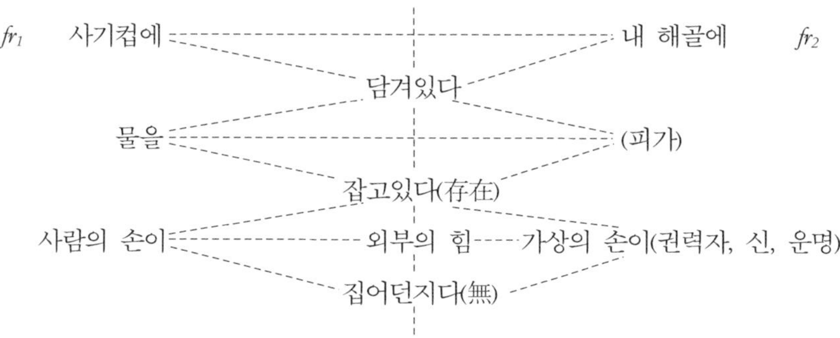

물은 사기컵에 담겨 있고 사기컵은 그것을 도구로 사용하는 사람인 나의 소유물로서 내 손아귀에 들어 있다. 또한 사람인 내 머리(피가 담긴 해골)는 생명의 유한한 존재로서 보이지 않는 가상의 손에 잡혀있는 형편이다. 사기컵의 소유자인 내가 마음 내키면 물이 담긴 사기컵을 내던질 수 있고 내 생명의 소유자인 어떤 존재의 손이 마음 내키면 피가 담긴 내 머리를 집어던져서 산산 조각낼 수 있다. {(물⊂사기컵⊂사람의 손) ∩ (피⊂해골⊂가상의 손)}의 은유적 도식이 나타난다. 이것은 또한 (물⊂사기컵⊂사람의 손⊂보이지않는 가상의 손)의 연쇄적 제유 관계로 나타난다. 사람의 손이 사기컵을 잡고 있는 한 사기컵은 존재하고 운명의 손이 사람의 해골을 잡고 있는 한 나란 사람은 존재를 영위할 수 있다. 또 그 반대인 비존재[無]도 마찬가지다.

이상은 인간을 사물(사기컵)과 독립된 별개의 존재로 간주하지 않고 {인간⊂동물⊂식물⊂물질적 대상}의 존재가 계층을 떠나 함께 존재하는 우주적 공생 체재로 인식하고 있지만 앞장에서 분석했듯이 인간을 근대문명의 한 소모품이자 도구로서 인식한다. 그래서 이 우주적인 존재의 연쇄는 생명의 먹이사슬에 얽혀 있다는 것을 이 시에서 극명하게 보여준다. 그것은 곧 이 시의 은유적 사고 구조이기도 하다.

이와 같이 존재의 사슬이란 은유적 인식은 혈통 계승의 사슬로 인식되거나, 물질적 대상을 좌우하는 인간과 그 인간을 좌우하는 생명의 사슬로 인식되거나, 생존 경쟁과 구경꾼이란 개인과 개인의 먹이사슬, 전쟁과 평화란 집단과 집단의 먹이사슬, 집단과 개인, 또는 집단과 집단의 먹이사슬로 존재의 사슬이 은유적 사고 체계로 구조화되고 있음을 살펴보았다.

2) 역사의 사슬

역사의 사슬이란 생명의 사슬의 한 부분이다. 그런데 역사의 사슬로 분류한 것은 이상이 그간의 평가와는 다르게 은유적 언술을 통해서 자신의 시대 상황을 그대로 드러내고 고민하고 있기 때문이다. 다음에 분석할 「시제14호」에서 이상이 이미 그 시대 상황을 깊이 인식하고 있음이 잘 드러난다.

고성古城앞풀밭이있고풀밭위에나는내모자帽子를벗어놓았다.　성城위에서나는내기억記憶에꽤무거운돌을매어달아서는내힘과거리距離껏팔매질쳤다. 포물선抛物線을역행逆行하는역사歷史의슬픈울음소리. 문득성城밑내모자

^{帽子}곁에한사람의걸인^{乞人}이장승과같이서있는것을내려다보았다. 걸인^{乞人}
은성^城밑에서오히려내위에있다. 혹^或은종합^{綜合}된역사^{歷史}의망령^{亡靈}인가.
공중^{空中}을향^向하여놓인내모자^{帽子}의깊이는절박^{切迫}한하늘을부른다. 별안
간걸인^{乞人}은표표^{慄慄}한풍채^{風彩}를허리굽혀한개의돌을내모자^{帽子}속에치뜨
려넣는다. 나는벌써기절^{氣絶}하였다. 심장^{心臟}이두개골^{頭蓋骨}속으로옮겨가
는지도^{地圖}가보인다. 싸늘한손이내이마에닿는다. 내이마에는싸늘한손자
국이낙인^{烙印}되어언제까지지워지지않았다.

—「시^詩 제십사호^{第十四號}」, 「오감도^{烏瞰圖}」,
『조선중앙일보^{朝鮮中央日報}』, 1934.7.24~8.8

이 시에 나타난 행위의 전개 과정은 순차적으로 이어진 은유적 진술로
표현되고 있다. 먼저 나는 고성 앞에서 모자를 벗고, 기억을 벗어서 돌에
매어 던졌더니 역사의 슬픈 울음소리가 들린다. 여기서 나의 벗고 던지는
행위의 계열적 체계(paradigmatic system)는 (모자⊂기억⊂역사)로 주체가 바
뀌면서 반복된다.

다음에 벗어 던진 내 모자 곁에 한 걸인이 있어 점점 키가 커지고, 벗어
던진 모자는 교차적으로 하늘을 부르고(아마 모자의 주인을 불렀을 것이다), 걸
인이 이에 응답이라도 하듯이 내가 던진 돌을 다시 내 모자에 넣는다. 벗
어 던지는 행위가 주체를 바꾸면서 연속적인 <벗는> 패러다임을 지니고
있듯이 <넣는> 행위의 패러다임을 연쇄적으로 나타낸다. 즉 걸인이 성
아래에서 내 모자에 돌을 넣었는데 내가 성 위에서 기절한 사건이다. 걸인
과 심장이 두개골로 옮겨가는 것 같고 싸늘한 어떤 손이 내 이마에 닿는
다. 여기서 성 아래 있는 걸인과 성 위에 있는 나와의 상징적 연결이 '어떤
손'으로 암시된다.

앞서의 연쇄적인 <넣는> 패러다임으로 생각할 때, 돌을 교차적으로 내

모자에 넣는다는 것은 내게 기억을 넣는 것이고 버린 역사를 다시 내 머리
에 넣는 것이고, 돌 자체가 지닌 우주의 시간성을 넣는 행위의 패러다임을
함축하고 있다.

모자를 벗다	vs.	벗은 모자를 쓰다
기억을 벗다	vs.	버린 기억을 넣다
역사를 벗다	vs.	버린 역사를 집어넣다
돌을 던지다	vs.	버린 돌을 넣다

　이 대립 행위(벗다 / 넣다)의 패러다임은 모자를 벗고 / 쓰는 '개인'의 선택
과 기억을 벗고 / 넣는 한 개인을 지배하는 '혈통'의 기억과 역사를 벗어버
리고 / 다시 집어넣는 민족의식의 상반된 개념이 이 시의 주된 구조를 이루
고 있다. 이 다양하게 짜여진 이항 대립적 패러다임은 동시에 은유 체계로
설명할 수 있다.

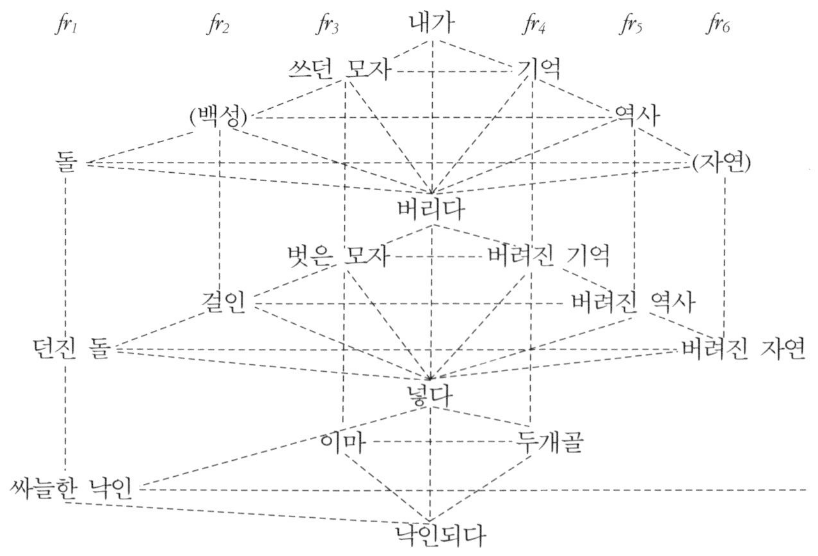

위 도표의 중심 주체는 일단 나(개인)인데 왼쪽의 체계는 구체화된 매개물이고 오른쪽의 체계는 추상적인 취의의 은유적 대응 관계로서 전체 구조를 이룬다. 즉 내가 쓴 모자는 내적 개념으로는 기억이 된다. 또 "역사"란 추상 개념은 구체적 지시체로 "백성"과 연계되어야 의미가 드러나며, "돌"이란 세월의 축적물은 "자연의 뜻"이란 추상적 의미망과 대응 관계를 이룬다. 이런 점차적으로 확대되는 의미망의 체계는 곧 이상이 살던 1930년대의 일제 식민지 상황에서 개인이 모자를 벗듯이 국가는 백성을 버리고 하늘은 돌을 버렸다는 매개물의 패러다임으로 나타난다. 추상 개념으로 바꾸어 보면 그것은 기억을 버리고 역사를 버리고 자연의 뜻을 버렸다는 의미 계층이 된다. 다시 말해서 모자를 버리면 벗은 모자가 되고, 백성을 버리면 걸인이 되고, 돌을 버리면 던져진 돌이 된다. 마찬가지로 기억을 버리면 버려진 기억이 되고, 역사를 버리면 버려진 역사가 되고, 자연의 뜻을 버리면 버려진 자연이 된다. 이런 상태에서 사건의 전기(轉機)가 온다. 그것은 벗은 내 모자가 하늘을 부르는 사건이다. 말하자면 모자는 그 모자의 주인인 나(개인)를 부르고 백성은 그 백성의 주인인 나라를 부르고 돌은 그 돌의 주인인 하늘을 부르는 것이라는 패러다임이 이루어진다. 즉 다음과 같은 주체와 매개물, 취의의 삼각형을 그릴 수 있다.

이 세 개의 삼각형은 상동성(homology)을 지니고 점점 커지는 은유적 대응 체계를 나타낸다.

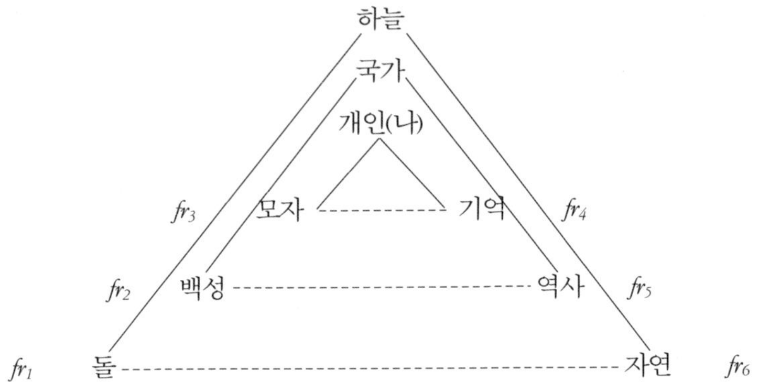

위의 세 삼각형이 개인적 삶의 기본이어야 하는데 이 시가 쓰여진 1930년대의 시대적 상황은 그렇지 못했다. 그래서 다음과 같이 수정된 삼각형이 성립하게 된다.

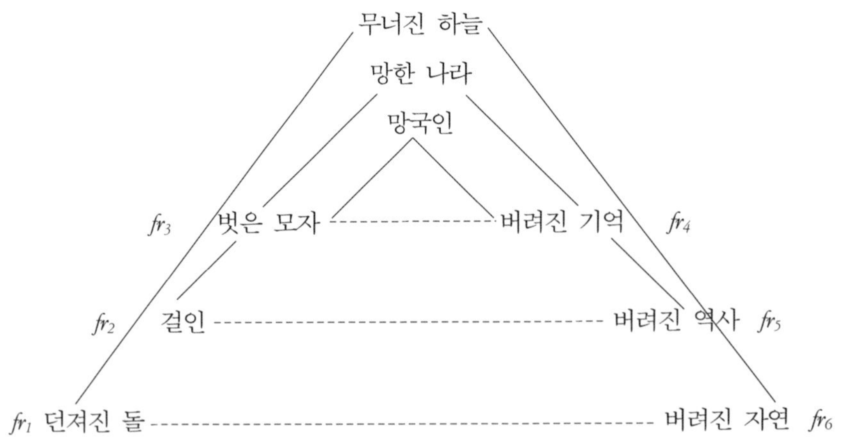

이 모든 (개인⊂국가⊂우주)라는 계층적 중심주체들의 은유적 유추관계는 결국 나의 이마에 찍힌 싸늘한 낙인으로 초점 집중된다. 말하자면 이 모든 개인과 국가와 우주의 고뇌를 한 몸에 지니고 살아가야 할 개인의 인

식에 초점이 모아지는 것이다. 그래서 나는 이 어마어마한 깨달음 속에 기절할 수밖에 없고 이마에 찍힌 낙인을 달고 괴로운 역사 인식 속에 살아갈 수밖에 없는 숙명적 존재가 된다. 그것은 깨달음이 곧 그 사람의 존재 방향을 인도한다는 점에서 그 사람의 운명이고 숙명이 될 수 있기 때문이다. 이 시에 나타난 현실 인식은 다음과 같이 도식화된다. {{(돌⊃백성⊃모자) ∩ (자연의 뜻⊃역사⊃기억)} ∪ {(던진 돌⊃버려진 백성⊃벗은 모자) ∩ (던져진 자연의 뜻⊃망각된 역사⊃버린 기억)}}이다. 역사의 먹이사슬이 이와 같이 한 개인의 문제가 아니라 나라와 우주의 문제로 연계되어 있음을 "시 제14호"에서 알 수 있었다. 그러므로 한 나라가 망한 것은 개인이 망한 것이고 우주가 망한 것으로 역사의 사슬이 연계되어 있어서 인간은 자기가 살고 있는 시대 인식에서 벗어날 수 없음을 보여준다. 다음의 「이런 詩」도 시대 인식에 바탕을 둔 작품이다.

역사를하노라고 땅을파다가 커다란돌을하나 끄집어 내어놓고보니 도무지어디서인가 본듯한생각이들게 모양이생겼는데 목도들이 그것을 메고나가더니 어디다갖다버리고온모양이길래 쫓아나가보니 위험危險하기짝이없는 큰길가더라.

그날밤에 한소나기하였으니 필시必是그돌이깨끗이씻겼을터인데 그이튿날가보니까 변괴變怪로다 간데온데 없더라. 어떤돌이와서 그돌을업어갔을까 나는참이런 처悽량한생각에서아래와같은作文作文을지었도다.

"내가 그다지 사랑하던 그대여 내한평생平生에 차마 그대를 잊을수없소이다. 내차례에 못올사랑인줄은 알면서도 나혼자는 꾸준히생각하리라. 자그러면 내내어여쁘소서"

어떤돌이 내얼굴을 물끄러미 치어다보는것만같아서 이런시詩는 그만찢어버리고싶더라.

—「이런 시^詩」, 『가톨릭청년^{靑年}』, 1933.7

이 시를 풀 수 있는 매듭은 먼저 "역사"라는 단어의 다의성(polysemy)에서 나타난다. 즉 역사란 단어의 의미가 오랜 세월에 걸쳐 여러 개의 의미가 축적되어 있으며 한 의미가 사용되어도 다른 의미는 사라지지 않는다는 점에서 "역사"의 동음이의(homonymy)를 추적할 수 있다. 즉 역사(役事)와 역사(歷史)의 동음이의를 의식하는 데서 이 시의 은유적 심층 구조가 드러날 수 있게 된다. 그러나 역사(歷史)란 비유되는 것(C^e)은 이 시에서 전혀 드러나고 있지 않다. 곧 C^e의 생략이다. 다만 역사(役事) 대신 역사(歷史)로 바꿔치기할 때 의미의 연계가 살아날 수 있다는 문맥상의 제약을 통해서 내포적 의미(connotation)를 찾을 수 있다. 여기서 모리엘이 말하는 '비유하는 것'과 '비유되는 것'의 '접합점'이 도출된다.

$$C^t \qquad\qquad\qquad\qquad\qquad\qquad\qquad\qquad\qquad C^e$$

집 개인 x ────────── x 주인 ─────── x 국민(나라)

개인 소유지 x ──────── x 땅───────── x 국토

주춧돌 x ────────── x 기초───────── x 역사(주권)

비유하는 것(C^t), 집과 비유되는 것(C^e), 나라의 공통점이 나타나는데, 집이나 나라에는 주인이 있고, 또 땅이 있어야 하고, 기초가 확실해야 오래간다. 집의 주인은 개인이고 나라의 주인은 국민이다. 마찬가지로 집의 기초를 다지려면 주춧돌이 있어야 하는데 나라의 주권은 그 나라의 역사가 말해 준다. 이와 같이 집과 나라의 제유적인 구조물들의 구성 요소가 접합점을 통해 만나고 있다. 여기서 가장 바탕이 되는 것은 물론 기초가 되는 주춧돌과 역사(주권)일 것이다. 이 역사에 은유적 대응인 매개물(vehicle)로

드러난 돌 이미지는 건축물의 기초로서 중요한 핵심어가 된다. 그것을 언술은유 체계로 도식화하면 다음과 같다.

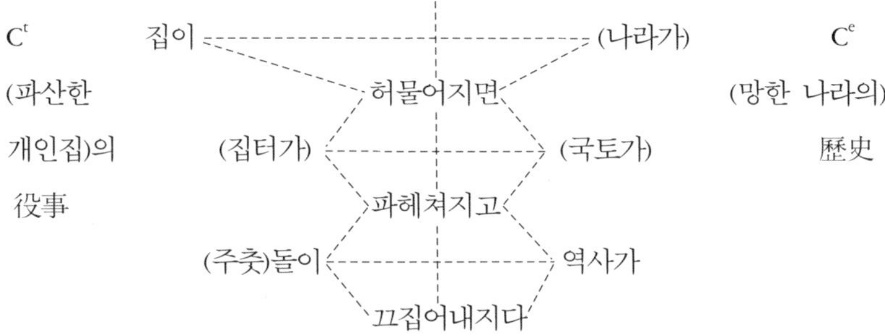

공통의 행위항으로 동일하게 유추될 수 있는 {(집∩나라) ⊂ (집터∩국토) ⊂ (돌∩역사)}의 은유적 도식은 서로 인접성을 띠고 긴밀하게 묶여 있는 것들의 대응관계로 이루어져 있다. 보이지 않는 땅속에 (주춧)돌을 묻어 기초공사를 한 후에 집을 짓는다. 마찬가지로 역사라는 보이지 않는 존재가 있어 그 국토에 사는 국민의 나라를 지탱해 나간다. 주춧돌과 역사는 이같이 눈에 나타나지 않는 공통적인 특성을 갖고 있다. 그런 점에서 볼 때 흙 묻은 (주춧)돌이 소나기에 씻긴 상태란 완전히 국토나 나라와의 연계가 끊어진 역사의 경우를 은유적으로 나타낸 것이다.

그리고 이같이 망한 나라의 술부항은 허물어지고(파헤쳐지고) 끄집어내진 상태라면 세워진 나라의 술부항도, 그리고 세워진 집의 술부항도 마찬가지로 도출할 수 있다. 그 이유는 서로 대립항을 이루고 제유적 함의 관계를 띠기 때문이다.

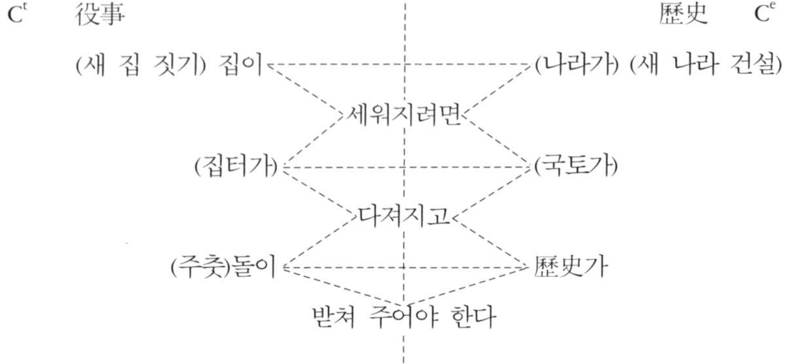

여기서 술부항의 대립을 묶어 보면 다음과 같다.

세우다   VS.   허물어지다

다져지다   VS.   파헤쳐지다

받쳐 주다   VS.   끄집어 내다

사라진 (주춧)돌에 제문(祭文)을 지어 위로하는 "나"라는 개인은 나라를 잃은 조선인을 대표하는 국민의 한 사람이 된다. 어떤 돌이 업어간 주춧돌의 은유적 관계는 다른 나라의 역사가 가로채 간 조선의 역사를 나타내므로 역시 역사의 먹이 사슬이란 공통항을 바탕으로 돌과 역사의 대응 관계가 이루어짐을 알 수 있다.

그런데 이런 조문(弔文)과 같은 시를 짓는 것 역시 신변이 위험한 정치적 행위가 되므로 두려움을 느끼지 않을 수 없다. 일제 식민지하에서는 망국의 조선인이 자신의 의사를 분명히 밝힌다는 사실만이라도 법에 저촉되는 일이었음은 잘 아는 사실이다. 그래서 이상은 은유의 언어적 수사학에 의지하여 자신의 뜻을 나타냈을 것으로 보인다. 그런 언론의 자유의 문제가 시 「禁制」에 잘 나타나고 있다.

내가치던개(狗)는튼튼하대서모조리실험동물^{實驗動物}로공양^{供養}되고그중^中에서비타민E를지닌개(狗)는학구^{學究}의미흡^{未及}과생물^{生物}다운질투^{嫉妬}로해서박사^{博士}에게홈씬얻어맞는다. 하고싶은말을개짖듯배앝아놓던세월^{歲月}은숨었다. 의과대학^{醫科大學}허전한마당에우뚝서서나는필사^{必死}로금제^{禁制}를앓는(患)다. 논문^{論文}에출석^{出席}한억울한촉루^{髑髏}에는천고^{千古}에씨명^{氏名}이없는법^法이다.

— 「금제^{禁制}」, 「위독^{危篤}」, 『조선일보^{朝鮮日報}』, 1936.10.4~9

이 시의 은유적 언술은 "내가-기르던-개"란 일상적 진술에서 출발하고 있다. 진술 1, 2, 4의 개에 대한 언술과 진술 2, 3의 사람에 대한 언술은 직유법을 통한 언술이거나("하고싶은말을 개짖듯 배앝아놓던") 범주 이동("개가 학구의 미흡때문에 얻어맞다")으로, 또는 모순어법("논문에 출석한 촉루")으로 은유적 언술을 이룬다.

나와 개의 은유적 대응관계는 첫째로 의학도들에게 실험동물이 된다는 점에 있다. 나는 치료를 목적으로 의과대학에 가서 도리어 수련의들이 병의 상태를 파악하는 본보기가 되고, 개는 박사의 실험동물로 사용된다. 두 번째로 나와 개의 은유적 관계는 실험용이 될 때 하고 싶은 말을 하느냐 순종하느냐의 문제가 생기고, 개는 짖느냐(짖는 것이 자기 방어의 본성이니까) 순종하느냐의 갈림길에 서게 된다. 개가 짖는다는 본성의 표출은 사람인 나에게로 전이되면 자기 방어를 위한 의견의 표출이 되고, 사회적 범주에서 언론의 자유가 된다. 여기서 개의 동물적 본성은 인간 개개인의 자유의사 표출로 전이되며, 사회집단에서는 언론의 문제로 전이된다. 도표로 나타내면 다음과 같다.

	fr_1	fr_2	fr_3
내(환자)가 ——————— 실험용 개가 ——————————— (사회 집단이)
의사의 ———————————— 박사의——————————— (지배층의)
금제(권위)에 ————————— 실험에———————————금제에
(순종하거나) ——————순종하여 뼈로 남거나 ————(순종하거나)
(반항하다) ——————————반항하여 얻어맞다 ———————반항하여 하고 싶은 말을 하다

이 시에서는 개의 짖는 본성이 긍정적으로 조망된다. 학구열이 왕성하고 본성이 약한 개는 박사의 실험용으로 사용되어 촉루로 남지만, 학구열이 미흡한 것과 반비례해서 생물다운 질투가 강한 Vt.E를 지닌 개는 반항하여 얻어맞기는 해도 실험용으로 죽게 되지는 않는다.

의학박사의 권위와 논문을 위해 대학병원에서 개가 금제에 복종하는 것은 그 자체로 머물지 않고 금제를 앓는 한 환자로 전이되면서 사회인의 문제로 확대되고 있다. 집단의 권위가 갖는 힘이 개개인의 자연스런 본성을 막아버리거나 없애려 들 때 그것은 억압적 상태가 된다. 이상이 살던 상황에 대한 인식으로 돌아가면 그것은 일제 침략 시절에 대한 현실 인식이 된다.

이와 유사한 맥락으로 지배자와 피지배자 간의 먹이사슬에서 살아남기 위해 형식적으로 지배자에게 헌납하는 송덕비에 대한 아이러니 : 하강은유가 나타난다.

> 팔봉산^{八峰山} 올라가는 초경입구^{草徑入口} 모퉁이에 최××송덕비^{崔××頌德碑}와 또 ××××아무개의 영세불망비^{永世不忘碑}가 항공우편^{航空郵便} '포스트'처럼 서 있습니다. 듣자니 그들은 다 아직도 생존^{生存}하여 계시다 합니다. 우습지 않습니까.

—『산촌여정』: 20

이 언술에는 "처럼"이란 양태사로 비교되는 직유법이 나타난다. 그런데 이 은유형태는 하강은유의 양상을 보여준다. 치적을 칭송하는 비석은 우편용 포스트에 비교되는 덕(德)을 글로 새겼다는 점에서 편지(글)를 넣는 상자와 비교된다. 이들 비교의 축은 글씨이다. 곧 "글씨를 넣는다"와 "글씨를 새기다"란 점에 접합점이 있다. 도표로 나타내면 다음과 같다.

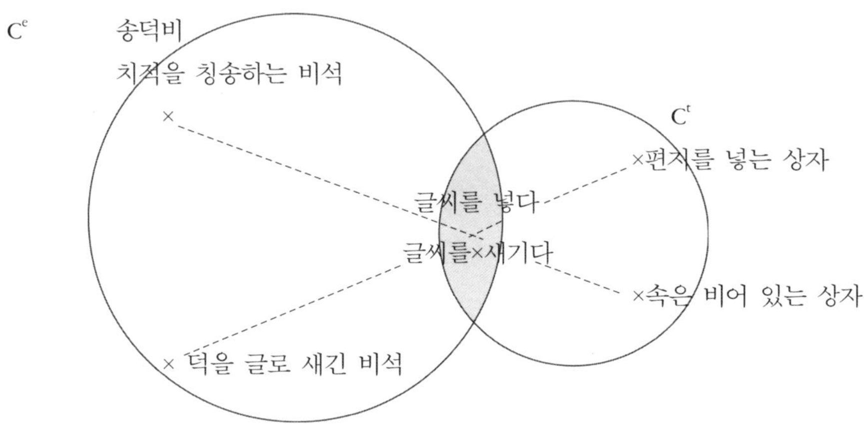

이상이 이 시에서 왜 송덕비를 포스트에다 비교했는지 의아하게 여길 수 있다. 그런데 모리엘의 형태 분류에 따라 분석한 결과 이 송덕비들이 비어 있는 상자인 우편용 포스트와 다를 바 없는 허풍서니가 아니냐는 아이러니가 깔려 있음을 알 수 있다. 마음에서 우러나오는 치적에 대한 칭송의 표시가 아니라 잘 살고 있는 지배자들의 허영심을 만족시키기 위해서 관례적으로 세워 주는 송덕비일 때 우편 상자와 무엇이 다를 게 있냐는 반어적 발상(反語的 發想)이 하강 은유 형태로 깔려있음을 알 수 있다. 역사의 사슬에서 지배층의 권력이 지니는 허와 실이 잘 드러나는 비유 체계이다.

다음의 시에서는 역사의 먹이사슬이 무위(無爲)의 입장에서 조명되는 은유적 언술을 살펴보겠다.

전후좌우^{前後左右}를제^除하는유일^{唯一}의흔적^{痕跡}에있어서

익은불서^{翼殷不逝}   목불대도^{目不大覩}

반왜소형^{胖矮小形}의신^神의안전^{眼前}에아전낙상^{我前落傷}한고사^{故事}를유^有함

장부^{臟腑}라는것은침수^{浸水}된축사^{畜舍}와구별^{區別}될수있을는가.

—「시^詩 제5호^{第五號}」, 「오감도^{烏瞰圖}」,
『조선중앙일보^{朝鮮中央日報}』, 1934.7.24~8.8

「시 제5호」는 1932년도에 「二十二年」이라는 제목으로 발표된 것을 오감도 속에 제목을 바꾸어 재수록하였다. 한글로 번역하면 다음과 같다.

전후좌후를 제하는 유일의 흔적에 있어서

큰날개는 가지않고 눈은 큰 것을 보지 못한다.

살찐 난장이 신의 눈앞에 내가 낙상한 고사가 있다.

장부라는 것은 침수된 축사와 구별될 수 있을런가 (필자역)

앞에서 인용된 "莊子" 山木편의 "翼殷不逝 目大不賭"를 李箱은 "目不大賭"로 변형시켜서 인유(allusion)하고 있다. 장자의 원래 귀절의 뜻을 풀이하면 "날개는 큰데 날지 못하고 눈은 큰 것을 보지 못한다"이지만 李箱이 변형시킨 의미로 보면 "큰 날개는 날지 못하고 눈은 큰 것을 보지 못한다"라 해석할 수 있다.

은유란 텍스트에서 두 영역이 생생하게 존재할 때만 나타난다고 할 때 이 시가 세 개의 문장과 하나의 그림으로 이루어져 있다는 데서, 위의 세 문장 간의 병렬성을 통해 은유적 언술을 찾아볼 수 있다. 먼저 진술 1의

"큰 날개는 날지 못하고 눈은 큰 것을 보지 못한다"에서 날지 못하는 이유가 앞에서 인용된 맥락에서 보면 먹이(사마귀)를 노리느라고 날지 못한 것이다. 그런데 사마귀는 매미를 노리고 있고, 장자는 새를 노리고 있고, 밤밭지기는 장자를 보고 도둑이라고 꾸짖었다. 이것은 곧 존재의 사슬에 얽매인 상황이다. 그러므로 큰 날개를 가진 새가 정지한 채 날지 못하는 것은 먹이사슬에 매여 있음을 함축한다. 이 첫 진술과 진술 2에서 병렬성을 찾아볼 수 있겠는데, 술어 "날지 않는다"와 "낙상하다"의 상호 간의 기능 상실이라는 접합점을 찾을 수 있다. 인간의 범주에서 낙상한 다리는 새의 범주에서 날개짓을 멈추는 것으로 유추될 수 있다.

그런데 이상한 새는 먹이를 노리느라고 날지 못했지만 나는 왜 살찐 작은 신 앞에 낙상했을까? 이것은 같은 먹이사슬의 은유적 사고로 생각할 때 작은 신에게 먹힌(또는 잡힌) 상태를 의미한다. 살찐 작은 신이 나를 먹이로 쓰러뜨리는 존재임을 생각할 때 살찐 작은 신이란 현세적인 모든 삶의 덫을 의미할 수도 있고, 이상이 태어나 살던 시대 상황에서 보면 일제를 지시할 수도 있다. 그 근거로 「시 제5호」가 1932년 「二十二年」이란 제목으로 처음 발표되었다는 점과 "반왜소형의 신"에서 矮字는 일본을 왜놈이라고 낮추어 부르던 난장이 왜자(倭字)와 동음이의(homonymy) 관계에 있다는 점을 지적할 수 있다. 먼저 1932년에 「二十二年」이란 제목으로 이 시가 발표됐다는 점을 주목할 때 1932년에서 22년을 빼면 1910이란 연도가 나타난다. 1910년은 이상 개인으로 보면 탄생한 해이고, 조선인의 입장에서는 국권피탈의 치욕을 당한 잊을 수 없는 해다. 이런 점을 감안할 때 22년이란 제목이 「시 제5호」로 바뀌었다 할 지라도 일본을 가리키는 倭字와의 동음이의란 함축적 의미를 찾을 수 있다. 즉 반왜소형의 신 앞에 내(조선인)가 낙상한 사건으로 드러난 먹이사슬의 은유적 인식이 드러난다.

　　새의 날개는 자유롭게 날 수 있는 필수적인 몸체이고 사람의 다리는 자유롭게 돌아다닐 수 있는 몸체이기 때문에 먹이에 눈이 팔려 보지 못하는 새는 자신이 먹이의 표적이 되고 있음을 모르고 있듯이, 작은 신에게 나(조선인)의 입장이 먹이로 몰려 있음을 은유적으로 보여준다. 도식화하면 다음과 같다.

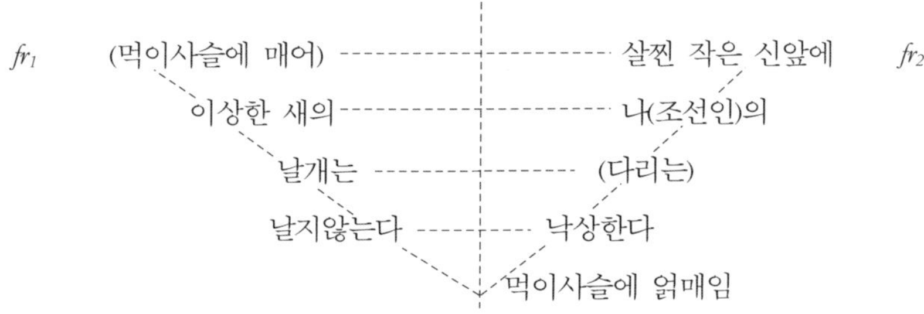

　　진술 3은 "구별될 수 있을런가"로 닮음이 그 자체내에서 비교된다. 인체의 장부[97]가 병에 굴복한 것처럼 침수된 축사는 홍수(재난)에 침수된다. 인체의 장부가 병에 점령당할 때 정상인으로 활동할 수 없듯이 홍수나 재난에 침수당한 축사는 축사의 기능을 정상적으로 할 수 없는 쓸모없는 한 존재가 된다. 사람의 내부기관(장부)은 땅의 축사와 마찬가지로 제유적 관계성을 띠고 있다. 진술 3의 은유적 대응관계는 다음과 같이 나타날 수 있다.

---

97 金定恩(1981), 「烏瞰圖의 詩的構造」, 서강대대학원 석사논문, 42쪽. 여기에서 대장부의 丈夫와 인체의 臟腑의 동음이의를 언급하고 있는데 이 글의 견해에 따르면 새로운 의미첨가로는 볼 수 없다. 왜냐하면 인체와 臟腑의 관계가 제유적 함의관계로, 저절로 인체가 이상 자신을 가리키기 때문이다.

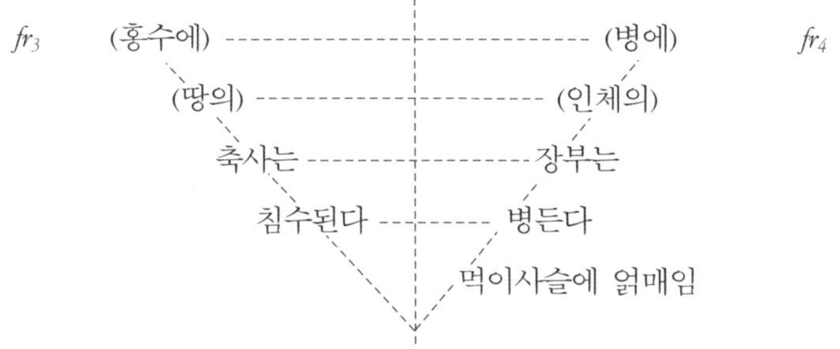

이 시의 전체의 술부항을 살펴보면 "가지 않는다-낙상한다", "침수된다-병든다"의 은유적 동일성을 검출할 수 있는데 그것이 한 단어로 초점 집중된 것이 진술 1의 "흔적"이다. 날지 않는 날개는 외물(外物)에 사로잡혀서 본성을 잃고 있는 상태로서 눈은 크나 자기를 노리고 있는 존재가 있다는 사실을 볼 줄 모른다. 그것을 사람에게 전이시키면 작은 살찐 신 앞에서 낙상한 것이 된다. 그러나 먹이가 되었다 하더라도, 낙상하였다 하더라도 날개는 정지 상태나마 있고 다리는 낙상하여도 회복할 수 있다. 그것이 곧 흔적이다. 또한 홍수에 침수당한 축사는 건물이 쓸려 가고 없어도 땅은 남아 있듯이, 인체의 장기가 병균에 침식되어 기능을 발휘하지 못해도 생명은 남아 있다. 즉 남아 있는 땅과 생명은 흔적이라는 점에서 은유적 대응체를 이룬다. 이 두 쌍의 은유적 대응관계를 같은 패러다임으로 연결시킬 수가 있겠는데 그것은 각 주체들과 그것의 부분적인 기관과의 제유관계로서 이루어지며 전체의 은유적 사고는 "먹이사슬에 물리다"가 된다.

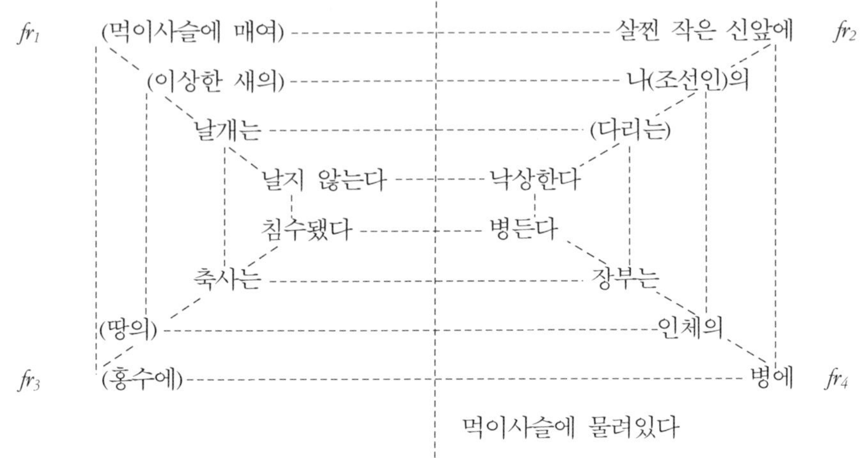

위에서 나타난 은유적 언술을 총체적으로 도식화하면 다음과 같다. {(먹이사슬⊃이상한 새⊃날개) ∩ (살찐 작은 신⊃나⊃다리)} ∩ {(홍수⊃땅⊃축사) ∩ (병⊃인체⊃장부)}=(먹이사슬에 물려있다). 여기서 (홍수∩병∩살찐 작은神)의 은유적 대응은 먹이사슬의 먹는 자의 계층에 해당하고 (이상한 새∩나(조선인)∩땅∩인체)는 먹이사슬의 먹힌 자, 물려있는 자에 해당하며, (날개∩다리∩축사∩장부)는 각 존재의 중요 역할을 하는 부분적 존재로 드러난 것에 해당한다. 앞의 「이런 詩」에서 역사(役事)의 범주로 볼 때 땅이 있고 그 위에 집을 짓는 것이 역사(歷史)의 범주로 볼 때는 개념적인 역사가 있고 그 위에 국토를 마련하여 나라가 세워지는 것과 같은 이치가 「시 제5호」에 드러난다. (파 버린 주춧돌∩버려진 역사)는 (침수된 땅∩병든 신체)와 같은 은유적 선상에 놓여 있다. 자연의 층위에서, 날지 않는 새(fr₁)와 침수된 땅(fr₃)의 한계 상황은 문화사회적 층위에서, 걷지 못하며(fr₂) 장부가 병든(fr₄) 인간의 한계 상황과 은유적 대응체를 이룬다. 그래서 먹이사슬의 물고 있는 고리에 해당하는 것은 홍수요, 병이요, 살찐 작은 신이란 은유적 대응으로 드러난다. 여기서도 지적할 수 있는 것은 살찐 작은

신이 홍수와 병과 같은 맥락에 놓여 있으므로 긍정적인 선한 神의 이미지
가 아니다. 즉 해를 끼치고 재앙을 불러일으키는 불길한 존재로서의 신이
함축되어 있다. 또 한편 이 살찐 작은 신은 조선인을 활동하지 못하게 묶
어두는 지배자로서의 일본제국주의를 지칭함을 생각할 수 있다.

　이와 같이 존재의 사슬과 역사의 사슬은 같은 맥락인데, 전체적인 먹이
사슬의 은유적 사고가 관통하고 있음을 알 수 있으며, 그 기본 모델로 장
자 산목편의 {밤나무밭지기⊃장자⊃이상한 새⊃사마귀⊃매미}의 먹이연
쇄형태가 깔려 있음을 살펴 보았다. 「시 제2호」에서는 {나⊃아버지(산 조상)
⊃할아버지(죽은 조상)}의 생명의 사슬이 드러나고, 「시 제11호」에서는 {(가
상의 손⊃사람의 해골⊃사람의 손⊃사기컵⊃물}의 생명의 사슬이 인식되
고 있고, 「시 제3호」에서는 {구경꾼⊃구경꾼⊃구경꾼⊃싸움하는 사람}의
먹이연쇄로 파악되고, 「시 제12호」에서는 {(더러운 옷⊂빨래⊂깨끗한 옷)
∩ (때문은 흰비둘기⊂목욕⊂깨끗한 흰비둘기) ∩ 타락한 사회⊂전쟁(평
화)}의 존재의 집단적 사슬이 나타나고, 「시 제1호」에서는 {각각의 아해⊂
13인의 아해집단⊂이들을 지배하는 서술자⊂보이지 않는 또다른 지배자}
의 존재의 연쇄가 나타난다. 마찬가지로 역사의 사슬에서도 장자 산목편
의 연쇄구조는 「시 제14호」에서는 {(모자⊃백성⊃돌) ∩ (기억⊃역사⊃자
연) ∩ (개인⊃국가⊃하늘)}의 존재의 연쇄로 나타나고, 「이런 詩」에서는
{(집⊃집터⊃돌) ∩ (나라⊃국토⊃역사)}의 존재의 연쇄가 드러나며, 「금
제」에서는 {(환자⊂의사)∩(실험용 개⊂의학박사)∩(언론의 자유⊂지배
자)}의 대 사회적인 존재의 사슬이 표현되고 있고, 「시 제5호」에서는 {(먹
이사슬⊃이상한 새⊃날개) ∩ (살찐 작은 신⊃나⊃다리) ∩ (홍수⊃땅⊃축
사) ∩ (병⊃인체⊃장부)}의 존재의 연쇄가 나타난다.

위에서 살펴본 바와 같이 「오감도」의 시들은 단순한 표제가 아니라 장자의 산목편에 나오는 이상한 새를 인유하여 은유적 사고의 기본 구조로 삼고 있음을 알 수 있다. 그래서 까마귀의 시점은 곧 먹이사슬의 상태를 나타내는 작가의 은유적 시점임을 알 수 있다.

VI. 결론

　이 책은 그간 국내에 소개된 은유의 개념이 어휘적 대치 이론으로 고찰되어 온 것에 더하여 언술로서의 은유라는 관점에서 이상의 전 작품을 파악하였다는 점에 이 글의 목표와 얻어진 점이 있다고 본다.

　서론에서는 아리스토텔레스 이래의 단어 중심의 은유에서 탈피하여 영미 비평가들인 I. A. 리차즈, 막스 블랙, 몬로 C. 비어즐리, 죠지 레이코프 그리고 벤쟈민 후루쇼프스키의 문맥 중심의 진술 은유 연구의 흐름을 개괄하고, 그 이론들이 기호학을 포함한 의미론적인 입장에서 고찰된 "리쾨르의 언술 은유이론"으로 집대성되고 있음을 근간으로 함을 전제하였다. 구체적으로 2장 A절 언술의 개념에서 언술에 대한 6가지 리쾨르의 정의를 소개하였다. 1. 벤베니스트의 구분에 따라 낱말의 의미를 나타내는 기호의미로서의 의미(signified meaning)와 동질성 있는 사건의 연속체로서의 의도(intention)로서 낱말 은유와 언술 은유를 구분하였다. 2. 기호가 항상 일반적이고 개념적인 것으로 어떤 특별한 상황이나 개인적이고 부수적인 기호의미와 아무 관련이 없는 반면에 언술은 단수적 기능을 취하면서 술어를 통해 그 자체 내에서 보편화하는 기능을 지닌다는 상황적 성격이 있다. 이와 같이 언술에는 3. 언표내적(locution) 측면과 아울러 믿음, 욕망, 감정을 지닌 언어적 약속이라는 언표외행위(illocution)가 내포되어 있고 4. 언술은 기호표현-기호의미의 내적 언어학에 덧붙여 외현적 의미를 지닌 사물 사이의 관계(지시성)를 택하고 있으며 5. 언술은 인칭대명사와 지시사로 이루어진 이것-여기-지금(this-here-now)의 관계이며 결론적으로 언술은유는 6. 은유를 계열적 관계(paradigmatic relationship)로 보는 기호학적 질서를 수정하여 의미 효과가 문장 속에서의 단어들의 상호작용인, 통합체로서 이해된다는 입장을 밝혔다.

다음으로 은유의 형태론을 살펴보았다. 은유가 비유되는 것(Cˢ)과 비유하는 것(Cⁱ) 사이의 접합점(intersection)으로 형태화된다는 전통적인 측면을 모리엘과 이어령과 쥬네트의 유형으로 제시하면서 B. 이상 은유에 나타난 은유 형태의 4가지 기본 유형 ─ 명시적 은유, 접합점의 생략 은유, 비유되는 것의 생략 은유, 비유하는 것의 생략 은유 ─ 을 소개하였다. 이어서 이상의 은유에 두드러지게 나타나는 은유 형태를 골라 C. 네 가지 특성 ─ 축대칭 은유, 직유 형태 은유, 두 겹 세 겹 은유, 아이러니 : 상승 은유와 하강 은유 ─ 을 밝혔다.

이 네 가지 특징들은 첫 번째로 이상의 은유 형태가 대부분 축대칭으로 짜여진 채로, 단순한 대치로는 해독되지 않는 구조라는 사실을 주목할 수 있었다. 즉 축대칭을 통한 언술로서 논리적 구조를 인식하고 위반한다. 그래서 분류의 전이(epiphora) 또는 개념과 개념 사이의 전이 관계로 발전된 연쇄형태로 나타난다. 그것은 A ∼ B ∼ C……

A′　B′　C′ 에서 드러나듯이 시 전체의 논리적인 축(軸)을 인식하고 동시에 위반하는 언술 은유의 특성이다. 두 번째로 직유형태가 두드러진다는 점에서 이상 은유의 언술적 특징을 지적할 수 있다. 직유가 생략되면 비례적 은유의 형태가 된다는 사실과, 직유는 항상 낱말이나 명칭 간의 대치가 아니라 둘 사이의 '관계'를 비교한다는 사실에서 직유가 지니는 논리적인 범주인식이 드러나며 그것은 곧 언술의 특성을 드러낸다. 세 번째로 두 겹 세 겹의 은유의 특징에서 언술 은유의 특성이 드러난다. 몇 겹의 은유 구조를 이룬다는 것은 낱말을 형용하는 장식적인 차원이 아니라 시 전체가 진행되어 나가는 맥락의 흐름 속에서 몇 개의 범주가 인식되고 위반된다는 사실이다. 그것은 곧 언술 은유가 지니는 논리의 힘이자 새로운 논리의 창출이다. 네 번째로 이상 은유가 독특하게 지니는 아이러니 : 상승 은유와 하강 은유에서도 언술 은유의 논리성을 지적할 수 있다. 은유는 똑같은 수준에서의 가치 관계만을 확립하는 것이 아니라 상이한 크기 사이의 관계를 확립하는데 그 기법은 "논리적 불합리함"이다. 논리를 통해서 볼 때만이 논리적 모순을 알 수 있는 것처럼, 논리적으로 비어있는 속성의 개념과 양립할 수 없는 것(incompatibility), 스스로 무효로 하는 아이러니의 자기모순적 능력이 바로 언술 은유의 특성을 드러낸다. 이와 같이 이상의 은유를 지적할 때 형태적 특징 자체와 언술 은유의 기본 개념이 서로 일치하고 있음을 알 수 있었다.

다음으로 이상 은유의 분석 모델로서 시 「꽃나무」의 은유구조를 제시하였다. 한마디로 이 시의 은유적 진술은 "피운 꽃을 다른 꽃나무에게 보여주러 간다"로서('갈 수 없다'의 진술이 내포하고 있음) '존재 이유(raison d'être)'의

탐색이다. 문장으로 이루어진 "축소된 시"로서의 은유를 확대된 은유로서의 시로 분리함으로 은유적 세계의 구성을 하나의 망(network)으로 검토하기 위한 모델로 삼는다.

3장에서는 사람의 존재 이유가 화폐로 은유화되면서 A절에서는 화폐가치로 판단된 존재 이유가 1. 사회인의 파산, 2. 문벌 후계자의 파산, 3. 가정의 파산으로 구조화됨을 고찰하였다. 그것은 사회 내의 존재 이유가 되는 "시"의 차압과, 문벌 내에서의 존재 이유가 되는 "혈청"의 원가상환과, 가정 경제에서 중요한 가계부의 "수입"란의 마이너스로 비유됨을 알 수 있었다. 3장 B절 1항에서는 사람이 화폐화됨에 따라 사람의 보이지 않는 인격으로 대변되는 정조관념, 윤리관, 양심, 우정의 문제가 재산 축적에 방해가 되는 가난으로 비유되고 있음을 알 수 있었다. 2항에서는 지켜야 할 사회적인 인간 관계 — 교회 헌금의 원리, 경리 직원의 정직성, 정조 — 가 상품화되는 부정적인 세태에 대한 비판 의식을 파악할 수 있었다. 3항에서는 정조를 지키지 않는 신뢰할 수 없는 남녀 관계가 여왕봉의 원리로 비유되어, 성(性)이 화폐로 교환되는 매춘의 문제에 대한 인식을 은유의 체계로 파악하였다.

4장에서는 사람의 존재 이유가 기계로 은유화되면서 인체는 영혼을 가진 생명체이기보다는 해부할 수 있는 물체로서의 생 / 사관계로 비유되는 원리를 파악하였다. 그래서 인체는 식물처럼 정지된 물체가 되고 도구로서 이용되는 존재로 파악된다. 구체적으로 인체의 오관(五官)이 지니는 기능에서는 "생 / 사, 뚫리다 / 막히다, 열리다 / 닫히다"의 언술적 패러다임의 원리로 발전되고 있다. 또한 피부로 둘러싸여진 인체 공간은 피부가 피를 "담고있다 / 쏟아버리다, 유지하다 / 끊어지다, 생 / 사"의 언술적 패러다임의 원리가 드러남을 알 수 있었다. 이와 같이 4장에서는 생명의 존재 이유를, 즉 인체의 기능적 역할은 건축물의 기능, 기계의 기능으로 전이되는 이유를 객관적인 물체로 인식하고 있음을 파악하였다.

5장에서는 사람이 화폐로 비유되고(3장) 사물로 비유되는(4장) 도구적 은유 체계에 대한 회의라는 사유적인 존재 이유가 부각된다. "도구로서 존재하느냐 / 존재를 포기하느냐"의 갈등은 "뛰어내려야 할 지구, 벗어야 할 인간의 탈, 존재하지 않는 존재" 등으로 비유되어 존재의 없어짐이라는 은유 구조를 드러낸다. 그것은 5장 A절 2항에서 역설적으로 인간이 아닌 생명체의 지성적 정신 작용으로 비유됨을 살펴보았다. 이 지점에서 이상은 자기대로의 존재 이유에 대한 해답을 제시한 것으로 보이는데 그것이 바로 B절의 존재 사슬에 대한 은유적 인식이다. 존재 사슬이란 차별이 없는 우주적인 존재의 질서를 말하는 것으로, 이상은 주로 인간의 의식과 의식 간의 응시를 먹이 사슬의 덫에 걸린 관계로 인식함을 알 수 있었다. 살아 있다는 것 자체가 존재 사슬의 한 고리에 걸린 것이란 은유적 인식을 통해서 그 관계들을 표현하였음을 알 수 있었다. 즉 개인은 진공 속에 홀로 존재하는 것이 아니라 타인과의 관계에 의해서 발견된다는 의식의 가변성이다. 의식이 개인적 수평 관계에서는 싸움의 양상으로 비유되거나, 집단적 수평 관계에서는 전쟁으로 비유됨을 알 수 있었다. 또한 존재의 내부적인 수직 관계는 혈통이란 생명의 사슬로 구조화되고 존재의 외부적인 (對 사회적인) 수직 관계는 먹이 사슬의 관계라는 사회 계층성으로 구조화됨을 알 수 있었다.

이와 같은 이상의 구조적 인식에서 산출된 은유 체계를 통해 인간(자신)의 존재 이유(raison d'être)를 탐구하려는 기본 명제에서 비롯된 은유적 구조 동일성(isomorphism)을 파악할 수 있었다. 그 결과 일제의 국권피탈과 근대 문명이라는 시대적 문화적 상황하에서 자아와 세계와의 관계를 과거 현재

미래에 걸쳐 사색하고 비판하고, 예언했다는 점에서, 그리고 자신을 둘러싼 자아⊂가정⊂가족⊂사회⊂국가⊂우주를 은유적 구조동일성으로 표현했다는 점에서 그는 1930년대의 모더니즘의 경계선을 긋는 사상가적인 작가라고 일컬을 수 있겠다.

1. 자료

李箱(1973). 『李箱詩集』, 正音社.
文學思想研究室 編(1978), 『李箱詩全作集』, 李御寧 校註, 甲寅出版社.
____________________(1977), 『李箱小說全作集』Ⅰ, 李御寧 校註, 甲寅出版社.
____________________(1977), 『李箱小說全作集』Ⅱ, 李御寧 校註, 甲寅出版社.
____________________(1977), 『李箱隨筆全作集』, 李御寧 校註, 甲寅出版社.

2. 국내외 논저

高　銀, 『이상평전』, 서울 : 민음사, 1974.
具然軾, 「DADAISM과 이상문학」, 『동아논총』 4집, 동아대, 1967.
______, 「한국 다다이즘의 비교문학적 연구」, 『동아논총』 12집, 1975.
권영민, 『이상전집 Ⅰ』, 뿔, 2009.
金敎善, 「불안문학의 계보와 이상」, 『현대문학』, 1962.
김구룡, 「레몽에 도달한 길」, 『현대문학』, 1962.
金大奎, 「數字의 Libido性－오감도 시 제1호의 「십삼인의 아해에 대하여」」, 『연세어문학』 제5집, 연대국문과, 1974.
金文稷, 「李箱」, 『현대문학』, 1967.1.
金文輯, 「<날개>의 시학적 재비판」, 『文藝街』 1집, 1937.
金炳旭, 「좌절과 비상－<날개>의 변신모티프」, 『문학과 비평』 1988년 봄.
金鳳烈, 「이상론 : 불안 의식의 구극」, 『한국언어문학』 14집, 1976.
金相善, 「이상의 시에 나타난 성문제」, 『아카데미논총』 제3집, 1975.
金相泰, 「김광균과 이상의 시. 그 대비적 고찰」, 『전북대 논문집』 14집, 1972.
______, 「이상의 문체연구(其一)」 상・하－소설을 중심으로 한 통계적 방법의 시고, 『국어 국문학』 58~60호・61호, 1972・1973.
______, 「부정의 미학」, 『문학사상』, 1974.
金素雲, 「沈痛儀仗－이상에게 주는 시」, 『이상시전작집』, 1978.
金勝熙, 「반영과 차단의 문법」, 『문학사상』, 1985.12.

金勝熙, 「분열된 자아를 응시하는 제3의 자아」, 『문학비평』, 1988년 봄.

______, 「접촉과 부재의 시학」, 서강대 대학원국문과 석사논문, 1980.

金烈圭, 「현대의 언어적 구제와 이상문학」, 『지성』, 1972.2.

______, 「여성의식의 문학들Ⅱ-처용과 이상」, 『한국문학사』, 탐구당, 1983.

______, 「시가 만든 책략의 장난기」, 『문학사상』, 1985.12.

______, 「현대적 유머리스트의 탄생-이상」, 『불교사상』, 1986.8.

金永秀, 「진단서로 표출된 이상문학」, 『현대문학』, 1975.7.

金玉順, 「이상시 연구사 개관」, 『문학사상』, 1985.12.

______, 「은유 구조론」, 이대대학원 박사학위 청구논문, 1989.

______, 「상상력의 비유어로 꽃 피운 이상과 현실」, 특집 / 李箱 수필 연구, 『문학사상』 1993년 9월호.

______, 「독서의 공간 은유」, 「삶과 기호」, 『기호학 연구 3』, 문학과지성사, 1997.

______, 「언술 은유와 李箱의 역사 의식」, 『한국문학이론과 비평 2』, 한국 문학이론과 비평학회, 1998.2.

______, 「언술 은유와 기형도의 시」, 「은유와 환유」, 『기호학 연구』 제5집, 한국기호학회 엮음, 문학과지성사, 1999.

______, 「비유법으로 이상의 수필 『권태』 읽기」, 「이상 리뷰(Yisang Review)」 제5호, 이상문학회, 도서출판 역락, 2006.

金容雲, 「이상문학에 있어서의 수학」, 『신동아』, 1973.2.

______, 「수학자가 푼 이상의 난해성」, 『문학사상』, 1973.11.

______, 「자학이냐 위장이냐」, 『문학사상』, 1985.12.

金容稷, 「현대열과 작품의 실제」, 『이상』, 문학과 지성사, 작가론 총서10.

______, 「시대에 희생 당한 도형수」, 『문학사상』, 1985.12.

金宇鍾, 「이상론」, 『현대문학』, 1957.8.

金允植, 「어둠에의 인식」, 『문학사상』, 1974.4.

______, 「이상론의 행방」, 『심상』, 1975.3.

______, 「이상과 모더니즘의 세계관」, 『시문학』, 1978.1.

金定恩, 1981, 「오감도의 시적 구조-이상시의 기본 문체적 연구 서설」, 서강대대학원.

金宗吉, 「무의미의 의미」, 『문학사상』, 1974.4.

김종도, 『인지 언어학적 원근법에서 본 은유의 세계』, 한국문화사, 한국어의미학회, 2004.

金鍾殷, 「李箱의 理想과 異常」, 『문학사상』, 1973.7.

______, 「이상의 정신 세계」, 『심상』, 1975.2.

金春洙, 「이상의 죽음―그의 이십 주기에 즈음하여」, 『시상계』, 1957.7.

______, 「이상의 시형태」, 『한국현대시 형태론』, 해동문학사, 1958.

______, 「형태상으로 본 한국의 현대시」, 『이상소설전작집』, 1977.

金賢子, 「한국 현대시의 Metaphor 연구―1930년대 시를 중심으로」, 이화여대 대학원 국
　　　　문과 석사논문, 1968.

김　현, 「구체시로서의 이상시」, 『공간』, 1976.9.

______ 편, 『수사학』, 문학과지성사, 1985.

김기림, 「모더니즘의 역사적 위치」, 『인문평론』, 1939.

김욱동, 『은유와 환유』, 민음사, 1999.

김인중, 「사설시조에 나타난 은유의 의미작용 연구」, 「관악어문연구」 5집, 1980.

김정연, 「Metaphor의 공간연구:조지훈을 중심으로」, 이대대학원국문과 석사논문, 1987.

김종도, 『인지 언어학적 원근법에서 본 은유의 세계』, 한국문화사, 2004.

김태옥, 「현대시의 언어·기호학적 고찰」, 「어학연구」 16권 1호, 1980.6.

문광영, 「이상시연구」, 단대 대학원 석사논문, 1983.

文鍾爀, 「몇 가지 이의」, 『문학사상』, 1974.4.

朴喆熙, 『한국시사연구』, 일조각, 1980.

박영순, 『한국어 은유 연구』, 고려대 출판부, 2000.

박태원, 「이상애사」, 조선일보, 1937.4.

______, 「이상의 편모」, 『조광』, 1937.6.

徐廷柱, 「이상과 그의 시」, 『이상소설전작집』, 갑인출판사, 1977.

서정철 외 저, 『현대 프랑스 언어학』, 문학과지성사, 1985.

신현숙, 「시에 나타난 담화 유형」, 『선청어문』 제22집, 서울대 사대 국어교육과. 1994.9.

아리스토텔레스, 『시학』, 박영문고 47, 孫明鉉 역, 1986.

吳生根, 「자아의 진실과 허위」, 『이상소설전작집』, 갑인출판사. 1977.

吳世榮, 「한국 현대시의 두 세계」, 『국문학논문선』, 민중서관, 1975.

______, 『문학연구방법론』, 이우출판사, 1988.

유재천, 「이상시 연구」, 연대대학원 국문과 석사논문, 1983.

尹在根, 「이상의 산문시」, 『심상』, 1974.6.

尹弘老, 「한국 문학의 은유 구조」, 「東洋學」 4집, 단국대 동양학연구소, 1974.

李　活, 「영원한 실험」, 『심상』, 1975.3.

이경수, 「시에 있어서의 정보의 효용과 한계」, 『상상력과 부정의 시학』, 문학과 지성사,

1986.

이명자, 「이상 생애」, 『李箱小說全作集 1』, 갑인출판사, 1977.

李秉烈, 「이상소설의 한 연구」, 『숭실어문』, 1987.4.

이부영, 『분석심리학』, 일조각, 1978, 1988.

이상문학회, 「이상 리뷰」 제1호~5호.

이상섭, 「은유」, 『문학비평용어사전』, 민음사, 2001.

李成美, 「새 자료로 본 이상의 생애」, 『문학사상』, 1974.4.

李昇薰, 「이상시 연구」, 고려원, 1987.

______, 「이상시 연구」, 연대대학원 국문과 박사논문, 1983.

______, 『이상시전집』, 문학사상사, 1989.

李御寧, 「李箱論(1)−純粹意識의 뇌城과 그 破壁」, 『문리대학보』, 1955.9. 제3권 2호.

______, 「나르시스의 학살」, 『신세계』, 1956.10.

______, 「비유법논고」(상)·(하), 『문학예술』, 1956.

______, 「속 나르시스의 학살」, 『자유문학』, 1957.7.

______, 「이상의 소설과 기교」(상)·(하), 『문예』, 1959.1.2.

______, 「이상문학의 출발점」, 『문학사상』, 1975.9.

______, 「<旗빨>의 수직적 초월공간」, 『문학사상』, 1988.10.

______, 「언술로서의 은유」, 『문학사상』, 1989.2.

______, 『詩 다시 읽기』, 문학사상사, 1995.

이영일, 「도피와 순교」, 『문학춘추』, 1964.11.

李昌培, 「모더니스트로서의 이상」, 『심상』, 1975.3.

李泰東, 「자의식의 표백과 반어적 의미」, 『문학사상』, 1979.9.

임종국, 「이상의 생애와 예술」, 『이상시집』, 정음사, 1973.

張基柱, 「은유의 의미론과 해석−김광균 시를 중심으로」, 서강대 대학원국문과 석사논
          문, 1982.

張伯逸, 「시에 대한 의심−이상의 시 형태에 대하여」, 『현대문학』, 1967.2.

鄭貴永, 「이상과 현대문학」, 『현대문학』, 1967.8.

______, 「이상문학의 초의식 심리학」, 현대문학, 1973.7.

鄭明煥, 「부정과 생성」, 『이상』, 김용직 편, 문학과지성사, 1977.

鄭元溶, 『隱喩와 換喩』, 新知書院, 1996.

정인택, 「불쌍한 이상」, 『조광』, 1939.12.

______, 「逐放」, 『이상시전작집』, 갑인출판사, 1977.

정태용, 「무능력자의 형이상학」, 『한국현대시인연구』, 어문각, 1976.
趙斗英, 「이상 초기작품의 정신분석－12월 12일을 중심으로」, 『신경정신의학』 16권 1
　　　호, 1977.
趙演鉉, 「근대 정신의 해체」, 『문예』, 1949.11.
趙容萬, 「이상의 문학」, 『이상수필전작집』, 갑인출판사, 1977.
천소화, 「한국 쉬르레알리즘 문학연구」, 성심여대 석사논문, 1982.
崔載瑞, 「리얼리즘의 확대와 심화」, 조선일보, 1936.10.31, 11.3., 5., 7.
＿＿＿, 「고 이상의 예술」, 『이상』, 김용직 편, 문학과지성사. 1977.
최지현, 「공간 메타포에 의한 상상의 문화적 체험」, 『선청어문』 제23집, 1995.4.
秋恩熙, 「쉬르레알리즘에 비춰 본 이상의 작품세계」, 『현대문학』, 1973.7.
한국기호학회 편, 「은유와 환유」, 『기호학 연구 제5집』, 문학과지성사, 1999.
한국어의미학회, 「은유 연구의 회고와 전망」, 「제18차 전국 학술발표대회 발표 요지집」,
　　　2006.2.24.
황도경, 「이상소설의 공간성 연구」, 이대대학원 국문과 석사논문, 1987.

Aristotles, 『Poetics』, 박영사, 손명현 역, 1986.

Bachelard, Gaston, 『공간의 시학』, 곽광수 옮김, 민음사, 1990.

Barthes. Roland (1964). *Element of Semiology*. Trans.Anette Lavers and Colin Smithes. Hill and
　　　Wang:New York 1983.

Beardsley. Monroe. C. (1962). "The Metaphorical Twiste". *Philosophical Perspectives on Metaphor*. ed.
　　　Mark Johnson. Minneapolis: Univ. of Minnesota Press. pp.105~22.

Black. Max (1962). "Metaphors." *Model and Metaphors*. Ithaca:Cornell Univ. Press. pp.25~47.

Delas Danie et Filliolet. Jaques (1973). *Linguistique et Poétique*. 유제식·유제호 옮김, 인동,
　　　1985.

Eco, Umberto (1984). Semiotics and the Philosophy of Language. 서우석·전지호 옮김, 청하,
　　　1987.

Frye, Northrop(1987). 『문학의 구조와 상상력』, 이상우 옮김, 집문당.

Le Groupe μ. Rhétorique Générale. 용경식 옮김, 한길사, 1989.

Haley. Michael C.. "Concrete Abstraction: the linguistic universe of metaphor". *Linguistic
　　　Perspectives on Literature*. ed. Marvin K.L.Ching. Michael C. Haley. Ronald F. Lunsford.
　　　London. Boston and Henley:Routledge & Kegan Paul. pp.139~54.

호옥스. 테렌스(1970), 『은유』, 심명호 옮김, 서울대출판부, 1978.

Henle. Paul(1965). "Metaphor." *Language. Thought & Culture*. ann arbor Paperbacks:the Univ. of Michigan Press. pp.173~195.

Hrushovski. Benjamin. "Poetic Metaphor and Frames of Reference with Examples from Eliot. Rilke. Mayakovsky. Mandelshtam. Pound. Creeley. Amichai. and the New York Times". *Poetics Today*. vol.5. No.1984. pp.5043.

Jakobson. Roman(1971). *Selected Writings II*: word and Language. Paris. The Hague Mouton. pp.239~259.

_______________(1981). *Selectecd Writings III*: Poetry of Grammar and Grammar of Poetry. Mouton Publishers. pp.87~97 · pp.740~756.

_____________, 『문학 속의 언어학』, 신문수 편역, 문학과지성사, 1989.

쥬네트 제라르(1972). 「줄어드는 수사학」, 『수사학』, 김현 편, 문학과지성사. 1985. 117~143쪽.

Lakoff. Geroge and Johnson. Mark(1980). *Metaphors We Live By*. 『삶으로서의 은유』 Chicago & London:The Univ. of Chicago Press. 노양진 · 나익주 옮김, 서광사, 1995.

Lunsford. Ronald F.(1980) "Byron's Spatial Metaphor:a psycholinguistic approach". *Linguistic Perspectives on Literature*. ed. Marvin K.L. Ching. Michael C. Haley. Ronald F. Lunsford. London. Boston and Henley:Routledge & Kegan Paul. pp.155~169.

Morier. Henri(1961). *Dictionaire de Poetique et de Rhetorique*. Paris: Presses Univ. De France. 1981. pp.670~743 · pp.998~1005 · pp.1102~1120.

Peña, M. Sandra, 『은유와 영상도식』, 임지룡 · 김동환 역, 한국문화사, 2006.

Priminger. Alex(1974). *Princeton Encyclopedia of Poetry and Poetics*. Princeton Univ. Press. p.474.

Richards. I.A.(1936). *The Philosophy of Rhetoric*. London. Oxford. New York: Oxford Univ. Press. 1977. pp.89~138.

Ricoeur. Paul(1975). *La Métaphore Vive*. trans. Robert Czerny with Kathleen McLaughlin and John Costello. sj. London and Henley: Routledge & Kegan, Paul, *The Rule of Metaphor*, 1977.

Riffaterre. Michael(1978). *Semiotics of Poetry*. 『시의 기호학』, 유재천 옮김, 민음사, 1989.

Ryle. Gilbert(1949). *The Concept of Mind*. London. Hutchinson. Harmondsworth. Penguin. 1963. pp.7~24.

Toshihiko Izutsu. the archetypal Image of Chaos in Chuang Tzǔ: The Problem of the Mythopoeia Level of Discourse. pp.269~287.

Turbayne. Colin Murray(1962). *The Myth of Metaphor*. New Haven and London:Yale Univ. Press.

pp.11~27.

莊　子, 『新譯莊子』, 안동림 역주, 현암사, 1978.

Zoltan Kovecses(2002), 이정화 · 우수정 · 손수진 · 이진희 공역(2003), 『은유』, 한국문화사.

사항

가

나

다

라

마